山東大學中文專刊

關德棟文集

第三册

聊齋俚曲選

聊齋志異話本集

關德棟 著

國家圖書館出版社

目　録

聊齋俚曲選

聊齋志異話本集

聊齋俚曲選

关德栋编

聊斋俚曲选

赵景深题

内容提要

本書選編了蒲松齡的通俗俚曲《窮漢詞》《學究自嘲》《千古快》《墻頭記》四種和用俚曲寫成的劇作《鬧館》一種。這些作品，多是憤世疾俗之作，文筆詼諧潑辣，内容深刻生動，一向流傳甚廣，頗受歡迎。現根據各種版本、傳鈔本加以校訂，并對每篇作品作了説明和注釋。可供文學愛好者和研究者閱讀、參考。

前　言

蒲松齡是我國十七世紀時的偉大作家，他的《聊齋志異》在我國文學史上有着很大的影響，并且較早的介紹給國外。但在他遺留下來的大量文學遺産中，還有一部分是他利用了人民喜聞樂見的民間俗曲的民族形式創作的“通俗俚曲”，從它們的思想藝術價值看，較之《聊齋志異》這部優秀的古典短篇小説集，亦無多遜色；而在國外，也已有人曾作介紹。無疑，這部分作品是我國文學寶庫中的珍品，我們應該予以重視。

蒲松齡創作的通俗俚曲，據清雍正三年（1725）張元撰寫的《柳泉蒲先生墓表》碑陰列載，有：

> 戲三出：《考詞九轉貨郎兒》《鍾妹慶壽》《鬧館》；
>
> 通俗俚曲十四種：《墻頭記》《姑婦曲》《慈悲曲》《翻魘殃》《寒森曲》《琴瑟樂》《蓬萊宴》《俊夜叉》《窮漢詞》《醜俊巴》《快曲》各一册，《禳妒咒》、《富貴神仙曲》（後變《磨難曲》）、《增補幸雲曲》各二册。

這些作品，都是采用了民間曲調，并用口語由叙事或移作代言的雜牌子曲和雜調戲曲，非常別致新穎，通稱之爲“聊齋俚曲”。而它們的寫作年代，已不可考見。這些作品内容的思想成就，總的説來是比較深刻地反映了封建社會末期的許多特點，對於封建社會的黑暗、邪惡作了揭露，對於封建社會世道人心的險惡、道德的窳敗作了鞭撻;而在對當時生活的悲憤控訴中,對於淳樸、正直、善良的人們,寄予了深厚的同情。在藝術成就方面,由於這些作品既使用了人們熟悉的通俗歌曲寫成,形式上又有所創新,這在清代前朝,無論當時説唱演出的實際情況如何,却是值得給予較高的評價。

"聊齋俚曲"在藝術形式上的顯明特點,主要在於它們歌唱部分曲調的使用。作品每篇雖長短不一,但每回(或是"聯")中歌唱的樂曲組成并不是套曲,衹用三、四種曲調,同調數曲重頭聯章;而所采用的曲調,多數爲明清以來的民間時調歌曲,少數來自南北曲的,也往往是突破了定格經過通俗化的。綜合它們所使用的曲調名目,計有:

西江月　清江引　耍孩兒　劈破玉　倒扳槳　跌落金錢
銀紐絲　叠斷橋　羅江怨　房四娘　對玉環　一剪梅
呀呀油　懷鄉韵　憨頭郎　黄鶯兒　采茶兒　皂羅袍
哭皇天　黄瀝調　山坡羊　香柳娘　鬧五更　鴛鴦錦
刮地風　蝦蟇曲　玉娥郎　桂枝香　浪淘沙　北黄鶯
四朝元　鷓鴣天　平西歌　楚江秋　倖倖令　收江南
園林好　蓮花落　金紐絲　太平年　邊關調　乾荷葉
雁兒落　西　調　哭笑山坡羊　棹　歌　滿　調
陝西調　梆子腔　羅本怨帶清江引　估美酒帶太平令
對玉環帶清江引

很明顯,這些曲調時至今日還有一部分可以在一些曲藝或地方戲曲裏看到,這也正是明清以來人們傳唱的時調歌曲。明沈德符的《萬歷野獲編》卷二十五"時尚小令"條曾説:

元人小令,行於燕、趙,後浸淫日甚。自宣、正至成、宏後,中原又行"瑣南枝""傍妝臺""山坡羊"之屬。李崆峒先生初自慶陽徙居汴梁，聞之以爲可繼《國風》之後。何大復繼至，亦酷愛之。……自兹以後，又有“耍孩兒”“駐雲飛”“醉太平”諸曲，然不如三曲之盛。嘉、隆間，乃興“鬧五更”“寄生草”“羅江怨”“哭皇天”“乾荷葉”“粉紅蓮”“桐城歌”“銀紐絲”之屬。……又“山坡羊”者，李、何二公所喜，今南北詞俱有二名，但北方盛愛“數落山坡羊”，其曲自宣、大、遼東三鎮傳來。

明顧起元的《客座贅語》卷九“俚曲”條也説：

里弄童孺之所喜聞者，舊惟有：“傍妝臺”“駐雲飛”“耍孩兒”……後又有：“桐城歌”“挂枝兒”“乾荷葉”“打棗乾”等。

上舉二書所記明代流行的時調歌曲名目，爲“聊齋俚曲”裏采用的，已有八種。明代俗文學中一些説唱文學作品，它們歌唱部分除用七字句的詩贊，也間用樂曲，其曲調就多是采用了當時的時調歌曲。例如：明刻本舜逸山人杜蕙新編增補評林《莊子嘆骷髏南北詞曲》，是取材於莊子故事的叙事“道情”，在叙寫中除用詩贊、散説外，歌唱亦用樂曲，曲調名目就有：“鷓鴣天”“清江引”“耍孩兒”“浪淘沙”“錦上花”“黄鶯兒”“折桂令”“朝天子”“皂羅袍”“西江月”“沽美酒”“雁兒落”“山坡羊”“桂枝香”“醉太平”等。再例如：明代“寶卷”裏，有些作品在説唱故事用散説、詩贊的同時，往往也用“唱叠落金錢”“聽唱耍孩兒”等句引起樂曲的接唱。今據《福國鎮宅靈應竈王寶卷》《銷釋白衣觀音菩薩送嬰兒下生寶卷》等十種明刻本“寶卷”所插用的曲調統計，其名目爲“聊齋俚曲”采用過的，就有：“耍孩兒”“西江月”“劈破玉”“跌落金錢”“銀紐絲”“羅江怨”“對玉環”“清江引”“黄鶯兒”“皂羅袍”“山坡羊”“鬧五更”“桂枝香”“浪淘沙”“四朝元”“楚江秋”“乾荷葉”等十七種。“道情”“寶卷”這類俗文學的説唱形式，在明清之際流行地區比較廣泛。《聊齋文集》卷六蒲松齡寫的《請禁巫風呈》中曾説：

> 淄邑民風，舊號淳良，二十年來，習俗披靡，村村巫戲。商農廢業，竭貲而爲會場；丁户欠糧，典衣而作戲價。沸心聒耳，王武子之所樂聞；亂吠齊喧，介葛廬之所能喻。

這裏所謂"巫戲"，實際就是説唱"道情""寶卷"的活動。蒲松齡既已注意到這一活動情況，不難設想，這對他創興通俗俚曲，是有一定的影響。

明代傳唱的"時尚小曲"，入清以後仍在流行，除舊曲之外，復出新聲。清初劉廷璣《在園雜志》卷三裏説：

> 小曲者，别於昆弋大曲也。在南則始於"挂枝兒"……一變爲"劈破玉"，再變爲"陳垂調"，再變爲"黄鸝調"；始而字少句短，今則累數百字矣。在北則始於"邊關調"，蓋因明時遠戍西邊之人所唱，其辭雄邁，其調悲壯……今則盡兒女之思，靡靡之音矣。再變爲"呀呀優"。"呀呀優"者，夜夜游也，或亦聲之餘韵"呀呀喲"。如"倒扳槳""靛花開""跌落金錢"，不一而類。

清乾隆時李斗的《揚州畫舫録》卷十一裏也説：

> 小唱以琵琶、弦子、月琴、檀板，合動而歌，最先有"銀紐絲""四大景""倒扳槳""剪靛花""吉祥草""倒花籃"諸調，以"劈破玉"爲最佳。……又有黎殿臣者，善爲新聲，至今效之，謂之"黎調"，亦名"跌落金錢"。

現存清乾隆時代輯刻的《萬花小曲》《西調黄鸝調集鈔》《霓裳續譜》和《絲弦小曲》四種"小曲"總集中，收録四十四種曲調，其中如："跌落金錢""呀呀油""西調""刮地風""玉娥郎""邊關調"等十六種曲調，已見於"聊齋俚曲"。從地方戲曲發展史看，流行山東地區歷史悠久的"柳子戲"，原是由元明"弦索"系統演變而來，它的組織主要是由"曲子"和"柳子"兩部分構成，而唱曲子部分所占比重較大。曲子部分，也是在明清時調歌曲的基礎上發展起來的。根據現存柳子戲傳統劇目使用曲牌的瞭解，如："清江引""黄鶯兒""香柳娘""桂枝香""園林好""耍孩兒"等十幾種曲調，就是"聊齋俚曲"裏曾經常采用的。可見蒲松齡通俗俚曲的創作，實際上與當時民間流行的地方戲曲的關係也比較密切。

蒲松齡所創作的通俗俚曲除張元《墓表》碑陰裏列載的，蒲松齡撰《農桑經》蒲立德寫的"跋"裏曾説：

> 大父諱松齡，字留仙，柳泉則别號也。有詩集、文集、四六集、《聊齋志異》等書；又有通俗勸世游戲詞，亦不下數十種，皆可以行世。

這數十種"通俗勸世游戲詞"，約即地方所傳"聊齋遺稿"中的通俗俚曲部分，不過現今搜集到的那些傳鈔本情况頗複雜，還需要進一步研究考訂。

現在能確知爲蒲松齡所創作的通俗俚曲，其内容題材大致可分作三類：一是緣於現實生活事件的創作，如：《窮漢詞》《學究自嘲》《墻頭記》。一是取材於過去小説、戲曲而改編使之通俗化的作品，如《千古快》《增補幸雲曲》(注)。一是根據《聊齋志異》故事加以翻編的作品，如：《姑婦曲》《磨難曲》等等。蒲松齡之所以如此取材，并努力從事通俗俚曲的創作，這在他兒子蒲箬寫的《清故顯考歲進士候選儒學訓導柳泉公行述》裏，是曾扼要的有所敘述。《行述》中説：

> 如《志異》八卷，漁搜聞見，抒寫襟懷，積數年而成，總以爲學士大夫之針砭；而猶恨不如晨鐘暮鼓，可參破村庸之迷，而大醒市媪之夢也。又演爲通俗雜曲，使街衢里巷之中，見者歌，而聞者亦泣，其救世婆心，直將使男之雅者、俗者，女之悍者、妒者，盡舉而匋於一編之中。嗚呼！意良苦矣。

從這裏透露的消息，可充分説明"聊齋俚曲"的創作動機，是與寫作《聊齋志異》的意圖一樣，顯見絶非"游戲"筆墨，而是含有憤世疾俗的深刻用意。

現在這裏選取了五篇"聊齋俚曲"加以校注，即：《窮漢詞》《學究自嘲》《千古快》《墻頭記》和《鬧館》。前四篇爲叙事或叙事兼代言的説唱作品，末一篇則爲戲曲。有關它們思想藝術方面的問題，俱見每篇説明注釋，這裏僅説一下：選録作品所用的底本爲《蒲松齡集》(中華書局 1962 年版)，用以校訂訛奪闕文的别本是"聊齋遺著整理會"藏抄本、中國科學院文學研究所藏傳抄本和我們所能找到的一些舊抄本；爲了避免繁瑣，未列校記。選録作品每篇均作了簡單説明和注釋，注釋偏重於方言土語的解釋，但仍有些不能盡解的地方，衹是供參考。

蒲松齡"聊齋俚曲"的整訂、注釋，是一項繁複的科學研究工作，這裏所作，疏漏錯誤知所不免，希望讀者給予批評、指教。

(注)

《增補幸雲曲》是根據明雜調傳奇《嫖院記》即《正德記》改編。《嫖院記》未見諸家曲目著録，原作已佚；現存明刻本《新刊徽板合象滚調樂府官腔摘錦奇音》卷五下欄，選録了其中兩出："出游投宿蕭莊"和"周元曹府成親"，情節相當於《增補幸雲曲》第五回。

窮漢詞

孩子絶不探業①,老婆更不通情。攮他娘的②養漢精,狗腿③常來逼命。止有一身破衲④,夜間蓋蓋蒼生⑤。綽號名爲“大起靈”⑥,一起滿床光腚⑦。

大年初一,燒燭名香,三盞清茶,磕了一萬個響頭,就把財神爺爺來祝贊祝贊⑧。

忙祝贊,忙磕頭,財神在上聽緣由;聽我從頭説一遍,訴訴窮人肚裏愁。

---

①探業——聽話,知足。以下八句應爲“西江月”,原來各種抄本均缺。

②攮(nǎng)他娘的——駡人的話。

③狗腿——封建社會群衆對官府裏的衙役和土豪劣紳的忠實奴才,都叫“狗腿子”。這裏指催糧税的衙役。

④衲(nà)——僧衣。這裏指破襖。

⑤蒼生——百姓。這裏指窮漢自己和他的全家。

⑥大起靈——抬棺出殯時,全家都哭,叫“大起靈”。這裏指窮漢起床,穿上破襖,因而全家都光着身子,孩子哭起來,好像大起靈。

⑦光腚(dìng)——光屁股。指未加遮蓋的身體。

⑧祝贊——禱告。是一種迷信行爲。以下各曲的曲調均未注明。從唱詞格式和表現情趣看,約爲“耍孩兒”。

爺爺，爺爺！你是個甚麽意思？我亟待仰攀①仰攀你，怎麽再不肯和我見面？

掂量②着你沉沉的，端相③着你俊俊的，撈着④你親親的，撈不着你窘窘的，望着你影兒殷殷的⑤，想殺⑥我了暈暈的，盼殺我了惛惛的⑦。好，俺哥哥⑧狠狠的，窮殺我了可是真真的。

俺果然褻瀆⑨你幾回，抛撒⑩你幾遭，你看着俺不中抬舉的東西，就合俺絶了來往，也都罷了。

賭場裏玩，嫖場裏耍，丢了仨，撂了倆，窮殺狗還該打。俺如今又不仯⑪，又不傻，又不聾，又不啞，窮的象個聳打瓦⑫。

---

①仰攀（pān）——巴結，奉承。

②掂（diān）量——用手試東西的輕重。

③端相——仔細看。

④撈（lāo）着——得着，取得。

⑤殷殷的——迫切盼望的樣子。

⑥殺——這裏同“煞”，“很”的意思。

⑦惛惛的——同“昏昏的”，不清醒的樣子。

⑧哥哥——這裏借指“錢”。

⑨褻（xiè）瀆（dú）——輕慢，侮辱。

⑩抛（pāo）撒（sā）——隨便抛弃東西。

⑪仯（cháo）——驚呆的樣子；這裏作“傻”解釋。在其他“聊齋俚曲”裏也寫作“潮”或“嘲”。

⑫“窮的”句——意思是：生活貧困，精神負擔很重，因而好像呆傻了一樣。聳（sǒng）打瓦：聳，呆笨無能；打瓦是衍音；這裏是用性狀代人，即指不知所措的傻子。

東頭邋遢[1]雖是窮，還有一身新坐馬[2]；没似俺家他窮達[3]，窮的忒也没有把[4]。

俺長了這麽大小，從没枉費[5]分文，是怎麽糚化[6]錢的自是有錢？

蠢的蠢，夯[7]的夯，空有臭錢不幫寸[8]。撅[9]着肚皮裝富漢，偏他交的是好運！

俺也曾血汗暴流[10]，扭筋拔力[11]。衹有鵓鴿屎呀似的一塊銀子，家雀子屎呀似的一塊金子，俺也算有了身分[12]。

快生火，燒凍凍；快掃雪，填枯井[13]。衹説窟窿[14]天那大，還有大其天的大窟窿。昨夜晚，做一夢，拾一錠[15]，喜個

①邋（lā）遢（tā）——不整潔。這裏借指人的綽號。

②坐馬——衣服。

③達——我國北方有些地方，稱父親爲"達"。

④"窮的"句——窮得一無所有的意思。

⑤枉費——如同説浪費、白費。

⑥糚（guàng）化——妄花，隨便花錢。

⑦夯（bèn）——不聰明；同"笨"。原來讀（hāng），是土建工程用語，如砸夯、夯土等。

⑧不幫（bāng）寸——如同説不幫襯，不支持。

⑨撅（juē）——翹起。這裏是挺起的意思。

⑩血汗暴流——指出力很大。暴流，急猛地流下。

⑪扭筋拔力——用盡體力的意思。

⑫身份——出身或地位。這裏指産業。舊社會稱有産業爲有身分。

⑬"快生火"四句——比喻無濟於事、勞而無功。

⑭窟（kū）窿（lóng）——這裏指債務。

⑮錠（dìng）——指熔鑄成塊作貨幣流通的金銀。

怔,老婆孩子呱咑腚①,醒來還是净打净②。

咳,就是温和温和③,好一似火上燎④毛,一烘而盡。

糧也欠,米也欠,糧食糶的没一石,衣裳當⑤的没一件。狗腿常來給俺没體面⑥,嘴兒翻邊又捲沿,眼兒惡釘珠兒轉⑦,把他娘的好難看!説了道了都不算,也有酒,也有飯,儘他搗,儘他揎⑧,還要給截官兒見⑨,休要悮了這一限⑩。

成年論月,犁眼鑽圈⑪,真正是氣也氣不死!

墻又塌,屋又倒,大風刮了屋上草。又少褲,又少襖,孩子哭,老婆吵,都説不如死了好!

①呱(guā)咑(dā)腚——用手拍打屁股表示高興。土語。

②净打净——意思是一乾二净。

③温和温和——暖一暖的意思。這裏是説拾到的銀腚還没温暖就用光了。

④燎(liǎo)——着火極快燃燒的意思。

⑤當——這裏指用抵押品到當鋪去借貸。當鋪是舊時一種收抵押品放高利貸的店鋪。

⑥體面——面子。

⑦"嘴兒"二句——形容狗腿子來催繳糧税時,撅嘴瞪眼、盛氣凌人的樣子。翻邊、捲沿,指嘴唇撅起很高。惡釘,眼睛惡狠狠地瞪人。

⑧儘他搗,儘他揎——酒飯任着他儘量吃喝。搗、揎,都是指吃和喝,駡人的話。

⑨"還要"句——給截,意思是"直接"。官兒見,就是去見官,這裏爲了押韵,寫成"官兒見"。

⑩限——限期,即指定的日期。這裏指官府限定繳納糧税的日期。

⑪犁眼鑽圈——眼花繚亂,不知怎麽好。

把叉[1]了一年來，弄的是净打光[2]的。當鋪裏强人，倒好似剥皮廳的鬼判[3]！

天字號，地字號，宇宙洪荒一百號[4]，當了二錢水絲銀[5]，回[6]時定把拾成要，回不出來又翻票[7]，利錢使了七八吊[8]。衣服待穿没處撈，到來年，拜不了節，上不了廟。又清鍋，又冷竈，哭的哭，叫的叫，有心衹待上一吊！這樣苦楚誰知道？

我那親親的爺爺[9]！你到幾時合伙你那些衆兄弟們，一當踏凶[10]，二來散悶，光降[11]光降來舍下[12]走走？

元寶哥，顛顛[13]塊，看看底，認認面，是幾兩，是幾件，黄邊

①把叉——這裏指用心整治，用力地幹。

②净打光——精光，一無所有。

③剥皮廳的鬼判——剥皮廳，指地獄。鬼、判，地獄中掌管行刑的官吏和衙役，這是封建統治者騙人的迷信説法。

④"天字號"三句——這裏借指當票。當鋪裏的當票，是按《千字文》的原文"天地玄黄，宇宙洪荒……"順序編號的，因而第一號是"天"字號。

⑤水絲銀——含銅、鉛等雜質較多（約有一半）的銀子。

⑥回——回當，即贖當。就是拿着當票和本、利錢，到當鋪贖回所抵押的東西。

⑦翻票——已到贖當限期，借貸人没有錢去贖，交上利息後，當鋪開給新當票。

⑧吊——舊時一千文稱一吊錢。

⑨爺爺——這裏指銀錢。

⑩踏凶——封建社會官吏外出察驗灾情。

⑪光降——稱賓客來臨的敬詞。

⑫舍下——對自己家的謙稱。

⑬顛顛——形容沉重的樣子。俗説："沉顛顛。"

沿，彖彖帕①，或是字，或是幕②，進進包，上上串③，合俺做上兩日伴。紅纓帽子胭脂瓣，滿洲襪子扣絲綫④，紗羅穿上混身凉，皮襖穿上一身汗；獅子碗⑤，象牙筷，脂油餅，蘸辣蒜，大米乾飯鷄黄面⑥；黑叫驢，紅鞍韂⑦，打一鞭，風霜快。鄰舍百家看一看，也是俺陽世三間⑧爲場人，熬磨兒馬驏了蛋。⑨

你也試試俺的心腸，志志⑩俺的性情，看俺望着你珍重不珍重，希罕不希罕？蒼天！俺若是褻瀆了你，辱没⑪了你，你就該下個絶交的帖子，再休理俺。可憐俺渾家⑫大小，祖祖輩

①彖(tuán)彖帕——這裏是形容銅錢四周團團，没棱角的樣子。

②"或是"句——指銅錢的兩面，字多的一面叫"字"，花紋多的一面叫"幕(màn)"。

③上上串——用細繩把銅錢穿起來。舊時一千文爲一串。

④"紅纓"二句——指穿戴得很講究。紅纓帽是清代人所戴的禮帽。滿洲襪子是短筒布襪。

⑤獅子碗——上面畫有獅子圖樣的碗。這裏指吃飯用具很講究。

⑥鷄黄面——鷄蛋和面做的面條。這裏是説吃飯很講究。

⑦韂(jiān)——馬鞍子下面的墊子。

⑧陽世三間——宗教迷信的説法，與陰間相對，指人世。這句話來源於佛教的三世間，三世間是：國土世間、衆生世間、知正覺世間。

⑨"熬磨"句——意思是：這樣的好日子，熬到兒馬下了駒也辦不到。兒馬是公馬；驏(fān)蛋指下駒。公馬下駒，自然是不可能的。

⑩志志——如同説"記下"。

⑪辱没——屈辱。

⑫渾家——這裏是指全家。渾，全的意思。

輩，子子孫孫，就没有個有財命的、有擔福的[1]？怎麽的弄的少油没鹽，少柴無米，少襠無繫[2]，少吃無燒？

〔清江引〕[3]孩子熱了穿上襖，腚冷了戴上帽，饑困[4]了喝凉水，撑的吱吱的叫。剩下個老婆兒，穿的還没根綫條[5]！

【説明】

這是一篇反映當時農村經濟破産後農民貧困生活和心情的作品。作者通過對"財神"的祝贊，傾訴了"窮人肚裹愁"：農民"血汗暴流，扭筋拔力"的"把叉了一年來"，仍然被壓迫剥削"弄的是浄打光的"；望着銀錢的影兒"光降光降來舍下"，衹是"想殺""盼殺"，而"窮殺我了可是真真的"。這裹，雖然筆調幽默，但顯然不是游戲之作，而是飽經人生苦難的作者，對封建社會的黑暗、罪惡的控訴。

蒲松齡還寫有《除日祭窮神文》《窮神答文》兩篇俚曲，其内容可與這篇作品相參看，今選作附録供參考。

---

①有財命的，有擔福的——命中注定能發財的、有福氣的人。這都是封建迷信的説法，是統治階級愚弄人民的話。

②少襠無繫——這裹是缺少衣物的意思。

③清江引——明清俗曲的曲調名，源出於南北曲。在散曲裹可用作小令，也可用作雙調套曲。在俗曲中多爲聯章套曲的尾聲。字數定格是七、五、五、五、七，共五句。

④饑困——饑餓。

⑤綫條——這裹是指衣物。

附録

除日祭窮神文

窮神，窮神！我與你有何親，興騰騰的門兒你不去尋，偏把我的門兒進？難道説，這是你的衙門，居住不動身？你就是世襲在此，也該別處權權印；我就是你貼身的家丁、護駕的將軍，也該放假寬限施施恩。你爲何步步把我跟，时时不離身，鰾粘膠合，却象個纏熱了的情人？

窮神！自從你進了我的門，我受盡無限窘，萬般不如意，百事不趁心，朋友不上門，居住在鬧市無人問。我縱有通天的手段，滿腹的經綸，腰裹無錢艱撐棍。你着我包内無絲毫，你着我囊中無半文，你着我斷困絶糧衣服俱當盡，你着我客來難留飯，不覺的遍體生津，人情往往耽誤，假裝不知不聞。明知債賬是苦海，無奈何，上門打户去求人；開口五分行息，説甚麼奉旨三分，到限期立時要完，不依欠下半文。無奈何，忍氣吞聲背地裹恨。

自沈吟：我想那前輩古人也受貧，你看那乞食的鄭元和，休妻的朱買臣，住破窑的吕蒙正，錐刺股的蘇秦。我衹有他前半截的遭際，那有他後半截的時運？可恨我終身酸丁，皆被你窮神混！難道説，你奉玉帝敕旨，佛爺的牒文，擺下了窮神陣把我困？若不然，那膏粱子弟、富貴兒孫，你怎麽不敢去近？財神與我有何仇？我與足下有何親？您二位易地皆然，我全不信。

我今日一年盡，明朝是新春，化紙錢，燒金銀，奠酒漿，把香焚。我央你離了我的門，不怪你弃舊迎新。

窮神答文

東君，東君！你不必怨别人，貧是你自己找，窮是你自己尋；既好吃，又好飲，衣服要趁心，奢費不謹慎，還來怨别人。喜的是仗義疎財，好的是扶弱濟貧，腰内有一文，要撑十文棍。就給你點金銀，你也不能任；就給你個金獅子、玉麒麟、屙錢的母猪，也不够你胡打混。

東君！你聽我云，我有個免窮歌爲你訓：也不是五經四書，也不是大家古文，衹要學勤苦，衹要學鄙吝，衹要學一毛不拔，衹要學利己損人，衹要學行乖弄巧，衹要學奸詐虚文，衹要學傷天害理，衹要學瞞昧良心。放利怎免怨，爲富定不仁；處世不顧臉，那管人議論；餓死休吃飯，黄土變成金；客來休久坐，假托有事因，吊虎離山計，給他個不粘身。人情衹用一張紙，不可輕費錢半文；"頓首拜"多寫不妨，休要用"謹具奉申"。人來你不往，誆騙禮一分。賀館温居休隨伙，赴席陪客當頭陣。東君！要知道請人還席總是侃。若有來借貸的窮人，休等他開口，先説自己窘，給他個無想頭，再不敢上門。又用小秤大斗，管甚麼背地良心。説誓衹當家常話，空中何能有靈神？閆王休嫌鬼瘦，雁過拔毛一根。

如此十年，你就是個財神，黄的是金，白的是銀，青銅大吊打成捆。蓋高樓，修大門，治田園，長子孫。那時節，我把窮字去了，做一個福禄星君，你轉過臉來把我親，還恐怕離了你的門。宰猪羊，買果品，設供獻，把香焚，立一座祠堂，叫我做正尊。

東君！我有句要緊的話兒聽我云：那時節，百事不足慮，萬事不求人，衹怕那天火來燒，强盗進門。那其間，焦頭爛額無人問，叫苦連天央四鄰；衹落的合莊快樂，一個個喜的都打滚！

學究[①]自嘲

〔西江月〕[②]四民士農工商，獨學究堪嗟[③]，凭着三寸不爛舌，但講詩云子曰，舉動一步三摇，滿口之乎者也。誰説萬般下品[④]，這高些不過五斗腰折[⑤]。

這首詞但講那三家村中冬烘[⑥]先生的景况。人但知爲師之

①學究——這裏指封建社會的教書先生，含有輕蔑的意味。

②西江月——明清俗曲的曲調名。原屬南吕曲，作小令用的極少。但在古典戲曲和小説裏作引證或形容事物用的却很多。在俗曲中一般也是作引辭用。

③嗟(jiē)——可嘆。

④萬般下品——出自"萬般皆下品，惟有讀書高"。意思是：一切事情都不如讀書高尚。這是一種輕視體力勞動的剥削階級思想。

⑤"這高"句——意思是：就算高級一些的讀書人，也不過爲了五斗米而向大官們躬腰行禮。這是引用晋朝陶潜的故事。陶潜在彭澤縣當縣官，郡裏派下來視察的官員。這時有人告訴他要穿上官服去拜見，他説："吾不能爲五斗米折腰，拳拳事鄉里小人！"五斗米是古時一種小官的薪資。折腰，行禮的意思。

⑥"三家村"句——三家村，比喻人烟稀少的村莊。冬烘，泛指不明事理的人；過去用來嘲笑教書先生。出自唐代鄭薰的故事：鄭薰當主考，把顔標當作顔魯公(顔真卿)的後人，取爲狀元。有人嘲笑他説："主司頭腦太冬烘，錯認顔標作魯公。"

樂，不知爲師之苦；人但知爲師者尊，不知爲師者賤。自行束脩①以上，衹少一張雇工紙；其徒數十，好象一出《奈何天》②。二三東主，却是一些八不凑③，大勢可傷，亦屬可笑。

暑往寒來春復秋，悠悠白了少年頭！
半饑半飽清閑客，無鎖無枷自在囚。
課少東家嫌懶惰，工多子弟結冤仇。
有時隨我生平願，早把五湖泛輕舟④。

詩詞既畢，復有叠斷橋⑤小曲相叙，將那十二月炎凉托出，好不可笑人也！

〔叠斷橋〕正月燈節過，正月燈節過，新歲東家來接我，螞蠟驢⑥馱着個癩怠貨⑦。心内暗揣摸，心内暗揣摸，今年新主更如何？問來人，説是也不錯。號書⑧上學，號書上

①束脩——捆在一起的十塊乾肉，是古代一種菲薄的禮物。這裏指學生向教師致送的酬金。

②《奈何天》——戲曲作品名，清初戲曲家李漁所作《笠翁十種曲》中的一種，内容是演闕素封醜貌變形的故事。此劇清初盛演，這裏借用劇目名表述對學生不聽管教無可奈何的意思。

③八不凑——不成樣子、不顧體面的人。

④"早把"句——五湖是太湖的别名；一説指太湖和它附近的四湖。泛輕舟，撑着輕快的小船，意思是駕着輕舟，遍游各地，再也不做私塾先生了。

⑤叠(dié)斷橋——俗曲的曲調名，産生於明末，清初已很盛行。現在曲藝的牌子曲中，尚多用此調(如"單弦""蘭州鼓子"等)。或叫"跌斷橋""接斷橋""祭斷橋"。

⑥螞蠟驢——又瘦又小的驢。螞蠟即螞蚱。

⑦癩怠貨——這裏指不成器的人。也叫賴呆貨。

⑧號書——把書中要學生讀的部分用筆標上記號。

學,學生前來把頭磕,東主拱拱手,一齊讓了坐。大家把酒哈①,大家把酒哈,東主性情難揣摸,寬與嚴,不知那着錯。

上了學,一大後②,東主全不把影凑③。俱是濟飯不濟人④,那管先生够不够。都説俺這東家好,誰想是塊擰筋肉⑤。

二月仲春來,二月仲春來,先生館中好悶哉!閑散心欲把朋友拜。心内暗徘徊,心内暗徘徊,恐怕東主説不該,口問心,依定門兒外。大勢⑥難猜,大勢難猜,誰想東主倒開懷⑦,説走走這個也不礙。喜氣盈腮,喜氣盈腮,不多一時轉回來,有管守怎肯久停待⑧。

去得快,來得早,喜歡壞了東家老。這個師傅想必好,輕易不肯出學門,工夫一定做不少。明日咱就出豆腐,管這日的⑨一個飽。

---

①哈——方言,同"喝"。

②一大後——經過一段較長的時間。土語。

③全不把影凑(còu)——全都不見面。

④濟飯不濟人——意思是:祇給這些飯,不管人的飯量大小。濟,救助的意思。

⑤擰筋肉——比喻性情偏執或吝嗇的人。

⑥大勢——總的趨勢,指當時的情况。

⑦開懷——暢快,痛快。

⑧"有管守"句——受約束的人怎能在外久留呢?管守,約束的意思。停待,停留。

⑨這日的——這個人。駡人的話。

三月清明到，三月清明到，先生館中暗計較[1]，黄邊錢[2]想必得兩三吊。心中樂陶陶，心中樂陶陶，打算糴米又治燒，早叮嚀務必都凑到。神思徒勞，神思徒勞，海底明月實難撈，顧體面怎肯開口要？滿腹心焦，滿腹心焦，東家説是款款着[3]，無奈何衹得乾陪笑。

清明節，雨紛紛，老先生，歸故村。來到家中添一悶，衹望腰纏十萬貫[4]，誰想竟是無半文。倚着槐樹穿黄襖[5]，誰想拾了一個嘴鼓墩[6]；今日當了襖，明日當了裙。

四月夏天來，四月夏天來，長天老日[7]好難挨，一日如同三秋邁[8]。館穀[9]漸漸衰，館穀漸漸衰，早飯東南晌午歪，粗面餅捲着曲曲菜[10]。吃的是長齋，吃的是長齋[11]，今年更

---

①計較——這裏是盤算的意思。

②黄邊錢——舊時使用的當中有方孔的銅錢；或稱“黄邊”，明代市語。

③款款着——慢慢的。這裏是等一等的意思。

④貫——舊時用繩把錢穿起來，每一千個穿一串，叫一貫。

⑤“倚着”句——諺語。槐，豆科落葉喬木，花黄白色，可作黄色染料。因此説有了槐樹就不缺黄衣服穿。這裏借喻依靠教書得工資就可維持生活。

⑥嘴鼓墩(dūn)——鼓着嘴，不高興的樣子。或作“嘴咕答”。

⑦長天老日——指夏天白晝時間比較長，日落遲。或稱“長天大日”。

⑧三秋邁——意思是一天的時間，好像有三季那麽長。三秋，這裏指三季。邁，長遠。

⑨館穀——原爲封建時代供給賓客的食宿。這裏指東家供給教書先生的食物。

⑩曲曲菜——野菜。莖直；葉瘦長，邊緣有不整齊的齒牙。味微苦，可以食用。

⑪長齋——這裏指終年不吃魚和肉。齋，素食。

比去年賽[①],南無佛從今受了戒[②]。魚肉誰買,魚肉誰買?也無葱韭共蒜薹[③],老師傅休把饞癖害。

日合月[④],實是長,這年景,又饑荒,先生旦休胡指望。杏花村[⑤]又遠,市脯不堪嘗[⑥]。東鄰家殺猪,西鄰家宰羊,酒肉不到口,天天光聞香。

五月是端陽,五月是端陽,先生運轉入財鄉[⑦],黄邊錢果然得一炕。更自恐惶,更自恐惶,節禮更送一大筐,棗兒粽想必不上賬。喜壞他師娘,喜壞他師娘,東家多情怎麽當?囑來人十倍多拜上:情誼難忘,情誼難忘,用心教他小兒郎,讀得好也是你名望。

迨[⑧]如今,世道反,重錢財,重衣衫,先生素號[⑨]叫窮酸[⑩],誰想也有這麽一番。打上一壺酒,買個咸鷄蛋,俺也做做自在仙。

---

①賽(sài)——好,强。這是來自滿語 saia(好)的借詞,在此是反語。

②"南無"句——没有魚肉吃,好像受戒當了和尚。"南無"是梵語 namas 的譯音,或作"那莫""那摩"。有"歸敬""歸命"等意思。受戒,通過宗教儀式接受了佛教的戒條、律法。

③"魚肉"三句——魚、葱、韭、蒜薹等,都是佛教戒律裏規定禁止食用的食品。

④日合月——如同説日月,指日子。

⑤杏花村——這裏泛指酒館。唐代杜牧詩:"借問酒家何處有,牧童遥指杏花村。"

⑥"市脯"句——買來的肉乾不可吃。脯,肉乾。市脯,買來的肉乾。見《論語·鄉黨》:"沽酒市脯不食。"

⑦入財鄉——發了財。

⑧迨(dài)——到。

⑨素號——一向的稱謂。

⑩窮酸——封建時代,譏誚窮苦念書人的稱呼。

六月火炎天，六月火炎天，好似長老①學坐禪②，小沙彌常把唐僧伴③。真乃腌臢④，真乃腌臢，八戒、行者⑤走近前，猢猻堂敢比古刹院⑥。説法登壇⑦，説法登壇，赤脚頭陀⑧把臂袒，揮青蠅全凭蘇州扇。困來欲眠，困來欲眠，執經請業到床前，打精神，與他講經卷。

暑伏天，熱難當，離不的，猢猻堂，黄口乳臭熏函丈⑨，山猫野獸多古怪，破喉嚨啞嗓千萬腔⑩。受了磨難不成佛，西天⑪笑

①長老——對佛學修養好、年紀較長的僧人的通稱。也作對一般和尚的敬稱。

②坐禪——佛教的一種修行方法。瞑目静坐，也叫打坐。

③“小沙彌”句——比喻每天衹有小學生陪伴着老師。沙彌爲梵語 srāmanlra 譯音的略語。小沙彌，就是小和尚，這裏比喻小學生。唐僧，指唐代高僧玄奘。即《西游記》裏的人物唐三藏。這裏比喻老師。

④腌(ā)臢(zā)——不清潔，不乾净。或作“骯髒”。

⑤八戒、行者——《西游記》裏的人物：猪八戒、孫行者。這裏比喻私塾裏的小學生。

⑥“猢猻堂”句——意思是：坐在學屋裏冷清無聊，好像住在古廟裏一樣。猴子叫猢猻，比喻小學生，所以猢猻堂比喻學屋。古刹院是指佛教的寺院，“刹”是梵語 yasti 的譯音，原是佛堂前立的刹竿，後來用爲寺院的代稱。

⑦説法登壇——登上法臺，講説佛教的道理。這裏比喻私塾先生講書。説法，和尚講説佛教的道理。壇，講臺。

⑧頭陀(tuó)——僧人的通稱，爲梵語 dhūta 的譯音。這裏是指私塾先生自比。

⑨“黄口”句——意思是：那些骯髒的小兒的氣味熏着老師。“黄口乳臭”：年幼無知的兒童。“函丈”原指古代老師講書的地方，因講席距學生約一丈，後來就用“函丈”稱呼老師。

⑩“山猫”二句——前句形容小學生調皮的樣子，後句形容小學生讀書時的奇腔怪調。

⑪西天——指古代印度。天，即天竺，古代印度，因在我國西方，所以稱西天。

煞唐三藏。

七月有七夕，七月有七夕，織女本是牛郎妻，他二人也有團圓期。館舍孤寂，館舍孤寂，白面書生正慘凄。算今生大半是鰥居[①]，紅顔嬌妻，紅顔嬌妻，有夫守寡他怎知？倒不如田舍農夫常相依。離恨誰知，離恨誰知？雙鯉難傳尺素書[②]，買張紙訴不盡相思意。

人生樂，在家庭，做師傅，豈無情？衹因八字[③]前生定，紅顔有夫常守寡，書生有妻伴孤燈。黄卷[④]有女美如玉，總然窈窕亦是空。

八月是中秋，八月是中秋，先生書齋暗添愁，金風[⑤]冷漸漸侵窗牖[⑥]。誰贈衾裯[⑦]，誰贈衾裯？綿單相續不自由，睡不着，獨自聽殘漏[⑧]。鴻雁過南樓，哀鳴嗷嗷觸心頭，聽一

---

①鰥(guān)居——無妻獨居。

②"雙鯉"句——意思是和家中通信困難。古人寫信多寫在素絹上，通常長一尺，所以稱尺素書。《文選・飲馬長城窟行》："客從遠方來，遺我雙鯉魚，呼兒烹鯉魚，中有尺素書。"

③八字——宿命論者把人的生年、月、日、時所值的"天干"和"地支"(甲乙丙丁等稱"天干"，子丑寅卯等稱"地支")叫"八字"，認爲人一生的禍福壽命，都由它决定。

④黄卷——書籍。古時用黄紙寫書，所以稱書籍爲"黄卷"。

⑤金風——秋風。

⑥牖(yǒu)——窗。

⑦衾(qīn)裯(chóu)——衾是被子，裯是單被。《詩經・召南・小星》："抱衾與裯。"

⑧殘漏——夜已殘時，也就是將天明時，這裹指夜將盡時的滴漏的聲音。漏是漏壺，古代用水計時的器具。

聲不覺眉頭皺。密雲不收，密雲不收，細雨簾前滴滴流，在外人正是凄凉候。

最傷懷，八月天，白露冷，秋風寒。日落何必聽猿喚，暮雨蛩[①]
鳴長夜殘。孤燈猶自恨衣單，從我陳蔡者，誰有綈袍憐[②]？

九月是重陽，九月是重陽，松菊猶存三徑荒，歸去來滿心添愁悵[③]。寂寂空房，寂寂空房，學生散去剩老張，盼燈火等到月兒上。三秋[④]更長，三秋更長，有夢不成夜未央[⑤]，聽鷄鳴不覺東方亮。滿地鹵霜[⑥]，滿地鹵霜，不用打點就坐堂，按楚囚[⑦]還是審的那張狀。

早起來，坐公案，無的説，無的幹，衹得從頭混一遍。好似觀

---

①蛩(qióng)——蟋蟀。

②"從我"句——意思是：我像孔子在陳蔡絶糧那麽困難，誰能幫助我呢？前句見《論語》，陳、蔡，春秋時的陳國和蔡國，孔子在那裹絶過糧。後句見《史記》裹范雎的故事：范雎做魏國大夫須賈的門客，因得罪須賈，於是他逃到秦國，改名張禄，後來做了宰相。須賈出使秦國，范雎假裝窮人和他相見；須賈可憐他衣服單薄，贈給他一件綈袍，後來知道他就是宰相，嚇得連忙請罪。范雎説："你能給我綈袍，還算有朋友之情。"就饒恕了須賈。綈袍，粗綢子做的袍子。

③"松菊"二句——這裹説的是因想家而發愁。前句來自陶潜《歸去來辭》："三徑就荒，松菊猶存。"徑，小路。荒，指草荒。歸去來："回家咧。"來，語助詞。

④三秋——秋季，也指秋季第三個月，即農曆九月。

⑤夜未央——不到半夜的時候。

⑥鹵(lǔ)霜——鹵，即鹼鹵，鹼地表面發白，像蓋着霜，所以稱霜爲鹵霜。

⑦楚囚——本意是："楚國俘虜。"後來比喻處境困難的人。引用《左傳》裹的故事：晋侯到軍府裹去，見鍾儀被捆着。問道："戴南式帽子被捆着的那個人是誰？"回答説："是鄭國獻的楚國俘虜。"

燈節[①],五鬼來鬧判[②],做事全不少,却少旁人看。

十月北風寒,十月北風寒,有爐無火炭難添,睡宿冷被窩,早起不敢戀。真乃清廉,真乃清廉,室如懸冰竈無烟,對生徒凍的牙打戰。天氣循環,天氣循環,去了那暑伏六月天,冷合熱俺可都嘗遍。滋味難言,滋味難言,那個苦來那個甜?久於齊誠非心所願[③]。

師傅逛,徒弟蹭[④],誰無初,鮮有終,十個九個是這病;早晨無有火,晚上無有燈,念破你那口,終是無人聽。

十一月飄雪花,十一月飄雪花,徐孺還在陳蕃榻[⑤],八面風吹的難招架。各人回家,各人回家,生徒十個剩倆仨,到晚來剩下師自家。衹得任他,衹得任他,追往咎來[⑥]待怎麼?好歹混兩天,大伙散了吧。敗柳殘花,敗柳殘花,既是官滿休也排衙[⑦],大弄髒未必他不駡。

---

①燈節——元宵節。農曆正月十五夜晚。

②"五鬼"句——舊時燈節花燈的名色。這裏借喻,以鬼比喻學生,以判比喻老師;鬧,是指玩耍的意思。

③"久於"句——大意是:長時間教書不是我的志願。見《孟子·公孫丑》,原句是"久於齊非我志也"。魯國是孔子、孟子的家鄉,爲古代文教事業發達的地方。後就借以比喻文教事業。

④蹭(cèng)——這裏是指"玩耍"的意思。

⑤"徐孺"句——比喻自己在嚴寒的天氣裏,還異鄉作客,孤孤單單地在板床上睡覺。引用徐孺子與陳蕃的故事:東漢時陳蕃做了太守,不接見客人,但特設一床招待名賢徐孺子。徐走後,就把床懸了起來。榻,床。

⑥追往咎來——追,追究。咎,怪罪。

⑦排衙(yá)——封建時代,官吏升堂時差役排班參見。這裏比喻裝腔作勢。

從今後，把氣賭，再不想着做師傅。老農老圃①皆可務，人既莫予重②，吾就該回故土。如此而不返，民斯爲下③乎！

十二月將近年，十二月將近年，不久就是二十三，這長工做的滿了限。再盼明年，再盼明年，又想新館接舊館，不教書也是無的幹。工滿價完，工滿價完，東家不少半文錢，到其間可也無的戀，喜地又歡天，喜地又歡天，師徒從此兩無干④，出學門大家分手散。

嘆光陰，快如箭，不覺的又一年，從今你我各一天，東家另把師傅雇，窮酸再把頭項⑤鑽。一拱⑥哈哈笑，這話然不然⑦。

【説明】

蒲松齡一生有極大部分時間都是在教書生涯中度過，艱苦備嘗，這篇《學究自嘲》就是以塾師生活一年經歷的憂患爲題材寫成的。作者對當時中下層知識分子的處境，以及他們的精神風貌和心理狀態瞭解得比較透徹，所以在作品裏能把"祇少一張雇工紙"的教書先生"爲師之苦""爲師者賤"的情景，在敘述描寫中加以具體的刻畫。語言犀利，文筆幽默，格外深刻感人。這在反映封建社會教書人生活的"苦"與"賤"上，是具有概括意義的。故對於後

---

①圃(pǔ)——種菜的人。
②莫予重——不尊重我。
③民斯爲下——就是最下等的人。見《論語・季氏》。
④無干——無關係。
⑤頭項——工作。
⑥拱(gǒng)——拱手作揖。
⑦然不然——是不是。

世同類題材的作品,曾產生影響。

據《蒲松齡集》下册第一七四二頁,在末段散説之後還有一段曲詞(曲調待考)和一首詩,原文是:

寒自知、苦自知,自嗟自嘆,嘆一回教書人兒好難:一個學生一個主,有愛寬來有愛嚴。欲待隨高就低,又怕玷辱了聖賢;欲待執法逕行,又惹出許多詈言。無奈何,好教我千難了萬難! 况今文風掃地,束脩甚是不堪;鋪蓋明講自備,僅管火紙燈烟;夏天無有蚊帳,冬裏不管煤炭,搬送俱在圈外,來回俱是自顛。抛妻抛子出門,人情事耽懸,細思好無來由,掙了幾串銅錢。又搭上寄居三年五載,鄉黨鄰里相煩,通啓回啓不少,請帖求帖多端,分書文書猶可,還有那休單冤單。有心不與人寫,惹的人駡窮酸。一旦俱要應承,何日是個清閑? 外人不知苦楚,反説那世修的周全,安坐無點事事,逐朝每日三餐。殊不知:一字思想不來,極的兩眼棒鑽。天那天! 好容易端的人家碗!

墨染一身黑,風吹鬍子黄;
但有一綫路,不作孩子王。

但是,這種曲文不見於本書校訂時用的幾種别本,從它的内容抒寫和格律形式看,與前文并不協調,或爲後人傳抄時所增添。

千古快

第一聯[1]　遣將

却説:孔明祭起東南風[2],助周郎[3]燒那曹操,到了樊城[4]。

東南風一陣助周郎,百萬雄兵一掃光。老賊縱然燒不死,把脚一跺,説:教他皮肉焦爛骨頭傷!

笑説:“妙哉,妙哉! 俺祭起東南風助周郎,我想這時老賊着了處[5]也,他必然弃甲丢盔[6]而走。待俺略使小計,教他插翅難飛!”

①聯——聯章的簡稱,同“章回”的“回”。

②祭起東南風——祀神,借神力刮起東南風。這是迷信説法。

③周郎——周瑜。他輔佐孫策、孫權,官至前部大都督,因爲年輕英俊,人們稱他周郎。

④樊城——在今湖北省襄樊市。

⑤着了處——中了計謀。

⑥弃甲丢盔——形容吃了敗仗狼狽逃跑的情形。甲,是古代打仗時穿的護身衣,多用皮革或金屬製成。盔,是古代打仗時戴的帽子,是用銅或鐵製的。

〔黄鶯兒〕[①]連天火燒，東南風陣陣高。百萬雄兵，填不滿火神廟。我想那曹操，必定逃奔來走夷陵[②]道。老雜毛，由此經過，休想把你饒！

"衆將何在?"傳了一聲，關、張、趙、糜五將俱到，孔明點名，叫："趙雲。"答應："有。"孔明説："今日你在赤壁山前鏖兵[③]，曹操百萬人馬，必然盡喪。老賊到四更天時，必到烏林[④]，你便那裏埋伏。這烏林草密，可放火燒之！"

烏林埋伏着，你聽聽四鼓敲，那時節老賊必然到。他那裏一燒，俺這裏再燒，能通神，也教他賊頭吊！老曹操，賊毛滿嘴，今夜也胡焦！

"他起初逃走，跟的勇將還多，這頭仗非子龍不可，須得小心！"答應："是！得令。"又叫："糜竺、糜芳。"答應："有。"孔明説："北夷陵爲葫蘆峪，你二人可去埋伏。那峪裏有窄窄一條出路，樹木甚多。那老賊天明必到，殺他一陣，放火燒之！"

精兵領一標[⑤]，葫蘆峪等曹操，須要伺候[⑥]他天明到。那一番燎毛，這一番皮焦。奸似賊，不出我胸中料，縱然能

---

①黄鶯兒——明清俗曲中的曲調名，南北曲中本屬南商調曲。在俗曲中，這一曲調多是供表現嘲謔調笑用的。明代嘉靖年間已有作家使用此調進行創作，通俗小説中也有用爲插曲的，清代仍流行。

②夷陵——在今湖北省宜昌縣東。

③赤壁——在今湖北省嘉魚縣。鏖(áo)兵——大規模的、激烈的戰鬥。

④烏林——與赤壁山隔長江相對。

⑤一標——一股。

⑥伺(sì)候——這裏是偵察等候的意思。

逃，連頭帶腰，也起個大燎泡①！

"他到這裏，還不甚困乏，一人不能擒他，得你兄弟同去。"答應："得令。"又叫："張飛。"答應："有。"孔明説："你領一支人馬，順路北下去，但見曹操殘兵敗將，斬他的首級，奪他的器械。"

江上火連天，燒不死順江邊，燒不死必然齊逃竄，伏一伏雕鞍，加一加馬鞭，儘奪儘殺從君便。這一番盔甲滿載，齊唱歌舞還。

"還有一句話囑咐你：到了午轉②時候，要到雙陵頭大路上歇馬③，休得遲誤。"又叫小校。答應："有。""您幾個去北夷陵道旁，熰④着數堆烟火，休要斷絶。"答應："得令。"

却説：玄德在屏風後待了多時，聽到這裏，一步出來。慌的孔明下了座，讓他坐下。玄德説："軍師差矣！你既望他這一路來，又熰着火，他看見烟起，怎肯從這條路來也？"

〔耍孩兒〕既要他，這裏來，又熰着，火幾堆。反教知道兵馬在，就是個嘲巴⑤也不來；况那賊，奸又乖，必然遠躲天涯⑥外。我聽着軍師調遣，到這裏教人難猜。

孔明説："皇叔不知。兵法有云：'因人用計。'他若是個粗人，

①燎泡——皮膚被燒傷或燙傷後，腫起的水泡。

②午轉——過了午時，午時爲上午十一時至下午一時。

③歇馬——休息。

④熰(ǒu)——烟大火小的一種燃燒。

⑤嘲巴——傻子。是土語。

⑥天涯——這裏指極遠的地方。

我便上南夷陵諕①他，他必然往北夷陵來矣。正因着曹操甚詭，看見烟火，他意料必是疑兵，斷然無人，反照着烟火來也。”

論兵法，無正規②，那敵人，看是誰。從來戲法人人會，粗人就合他行粗法；争奈③曹操奸似賊，他既奸，就合他把奸對。俺布下天羅地網，要教他插翅難飛！

玄德拱手稱道：“謝軍師妙算，誰人能知。軍師完了麽？”孔明説：“完了。皇叔衹穩坐樊城，衹等衆將獻功④便是。”關爺久等，見不用他，便氣衝衝的大叫：“軍師！末將從來上陣死殺，不曾退後，今日伺候多時，獨不用俺，是何緣故？”

論死殺，數俺强：誅文醜，斬顔良，五關也曾斬六將。怎麽諸人都用了，單留下俺關雲長？這事教人忿不上⑤！若叫我匹馬獨去，揮大刀殺上許昌！

孔明説：“將軍息怒。不是不用你，到有個極吃緊的去處，極得一員大將；衹是躊躇⑥了幾回，不敢奉托。”關爺説：“怎麽説？”孔明説：“聽我道來。”

我想那，老曹操，葫蘆峪，燒不焦，必然要走華容道。象汝將軍有幾個，當道攔住怎能逃？就是一點不大妙。關爺

---

①諕（xià）——義同嚇。

②“論兵法，無正規”——這一曲和以下三曲的曲調，還是“耍孩兒”。兵法，即戰略和戰術。

③争奈——怎奈。

④獻功——戰勝後兵將進獻戰利品。

⑤忿不上——氣忿不過。

⑥躊躇——猶豫不決。

說:"那一點?"孔明大笑說:你合他平日相厚①,怎麼肯頂上②一刀?

關爺說:"豈有此理! 他雖然待俺有情,我已是報了③他了。他若來時,我怎肯放他!"孔明說:"這等極好。設或④放了他着,該怎麼處?"關爺說:"割下頭來! 設或他不走華容道,却也是軍師失計⑤。"孔明說:"若是他不走華容道,我也照樣砍頭。咱就立下軍令文書⑥。"關爺說:"咱就寫下罷!"

軍令狀,甚是嚴,打賭賽,休當玩,一言既出難更變。誰輸了誰頭割下來,盛來衹用個金漆盤,皺眉不是男子漢! 上邊有皇叔作證,到日後不許食言⑦!

孔明寫完,給玄德看了一回。遞給關爺看了,說:"就是這等!"孔明說:"雲長再思一思,若不能殺那曹操,不如不去,省得那時懊悔。"關爺搖頭說:"思他怎的!"孔明說:"既然這等,請了。"關爺上馬加鞭而去。孔明合玄德也就散了。

詩曰:

不斬曹瞞⑧勢不休,君王穩坐望江樓;

---

①相厚——互相間交情深厚。

②頂上——頭頂上。

③報了——已報答過了。

④設或——假設,或者。

⑤失計——計謀錯誤。

⑥軍令文書——依軍法具結的保證書,也就是軍令狀。

⑦食言——說了不算。

⑧曹瞞——曹操乳名阿瞞。

北來一道紅塵滚,馬上提歸老賊頭。

【説明】

《千古快》是取材於《三國演義》第五十回曹操敗走華容情節而寫成的。作品雖是繼承了宋、元以來説話人和演義家們對曹操的描寫,但在情節的具體安排上却有了較大的改變。它不僅把曹操敗走時的狼狽相刻劃的淋漓盡致,并且讓張飛截殺,“一矛刺去,曹操落馬”,被分心刺殺;而在“慶功”“燒耳”兩聯裹更對曹操加以痛駡。這裹所以如此安排情節,描畫塑造,主要是作者認爲“天下事不必定是有”,符合人民意願的“好事在人做”,所以第四聯曲末詩曰:“華容一事千秋悶,未斬奸臣老賊頭;不是一矛快今古,萬年猶恨壽亭侯。”

第二聯　快境

却説:曹操中了連環計①,把幾萬隻戰船纜②的緊緊的,穩坐船樓,單等東吴來降,自在之甚。

志氣騰騰貫九霄③,雄兵百萬壓江潮;

①連環計——這裹指龐統向周瑜提出的擊敗曹操的計策。按照《三國演義》:龐統假裝投靠曹操,取得信任以後,借曹兵不習水戰的弱點,勸曹操把戰船用鐵環連接起來。曹操聽信了他的話。結果在周瑜火攻戰術下,吃了大敗仗。

②纜(lǎn)——繫船的粗繩。這裹作動詞用,是“拴”的意思。

③九霄——天空極高的地方。

直將一指遮①吴境，銅雀春深鎖二喬②。

"吾乃曹操是也。今夜吴兵來降，叫人探聽一遭。"

【耍孩兒】撚鬍鬚，氣昂昂，等吴兵，來投降，差人不住往東望。一馬平吞③東吴境，萬船填滿揚子江，孫權那在心坎上。不日間兩國到了手④，這老瞞快樂非常！

仰起頭來説："呀！東南風起了。若吴兵來降時，且休教他進寨，看有詭詐。"都答應："是。"却説：吴兵各帶火把，用小船裝載硫磺，摇櫓來了。

【倒扳槳】⑤周郎定計捉曹操，裝載硫磺火焰硝⑥。那怕曹營兵百萬，定不留他一根毛！火盡燒，三軍不用動槍刀，動槍刀，那裏逃？尸滿長江水不潮。也麽咳，咳，蓮花花

---

①遮——掩蔽，這裏有"遮擊"的意思。

②"銅雀"句——本是唐代詩人杜牧的詩句。銅雀，指銅雀臺。二喬，是漢太尉喬玄的兩個女兒；大喬嫁給孫策，小喬嫁給周瑜。按照《三國演義》：曹操筑銅雀臺，曹植勸他再建玉龍、金鳳二臺，用兩座橋把它們連接起來。曹操聽從了他的意見。在古代，"橋"和"喬"字形相同，曹操率軍南征，諸葛亮爲激起周瑜抵抗曹操的决心，就把"二橋"説成"二喬"。這句詩就是以諸葛亮的説法爲根據的。

③平吞——掃平、吞滅。

④"不日"句——不日，不久。兩國，指劉備和孫權二集團，也就是三國形成以後的蜀和吴。

⑤"倒扳槳"——明清俗曲的曲調名，也叫"倒搬槳"。現在曲藝如"單弦""河南曲子""蘭州鼓子"中還流行這個曲調，名"倒推槳""倒推船"。它的風格清脱嫻麗，旋律幽雅婉轉，適合表現吟頌贊嘆。也能表現凄惻哀怨的思想感情。

⑥火焰硝——即硝石。

裏一朵梅花落[1]。

曹兵趕着來船大叫:"丞相吩咐,且休前來!"叫了幾聲,吴兵不應,竟[2]往前走。

低頭不語往前行,萬櫓齊摇不住聲。吱吱呀呀一片響,小船風快如流星,小船風快如流星,進曹營,一齊吶喊殺曹兵。也麽咳,咳,蓮花花裏一朵梅花落。

到了曹營,齊聲叫:"殺",都用火把燒將起來。大叫:"休走了曹操!"燒的那曹兵亂竄。曹操慌極説:"中了他的計了、計了!"許褚、張遼、徐晃、張郃盔歪甲斜,來扶曹操,説:"丞相快换衣帽,看人認的!"帽也倒了,衣也敞着,帶百十個兵卒好跑。曹操去了不提。

且説:那船上八十三萬人馬,被吴兵好殺好燒,死了個盡絶。那吴兵齊唱凱歌而還。

殺的殺來燒的燒,亡人死馬滿江漂。魚鱉都吃燒人肉,可惜走了老曹操,可惜走了老曹操。雖然逃,縱不膽戰也魂消。也麽咳,咳,蓮花花裏一朵梅花落。

却説:喊殺連天,曹操魂不附體,跑了半宿,纔不聽的吶喊。説:"衆將,你們都看看,我有頭呱[3]没有?"都説:"丞相,你看没有頭怎麽説話?"曹操説:"有頭還好!"

【耍孩兒】離大江,百里遥,走一步,哭嚎啕,咱祇當也把頭

---

①"也麽咳,咳,蓮花花裏一朵梅花落"——這裏曲調裏的"泛聲",也就是没有實在意思的虚聲或襯腔。

②竟——表示出人意料的詞語。

③呱——語氣詞,同"呀"。

來吊；既然有頭還不錯，大丈夫那怕小兒曹[①]！到京定把仇來報！咱也要加鞭快走，怕孔明詭計難招[②]。

却說：曹操一氣跑了半夜，人困馬乏。“咱且慢走幾步。”曹操掩面流泪。

不聽的，吶喊聲，定定神[③]，慢慢行，八卦爐中逃性命[④]。雖然火裏没燒死，鬍子短了一揸[⑤]零。百萬人一個何曾剩！我已是用兵半世，這場虧忒也傷情！

“前邊什麼去處？”都説：“是烏林。”曹操一看，哈哈大笑。都説：“丞相正哭，如何又笑？”曹操説：“我笑得諸葛亮，人都説他用兵如神，看來也是虚名。若是會的[⑥]，着這裏安下一隊人馬，不罷了[⑦]咱麽？”

人説起，卧龍岡[⑧]，齊孫臏、漢張良[⑨]，拿來説比諸葛亮；可見人言不足信，看來兵法也尋常，到底不如我曹丞相。若是這裏埋伏下兵馬，咱爺們逃向何方？

①兒曹——後生小輩，含有輕視的意思。

②難招——難以抵擋。

③定定神——凝神鎮定的意思。

④“八卦”句——來自《西游記》，用老君的八卦爐裏，逃走了孫行者的情節作比喻。

⑤一揸——同一拃（zhǎ），伸開拇指和中指，兩個指尖間的長度。

⑥會的——能力高强的。

⑦罷了——消滅了，死了。

⑧卧龍崗——地名。諸葛亮輔佐劉備以前，曾隱居在卧龍崗。這裏是以地名代人名，指諸葛亮。

⑨“齊孫臏、漢張良”——孫臏，戰國時齊國軍事家。張良，漢初政治家，漢高祖劉邦的重要謀士。

都説:“孔明那裏跟上[1]丞相的。”一言未盡,一聲炮響,火把齊明,一將大叫:“曹操認的俺常山趙子龍麽?奉將令等你多時!早早留下人頭,放你過去!”

【皂羅袍】[2]叫曹操留下腦袋,做夜壺不費安排,摳眼彈[3]刮了毛腮;鑲上銅幾年不能壞。早早下馬,休要掙揣[4],槍刀没眼,怕壞了天靈蓋[5]。

曹操戰戰説道:“怎麽了!怎麽了!”張郃、徐晃説:“許褚,你保着丞相快走,俺二人去敵一陣。”上前合子龍死殺。但見火焰衝天,曹操説:“了也了不的了!四下裏是火,往那裏逃走?”

【哭皇天】[6]哩溜子喇,喇哩子溜[7],百萬雄兵一旦休,一旦休!那裏投[8]?教人傷慟[9]泪交流!纔自江東逃出命,又遇趙雲要老頭。駡諸葛,老賊頭,平地掘成萬丈溝。一行

①跟上——這裏是“及”的意思,是從能力强弱上説的。

②“皂羅袍”——明清俗曲的曲調名,南北曲中原屬南仙吕曲,散套中常用。在俗曲裏,明代曲藝的“寶卷”和民歌的長篇“山歌”裏,常采用這個曲調。現代曲藝“蘭州鼓子”中還用它。

③摳(kōu)眼彈——用手指挖取眼珠。眼彈,眼珠。

④掙(zhèng)揣(chuài)——掙扎。

⑤天靈蓋——頭蓋骨。

⑥哭皇天——明清俗曲的曲調名,又名“玄鶴鳴”,原屬北仙吕曲,常見於散套。明代流行很盛。

⑦哩溜子喇,喇哩子溜——是曲調中的泛聲。

⑧投——投奔。

⑨傷慟——悲傷痛哭。

殺人又放火,合你前世[①]裏甚冤仇?我的哥哥喲,咳,咳,我的皇天[②]!

許褚説:"丞相快走!追兵就到。"曹操説:"罷了,罷了!"衹得捨命抱着頭大跑而去。却説:三人戰了多時,張郃腿上被子龍着[③]了一下,兩個纔逃了。子龍説:"饒你狗命去罷!"

却説:曹操正走,天又下雨,便説:"苦哉,苦哉!又下起雨來了!天那[④],天那!"

趙子龍用火攻,何不早早往下傾[⑤]?這兩單留着折掇[⑥]俺,大駡龍王太不通。順臉流水濕馬鬃,山水呼呼往下衝。今日真是活倒運,跴着蝎子按着蜂[⑦]!我的哥哥喲,咳,咳,我的皇天!

你看這水好利害,正走着把馬絆倒,闖下來,説:"死了,死了!"許褚、張遼扶他上馬説:"看有追兵,快走,快走!"又跑了一回説:"好了,天明了。"叫李典:"你登山望一望,探探虛實,兩條路看那一路無兵。"李典答應一聲,上山去了。曹操説:"冷的緊!且下馬把衣服擰擰。"

雨又大,水又深,渾身上下水淋淋。西北風來好不冷,凍

---

①前世——同"前生"。封建迷信説法;人死以後,他的靈魂仍能轉世"托生",稱過去的一生則爲"前世"或"前生"。

②"我的哥哥喲,咳咳,我的皇天"——這是曲調中的泛聲。

③着——刺中。

④那——同哪。

⑤傾——傾倒出來,形容雨勢很大的樣子。

⑥折掇(duō)——折磨。

⑦"跴着"句——比喻一再遭遇不幸。跴(cǎi),同"踩"。

的我幾乎近了心[①]! 打寒森[②],好難禁[③],忍寒挨凍到如今。給我把衣服擰一擰[④],撲撒撲撒[⑤]前後襟。我的哥哥喲,咳,咳,我的皇天!

擰了擰衣服説:"給我穿上。"李典回來,曹操説:"看的如何?"李典説:"這一路是上北夷陵,望見有些烟火;那一路是上南夷陵,却極寧静。咱上南夷陵罷。"曹操説:"我偏要上北夷陵。"衆人説:"既有烟火,必有埋伏。"曹操説:"這兵法家虚虚實實之法,你那裏曉的!"

【呀呀油】[⑥]静悄悄,静悄悄,必然有兵埋伏着。他要哄俺這裏來,俺可怎肯上他套[⑦]? 把火燒,把火曉,虚張聲勢把人撈[⑧]。他意料我不敢行,我偏走這條道。

"這是孔明詭計,那清處必有埋伏,有烟火處必定無人。這奸計,去要哄别人,如何哄的我? 我偏上北夷陵。"

他雖通,他雖通,怎麽哄的老祖宗? 我用兵用了三十年,這個方法常常用。用火攻,用火攻,偶然中了他計牢籠[⑨]。

---

①近了心——同禁了心,心裏難受的不得了的意思。

②打寒森——寒顫。

③難禁——難以忍受。

④把衣服擰一擰——指擰擠掉衣服上的水。

⑤撲撒——舒展開。

⑥呀呀油——清俗曲的曲調名,或作"呀呀喲""呀呀優"等。此調始於清初,流行北方。現代曲藝中還用它,如"蘭州鼓子"中名"咿兒喲"。適合表現輕鬆活潑的情緒。

⑦套——圈套,計謀。

⑧撈(lāo)——這裏指欺騙。

⑨計牢籠——同"牢籠計",計策。這裏爲了押韵把"籠"字放在後邊。

有朝一日到京都，咱可再把機關弄[1]。

少時，許張二人來了。曹操問："來了麽？"答應："來了。張郃中了槍了！"曹操慌忙去看，説："好，好！雖透了甲，幸而傷不甚重。如今人困馬乏，須要尋個去處，歇歇人馬，烤烤衣服，做些飯吃。前面不知什麽去處？"衆人説："到了葫蘆峪了。"曹操説："速速埋鍋造飯，給我烤烤衣服。"衆人聽説，都去奔忙。曹操坐下一瞅[2]，哈哈大笑。衆人説："丞相，烏林一笑，笑出個趙子龍，如何又笑？"曹操説："還笑的孔明無智。"

笑孔明，笑孔明，這裏兵馬好安營；若是安下一支兵，咱可真正難逃命。這裏平，這裏平，他還是個小後生；雖然有點小計謀，到底也還上不的凈[3]。

"你説這裏埋伏下兵馬，咱那裏逃走？"言還未盡，一聲炮響，跑出兩員大將，大叫："曹操休走！俺乃糜竺、糜芳，奉將令取你首級！早早下馬，免動刀槍！"

〔皂羅袍〕奉將令取你首級，早下馬是你便宜；刀槍一動剁如泥，那時休説咱無仁義。割了奸肉，剥了賊皮，也給朝廷家出出骯髒氣[4]！

曹操又戰戰起來，衆人扶他上馬。一干人顧不得困乏，一齊亂戰。那蜀兵放火，滿峪皆着，燒的曹兵弃甲丢盔，死的死，殺的殺。二糜得了衣甲器械而去。

---

①機關弄——機關，計策。弄，制定和執行的意思。

②瞅（sǎ）——瞧。

③上不的凈——有缺陷，照顧不周全的意思。

④骯髒氣——不得發泄的怨氣。

却説：那峪裹衹有一條出路，曹操被將護着逃出性命。都説：“丞相身上還有火哩！”給他搓殺[①]。曹操説：“怎麽又吃一場横虧[②]，好恨人也！”

【呀呀油】好奸徒，好奸徒，燒的我鼻臉黑又烏！不惟[③]説是衣服燒，身上燎泡無其數。天叫孤[④]，天叫孤，一統天下坐皇都，儘他怎麽弄機關，自然還有天加護[⑤]。

説不的人困馬乏，衹得慢慢走去。説：“惱死我也！”

慟傷心，慟傷心，眵眉呆眼[⑥]欺負人。不是他的武藝高，原是自己交死運。爲了君，爲了君，拿住周郎抽了筋；還把孔明剐千刀，方纔解我心頭恨！

衆人説：“前邊是華容道了。”曹操走去看了看，大笑説：“好了，好了，虧了孔明失計，這裹没有兵馬。”

我孤穹[⑦]，我孤穹，人困馬乏肚裹空。萬死千生跑出來，象是一個南柯夢[⑧]。到華容，若有兵馬往上衝，拴縛衹用一條鎖，何須又把刀兵動？

正説着，一聲炮響，轉出一支人馬，爲首大將高叫：“關雲長在

①搓(cuō)殺——搓滅了。

②横虧——出於意外的損失。

③不惟——不僅。

④孤——封建時代王侯的自稱。

⑤天加護——老天保佑。

⑥眵(chī)眉呆眼——痴呆的樣子。

⑦孤穹(qióng)——如同説“孤家”，是封建時代王侯的自稱。與“孤”同。

⑧南柯夢——唐代李公佐寫《南柯記》，説淳于棼(fēn)夢見自己作南柯太守，享受了二十年的富貴榮華，醒後纔知道那是一場夢。此後，有的人就把夢叫“南柯”，或叫“南柯夢”。

此!"曹操諕的魂不附體,説:"可死了,可死了!"一干人戰戰成塊[①]。關爺又叫:"早早投降,饒你性命!"

〔皂羅袍〕有本領夾馬就上,闖過去算你命長。我有刀來你有槍,前前搐搐[②]不成像。待要不戰,下馬投降。孔明若喜,未必不把你放。

大家光戰戰起來。許褚説:"咱捨命合他决個勝負罷!"張遼説:"咱人困馬乏,怎是個敵手!如今衹有一策:關雲長雖然勇猛,他生平打的犟漢[③],不肯打死蛇;何况丞相待他甚有恩情,他爲人義氣,咱合他説好的,未必不見面生情。不如丞相親去。"曹操無奈,衹得欠背躬身[④]到了馬前,説:"將軍好麽?"關爺喝了一聲説道:"待死殺,就死殺,問俺怎的!"

何勞你問俺近况?殺過我,放你顛槍[⑤],馬上誰合你敘家常?費唇舌,上不的正經賬[⑥]。打伙[⑦]商量,或殺或降,軍令森嚴[⑧],誰把人輕放!

曹操説:"我在將軍身上也有好處來!"關爺説:"你那好處,我已是報答過了。"

---

①戰戰成塊——戰抖的很厲害。
②前前搐搐(chù)——進退不定的樣子。
③犟(jiàng)漢——性格倔强執拗的人。
④欠背躬身——行禮的樣子。
⑤顛槍——跑。
⑥上不的正經賬——意思是不能做爲正經事。
⑦打伙——合伙。
⑧森嚴——這裏是嚴肅,不講私情的意思。

俺當年曾領大教，你待俺情義也高。顔良、文醜把頭梟①，那時已把恩情報。今日相遇决難輕饒！不敢徇私②，我實相告。

“點點人數，聽俺綁縛。”一個、二個、三人，共十六個。曹操説：“將軍，你忘了過五關、斬六將③時節麽？”關爺回頭自思説：“可是老賊雖然可恨，今日却也可憐。舊日交情，忽然打動④，可怎麽處⑤？”張遼見他躊躇，搯⑥了搯曹操，説：“還不逃命，更待何時？”果然哄的聲跑了。關爺見他跑了，大喝一聲，那十六個人一齊跪下。關爺又不動手；他爬起來，上了馬，好跑。關爺低頭説：“這可怎麽處？”叫三軍⑦快趕。衆人説：“去遠了。”關爺長吁了口氣，説“也罷！一時自己没分曉⑧，且聽軍師去發落⑨。”

---

①“顔良”句　顔良、文醜，三國時袁紹的勇將。按照《三國演義》：關羽在下邳投靠曹操，深受重視和優待。當曹操受顔良和文醜攻擊時，他爲報答曹操對他的恩德，斬了顔良、文醜。把頭梟（xiāo），把頭砍下來，挂在高杆上示衆。

②徇私——講私人情面。

③過五關、斬六將——闖過五個關，斬了六員守關大將。按照《三國演義》：關羽投靠曹操以後，探知劉備下落，便離開曹營去找劉備。他一路遇到曹軍阻攔，因此過東嶺關斬孔秀，過洛陽斬孟坦、韓福，過汜水關斬卞喜，過滎陽斬王植，過滑州斬秦琪。

④打動——動摇了决心。

⑤處——處理。

⑥搯（tāo）——這裏是觸動的意思。

⑦三軍——封建時代對軍隊的總稱。

⑧没分曉——分不清是非，失了主意。

⑨發落——處置的意思。

那孔明纔能出衆，掐指兒算定[①]關公，方纔老鱉在甕中，一刀就把殘生[②]送；一時昏惑[③]放過華容，事到而今，懊悔中何用？

關爺領兵回去不提。却說：張飛一路截殺[④]曹兵，奪了許多兵器。隔着大林不遠，叫三軍："軍師教俺午時歇馬，休要違了將令。"

俺凛凛一條好漢，不教俺截殺曹瞞。殺兵斬將好幾番，一次何曾用着咱？前邊下馬歇雕鞍，大小三軍都把功勞獻。

"這個大林，就好歇馬。"不免下馬進去，到了裏邊坐下。有獻耳級[⑤]的，有獻器械的。小校來報："曹操逃下來了。"翼德驚道："哎呀！快牽馬來！"上了馬大笑説："好妙，好妙！"

那孔明兵機[⑥]神妙，他已是算定曹操，一處不死一處逃，午時三刻必然到，在此歇馬，等着正好。這個乖子[⑦]，看看你那裏跳？

不一時，曹操來到，説："前邊是上京的大路，可無事了。"張遼一望説："林裏有人！"正説着，翼德一馬飛出來，大喊一聲：

---

①掐(qiā)指兒算定——拇指點着其他手指計算，是迷信傳説中的一種占卜術。

②殘生——將要結束的生命。

③昏惑——糊涂。

④截殺——攔阻擊殺。

⑤耳級——從秦代開始，軍人以斬殺敵人的多少論功升級。因此，稱所殺敵人的人頭爲首級。後來，以首級上的左耳代人頭，稱左耳爲耳級。

⑥兵機——同"兵法"。

⑦乖子——昆蟲名。也叫蟈蟈兒、叫哥哥。這裏指逃竄的曹操。

“張翼德在此！老賊那裏走？”不用分説，一矛刺去，曹操落馬。許褚來救，又一矛刺去，攮[①]了個透亮。那别人喪膽亡魂，各逃性命。三軍把二人首級梟了，獻於翼德。翼德哈哈大笑説：“奸賊，奸賊！一般也有今日麼！”提過曹操的頭來，端相了一遍。

看様兒奸雄無對，毛滿腮兩道濃眉，端詳真是老奸賊；老奸賊，思量要篡君王位，皮焦毛落相吃大虧。爲什麽一矛刺死，半點事兒全不費？

“趕了個瘸脚鬼兒，討愧的緊[②]，奸賊，奸賊！你記的害人麽？”

漢天子何人打救，一任[③]你殺斬存留；禰衡[④]死在鸚鵡洲，又因何杖殺伏皇后[⑤]？殺了文若，又殺楊修，那董、馬兩家都吃你的肉[⑥]！

把頭拴在矛上，抗將起來，大笑着説：“快哉，快哉！都象這一

①攮（nǎng）——扎，刺。

②討愧的緊——很慚愧。

③一任——任凭。

④禰（mí）衡——字正平，性情剛傲。富有才學。一次，他痛駡曹操，曹操想殺他，又怕落得殺害賢人的名聲，便命他去勸説劉表投降，以便借劉表的手殺害他。劉表識破此計，把禰衡送給黄祖。後來，禰衡又駡了黄祖，被黄祖殺死在鸚鵡洲。

⑤伏皇后——漢獻帝的妻子，因謀殺曹操而被亂棒打死。

⑥“殺了”三句——文若，荀彧的字，曹操的重要謀士，因不同意曹操稱魏公，被曹操逼迫自殺。楊修，字德祖，是曹操的主簿（主管文書簿籍的官吏），富有才智，曹操忌妒他，以惑亂軍心罪名把他殺害。董、馬，指董承和馬超。董承是漢獻帝的舅父，因謀害曹操，全家都被殺害。馬超字孟起，漢末爲偏將軍，投靠劉備後，升爲驃騎將軍。曹操曾殺死他的父親馬騰，後又殺他全部同族人二百多口。

矛,不出三兩矛,'天下大事定矣!'"

詩曰:

祇當賊頭是鐵銅, 割來也是軟沽濃①;
凱歌直到中軍帳②, 一手提來獻首功。

第三聯 慶功

却説:孔明和玄德坐在帳中。玄德説:"這一回拿住曹操了纔好。"孔明説:"雲長必然放了他。"玄德説:"祇怕也未必。他不想那個軍令狀麼?"

【銀扭絲】③我想二弟雲也麼④長,一世爲人性氣剛,最傲强⑤,喜他一片好心腸。一言既説出,生死不能忘,况是立下賭頭狀⑥;祇怕那曹操性命長,捉他不住溜了繮⑦。我的天⑧,趕上難,可是難趕上!

---

①軟沽濃——軟綿綿的。

②中軍帳——主帥發號施令的行軍帳。

③銀扭絲——明清俗曲的曲調名。又名"銀絞絲""銀紐絲"。這曲調自明代中葉以來,到現在一直流行。現代曲藝裏用牌子曲演唱的曲種,如"四川清音""河南曲子""蘭州鼓子""單弦"等多有這一曲調。歷來一些地方戲曲中也常用。曲調風格喜俏活躍。

④也麼——是襯詞,没有實在意思。

⑤傲强——孤傲倔强。

⑥賭頭狀——以殺頭爲賭注的軍令狀。

⑦溜了繮——牲畜脱繮逃走。

⑧我的天——是襯詞,不作實在意思解釋。

孔明説:“不然。曹操到華容已是力盡筋舒①,衹消②刀一割而已。”玄德説:

我想那曹操老賊也麽奸,雄兵百萬下江南。老曹瞞猛將還有數十員:張郃也驍勇③,許褚敢當先,張遼、徐晃皆能戰。若是天意④滅曹瞞,殺了奸賊大事完。我的天,獻猪羊⑤,就把猪羊獻!

“兵馬也該有來的了?”孔明説:“眼下便見雲長放了他,或者翼德可不放他。”

却説,子龍得意而歸,説:“被俺殺的痛快! 來此已是中軍帳,待俺進去。”孔明起來説:“辛苦了!”子龍獻首級,便説:

【耍孩兒】老曹操,到烏林,果然有四更時分。大炮一聲排成陣,軍士滿山去放火,張郃被俺攮斷筋。曹操死命生逃遁⑥。雖没把老賊拿住,可也是喪膽亡魂。

孔明説:“拿酒來,給子龍賀功。”三人飲酒。二糜來到説:“皇叔、軍師在此,待俺下馬進去。”孔明説:“鞍馬勞頓⑦了,請坐!説説那戰鬥俺聽。”二糜説:“有耳級在此。”

---

①力盡筋舒——筋疲力盡。
②衹消——衹需要。
③驍(xiāo)勇——勇猛威武。
④天意——上天的意思。
⑤獻猪羊——這裏説的是用猪羊祭天,酬謝上帝,慶祝勝利。
⑥死命生逃遁——拚命逃竄。
⑦勞頓——疲勞困頓。

葫蘆峪裏埋伏着，聽了聽，五更敲，待了霎①老賊纔來到。大喝一聲殺出去，四下裏軍人放火燒，一群齊把皇天叫。殺了的割了耳級，可惜是走了曹操。

孔明説："就好，就好！快斟酒，給二位賀功。"

却説：關節懨頭搭腦②的，一路行來，説："俺一時失了主意，把個曹操放走了，如今怎麽見軍師？俺待拔刀自刎③，又可惜一身本領，没做出一點事業來。也罷！來此已是中軍帳，祇得進去，凭④軍師怎麽處分罷。"

懊悔煞，關雲長，失主意，没算當⑤，一時就把曹操放。俺今若到中軍裏，説不的短，道不的長⑥，但凭軍師怎麽樣。若饒了是看體面，就殺了也是應當。

大步驀⑦進來，合席都起來。孔明説："拿酒來給雲長賀功，想是拿了曹操來了？"關爺朝着玄德雙膝脆下，大叫一聲："哥哥！"低下頭不做聲了。孔明説："奇哉！想是曹操過去了？"也不做聲。又問："想是曹操未打華容道上來麽？"又不做聲。孔明説："這就奇了！"

①待了霎(shà)——待了一會兒。
②懨(yān)頭搭(dā)腦——精神不振作的樣子。
③自刎(wěn)——割斷氣管自殺。
④凭——任凭。
⑤没算當——没拿定主意。
⑥"説不的"二句——没話可説的意思。
⑦驀(mò)——跨越。

叫雲長,你聽知:你緣何①,把頭低,一問一個不喘氣②?若是没走華容道,把我就給個脖兒齊③,我也怨不得軍法治④。可怎麽不言不語?這個事好不蹺蹊⑤!

“哦!是了。想是你放他了?這可説不的,有軍令狀,你可記的麽?”關爺説:“記的。”孔明説:“可該怎麽樣呢?”關爺説:“砍頭便是!”孔明叫:“刀斧手⑥!”一群人喊了一聲。玄德説:“暫看薄面,恕了這一次罷!”孔明説:“斷斷⑦難恕!”

關雲長,太不通,放曹操,走華容,把江山衹當人情送。百計千方把他趁⑧,趁到網裏落場空。恨來⑨恨的牙根痛!休説有賭頭令狀,按軍法斷斷難容!

却説:翼德挑着頭,直到中軍,便問那把門的:“裏邊吆喝什麽?”軍人説:“軍師因着二爺放了曹操,要行刑哩!”翼德把那得勝鼓亂打,提頭直入,大叫:“軍師!曹操賊頭在此。饒了二哥罷!”滿堂都説:“可喜,可喜!”孔明説:“既然斬了曹操,大家賀喜。把罪人釋放,罰他不得入席。把頭挂起,鼓吹⑩飲酒。”

---

①緣何——爲什麽?

②不喘氣——這裏指不説話,不作聲。

③脖兒齊——砍頭的意思。

④治——懲治。

⑤蹺(qiāo)蹊(xī)——同蹊蹺。奇怪。

⑥刀斧手——行刑兵,劊子手。

⑦斷斷——絶對,堅决的意思。

⑧趁——追趕。

⑨來——在這裏是襯字。

⑩鼓吹——奏樂的意思。

一來看,皇叔尊,二來看,張將軍,三來慶賀不暇[①]問。把賊頭挂起,大吹大打飲酒巡[②]。曹操死,一統[③]咱有分。快叫人宰殺牛馬,犒賞[④]那大小三軍。

"翼德,你說說那殺曹操的情狀,咱大家好下酒。"翼德哈哈的大笑說:"待俺說來。"

奉將令,殺奔逃,坐林中,驗功勞。午時刻曹操到,我就一馬闖出去,分心刺殺老奸曹。那些人没敢把我招[⑤];衹有許褚來掙扎,衹被我透甲一矛!

都說:"快哉,快哉!"都要一口一盅,把杯放下,擊鼓爲令。孔明叫軍人埋下百尺高杆,把頭挂起,賭一賭弓箭,射着大家賀一大盅。翼德說:"妙,妙! 待俺先來。"

【倒板槳】走獸壺[⑥]中把箭抽,撚弓搭箭把弦彄[⑦],撒手好似流星快,直中曹操老賊頭;老賊頭,爛流丢,奉勸合席一大甌[⑧]。

一箭射去,果然中了,鼓聲亂響。都喝采說:"到底是張將軍!"斟上酒,都吃了。子龍起來,撚弓在手。

龍角彎弓待俺開,扯時好似月滿懷,悠悠撒去雕翎箭,端

---

①不暇——没有閑空。
②巡——飲酒時,斟一遍酒叫"一巡"。
③一統——統一的意思。這裏指統一中國。
④犒(kào)賞——酬賞勞績。
⑤招——招架、抵擋。
⑥走獸壺——箭袋。壺指箭代形狀,走獸,指袋上的紋飾。
⑦彄(kǒu)一弓弩兩端繫弦的地方。這裏應作"摳",意思是用手指拉起來。
⑧甌(ōu)——酒杯。

端穿透老賊腮；老賊腮，把酒篩[①]，奉勸合席一大杯。

一箭射中，都喝采説："好箭，好箭！"鼓聲齊鳴，大家又吃一杯。糜竺起來説："我也射他一箭。"

飛魚袋[②]内取彎弓，搭上雕翎不放空，今日全凭你支架[③]，一撒[④]直中老賊雄，老賊雄；鼓咚咚，奉勸合席一大盅。

糜竺也中了。大家又喝采，又吃酒。糜芳也起來説："我也射他一箭。"

弓兒彎彎箭又長，從來百步會穿楊，這會射中老奸黨，明朝封你箭中王；箭中王，都稱揚，奉勸合席一大觴[⑤]。

把箭撒去，都説："不好，不好！歪了，歪了！"少時，那箭落將下來，軍人拾箭來報説："箭上穿落一耳。"都哈哈大笑説："妙，妙！投壺[⑥]中耳也算的，斟酒慶賀。"關爺大叫："有罪之人，也許射他一箭麼？"玄德説："射中免罪。"關爺撩衣向前，拿起弓來，説道："待俺射他左眼，中着右眼，便算俺輸了。"

一篷長箭插當腰，曾向空中射雁毛，放出單單射左眼，中着别處算落操[⑦]；算落操，難免叨[⑧]，立刻罰酒一大瓢。

---

①把酒篩——把酒燙熱，這裏指的是斟酒。

②飛魚袋——裝飾着飛魚花紋的弓袋。

③支架——支持。

④一撒——使箭脱手射出去。

⑤觴(shāng)——古代酒器。

⑥投壺——古代宴筵飲酒時進行的一種娱樂活動。所用工具是一個形狀像花瓶的壺和許多箭，進行時，順着次序拿箭向壺口裏投，投中的得勝。壺頸兩旁，又有和壺口同一角度的環，叫壺耳，投中壺耳算偏勝。

⑦落操——操演比武失敗。

⑧叨(tāo)——領受。這裏指領受罰酒。

纔射出去，那鼓聲亂響，都説："將軍神箭，果然中了左眼!"合席喝采。孔明叫賞一大盅。此時，玄德已醉，便説："二弟坐着，俺也射他一箭。"踉踉蹌蹌①，起來纔待開弓，便就歪倒了。都説："皇叔醉矣!"教二人扶進去了。衆人都起來作别。

【清江引】没似今朝醉的好，大家同歡笑。箭箭中賊頭，鼓聲酒杯到，把一個劉皇叔生醉倒。

詩曰：

可恨華容欠一刀，此時緊得點鋼矛；
誰憐軟弱劉天子，强奪江山付漢朝。

第四聯　燒耳

却説：張翼德斬了曹操，劉玄德君臣飲酒射頭作樂，大醉而散。又犒賞三軍，軍人們也分隊飲酒。有一伙軍人，提壺瓶酒盞商議説："老爺們散了，賞咱們酒肉，可以痛飲。那賊頭挂在那邊，咱也就着②那裏作一個會，有何不可？都坐下，都坐下，咱就猜拳，贏了的吃酒，輸了的着他指頭罵曹操，罵的都要成溜③。"猜了兩拳説："你輸了，我吃酒，你罵。"那一個指着曹操就罵起來了。

【黄泥調】④罵聲曹操：狡肚蛆心忘八羔！一心要做朝廷，

①踉(liàng)踉蹌(qiàng)蹌——行走時東倒西歪，脚步不穩的樣子。

②就着——凑着。

③成溜——説話有條理、有層次，甚至合轍押韵。

④黄泥調——清初流行的俗曲的曲調名。在清中葉傳唱祇曲中有單雙兩種，并且有用於聯章或聯套的。現代曲藝中也有此調(如"單弦")，名"黄瀝調"或"黄鸝調"。

那裏思想不到,忒也奸刁!扯帶腮[①],一堆毛,毛裏響一聲,叫人魂也吊。

“該合李大哥猜哩。”又猜,輸了說:“你吃酒,我罵他。”

罵聲曹瞞:看你渾身都是好!殺了伏娘娘,要把朝來篡!痛快難言,一矛刺下寶雕鞍,一刀割下來,好象個毛蟻蛋[②]!

又猜說:“我想起來一件事最奸惡,極可恨,待我罵他。”

罵聲奸行:當初逃難在他鄉,到了朋友家,還把禍來降。侯家村莊,裝酒殺猪給你嘗;你殺他一家人,這是那裏的賬[③]?

罵罷又猜。一個輸了,說:“老奸黨,我也想起一件該罵他處!”

罵聲奸曹:你也各成一大包。你說你奸不奸?自己吃毒藥,奸的口難學;白日挺着尸,裝睡覺,猛起來殺了人,還推不知道[④]!

---

①扯帶腮——肥大下垂的腮。土語。

②毛蟻蛋——球形多毛的東西。

③“罵聲奸行”段——根據《三國演義》,這一段指曹操刺董卓未成,逃走後,宿吕伯奢家。吕家熱情款待他:吕伯奢去買肴酒,家人動手殺猪。曹操聽“殺”字,懷疑要殺他,便殺掉吕家男女八口,後又殺死吕伯奢。奸行,奸家伙,指曹操。

④“白日挺着尸”四句——據《三國演義》:曹操怕人行刺,宣稱自己能夢中殺人。一次,他白天裝睡,故意使被子從床上滑落,衛士拾被,被他殺死。後來,他說這是夢中做下的。

一個說:"您罵的都好。我雖未輸,不罵他也缺典[①]。我也罵他幾句。"

禰衡雖狂,在他把口舌當刀槍;雖不能殺賊,他那氣也壯。你這奸行,殺他又怕惡名揚,就把個禰正平,送給了乎乎匠!

罵罷,又跳起來,一個說:"罵到如今,越發引上火來了。"

天爺好蹊蹺,潼關割鬚又弃袍,總不着他死,放他衹胡跳。撞着馬超,樹林轉了好幾遭[②];魏延一箭來,衹射的門牙吊[③]。

"好恨人,好恨人,罵他不盡,得嚼他兩口纔好。一個全頭,不敢動着;有麽二爺射吊了的那個賊耳,拿來燒燒,每人嚼他一口,出出惡氣。"都拍手說:"妙,妙!"即時從箭上捰[④]下來,都争着燒。

争着去燒,到了火上甚腥臊。上前聞一聞,都說不大妙。原來錯了,燒猪也要用姜椒,即忙拿來,加上點材料。

"快拿來,加上些花椒、茴香,去去那賊的惡氣。"加上又燒,說:"好,好不大臭了,可也中了。這是個異味[⑤],大家都嘗嘗,

①缺典——遺憾的事。

②"天爺好蹊蹺"六句——據《三國演義》:馬超、韓遂奪得曹軍潼關以後,曹操領兵來戰。結果曹軍大敗,曹操被逼得脱掉紅袍,割斷鬍鬚逃走。馬超又追近曹操,一槍刺去,扎入樹中,曹操乘機逃脱。

③"魏延"二句——據《三國演義》:曹操攻蜀,在斜谷界口戰鬥中,被魏延射落兩個門牙,翻身落馬。

④捰(lū)——把被穿起來的東西拖下來。

⑤異味——難得的美味。

休要偏了[①]。都吃了一大盅。"一個説:"都坐下,細嚼嚼纔有滋味。"都嚼了嚼,説:"有個别味[②]。"一個説:"咱不要混鬧。這不是五營的人都有,咱大家斟上酒,着一個起去做手着[③],各人説説那殺曹操的光景,快活快活。"一個説:"咱是頭一陣。你吃酒,我就先説。"這人果然拿過槍來,做手着,説起來。衆人都吃着酒,側耳笑着聽。

【梆子腔】[④]一杆長槍一口刀,都在烏林埋伏着。等了半宿没有信,聽得城頭四更鼓敲。忽然象有人馬動,心裏就知是曹操。大炮一聲齊吶喊,老爺大喝[⑤]似江潮,説是"常山子龍到",他就打戰戰似篩糠頭也摇! 兩個漢子齊來鬥,俺老爺一杆長槍把他朝[⑥]。話不投機一槍去,把那個行子[⑦]攮着腰。兩個着忙就撒了腿[⑧],俺又放火把他燒。一行殺來一行燒,滿山滿谷哭嚎啕。砍瓜切菜[⑨]不住手,使的[⑩]我,大汗淋淋透甲袍。曹操好個老奸黨,不知幾時已

①偏了——不普遍;這裏指有的嘗到、有的嘗不到。

②别味——怪味。

③做手着——比劃着。

④梆子腔——北方地方戲曲的一種聲腔。明代,陝甘一帶民歌發展爲秦腔,又向東發展,結合各地民間曲調,陸續形成了各地區的梆子劇種。如"山東梆子""河南梆子"等。這裏是以梆子腔的曲調作爲曲牌使用。

⑤大喝——大聲喊叫。

⑥朝——對着,向着。

⑦行(háng)子——同"家伙"。

⑧撒了腿——逃跑。

⑨砍瓜切菜——形容砍殺敵人時凶猛、容易和痛快。

⑩使的——累的。

奔逃。實指望捉住老賊要一要，誰想是衹殺了幾個小毛妖[1]！老賊雖然逃了命，必然嘴上没了毛。俺把死人割耳級，跟來帳前獻功勞。

都説："妙，妙！若不着趙老爺，這仗就難打。"又有一個説："你是糜老爺的人，説説那葫蘆峪的殺法俺聽聽。"那個也起來舞刀做勢，説起來了。

一蓬大箭一張弓，暗暗埋伏在峪中，亂鳥叫罷曹操到，俺那大炮衹撲通。糜爺兄弟人兩個，大罵曹操老奸雄。兩杆長槍一齊去，人似金剛馬似龍。他就諕得打溺戰[2]，走投無路亂烘烘。一群漢子齊來戰，俺就燒山用火攻，哭的哭來叫的叫，上下一片火光紅！那些行子没處伏，撒馬開交[3]一溜風。俺就趕着衹顧殺，砍瓜切菜一般同！一人回頭向我招，我顫[4]長槍衹一通，不禁湯水[5]落了馬，我就割頭來獻功。曹操不知那裏去，耳級穿上一大繩，誰知勝仗極好打，上前好似一窩蜂。共總一個曹操没拿住，到如今懊悔殺的鬆！

都拱手説："得意，得意！關老爺的兵也是不弱的，你起來説説。"那人果然起來，伸了伸腰，長吁了一口氣，説："我跟着二老爺，也曾得意來；惟有今遭，甚不出氣。我正待對着列位訴

---

①小毛妖——這裏指兵丁，駡人的話。

②溺戰——就是尿戰。小便時，身體受到刺激而引起的顫抖。

③撒馬開交——逃竄的意思。

④顫——抖動。

⑤不禁湯水——經受不起撞碰，一碰就壞的意思。

訴哩。”空着手，彌量①着，説起來了。

一群人馬打高照②，華容道上等曹操。午時三刻等的到，十數個人來往北逃，衹剩游游一口氣③，好象死了好幾遭。老爺大叫“雲長在”，看他魂靈④散九霄，攢攢簇簇⑤不敢動，好似老鼠見了猫。好漢子也不喘粗氣，衹有秦奸肉佞⑥狗張遼，不知他擠眼弄鼻説些嗄⑦，一霎老賊來告饒。老爺起初主意正，任他囃⑧説把頭摇。若還此時就下手，不過衹用十六刀，可嘆一聲人頭落，千古大恨一時消。老爺低頭不下手，燥的⑨俺衹待溺一泡。老爺不知尋思嗄，衹等他扯腿開了交⑩；放着死蛇不會打，你説這事是乖可是潮！還合那曹操講義氣，如今悶得口難學。人人來家都要嘴⑪，獨俺不敢把嘴叨⑫。這個時節還錯過，那得再有第二遭！

---

①彌量——用手比劃。

②打高照——用手搭在眼上邊了望。

③游游一口氣——微弱的氣息。

④魂靈——同“靈魂”迷信説法：人的精神活動，就是靈魂的活動；靈魂可以脱離人的軀體而獨立存在。

⑤攢(cuán)攢簇(cù)簇——擁擠在一起。

⑥秦奸肉佞——同“奸佞”，邪惡狡詐的人。

⑦嗄(xiá)——甚麼。

⑧囃(ziá)——怎麼。

⑨燥的——急燥的。

⑩扯腿開了交——跑掉。

⑪要嘴——這裏指講值得誇耀的話。

⑫叨(tāo)——多説話。

都擺手說："你休說罷，悶死人矣。關二老爺平生爽快，這件事着人不服。得三爺的人說那砍頭的妙景，解解這悶氣。"那個人立起，哈哈大笑："待俺說來。"

俺那老爺本姓張，一杆蛇矛丈八長，領俺去把逃兵殺，一路趕殺如群羊。跑了百里日正午，林中歇馬去乘涼。各人搶的各人獻，衣甲器物排成行。忽然報說曹操到，老爺大喜似顛狂；即時提矛上了馬，好似一尊活金剛①。出林大叫"老爺到"，一堆人打戰似篩糠，前前搖搖不敢動，如同小鬼見閻王。老爺全然不答話，須似鋼針插嘴旁。夾馬擰矛攛出去，一聲霹靂震山崗。單照曹操分心刺，一下就成致命傷；許褚安心要弄鬼，一矛攮去透心亮。兩個翻身都落馬，欹在地下狗啀黄②。脚踏脖子梟首級，那鼻眼略動口還張。貪慌擺劃這頦髏骨③，别的跑了他賊娘！不是老爺足了意，一馬直追到汴梁。甕中捉了老瘸鱉，臨行不用刀和槍。丁點④力氣全没費，馬上提來頭一雙。老爺盡有痛快事，今遭痛快不尋常！後日英雄聽到此，必然滿飲一大觴。

都拍手說："妙，妙！快哉，快哉！這樣快事，俺偏撈不着，便宜

①金剛——佛教傳説中的侍從力士。因爲手使金剛杵，都稱他"金剛"。

②啀(ái)黄——呻吟。

③"貪慌"句——貪慌，衹顧的意思。擺劃，處置、擺弄。頦(duò)髏(lóu)骨，人的頭骨。"頦"應作"髑"。

④丁點——極少的意思。

你！過日撈着司馬懿[1]，俺也這樣。酒也足了，話也盡了，咱散了罷。”

【清江引】天下事不必定是有，好事在人做。殺了司馬懿，滅了曹操後，雖然撈不着，咱且快活口。

詩曰：

華容一事千秋悶，未斬奸臣老賊頭；
不是一矛快今古，萬年猶恨壽亭侯[2]。

①“過日”句——過日，過幾日。司馬懿，原爲曹操部下，初任文學掾（yuàn），後任太子中庶子；魏明帝時任大將軍，率大軍和蜀對抗；曹芳即位，他獨專魏國軍政。

②壽亭侯——應作“漢壽亭侯”，漢獻帝封關羽的官爵。漢壽，地名；亭侯，爵名。

墻頭記

第一回　老鰥凍餒[①]

張老破服拄杖上唱

養兒養女苦經營[②],亂叫爺娘似有情;老來衰殘難挣養[③],無人復念老蒼生[④]。

〔白〕自家張老便是,合老婆子吴氏,一個走南傍北[⑤],一個少吃儉用,受了無窮辛苦,挣了個小小家當[⑥]。唱

【耍孩兒】[⑦]一個母,一個公,不怕雨,不避風,爲兒爲女死

---

①鰥(guān)——没有妻子的人。餒,饑餓。

②苦經營——用盡心力地籌劃、照管。

③難挣養——無力謀生。挣,挣錢。

④蒼生——百姓。這裏是張老自指。

⑤走南傍北——經歷南北各地。或作"走南闖北"。這裏是説爲了謀生曾到各地奔走。

⑥家當——家産,家中所有的財物。

⑦耍孩兒——曲調名,南北曲裏都有。明清民間時調小曲,或出自元代北曲,但曲調定格不同。明清以來"寶卷""道情"等曲藝中常使用,現在許多曲藝中(如"單弦")還沿用這一曲調,有的地方戲裏(如"柳子戲")也采用,叫作"娃娃"。曲調的情趣是流利輕快。

活[1]的掙，給他治下宅子地，還愁日後過的窮。掙錢來自己何曾用？到老來無人奉養，就合那牛馬相同。

〔白〕老漢今年八十二歲，老婆子又故去了，一切饑寒誰問？好痛人也！唱

老光棍[2]，最可憐，誰知饑，誰知寒，一口屋剩下個老扯淡[3]；炕上鋪着席頭子，頭枕一塊半頭磚，就死了可有何人見？身上疼對誰告訴？没人處自己叫喚！

〔白〕生了兩個兒子，一個叫大怪，一個叫二怪。因他翅膀硬了[4]，終日淘氣[5]，早早分他出去。家有薄田一百五十畝，每人給他五十畝，留下五十畝養老，倒合老婆子清净自在。唱

從兩個，娶了妻，一個東，一個西，老頭子日日生閑氣。我説罷麽分開他，各支鍋子[6]把飯吃，每人給他幾畝地。整日家兩不見面，倒落的清净之極。

〔白〕清净了二年，誰想婆子死了，撇下個老光棍。那裏疼，那裏癢，誰問一聲？苦哉呀，苦哉！唱

老婆子，死去了，冷合熱，自己熬[7]，肚裏饑飽誰知道？身

---

①死活——拚命的意思。

②"老光棍"段——這段曲詞和以下各段曲詞，按照曲調格律，都是"耍孩兒"。老光棍同"老鰥"。

③老扯淡——老不相干的意思。扯淡，即胡説，説些不相干的話。

④翅膀硬了——鳥的翅膀長成能飛翔了。比喻人已長大能獨立生活了。

⑤淘氣——調皮，不聽管教。這裏的意思是嘔氣。

⑥各支鍋子——各自安鍋做飯，就是分居過日子。

⑦熬(áo)——這裏是勉强忍受的意思。

上衣服没人洗，虱子蟣子都成條[①]，一雙鞋穿的底兒吊[②]。衹轉了[③]飯飽無事，抗墻根[④]也還逍遥。

〔白〕那一時還支使着個小厮[⑤]，白日給我做飯，黑夜給我看火，也還罷了。那兩個孝順"令郎"[⑥]便説："你如今老了，封糧納草[⑦]都操心，吃飯穿衣都費事。不如把地分開，你情[⑧]八石糧食罷。"唱

他説我，年太高，不宜量[⑨]，把心操，八石糧不用開口要，又不封糧不納草，吃穿使費都勾[⑩]了。他説的一陣天花落[⑪]，老頭子全没主意，幾畝地一并分消[⑫]。

〔白〕他説的極好，我就分了。殊不知他是欣羡[⑬]我那地，到後來誰給誰糧食？唱

頭一年，還算强，零碎使了七石糧，雖不丰富還無賬；第二

---

①成條——排列成行。

②吊——同"掉"。

③轉(zhuàn)——這裏同"賺"。

④抗(kāng)墻根——靠在墻邊。抗，這裏是指肩頭倚靠在墻壁上休息，或作"扛"。

⑤小厮(sī)——年輕僕人。

⑥令郎——稱對方兒子的敬詞。這裏用來稱呼自己的兒子，含有自嘲的意思。

⑦封糧納草——封建時代向官府繳納田賦(銀錢和糧草)。

⑧情——情受，承受。

⑨宜量——適合，相當。

⑩使費——零用花費。勾——同"够"。

⑪天花落——天花亂墜，比喻言詞誇張動聽。

⑫分消——同"分散"。

⑬欣羡——眼饞、喜歡而希望得到。

年全然不打攏[①],跟着腚上狗唓荒[②],他還説我絮聒[③]樣。尋常是少柴没米,真教人焦怨難當[④]。

〔白〕兩個又合我説:"你不如情吃罷,俺吃甚麽,你也吃甚麽。"我説:"你那飯指[⑤]不的。"兩個都説:"每哩[⑥]俺該不吃飯麽?分外還弄點好吃的你吃。"急自[⑦]要不出來,可也没奈何,也就依了。休説吃好的,合他一様也就罷了。唱

我痴心,不可言,聽的他,話兒甜,安心[⑧]要吃自在飯。這個念頭[⑨]大差了,又從泥裏到深灣[⑩],自己差却將何人怨?老婆該留心在意,他老達甚麽相干!

〔白〕起初甚好,兩個兒早晚問候,兩個媳婦熱湯熱水常來服事[⑪],好不的那好[⑫]。誰想是蘇州娘子不纏脚——光興了一

①打攏——合攏,這裏指合乎要求。

②"跟着"句——腚,屁股。唓(ái)荒,同"唓哼",本爲痛苦的聲音。這裏是張老自嘲的話。

③絮聒(guā)——語言煩瑣不斷。與"嘮叨"的意思接近。

④焦怨難當——焦急愁慮,不易忍受。

⑤指——指望。

⑥每哩——又作"們哩",疑問句的啓語詞,這裏有"那麽""難道説"或"莫非"的意思。

⑦急自——這裏有"已經是"或"本來是"的意思。

⑧安心——存心。

⑨念頭——想法。

⑩"又從"句——比喻越陷越深、越來越難受。

⑪服事——侍候。

⑫好不的那好——好得不能再好了。

個頭兒①。我説説我吃的：唱

十一月，數九天，冷眵塊②，放面前，一行哈着渾身戰。又怕老頭脾胃弱，吃了乾糧消化難，孝順兒革③了他達的面。半年來絲絲兩氣④，衹餓的老肚生烟⑤！

〔白〕我再説説我那穿的：唱

天那天，好可憐，不看吃來看我穿，十根兩綹⑥人人見，六月還穿破綿襖，臘月還是舊布衫，待烤火没人捨筐炭。想是這罪没受勾。又着我活了一年。

〔白〕天不教我死了，這肚子又不探業。這不是還不曾晌午，早晨吃了兩碗糊突⑦，兩泡尿已是溺去了。好餓的緊！今日可有個指望，聽説他稱肉殺鷄，等他丈人，就不叫我陪客，或者還捨點腥湯哈哈呀！唱

無鞋襪，少衣裳，一堆吃飯嫌我臟，請陪客斷斷⑧不敢望。肚兒肚兒你挨餓，有個盼頭⑨休要慌，待霎子撑⑩你個膨膨脹。也是俺跟他吃飯，一年來見的腥湯。

---

①"蘇州"句——歇後語。借用人頭的"頭"，爲"開頭""開始"的意思，轉意爲開頭還好，以後就不行了。

②冷眵(chī)塊——因冷而凝結成塊的稀飯。

③革——除去。

④絲絲兩氣——呼吸微弱，没有氣力。

⑤生烟——冒烟，這裏比喻餓得很厲害。

⑥十根兩綹(liǔ)——衣服很破爛的樣子。

⑦糊突——用雜糧面做的粥。

⑧斷斷——一定，絶對。

⑨盼頭——希望。

⑩待霎子——等一會。撑(chēng)——飲食過飽。

〔白〕俺且去一邊等着。下。張大出來説：他有達嗎人兩個，我有俺達一個人；雖然叫達一樣叫，俺達不如他達親。自家張大怪是也。今日他達待來①，買了些東西等他，須是做的好纔好。我的達他叫達，他的達我也叫達。若是人説敬俺達，無論他極肯，我也就依了；若是人説不必敬他達，無論他不依，我就不肯。世間有一等没良心的，看着自己的達漫是②達，人的達就不是達。我可不是這樣的人！唱

他的達强及俺達，他那達俊及俺達，他達就比俺達大。他達和俺達一堆站③，俺達矮了勾一楂，叫他達教人不支架④。不因着情受他那地土，俺衹説俺是他達。

〔白〕小瓦瓿⑤，小瓦瓿！老婆出來説：李氏，張大的妻是也。這裹正忙，他叫的甚麽？張大説：還没停當⑥麽？李氏説：也就好了。指望你買的那東西麽？唱

三觔肉，一隻鷄，就是您家好東西，好厨子做煞⑦也不濟。咱達有點薄體面，赴了多少大酒席，您家何曾見天日？不説那鴟頭鴂腚⑧，看您達那也勢勢⑨！

---

①待來——將要到來。

②漫是——就是。

③一堆站——一齊站立，一起站着。

④不支架——忍受不住。

⑤小瓦瓿（gǔ）——張大的兒子的乳名。

⑥停當——妥當。

⑦做煞——盡上最大的力量去做。煞，是表示“甚”“很”的語詞。

⑧鴟（chī）頭鴂（jué）腚——形容象貌醜陋的樣子。

⑨那也勢勢——那個架式，那個樣子。“也”是襯詞。

張大說：誚[①]甚麼？俺達好不好，誰着他合你令堂并骨[②]哩麼？李氏說：呸！放屁！俺莊裏多少好漢子，那裏找着你達并骨。張大笑說：出上[③]您揀那好的并去。他老爺待好[④]來了，你去伺候罷。唱

我這話，實不通，俺達我也相不中[⑤]，等一個好達還相送。咱那東西雖不濟，他也知道咱家窮，全要你把心來用。快去把衣裳找找，梳梳頭好見尊公。

却說李老來了一日能動轉，百里作生涯[⑥]；尋常幾個月，不到女兒家。女婿張大郎，久不相見，不免望他一望。來此已到門前，待俺竟進[⑦]。張大說：呀，咱爹來了！慌忙按帽[⑧]迎進，作揖磕頭，讓了坐阿爹好麽？李老答應好。娘好麽？又答好。李氏又問：爹好，娘好，哥哥、嫂嫂都好麽？李老都答應好。張大說：你去罷，看老王弄不好。李氏去了。張大纔叙話[⑨]唱

爹來時，是秋間，今日來，是冬天，別了爹又是兩月半。合爹隔着三四里，爹若來時也不難。想爹恨不常相見；難得

①誚（qiào）——譏諷和譴責的意思。
②令堂——對人母親的尊稱。并骨——合葬。
③出上——豁上，捨上。
④待——"要""就要"的意思。
⑤相不中——看不上，看着不合意。
⑥生涯——經營的事業。
⑦竟進——直接進去。
⑧按帽——把帽子戴正，表示對人恭敬。
⑨叙話——談論家常。

爹肯來下顧①,説爹來到,大小喜歡。

小瓦瓿提了酒來。李老説:外甥好快長②。張大説:聽的爹來,從早晨望了幾回哩。斟上酒,陪着説咱家的酒,爹嘗嘗。李老説:令尊③呢?張大説:在舍弟④家。李老説:何不請來?張大説:發老病來不的,爹。上了幾碗菜,李老説:不必這樣費事。張大説:有甚麼咧,爹,不過稱了兩斤肉呀,殺了隻雞呀。爹,咱縣裏休説没有猴頭、燕窩⑤呀,爹,連那魚鱉蝦蟹,也是没有的呀,爹!唱

趕了個,西關集,稱的肉,買的雞,潑下茶⑥倒上了一盅蜜。不知爹在江湖⑦上,吃了多少好東西。窮人家做的也不精緻,勉强把箸兒⑧動一動,也省的半日忍饑。

李老説:已是醉飽了。李氏出來説:東西不濟,你好歹⑨吃飽,休餓着。李老説:我能吃多少,你忒⑩也費事。李氏説:有甚麼給爹吃哩!唱

①下顧——看望的謙詞。
②好快長——生長的好快。
③令尊——對人父親的尊稱。
④舍弟——對人稱自己弟弟時的謙詞。
⑤猴頭、燕窩——兩種貴重的食品名。猴頭,猴頭蘑菇,是一種球形的赭褐色菌。燕窩,金絲燕用津液及海藻築的含有膠質的巢。
⑥潑下茶——沏茶。
⑦江湖——這裏借指名城大鎮。
⑧箸兒——筷子。
⑨好歹——不論怎麼樣的意思。
⑩忒(tè)——太。

這東西，太不堪[①]，又少油，又少鹽，不過是頓家常飯。雖無甚麽給爹吃，盡盡這窮情[②]也心安。不時的你來看俺看；俺還有八十畝好地，也還能養活你幾年。

李老説：我兒有這一個心就好。但衹是我飽了，行了罷[③]。李氏説：爹，再坐坐，就不吃酒，再吃杯茶。李老笑説：茶裏可休加蜜呀。張大説：那苦苦的怎麽吃？李老説：苦到不妨，再加蜜看人笑話。張大説：這到不必過慮。唱

我平生，客不多，衹有爹合二位可，家中衹有客三個。母舅表兄時或到，坐不壞的板凳，哈不乾的河。閑來并不讓他家坐，尋常連茶没有，待笑話那裏撈着[④]？

李老吃了茶説：走罷，請了。張大送了回來。李氏説：你看倃爹吃了多大點子，若是您達從來没見東西，不知待馆[⑤]多少哩。張大説：你看天已日夕[⑥]，還没打發他吃飯哩。唱

一家人，鬧呵呵[⑦]，端菜碗，找家伙[⑧]，席完已是日頭錯[⑨]。他急自極好害饑困[⑩]，何况等了半日多，此時不知怎麽餓。

---

①不堪——這裏是不值得或是不像樣的意思。

②窮情——貧乏的情意。

③行了罷——可以了吧，好了吧。

④撈(lāo)着——得到。

⑤馆——應作楦(xuàn)，填塞、撑大。這裏比喻吃飯，是侮辱人的話。

⑥日夕——這裏是日没沉西、黄昏的意思。

⑦鬧呵呵——熱鬧忙亂的樣子，同“鬧垓垓”。

⑧家伙——一切日用的器具，這裏指碗筷等飲食用具。

⑨日頭錯——過午。

⑩饑困——饑餓。

你把那殘湯剩飯，拾上些給他如何？

〔白〕拾上些，着小瓦瓯給他送去罷。李氏說：那腥湯如今壞了麼？且是那狗這二日不吃食，留着拌點糠餵他餵。今早晨剩的那糊突，給他不的麼？唱

您達達，無正經，撈着餅飯儘着撑，給他碗腥湯就盡了命①。前年做的布衫子，如今鍋巴②有千層，臟呵呵③宜量甚麽敬？你看那蜀秫④糊突，他還馆五碗有零。

張大說：那糊突衹怕忒也凉，給他煨煨⑤。李氏說：狗脂⑥，冷不冷馆下去了。我舀給他去。并下。張老哐哼出來說：餓死我也！唱

清晨飯，日頭高，糊突哈了勾一瓢，雖然多衹撒了兩泡溺。肚裏吐嚕如雷響，一堆餓火把心燒，堪堪餓死誰知道？老婆子真有造化⑦，這樣罪何曾摸着⑧。

小瓦瓯端出飯來。張老說：好了，好了！必然有點東道⑨，可把這肚子包補包補⑩，小瓦瓯放下去了。張老近前一看呀，原來還是我那糊突冤家！唱

---

①盡了命——捨了命。

②鍋巴——粘附在鍋壁上的焦飯。這裏指衣服上粘的飯污。

③髒呵呵——形容骯髒的樣子。

④蜀(shǔ)秫(shú)——高粱。

⑤煨煨——用火温熱。

⑥狗脂——如同說"狗食"。駡人的話。這裏是駡張老。

⑦造化——指命裏注定的福氣，這是宿命論的迷信說法。

⑧摸着——得到，這裏是遭受的意思。

⑨東道——舊時以酒食請客爲作東道。這裏指請吃好的東西。

⑩包補包補——補充的意思。如同說：找補找補。

你大號，紅粘粥[①]，你名突，你姓胡，原來你是高粱做，熱了燙人嘴巴子，薄了照出行樂圖[②]，老來相處你這樁物[③]。摸了摸，呀，老"盟兄"[④]你幾時死了，一點兒温氣全無？

盛上哈了一口，裂着嘴說：冰的牙根這樣疼痛，怎處，怎處？哎呀！可憐，可憐！待要不吃，這樣饑如何挨[⑤]的？一行吃，一行擦泪。唱

跺跺脚，叫聲天，這樣苦，對誰言？冷凍凍[⑥]攙上這泪珠咽。那如做個老絶户[⑦]，賣地也還吃幾年，落了草[⑧]怎不把頭攤[⑨]爛？有心待告訴官府，争奈這腿軟腰酸。

纔挨[⑩]了一碗，戰戰起來，說：禁了心了[⑪]，不吃罷。哎！我不知前世傷了多少天理[⑫]，纔生下這樣兒郎。天那天，但仔[⑬]有一個好的，也還好過。唱

---

①紅粘粥——用高粱面煮成的粥。
②行樂圖——人物圖象。這裏指人影。
③這樁(zhuāng)物——這件東西。
④盟兄——舊時異姓結拜爲兄弟時，對年長的稱謂。這裏指紅粘粥。
⑤挨(ái)——等待，忍受。
⑥冷凍凍——液體遇冷凝結而成的東西。這裏指凝結的糊突。
⑦絶户——舊時對没有兒子的人稱"絶户"。
⑧落了草——這裏同"落生"，指嬰兒出生。
⑨攤——應作砸。
⑩挨(ái)——這裏是指勉强吃的意思。
⑪禁了心了——心裏難受得撑不住了。
⑫"我不知"句——天理，迷信說法；天最公道，天理就是真理。如果"前世"傷了天理(違背天理行事)，"今世"必然遭受磨難。這是來自封建統治階級欺騙人民的迷信宣傳。
⑬但仔——衹要。

老天爺，忒也謅[①]，我不曾把佛眼摳，怎麽叫我諸般[②]受？想是前生欠他債，又把他害命割了頭，不知何日填還[③]彀？怎麽就一個模[④]裹，脱出[⑤]了兩個寃仇。

〔白〕本待把兩個畜生送了[⑥]不孝，這游游一口氣兒，怎能到城，倒不如還要我那地罷。唱

腿又痛，腰又疼，勢不能，到城中，瞎張致[⑦]轉惹的寃仇重。若還自家做飯吃，必不肯吃這冷凍凍，熱炕頭也做個自在夢。我不如還要地土，再把那爐火生紅。

〔白〕我要地，衹怕不肯也是有的。每哩不要罷，性命要緊，斗斗膽就要一要。唱

一個兒家十五天，十一月初一在那邊，十六纔把主來換；那裹常在刀山上，這裹又來上磨研[⑧]，受罪幾時滿了限[⑨]？待要地不敢開口，不要地凍餓難堪[⑩]？

不免叫他一聲大漢子，大漢子。張大説：吃的飽飽的叫唤甚麽？張老笑着説：我一件事合你商議。問：是甚麽事？張老

---

①謅（zōu）——胡鬧。
②諸般——多種，各樣。
③填還——意思是償還前世的債務。這是迷信説法。
④模——模子，製造物品的型器。
⑤脱出——從模子裹取出製成的物品。
⑥送了——到官府去訴訟的意思。
⑦張致——裝模做樣。
⑧“那裹”二句——這裹“刀山上”“上磨研”都是形容常時經受折磨的痛苦。
⑨限——期限。
⑩難堪——難以忍受。

說：我思量着，每日情飯吃，也勞苦您，不如還給我那地罷。唱

老頭子，日日閑，情着吃，情着穿，着您媳婦常忙亂。方且①早晚合冷熱，怎麽好向媳婦言？這裹許多不方便。不如我自己另過，饑合飽與您無干。

〔白〕你是大的，借重②你合小二子説説。張大瞅了一眼説：嗤③，我當是待説甚麽呢！拿着筷子敲菜碗——我知道你是飯飽了弄筷④。唱

老頭子，忒也差，當日分地爲甚麽？今日又説糊突話。一個口唱兩個曲，放屁又要着把拿⑤，是别人我就失口⑥駡。我勸你依牢本等⑦，還便宜你一個疙瘩⑧。

李氏跑出來説：怎麽着？待要地？黑夜裹睡不着，那裹尋思不到呢？怒衝衝的指着數量⑨起來了。唱

一個褲，臟呵呵，縱然成了虱子窩，補丁補了勾一千個。褂子過了兩冬夏，不過穿了三年多，又自叫人看不過。你

①方且——况且。

②借重——向對方求助時表示謙遜的客氣話。

③嗤——譏笑時發出的一種聲音。

④"拿着"二句——是句歇後語，把"筷"借用作"款"，從吃飽飯以後，裝腔弄款，引申出無事找事的意思。弄款，就是裝腔做勢。

⑤"放屁"句——比喻説了話又要收回來，即説話不算話。

⑥失口——説出不該説的或不禮貌的話。

⑦依牢本等——妥實的安守本分。

⑧疙(gě)瘩(dā)——皮膚上因受打擊而起的圓形腫塊。這句意思是説可以免受打擊。

⑨數量——數落，指責。

還要飯飽了弄款，你想想做的甚麽生活①？

張大説：不必理他。這月裏是個小盡②，到明日送給他二叔家，儘③他合他怎麽㕵去。下。張老説：咳咳，天哪，天哪！唱不敢吃，不敢穿，掙下個，頃多田，老來撈不着吃飽飯。没兒霎④想着要做老，叫一聲爹爹酥半邊⑤，誰想這老不值個狗屁蛋。殊不得地土享用，倒叫他吵了一天。

〔白〕苦哉呀，苦哉！

詩曰：

我叫他兒我不安，他稱我老亦徒然⑥；
願情彼此相交換，衹怕那經紀⑦評評要找錢。下

【説明】

《墻頭記》在蒲松齡所作俚曲裏，是一篇情節曲折、描刻較爲細緻的悲喜劇。作品是寫一個"受了無窮辛苦"的憨拙老人，到老來兩個兒子泯滅了人性不予奉養，後經老友巧施"妙法"，又"着他兩個争着事奉"的故事。它的主題雖仍是倫理和道德的懲勸，但它暴露了封建社會連家庭父子之間都不能免的勢利、虚僞、自私和貪婪的惡德，深刻地揭露了封建社會制度的殘酷性。人民要求

①生活——事情，營生。
②小盡——同小建，即農曆一個月二十九天的小月。
③儘——任凭。
④没兒霎——没有兒子的時候。
⑤酥（sū）半邊——指半邊身麻軟無力。
⑥徒然——枉然，做了也没有效益。
⑦經紀——介紹買賣的中人，俗稱牙儈。

善惡分明，希望善良人們有美好結果，壞人得到懲罰，這一願望得以實現的意志，在作品裏是得到了充分顯示。由於所表現的人與人之間關係的具有概括力的敘寫，使作品更具有了現實的普遍意義。

第二回　計賺漢臯

張二上說：做兒也罷了，瑣碎[①]在養老。虧了老兄乖，跟好就學好。自家張二怪便是。家達有五十畝好地，留着養老。我合家兄哄法[②]了哄法，便就分了，情着吃穿。起初時，聳着蛇頭[③]實落去做衣買帽，傻着脖子[④]當真的稱肉殺鷄，恐怕不如家兄，我先討愧[⑤]。誰想家嫂他就極乖，好的留着自己穿，熱了衹給他破襖；好的留着自己吃，餓了衹叫他刮飯盆。我纔恍然大悟，一個達是公伙的[⑥]情受的東西，我何苦都費了？省下點子給那老婆孩子吃了穿了，他還叫聲達達；没有説叫人達達，還貼上[⑦]吃穿的。草蛤蜊縫在行頭裏，這不成了個憨蛋麽[⑧]？唱

①瑣碎——瑣屑細碎。這裏是事多麻煩的意思。
②哄法——誘騙。
③聳着蛇頭——駡人的話。聳，伸起，抬起。這裏是儘先的意思。
④傻着脖子——駡人的話，認真的意思。
⑤討愧——使自己慚愧。
⑥公伙的——共同的。
⑦貼上——賠上。
⑧"草蛤(gé)蜊(lí)"二句——歇後語，這裏比喻人做蠢事。行頭，衣服。憨蛋，傻瓜。

【耍孩兒】我明說，我實言，要那地，分那田，原是有些便宜轉。照應臉面儘着用，一年得多花好幾千，有轉頭[①]也是看的見。他痴心要情自在，他乖覺[②]俺也不憨。

〔白〕今日初一了。一年不知幾個小盡，都着家兄占了，今早想必又送來；若是公道的，多待半日送來纔是，只是怎肯？老婆趙氏出來說：大清晨出甚麼陽神[③]哩？張二說：你唬殺[④]我！我這裏躊躇[⑤]一件事。趙氏說：甚麼事？張二唱

正尋思，咱大哥，他占的，便宜多，小盡到有六七個。一個老是大家的老，兄弟二人分養活，明日送來也不錯；大不然[⑥]吃了早飯，往這裏走也還暖和。

〔白〕你看今早晨這樣冷，他必然送來。老婆說：我有一計：咱就不要開門，推不在家；他叫不開門，愁他不領回去。張二說：好計，妙，妙！唱

我這個行子[⑦]真正呆，多虧了娘子你還乖，指望不的我張二怪。今日就把門緊閉，儘他嗁叫[⑧]再不開，闔家推是出了外。他雖是轉了便宜，咱合他准折[⑨]過來？

---

①轉頭——賺頭，贏利。
②乖覺——聰敏，機警。
③出什麼陽神——爲什麼凝思發愣。
④唬(hǔ)殺——嚇煞。唬，威嚇人的意思。
⑤躊躇——這裏是盤算的意思。
⑥大不然——如同説再不然、要不然。
⑦行(háng)子——家伙。
⑧嗁叫——又哭又叫。
⑨准折——折算和找補的意思。

〔白〕走走，休做聲，偺藏去吧。却説張大到了清晨，説：好了，養活了半月，且喜逢着小盡，今日初一，冷不冷的把他送去。俺達達！張老説：你待怎麽？張大説：咱去罷。張老説：那裏去？張大説：上二弟家去。張老説：你看我就忘了是初一。清晨這樣冷，走這半里路，祗怕凍死！張大説：甚麽冷的！唱

老頭兒，聽我言：今日輪着二弟的班，我這裏没做你的飯。磨陀[①]會子饑困了，安心又把飯來端，這半日怎麽合他算？對你説休要害冷，走熱了自然舒坦[②]。

張老説：是輪着他，也説不的冷，咱就走。走了幾步，説好冷呀！你看路上裂的這璺[③]，街上都是冰凌[④]。滑了一跌，爬不起來，哐哼説：死了，死了！張大拉起來説：没似你弄的這髒像兒！唱

這天是，臘月天，刮北風，陣陣寒，鬍子成了凍凍片；渾身骨頭全凍透，脖子連頭墜下圈[⑤]。挨半里就頂二里半，若還是再有半里，老性命必染黄泉[⑥]！

張大説：是也冷麽？你忒也虚喝[⑦]。張老説：你穿的是棉褲棉襖，我穿的是甚麽哩？張大説：你又不出門，要那綿衣裳做甚

①磨陀——如同説“磨蹭”。拖延時間的表現。

②舒坦——舒服。

③璺(wèn)——原指器物的裂痕，這裏指地上凍裂的縫。

④冰凌——薄冰。

⑤“脖子”句——莊稼成熟，穗部下垂叫墜圈。這裏意思是：因爲天冷，頭隨着脖子縮入衣領。

⑥黄泉——本指地下的泉水，這裏指人死後埋葬的地方。

⑦虚喝——吆喝，其中有故意誇張的成分。

麽？這不來到了，怎麽没凍煞呢？唱

你又不，常出門，脱不過，抗墻根，綿衣裳穿着可也笨。遇着刮風或下雨，鎖在屋裏不動身，老頭子不必過求俊。這不是咱已來到，怎麽没凍斷腰筋？

〔白〕呀！怎麽二弟家還不曾開門？待我叫他。開門呀！并没人答應奇呀！怎麽不聽的做聲？唱

了吊兒[①]，亂瓜打[②]，拾石頭，把門砸，全不聽的人説話。豈有日高還没醒，必是人兒不在家，門外又没把挂兒[③]挂。好教人參相[④]不透，多管是[⑤]厭惡這老達。

張老説：凍死、凍死！你快叫！唱

上下一堆破鋪襯[⑥]，西北風好難禁，牙巴骨打的渾身困[⑦]。還不瞞墻[⑧]着實叫，堪堪[⑨]就死命難存，發脾寒[⑩]冷的還成陣。我若是墻邊凍死，您兩個怎辨清渾[⑪]？

張大説：你過來，我打這墻上撮[⑫]過你去罷。張老説：這墻老

---

①了(liào)吊兒——即屈戌兒，門窗上的搭扣。或作釕銱兒。

②瓜打——拍打。

③挂兒——挂鼻，門框上搭扣的鐵扣鼻。

④參相——度量，猜想。

⑤多管是——多半是。

⑥破鋪襯——零碎破布。

⑦牙巴骨——下顎。打——顫抖。困——疲倦。

⑧瞞墻——隔着墻。

⑨堪堪——幾乎，就要。

⑩發脾寒——發瘧疾。

⑪清渾——水的清和渾。這裏比喻事理的對與不對。

⑫撮——從下面推着升高。

高的,怎麼上的去?張大説:多大高哩,過來你試試。果然把那張老挾起,往上一擱。張老説:不好,不好!放下我來罷。張大又招下來[①],心焦説:好恨人!你總是個死狗,你好歹的拘巴[②]着些。唱

使力氣,撮上墻,鬆了手,往下張[③],真如死狗一般樣。渾身像是没骨頭,抗將起來軟丢當[④],衹待撲塌[⑤]把你放。恨煞人不生不死,攤着[⑥]你真是遭殃!

〔白〕你還過來。張老哭道:我不上了!張大輪打[⑦]着説:好恨人!使的我喘吁吁的,他倒嗃嗤[⑧]起來。啕殺[⑨]我了!你過來罷。張老衹得又起來,着他挾上去,説:上呀,上呀。拘巴着,拘巴着,上去了没?張老説:上來了。張大撒了手。張老説:了不得!那邊極深,過不去。你還扶下我去。張大説:我還不扶你哩。唱

休害怕,莫心焦,衹用你,拘巴牢,可在上頭死聲叫[⑩]。你就縱然過不去,也還撈着往裏瞧,就吊休往外頭吊。你在

---

①招下來——如同説扶下來。
②拘巴——用手指攀附。
③張——倒下來,物體因重心外移而倒落的意思。
④軟丢當——柔軟的樣子,如同説軟沽濃。
⑤撲塌——物體下落觸地的聲音。
⑥攤着——如同説遇上。
⑦輪打——同數落。責駡的意思。
⑧嗃(xù)嗤——低聲哭泣抽搐的樣子。
⑨啕殺——同淘煞。挫磨很厲害的意思。
⑩死聲叫——拚命的叫。

此從容[①]叫罷，我可待扯腿開交[②]。

〔白〕達呀，你在這裏罷，我待去哩。張老說：俺"達達"，你休去了。没人答應皇天哪皇天！這不去了麼？大叫二小子，快救人！你看何曾有人兒呵？可死了！可死了！唱

過不去，回不來，手合脚，瞎蹬歪[③]，似上竿又把解來賣[④]。落了一口游游氣[⑤]，墻頭就是望鄉臺[⑥]，這個死法真奇怪。累[⑦]這墻使錢一吊，誰知你今日爲灾。

〔白〕皇天哪皇天！怎麽就没個行人？唱

𧼯畜生，這樣謅，前生合我有冤仇，眼看就死無人救。横死[⑧]七十零二樣，投井懸梁與墜樓，何曾聽說在墻邊受！就死在陰曹地府[⑨]，祇怕還没處收留。

王銀匠上，說：生着一爐火炭，手拿一把鐵鉗，熱糟長放在爐邊，又把那粉土打罐[⑩]，加上吹筩[⑪]吹罷，往裏常撒銷鉛，鈾子

①從容——舒緩的樣子。這裏是慢慢的意思。

②扯腿開交——撒腿跑開。

③瞎蹬歪——亂挣扎。

④把解(xiè)來賣——如同説賣解。就是江湖藝人表演武術。解，武術的套數。

⑤落了——剩了。游游氣——微弱的氣息。

⑥望鄉臺——迷信傳説：陰間有望鄉臺，供新死者的靈魂登臨眺望在人世間的家鄉。

⑦累——同壘，砌墻。

⑧横死——不是正常的死亡。

⑨陰曹地府——迷信傳説：陰間的官府。

⑩罐——這裏指熔煉用的土坩鍋。

⑪吹筩(tǒng)——吹火用的竹筒。筩，同筒。

也抹二三錢[①];因着這手兒抹慣。自家不是别人,縣前王銀匠便是。急急上城,看有花户傾銷[②]。前邊是夏莊了。呀!那墻頭上不是個人麽?怎麽在此叫唤?待俺看來。脚在這邊,頭在那邊,這是何人?張老説:大爺快救人!王銀匠扶下他來。説:呀,原是張大哥麽?張老説:呀,是王兄弟麽?銀匠説:這幾年因你不出門了,我又忙,久不見了。你怎麽這等[③]?唱

相别了,這幾年,因窮忙,没問安[④],乍見了模樣不能辨。常時兄弟何等厚,那時衣帽甚光鮮,怎麽這樣流丢爛[⑤]?又因何爬墻驀寨[⑥],在這裏叫苦連天?

〔白〕聽的説:兩位令郎都極過的[⑦],你怎麽這等?張老説:不着[⑧]那兩位"令郎",也到不了這步田地[⑨]。一言難盡!唱

破衣衫,破布裙,無秋夏,無冬春,兩個畜生全不問。今日該來這忍餓,送了我來不開門;大兒叫我爬墻稕[⑩],撮上我

①"往裏"二句——意思是:把鉛、銅等物摻混到銀子裏去。銷鉛就是鉛。鈾,應作鋈(yóu),這裏指銅。

②花户——舊時户口簿上記的姓名叫花名,稱户口爲花户。這裏指住户。傾銷——熔銀成錠。

③這等——這樣。

④問安——問候尊長安好。

⑤流丢爛——形容破爛的意思。

⑥驀(mò)寨——如同説越寨。驀,爬越,寨,用木棍或秫秸筑成的栅墻。

⑦極過的——日子過的極好的意思。

⑧不着——不得,不遇着。

⑨田地——如同説地步,處境。

⑩墻稕(zùn)——墻頭。

佯常[①]去了,幸遇着救命恩人。

銀匠説:還是你忒也囊包[②],怎麽依着他這樣揉搓[③]? 唱

問他身從何處生? 地土百畝有餘零,都是當年自家挣。難説濟着他擺劃[④]? 合他大家過不成,大石頭往那鍋裹摘。不説你鋪囊不濟[⑤],怎怨的黄口成精[⑥]?

張老説:兄弟,你不知道我麽? 罷了,罷了!

五十多,抱娃娃,冬裹棗,夏裹瓜,費了錢還怕他吃不下。惹的惱了掘墳頂[⑦],還抱當街對人誇,説他巧嘴極會罵。慣搭[⑧]的不通人性,到如今待説甚麽!

〔白〕如今這樣冷,肚裹又饑,我往那裹去? 可憐哪可憐! 唱

這一險,可非輕,幾乎把,老命傾[⑨],遇着你也是前生幸。但是如今饑又冷,可往那裹去投生[⑩]? 叫皇天也叫不應。有心待投河上吊,千百世取笑親朋。

銀匠説:那象是個賣飯的來了。點手這裹來,那人果然挑來。

銀匠説:是賣扁食[⑪]的王二。你待上城麽? 王二説:是。銀匠

①佯常——輕率離去的樣子。同揚長。

②囊(náng)包——懦弱無能。或作膿包。

③揉(róu)搓(cuō)——反復折磨的意思。

④濟着——儘着,任着。擺劃——這裹是處置的意思。

⑤鋪囊不濟——懦弱無用的樣子。

⑥黄口——小孩子。成精——如同説作怪,胡鬧。

⑦掘墳頂——罵祖宗。

⑧慣搭——嬌慣縱容。

⑨傾(kēng)——倒下,這裹是喪命的意思。

⑩投生——求生。

⑪扁食——餃子。

說：我先給你發市[①]。盛一碗給張大爺。王二盛上，又待盛。銀匠說：休盛了，我上城裏照顧[②]你的罷。張老自家一連吃了三碗。銀匠又讓，張老說：飽極了。唱

頭一碗，在心間，第二碗，到下邊，第三碗止了渾身戰。救了殘生還取擾[③]，恩情難報重如山！這一別未必重相見。且坐在太陽等候，他這門必不常關。

銀匠數上錢，打發賣飯的去了，說：張大哥，你不如還上大令郎家去罷。張老說：他怎肯收留？銀匠說：你既飽了，且找個避風去處，且慢慢歸家。情管[④]我着他兩個爭着事奉[⑤]你。唱

叫一聲，張大哥，日頭高，還暖和，你這肚裏又不餓；你在路上慢慢走，避風的去處好磨陀，到家就是晌午錯[⑥]。情管那令郎歡喜，都爭着把你養活。

張老說：你不知那兩個畜生勸化[⑦]不的，你有甚麼妙法？銀匠說：你不要管我，咱別了罷。那廟裏有個老道士，你且去合他扳話[⑧]。任拘[⑨]見誰，可休說撞着我來。張老點頭去了，銀匠長吁了一口氣，說：這是我的個老朋友，如今受這樣苦楚！

---

①發市——商販遇到第一個顧客的意思。

②照顧——這裏是購買的意思。

③取擾——如同說：叨擾，打擾。

④情管——同管情。包管、一定的意思。

⑤事奉——如同說供養。或作侍奉。

⑥晌午錯——過了正午。

⑦勸化——規勸開導。

⑧扳話——找去談話。

⑨任拘——任凭。

哎，人待生兒做甚麽！唱

落了草，叫歡歡，摸摸有峻[①]甚喜歡，細想來也是精扯淡[②]。不過指望下半世[③]，依着兒家過幾年，似張哥可要兒何干？既挣下幾畝好地，到老來愁甚麽吃穿？

〔白〕我有個法了，把這兩個禽獸嘮一嘮。來此已是張大家，待俺叫一聲：張大官人，張大官人。張大出來説：王大叔，你無事不來。銀匠説：敬訪令尊。張大説：今日上舍弟家去了。有甚麽話説？銀匠説：也没有甚麽大事，就是令尊那二年，三十兩、二十兩、一年十數回，去敝鋪傾銷。因着相好，二三年并不曾給我火錢[④]，打算[⑤]起來，有好幾吊錢。往常時還每日見他，這二年全不見了，找他把賬算算。唱

從前不曾問一聲，衹爲十年兄弟情，争奈如今手裹空。每日待合他算一算，他又多時不進城，今日閑過來蹭一蹭[⑥]；兄弟們厚是極厚，財帛[⑦]上也要分明。

張大大驚説哎呀！他化[⑧]了多少銀子？銀匠説零零碎碎也不大記的，有賬可查。張大説請裹邊坐坐。銀匠説多謝罷。令尊既在令弟那裹，我就上那裹找他。張大笑進來叫李氏，説：

---

①峻（zhuī）——作者《日用俗字》中讀“即”，男孩的生殖器。亦作朘。

②扯淡——這裹是没有樂趣，没有意義的意思。

③下半世——後半生，後半輩。

④火錢——熔銀成錠的工錢。

⑤打算——用算盤合計。

⑥蹭一蹭——略玩一會兒。

⑦財帛——錢財。

⑧化——熔化。

咱商議。唱

這人也,没處猜,誰想咱爹有錢財,化錁兒欠下多少傾銷①債。家裹財神不供養,把他簡慢又蹬開②,這是嘲③呀可是怪?咱不如從此孝敬,哄着他掘將出來。

李氏説:誰説!每日窮的合那破八萬似的,他那裹的錢?張大説:現成王銀匠來問他要火錢。李氏説:你還不快找他,看到别處着人哄去了。張大忙忙去訖

俺達是個老精靈④,腰裹銀子上秤稱,已往從前真失敬。二弟若還知道了,他那哄法比我能,他就有點貪心病。我先把財神扯倒,任拘他怎麽相争。

張老説:合那老道士閑談烤火,直到如今,那扁食漸漸没了。不免去找我那大畜生,單看王兄弟戲法⑤如何。唱

拄拐杖,往家行,不知方法靈不靈,單指望妙法真靈應⑥。若是魘殃⑦不大巧,這裹跐來那裹蹬,裂璺⑧裹耽誤殺殘生命。説不的老頭命苦,再去求告第二個畜生。

父子相遇。張大説:你如何在此?張老説:他不開門,我安心還去找你。張大説:極好,極好!我不放心,正要找你。咱就

①錁(kè)兒——金銀鑄成的小錠。傾銷——熔化。
②簡慢——如同説怠慢,待人失禮的意思。蹬開——踢開。
③嘲——這裹是傻的意思。
④精靈——指鬼神,引伸比喻聰敏機靈的人。
⑤戲法——供人娱樂的幻術表演。這裹指詭譎的手段。
⑥靈應——靈驗。
⑦魘(yǎn)殃(yāng)——引誘擺弄的辦法。
⑧裂璺(wèn)——裂痕,這裹比喻困難的處境。

回去罷。唱

我剛纔,到了家,略把那,家務查,心裏到底放不下。急忙跑來要去看,二弟今日太大差[①],爹爹該把畜生駡。從今後我就養老,又何必再去求他?

張二笑上説:妙妙,都去了,多虧了娘子用計。天已晌午,我去開門。張二遇着銀匠説:一向少會。那裏去?銀匠説:敬訪尊翁。纔令兄[②]説來了這邊,在家麽?張二説:不曾來的。銀匠説:這就奇了。唱

原是來,問問安,也不是,敬[③]要錢,何妨出來同相見?那邊找説在這裏,這裏又説在那邊,胡推脱[④]安心把我騙。到不如明説没有,看的見[⑤]那兩吊三千。

張二説:甚麽錢?銀匠説:年年化銀子,該下了幾吊火錢,因着相好,不曾開口,怎麽連面不見?每哩見了我待啃[⑥]你一口不成麽?好笑人!張二説:豈敢[⑦]豈敢!實在不曾來。拘麽[⑧],請且去,我就去問。唱

合賊荆[⑨],去探親,剛剛的,到家門,還不曾去把家兄問。

---

①太大差——極差。

②令兄——尊稱對方的哥哥。

③敬——這裏同"逕"。直截了當的意思。

④推脱——同推諉,推卸責任。

⑤看的見——很有限,是一種瞧不起的話語。

⑥啃(kěn)——咬。

⑦豈敢——怎敢。

⑧拘麽——如同説"要麽"。

⑨賤荆——過去對人稱自己的妻子的謙詞,來自後漢梁鴻妻孟光荆釵布裙故事。荆釵,荆枝作釵;布裙,粗布爲裙。

爲着該錢[①]就不見，家父不是這樣人，既相好怎麽不相信？你過日從容細訪，若撒謊怎見鄉鄰。

銀匠説：原不在錢，既不在家，咱别了罷。張二回家説：咱可把財神打退了！老婆説：怎麽？唱

王銀匠，到這邊，來找他，要火錢，化錁兒欠下錢幾吊。銀子不曾使出去，必然埋在那墻間，他喜了寶貝纔出見[②]。休着[③]咱哥家哄去，孝順他咱要當先。

老婆説：是是。快去，不要遲了！

詩曰：

爲人一念最公平，養老從來不肯争；
今日不依别處去，不因家父爲"家兄"[④]。

第三回 安飽驚夢

張大扶着張老到了家，李氏迎出來説：咱爹來了麽？那屋裏生上火了，着咱爹烤烤。這天這樣冷，你這身綿袍子着[⑤]咱爹穿着。張大接過來，給他套上，説：快拿飯來。唱

【耍孩兒】這天是，甚麽天，把炕上，鋪下氈，火少還得加上

①該錢——欠錢。
②出見——同出現。
③休着——莫叫，莫讓。
④家兄——對人稱自己的哥哥。這裏指錢。過去的銅錢當中有方孔，有的稱它"孔方兄"。
⑤着——教，給。

炭。看咱爹爹肚裏饑,快打鷄子用油煎,吃點兒且把心窩踮[①]。倒上酒頓[②]的滚熱,咱給爹湯湯[③]風寒。

張二跑進來説:我没聽的怎麽就來了?俺爹放下盅子,咱去罷。張大説:既回來,在這裏罷!唱

叫二弟,聽我言:這裏如同在那邊,我合你何争這幾頓飯?咱爹剛吃一盅酒,烤着火纔不戰戰,怎麽又叫他把身欠[④]?你叫他,他也不去,你何必苦死歪纏[⑤]?

張老説:我纔暖和過來,且在這裏罷。張二説:咱去罷,多拘[⑥]遠哩!唱

今日是,我正輪[⑦],你怎麽,不動身?俺哥的話兒休聽信。我那裏殺鷄頓下酒,生下木炭一大盆,若不好就把我打一頓。俺爹爹!咱就去罷。不必還留戀因循[⑧]。

張大焦[⑨]了説:精狗屁圈子[⑩]!你早做甚麽來?今早晨没去麽?唱

你説的,狗屁圈,今早送去把門關,大啕叫,衹推聽不見,

①把心窩踮(diàn)——吃點東西墊墊饑的意思。心窩,這裏指胃。踮,同墊。
②頓——燙酒。同"炖"。
③湯湯——擋擋,抵禦。
④把身欠——起身。
⑤苦死歪纏——拚命無理糾纏。
⑥多拘——多麽。
⑦正輪——正好應該輪着班。
⑧因循——遲延。
⑨焦——急躁。
⑩精狗屁圈子——駡人的話。圈子,即圈套。

尋思一回無計奈①,纔領咱爹又回還,生爐頓酒吃下飯,剛剛的温了一霎,你又來巧語花言。

張二也焦了説,老是大家的老,偏你就孝順?唱

偶然吃酒醉昏昏,并不知你去叫門,開了門全然没音信。誰想着你就把持②着,咱爹不敢動動身,這個心腸不堪問。衹管你低三下四③,把惡名丢與别人。

俺爹咱還是去。張老説:我穿着他這身袍子,怎麽去?張二説:你穿了去,咱給他送回來,我有衣裳你穿,合我去罷。張大説:去怎的?一個説休去,一個説必得去,把老頭子幾乎掙倒。唱

老頭子,喘吁吁,拉的我,没是處,起來站也站不住。兩個齊往兩下裏掙,好象掙着個老叫驢,叫我可往那裏去?你聽我講個道理,何必似拉羊拖猪。

爹吩咐是該怎麽樣?張老説:依我説:今日該小二子養活我,不如跟了他去,還照常半月一輪罷。唱

我的兒,你是聽:這裏拉,那裏争,奪來奪去何時定?不如照常半個月,按期交代甚公平,好歹衹在各人敬。我初一若還不去,差一日這賬難清。

張大説:就是這等。但衹是天冷,爹又餓了,忒也難爲④。

張二説:不過半里路,一霎到了。張二扶着出門去了。

---

①無計奈——無計奈何的略語。無可如何的意思。

②把持——專攬獨斷。

③低三下四——卑賤的樣子。

④難爲——難辦。

張老說：穿着這件衣服，果然走着就不冷了。唱

今清早，來一遭，幾乎凍的直了腰①，綿衣和煖直麼②妙。你看走了半里路，渾身熱氣到脚梢③，就是這腚上還不妙。若還再添上綿褲，衹怕要火暈④殺了！

張二說：這件舊袍子穿了幾年了，也是看的見的。你看我扎挂⑤的你一嶄新。唱

外頭袍子雖囫圇⑥，邊上漏着破鋪襯，舊衣裳穿上還不趁⑦。看我不去⑧五日内，着你表裏一嶄新，看比這個俊不俊？馬前刀⑨他還會耍，俺哥哥并不是人。

趙氏笑出來說：怎麼來到如今？鷄也爛了，餅也凉了，酒頓了兩三回了，爐子旺旺的。且坐下烤烤呀！咱爹這袍子是誰的？張二說：是咱哥的。老婆說：嗲殺⑩我！吊臉打胯的⑪，就給老的們穿麼？唱

休說是，件舊衣，七長八短不整齊，穿上就是有些覓漢⑫

---

①直了腰——意思是說凍僵了。

②真麼——即這麼。

③脚梢——脚尖。

④火暈——熱暈。

⑤扎挂——打扮。或作“扎括”。

⑥囫（hú）圇（lūn）——完整。

⑦不趁——不相當。或作不稱（chèn）。

⑧不去——不出。

⑨馬前刀——作事假殷勤，衹管外表，不求實際的意思。

⑩嗲（chěn）殺——極其寒傖的意思。

⑪吊臉打胯的——形容衣服裁剪製做的不合體。

⑫覓漢——長工。

氣。老人家衣服要會做。綿的極厚要炶皮①,掯裏寬快②纔如意。我看着你那絹襖,爹穿着肥瘦相宜③。

張二説:快拿飯來!老婆提着酒,端着東西。張老説:我能吃多少,就費這麽些事?老婆説:有嗄④吃哩。唱

俺嫂子,漫會嘮⑤,我老實,不會叨⑥,誰能弄那花花哨⑦。咱家雖没好的吃,或是熱面或冷酒淘,爹爹待吃就開口要。早合晚没甚麽孝順,但衹是不敢辭勞。

你勸咱爹再吃杯酒。張老説:我酒飯都勾了,您收拾傢伙,天色已晚,歇息去罷,我再坐坐。張二説:我等爹睡了着去。唱

我等着,爹爹眠,蓋蓋被,把燈端,溺鱉兒⑧拿來我再散⑨。張老説:不必呀。把燈安在床頭上,夜壺放在這床前,坐坐睡了極方便。張二説:就是這等。咱兩個把門掩上,到天明再來問安。

張二夫妻去了。張老説:奇哉怪哉!怎麽兩個兒、兩個媳婦,都孝順起來了,唱

---

①炶(hǔ)皮——貼身。

②掯(kèn)——應作裉或褃。上衣前後兩幅在腋下接縫的部分。寬快——鬆寬。

③相宜——合適。

④嗄(shá)——同啥。什麽。

⑤嘮(lào)——説。

⑥叨(dāo)——多説話。

⑦花花哨——形容表面華麗的意思。這裏指花言巧語。

⑧溺鱉兒——夜壺。

⑨散——走開的意思。

細想來,好蹊蹺[①],怎麽法術這樣高,忤逆兒一霎變成孝?當時餓死没人理,酒肉而今大口叨[②],不懂的這是甚麽竅[③]。忽經着兒家供養,衹覺着意亂心摇[④]。

夜已深了,睡了罷。上了床把腰一伸好自在呀。唱

每日愁,到晚來,似母猪,把糠篩,雖戰戰并不敢高聲咗。半夜轉了腿肚子[⑤],脚頭冰凉舒[⑥]不開,土炕上鋪着席一塊。倒不想日出遭殃,日未落得其所哉。

夜有三更,不免卧倒,打了兩聲鼾睡。忽然做着夢,見張大進來,便問:來做甚麽?張大説:我那袍子,就許你常穿麽?唱

我昨日,那身袍,你别要,穿壞了,我今竟來問你要。給你遮寒原是好,怎麽着人把俺誚,拿來罷休被人家笑。他給你做了好的,我定然剥來擲[⑦]了。

張老起來説:你休聽人瞎話,我穿着一路没冷,感念不盡。你二弟給我做了綿襖,不省的你做麽?正説着,張二拿進衣服來説:這是俺媳婦做的,爹你試試。唱

我費錢,三大千,敬做來,給爹穿,表裏都是綢合絹。兒婦雖然端相着做,可還不知窄合寬,穿上可教旁人看。雖不是蟒龍緞子,也比那粗布光鮮。

---

①蹊(xī)蹺(qiāo)——奇怪。

②大口叨——大口吃。

③竅(qiào)——事情的關鍵,竅門。

④意亂心摇——心神不安的意思。

⑤"半夜"句——這裏是説因夜間寒冷,小腿肌肉凍得痙攣(抽筋)。

⑥舒——伸開。

⑦擲——扔。

張大大怒説：你當面來形容①我，咱衹裂了！兩個打成一堆。張老拉不開，説：反了反了！唱

他雖然，大不通，到底是，你的兄，怎使的按倒便捶抨②？哥打兄弟從來有，兄弟打哥罪不輕，村種③真不通人性！告到官三十六板，押你去流徙邊城④！

張二放手。張大跑了。張二説：老頭子，你説他不該打麽？原是爲你，你還向⑤他。你宜量甚麽好，穿的這襖給我脱下來！張老説：你待叫我穿甚麽？張二説：還穿你那破鋪襯。一把抓住，剥將下來。唱

老頭子，瞎發威，不論個，是合非，他不過比我大幾歲，他那心腸極可恨，你不説道着實捶，倒給我一個充軍罪。該把你剥個罄净⑥，還叫你像似破賊！

張老大叫：凍死我也！張二端出火來，説：天已明了，看老頭子害冷，先送些火去。呀！裏邊嗃叫甚麽？待俺看來。張老又叫：凍死了！張二近前説：火在此。張老翻身：哎呀！原來是個怪夢。唱

甚煖和，睡醄醄⑦，最自在，是今宵，一宿共做一大覺。忽夢見你兄弟䞶，把我剥的赤條條，床上不覺死聲子叫。忽

①形容——這裏是挖苦的意思。
②抨（pēng）——打。
③村種——粗野莽撞的人。是駡人的話。
④流徙邊城——封建時代遣送犯人到邊遠的地方去服役。也叫充軍。
⑤向——偏向、偏袒。
⑥罄（qīng）净——精光。
⑦醄（táo）醄——酣睡香甜的樣子。

被你一聲驚醒,到而今冷汗還澆。

張二説:這是個胡突[①]夢。正説着,張大拿了衣服來,説:咱爹還没起來麽?張二問:甚麽衣服?張大説:您嫂子怕咱爹起床怕冷,做了個綿褲。張二説:這裏已是裁了,你又送來。唱

夜來時,做飯忙,到晚來,趁[②]燈光,纔把綿褲裁停當。你做出來先送到,俺家那個叠在床,將來那裏去發放[③]?你再來做鞋做襪,也還該犯[④]個商量。

其餘别的,再休送來了。張大去了。張老穿上,笑説:乍穿綿褲,休火暈了。唱

破單衣,合我熟,久下來[⑤]妄想全無,并不知世間有綿褲。忽然穿上渾身熱,好似今日入了伏[⑥],腰也伸,不象彎彎木。不覺的渾身通泰[⑦],説甚麽皮襖貂狐[⑧]。

張二説:老頭子這般歡喜,等我套弄[⑨]他套弄。回過頭來説:你看我呀,就忘了合爹説,王銀匠來要錢。張老説:甚麽錢?張二説:他説火錢。唱

①胡突——同糊涂。

②趁——趕着利用的意思。

③發放——發落,處置。

④犯——做。

⑤久下來——許久以來。

⑥入了伏——進入頭伏。一般夏至後二十多天就入頭伏,即進入夏季最熱階段。

⑦通泰——舒服。

⑧貂(diāo)狐——貂和狐狸。貂、狐的皮都是珍貴的衣料。

⑨套弄——用言語設計引出真情。

那一日，靸着鞋[①]，跑出去，把門開，王銀匠已在門兒外。他説火錢六七吊，至到而今把他該，没錢使上門來索債[②]。我説道爹不在此，他説是改日還來。

張老轉身説：哦哦，這兩個行子是敬我有錢。是了，是了。回頭説：王銀匠這樣可惡！他使的我的銀錢無數，我不問他要，他倒問我要起來了。唱

王銀匠，不是人，使我錢，借我銀，十年我并不曾問。因着[③]合他常相處，該錢也無個賬目存，這一來叫人心不憤[④]。若不是有些話説[⑤]，怎依我欠到而今。

我近中捎過帖子[⑥]去，看他有何話講。張二笑説：這老頭真正有錢。回過頭來説：俺爹，你化的那錁兒呢？張老説：你待問他怎的？唱

休説我，窮斷根，縱然有，幾兩銀，我還不使何須問。七八十畝田地還好過，我又别無有子合孫，就有銀留着好出殯。況您倆日生[⑦]也便，又不曾女嫁男婚。

張二轉身説：老頭子筋節[⑧]的緊，我看他扁[⑨]了那裏去？哈

①靸(sǎ)着鞋——穿鞋不提後跟，拖拉着鞋走。靸亦作趿(sǎ 或 tā)。

②索債——討債。

③因着——因爲，着是語助詞。

④不憤——不平、不服氣。

⑤話説——這裏是指暗中同意的話語。

⑥帖子——書信。

⑦日生——如同説生話；過日子的事情。

⑧筋節——這裏指辦事説話有分寸。

⑨扁——藏。

哈！出門去了。張老説：平生不會撒謊，今日反嘮自己的兒孫，討愧的緊，可笑的緊哪！

詩曰：

軟弱無能一老頭，全凭誆賺[1]我兒流[2]；
雖然飽煖渾身妙，四顧無人暗暗羞。

第四回　痴兒失望

張老出來，衣帽齊整，手扶拄杖説，我的兩個兒子争着孝順，不覺三年，老來可謂享福。但衹是早晨肉面，晌午鷄湯，吃着有些靦覥[3]；冬月絲綿，夏月葛布[4]，穿着衹是心驚。每日在閃電影裏存身[5]，半虚空中度日，好可笑人也！唱

【耍孩兒】他原是，敬財神，不是爲，孝父親，受了孝養心還恨。但我合他是父子，哄着他朝夕盡殷勤[6]，情上理上俱不順[7]。討愧處三年盡孝，臨作别并無分文。

哎！我也曾挣過銀子，早知道真麽中用，怎麽不藏下幾兩？唱

---

①誆賺——哄騙。

②兒流——兒輩。

③靦(miǎn)覥(tiǎn)——不好意思、羞澀的樣子。

④葛布——葛草莖皮纖維織成的布，可作夏衣。

⑤閃電影裏存身——意思是日子過的不踏實，好生活隨時有失去的可能。

⑥殷勤——這裏是説侍奉周到。

⑦不順——説不過去。

原該埋下幾兩銀，老來衰憊①靠别人。他就養活也有點進②；若還到了百年後，拿將出來按分分③，大家光降④情理順。我如今纔會做老，又待去脱生⑤兒孫。

〔白〕連日飯也不待吃，四肢無力，想是也不久了。設或問我要錢，給他甚麽？唱

跺跺脚，皺皺眉，這時節，好難爲，臨終還把神思⑥費。説一聲渾身不大好，都來要錢擠成堆，有與無可把何辭對⑦？若還是説聲没有，未必不焚骨揚灰⑧！

張大出來，問爹這兩日吃的飯不濟⑨，病了麽？張老説：覺着脚沈頭重。唱

這兩日，懶動身，頭也重，脚也沈，坐床頭忽然暈一陣。終日不吃也不想，吃是勉强打精神，手脚酸衹覺着渾身困。好象是飲酒過醉，整日家悶悶昏昏。

你看又暈起來了！正説着，倒在地下。張大大叫：瓦瓿子，快來！李氏出來忙問：怎麽來？張大説：快來！咱爹倒了！咱

①衰憊（bèi）——衰老而精力微弱。

②進——這裏同"勁"。

③按分（fèn）分（fēn）——按份分配。

④光降——如同説光臨，稱人來的敬詞。

⑤脱生——人死後投胎轉生。這是統治階級愚弄人民的迷信説法，使人相信能死後轉生，就可以在活着時甘心忍受剥削、壓迫。

⑥神思——精神。

⑦對——答對。

⑧焚骨揚灰——形容極其摧辱的意思。

⑨不濟——不好。

架他床上去。兩個架在床上捶了捶纔又醒了。張大說:好了好了!唱

忽然間,發個昏,一脚跌在地埃塵[1],病如墻倒没音信。若還跌倒没人見,此時久已見閆君[2],那財帛可向何人問?幾乎把三年養育,都成了枉費辛勤!

張二領了個人來說:今日該我養活父親。前日說身上不快活[3],我雇了個人來,好架他去。進來看見說:咱爹不好麽?張大說:纔不着我合您嫂嫂,如今已完了事了。唱

忽然間,就昏迷,頭也折,腰也直[4],一跌仰在平川地[5]。我纔叫您大嫂嫂,抬上床來并不知,捶了捶方纔有了氣。到如今不言不語,瞑[6]着眼一似呆痴。

張二說:我抬了他去罷。張大說:好不通!這樣病怎麽敢抬!唱

二兄弟,大不通,病人昏憒[7]眼朦朧,剛還魂怎麽敢驚動?一口氣不來瓜打了[8],竹籃打水落場空[9],可纔大家没蛇弄。脱不過不吃甚麽,我勸你暫且從容[10]。

---

①地埃塵——指地。説唱曲詞中習用的套語。

②閆君——閆王。封建迷信的説法,主管地獄的神。

③不快活——如同説不舒服,意思是指有病。

④腰也直——同"直了腰",腰僵硬了的意思。

⑤平川地——指地。説唱曲詞中習用的套語,根據用韵需要,也作地平川。

⑥瞑(míng)——閉上眼睛。

⑦昏憒(kuì)——昏迷胡涂。

⑧瓜打了——死了的意思。土語。

⑨"竹籃"句——事理比方的歇後語。意思是徒勞、落空。

⑩從容——慢慢的,這裏有稍等待的意思。

張二轉身自思：若留在這邊，我一脚不來，衹怕他問問，可不便宜了他麽？還是抬去爲妙。回頭説：我已雇了人來，路又不遠，連床抬去罷。張大説：抬不的。張二説：我衹是抬。張大説：我就不依你抬我的床。張二説：我背了去。下手扶起，張大按倒。張老哐哼兩聲，合煞眼了。張大試了試，説：有甚麽氣哩！拱了拱手説：請抬請抬。唱

罵畜生，太不該，我説休抬衹是抬，抬殺人待向何人賴？咱𠵌在旁且守候，扶正這頭兒休教歪，心頭温還有魂靈在。衹怕是一時昏去，待霎還醒將過來。

張二説：還温温！便指着數量起來。唱

老頭兒，太不通，或是銀，或是銅，你何曾漏出牙之縫？清晨後晌[①]孝順你，你一般臉上有笑容，怎麽心眼全不動？你如今徉徜[②]死去，這口屋就是你墳塋。

張大説：二弟，你好没良心！你原待抬了去，就死了；你還該抬去纔是，怎麽丢在這裏，安心把這屋當了墓田？唱

老頭子，在這邊，你怕他，把我偏，死活争着去管飯。一霎作擺的[③]没了氣，你就安心不近前，這個心不是人來變。占的是我的房子，你敢説與你無干！

張二説：你休焦，不許還活了麽？還魂過來，我自然抬去。張大把頭掀起來一跌説：看看，連頭死了，還活那狗蛋哩！張二

①清晨後晌——從早到晚的意思。後晌是晚上。
②徉(yáng)徜(cháng)——同“佯常”。
③作擺的——擺弄的。

也一跌：可是呢！已是挺挺[1]了，怎麽處？放聲大哭我那銀爹嚛，你疼煞我了耶[2]！唱

細絲錁[3]，白生生，踅[4]到心，没點銅，想你那模樣心酸痛。死尸又不會説話，不知埋在那個坑，好俺達望你來托夢[5]。若是你囑咐兩句，就死了俺也不疼。

張二説；咱也不必瞎哭。我如今想了一個計策，這也是望空打彩[6]，可也未必不中用。唱

王銀匠，老獾叨[7]，合咱爹，久相交，頭髮根兒盡知道。老頭合他常搗酒[8]，乂往鋪裏去傾銷，必然他還通些竅。咱就去找他敬問，未必不有點根苗[9]。

張大説：極是。你守靈[10]，我就去。張二説：你居長，該守靈，我去罷。張大説：你這麽乖，不如咱同去，張二説：就是這等，

---

①挺挺——尸身挺直的樣子。

②耶——語氣詞。

③細絲錁——舊日用銀子，五十兩一塊的叫元寶，五兩十兩一塊的叫錁子。細絲是純凈的銀子，從錁子底部觀察，純凈的銀子都有淡黄色的細絲紋。

④踅(xué)——折斷，撅開。

⑤托夢——封建迷信的説法，人死以後，他的靈魂可在别人夢寐中現形，訴説心事。

⑥打彩——下賭注。

⑦老獾(huān)叨——駡人的話，餵老獾的貨。獾即貉，是一種犬科動物，毛皮可做衣帽，肉可食。

⑧搗(dǎo)酒——猜拳喝酒。

⑨根苗——根由、本源。

⑩守靈——看守尸體或是看守殮入尸體的棺木。

走走。張大説:這脚上一個磨眼①,你等我等。張二説:你後邊慢慢走罷。張大説:看他弄鬼②,疼不疼的我捨命趕去。張二喘吁吁的説:好了,到了。趁他趕不上,我先問了,嘮這狗頭③。回頭一望:呀,那是他來了。張大趕上喘成一塊:這十來里路跑乍了肺④!張二喘着道:你甚麼要緊!咱且定定⑤,好叫門。唱

你説你,害脚疼,如何不,慢慢行?甚麼要緊捨了命。張大説:一行叫你等等我,你衹扯腿一溜風⑥,你那心不知待怎麼用。我不如捨死趕上,并不敢撒溺出恭⑦。

王大叔在家麽?銀匠出來問:是那個呀?原是二位賢侄⑧。令尊好麽?張大説:没了⑨。銀匠説:幾時没的?唱

那一回,相别了,又在貴莊會一遭,以後再不曾領教。倒比常時着實胖,還象當年信口叨⑩,誇獎您倆怎麽孝。可不知幾時得病,就忽然大限⑪難逃。

---

①磨眼——鷄眼。足底因受磨壓而起的嵌入皮肉中的硬粒。

②弄鬼——如同説搗鬼,用詭計。

③狗頭——駡人的話,這裏指張大。

④跑乍了肺——奔跑氣喘而傷肺,這裏是指快跑。

⑤定定——鎮静鎮静。

⑥扯腿一溜風——快跑如風的意思。

⑦出恭——大便。

⑧賢侄——過去對友人子侄輩的敬稱。

⑨没了——故去、死了。

⑩信口叨——健談、能説會道。

⑪大限——封建迷信的説法,認爲人的壽命都是天注定的,把死期叫大限。

張大説：没甚麽大病，今早就不在了。銀匠説：既倒了頭[①]，還不守靈，找我有甚麽話説。哦，是了。唱

莫不是，没有棺，待去買，又少錢，借重我這老體面？就有這樣要緊事，也該一個守靈前，怎麽兩個齊奔竄[②]？這其間必有緣故，倒叫人驚怪[③]難安。

張大説：材[④]合墳都有了。銀匠説：既這等，找我怎麽？張大説：因先父有銀子全没吩咐，王大叔必然曉得。唱

您爫是，一個人，又每日，去化銀，必然你就知道信。朝朝飲酒談心腹，細話從來不昧音[⑤]，想到這纔來把你問。若還是有點鍬眼[⑥]，俺兩個好去跟尋[⑦]。

銀匠説：原來爲此麽？俺爫雖厚，他埋下東西怎麽對我説？但外邊我都曉得。唱

這浮財[⑧]，也還多，當日文書[⑨]一大羅[⑩]，有中人[⑪]到底還不錯。但這些人做生意，朝朝南北去奔波，家中并無人一

---

①倒了頭——死去的意思。
②奔竄——奔波，這裏跑那裏去的意思。
③驚怪——驚訝奇怪。
④材——棺材。
⑤不昧音——不隱瞞。
⑥鍬(qiào)眼——竅眼，可着手的地方。含有竅門、綫索的意思。
⑦跟尋——跟踪尋找。
⑧浮財——房屋土地以外的財産，都叫浮財。
⑨文書——契券，字據。
⑩大羅——很多東西層層叠放在一起。羅，這裏是“叠”的意思。
⑪中人——同“經紀”。

個。方且是停喪在地,怎使的合人鬧呵[①]?

這幾年我聽的説,令尊也没錢,衹怕要去使了。張大説:并不曾。銀匠説:衹是如今要不的賬。您好生去發喪[②],那該錢的都是體面人,見您兄弟還成個局面[③],自然不好賴您的。唱

你好生,去發喪,扎挂起,面有光,費遡錢也還有名望[④]。人見您弄的不精緻,就説不是好兒郎,該您錢他也背了鞅[⑤]。衹顧去經營喪事,到殯後咱再商量。

衹在您立體面。我待留二位坐坐,這是甚麽時節?請了,請了。兩個説:他説的也是。咱若弄不好,誰還給錢?唱

叫二弟,你聽知:這喪事,待整齊[⑥],每人破上十畝地。墳合棺材都有了,賃[⑦]些棚彩與幡旗,臺前一個猪羊祭[⑧]。雇幾個禮生喝禮[⑨],兩小吊五百四十。

張二説:這不來了麽?你守靈,咱指地作保,取王十萬家錢,過了喪事要來還他。李氏説:你上那裏去來?唱

①鬧呵——争吵的意思。
②發喪——人死訃告親友料理喪事。
③局面——體面,像個樣子的意思。
④名望——名譽和聲望。
⑤背了鞅(yāng)——代人受過,擔不是。
⑥待整齊——需要治備的圓滿而有條理。
⑦賃(lìn)——租用。
⑧猪羊祭——用猪羊供品置於靈前的祭奠。
⑨禮生——過去舉行禮儀時贊禮的人。喝禮——贊禮,行禮時宣唱節目。

你好似,長嗓黄[①],把個尸,丢在床,不知你上那裏撞[②]。他二嬸子來家看,我纔聽説跑慌張,俺倆叫人停撥[③]上。現如今占着口屋,該商議怎麼出喪。

他二叔呢?張大説:他去取錢的了。趙氏跑出來説:取甚麽錢?唱

清晨肉,晌午鷄,每日像,賊吃食,絲毫何曾得他濟[④]?單單指望他一句話,他低頭子挺了尸,全不放個狗臭屁。衹用根穿心杠子[⑤],他還算轉了便宜。

張大説:俺也不潮,這有個話説。唱

王銀匠,向我言,人家使着咱大些錢,他説該弄個虚體面。灰毛烏嘴不成事[⑥],人就把咱下眼看[⑦],待還錢也把卦兒變[⑧]。咱如今費錢幾吊,這裏頭本利兼全。

李氏纔歡喜了説:這還罷了。既這等,我還得縫個塌頭[⑨],還得搓根麻繩。唱

服待了,二三年,指望他,有尀錢,臨了半個錢没見。一眼

---

①長嗓黄——生了嗓黄,喉嚨緊鎖,不能成聲。嗓黄是一種病名,這裏是罵人不講話。

②撞(chuáng)——意思指閑逛。

③停撥——裝殮後暫時停放的意思。

④濟——益處。

⑤"衹用"句——穿心杠子是獨木杠,這句的意思是不用棺椁,衹用根杠子抬出去。

⑥灰毛烏嘴——外表不乾净的意思。或作黑眉烏嘴。不成事——不成體統。

⑦下眼看——小看,輕視。

⑧卦兒變——變卦。已決定的事忽然更改了。

⑨塌頭——舊俗婦女遭父母之喪時頂在頭上的白布。

看見恨一個死，俺倆方纔把心安，渾身衣服全不變。這等說慟[1]與不慟，還衹得淌淌邪涎[2]。

張二來了。張大説：怎麼來到如今？張二説：取了三十兩銀子，我已是分給了您丈人合您大舅子了。唱

咱大家，晝夜忙，就排七，出了喪，事完咱好去要賬。近來白黑[3]常打算，我要蓋個合頭房[4]，上一個監生[5]好游蕩；你識字買個秀才，隔住板好上公堂[6]。

你説何如？張大説：也好。張二指着他三人説：都聽着。唱

他也忙我也忙，我也忙他也忙，太行山大家一齊上[7]。等那親戚回了話，扎扎麻繩就發喪，抬出去完了一天的賬。若還得財帛到手，咱從容大弄咚噹[8]。

我這心裏急，再去各處催催。張大説：我也忙我的。李氏説：您二嬸子咱可好了。唱

---

①慟（tòng）——十分悲哀的樣子。

②邪涎（xián）——哭泣時口鼻中所流的液體。

③白黑——日夜，晝夜。

④合頭房——一個院裏有東、西、南、北四座房子叫合頭房，又叫四合頭房、四合院。

⑤上一個監生——用銀錢捐個監生的意思。監生是進國子監（封建國家爲官僚地主子弟所設立的全國性的學校）裏讀書的人。封建時代，可以花錢捐納爲監生。

⑥“隔住”句——封建科舉時代，考中秀才以後，因故傳到官府是不會挨板子打的。隔住，隔開、隔斷的意思。公堂，衙門大堂，這裏泛指封建官府。

⑦“太行山”句——俗語有“大家齊上太行山”，意思是大家一齊去做。

⑧咚噹（tāng）——鑼鼓聲，這裏比喻有聲色的行事，大大地鋪張一下的意思。

您二叔，志氣高，鋪排着，進個學①，秀才娘子也榮耀。不識字的上了監，州同的奶奶②儘你摇，雇上人打傘還抬轎。咱縣裏又没鄉宦③，羊群裏跑出驢號。

可不知上了監，人叫咱甚麽？趙氏説：如今都是叫爺，叫奶奶，就合那真果的④一樣。李氏説：誰説？趙氏説：你没見，且是還有前後補子⑤的哩。唱

叫老爺，是尊稱，添上個大字更中聽⑥，何年曾奉朝廷命。新中了進士⑦稱了老，撇下個爺字與監生，他既挪咱就往前蹭。待幾年州同越大，把閣老挨做了孤穹⑧。

李氏説：既真麽大，俺也做監生，那秀才鴟頭鳩腚的不做他。趙氏説：你没見，如今那管秀才的學官，一多半不識字。他大爺若做了秀才，俺還管着您了。唱

方且是，進了學，那教官纔出餓牢，他就把你頭啃吊。一

①鋪排——如同説布置、張羅。進個學——封建科舉制度，童生（没有進入縣學的讀書人）應歲試、科試，考中入學的叫進學。即考中秀才。

②州同——官名，清代知州的佐官。奶奶——官娘子的通稱。

③鄉宦（huàn）——鄉紳，鄉裏曾作過官的封建地主。

④真果的——真實的意思。或作真各的、真個的。

⑤補子——封建時代，官員所穿衣服上縫綴的可以區分級别的徽識。縫綴於前胸和後背，用金綫及彩絲綉成。

⑥中聽——好聽。

⑦進士——封建科舉時代，舉人參加會試（在首都舉行的全國性考試）及殿試（由皇帝對會試合格者，在殿廷上所舉行的考試）考中的稱進士。

⑧閣老——明代以來，對封建統治集團中央最高行政負責官員（宰輔或内閣大學士）的通稱。孤穹（qiōng）——如同説“孤家”，是傳統通俗文學作品中習用的封建時代王侯的自稱。

千錢纔依填打上[①],白眉扯眼不害囂[②],生纂出名色[③]問你要。倒不如監生自在,省了那混賬雜毛[④]。

正説着,張二回來了,叫:哥哥,咱收拾起靈[⑤],一天大事都停當了。果然旗幡招展,起了靈就休停下,安了葬罷。一些人下葬。張二説:着人培墳[⑥],咱且做咱的。忙忙走了。

却説:王銀匠又來送殯。唱

老朋友,七八十,又受凍,又忍饑,方法靈纔叫他得了地[⑦]。死了又落在兒的手,兩個體面全不知,衹得又用牢籠計。今日來塋前送送,作一個生死別離。

張大二人正跑:呀,那不是王銀匠來了?到了跟前,問:王大叔那去?銀匠説:敬來送殯。張大説:下了葬了。銀匠説:怎麽這樣快?張大説:正待奉訪[⑧]。銀匠説:甚麽事?張大説:你忘了麽?銀匠説:我忘了。唱

---

①"一千"句——科舉時代,秀纔要拜"學官"爲老師。拜師的"贄儀"(見面禮物)一般是一吊錢。纔依,是方肯。填打上,是將姓名填到學官的門生簿子上。

②白眉扯眼——同"白眉赤眼"。平白無故的意思。害囂(xiāo)——害羞,或作"害臊"。

③生纂(zuǎn)——生編硬造的意思。名色——名目。

④雜毛——壞人。駡人的話。

⑤起靈——抬棺出殯。

⑥培墳——埋葬以後用土堆壘墳頭。

⑦得了地——地位提高了。

⑧奉訪——拜訪,看望人的敬詞。

家父[1]如今死去了，該銀都是親手交，你原説喪後來計較[2]，你做中人有證佐[3]，差錯無有半分毫，説是誰咱好問他要。王大叔陪俺走走，老人家想不辭勞。

銀匠哈哈大笑説：二位待要銀子？甚麼銀子？桃仁子？杏仁子？唱

您兩個，不成人，全不知，養父親，倒了頭還怕您不出殯。我又用個牢籠計，哄着您倆去做人，説銀錢是我瞎胡混[4]。二巴喇[5]該您賬目，對您説請去登門[6]。

兩個沈了沈臉，説：怎麼，嘮俺？銀匠又哈哈大笑説：得罪，得罪！唱

兩賢侄，您是聽：我雖老的没正經，哄殺人從來不償命。不曾哄着你敬俺老，又不曾哄着你跳枯井，這一哄略略通人性。您二位歇息去罷，我還要敬去陪情[7]。

兩個大怒説：每日叫你叔，那狗叔、驢叔雜毛材料、混賬物囊！

銀匠説：這不罵起來了？張二説：你值[8]麽！唱

想一想，咬碎牙，你望俺，傾了家，老賊可恨忒也詐[9]！嘮

---

①家父——對人稱自己的父親。

②計較——商量。

③證佐——證人。

④瞎胡混——隨意應付的意思。

⑤二巴喇——泛指某人諢名。

⑥登門——上門。

⑦陪情——陪禮，認錯。

⑧值——值得。

⑨詐——奸詐。

着年年費家當,發喪又叫弄光滑[①],百石糧食費不下;要合你捨死對命[②],我就說罵你没查[③]。

銀匠說:好禽獸,你待打我不成!磞了一頭去。兩個就待動手,旁裏一大些人拉着。不一時,李氏三個來了,問:怎麽說?張二說:這就是王銀匠。唱

王銀匠,老奸賊,咱吃他,三年虧,哄着咱把錢來費。如今銀錢都是謊,問着衹把眼兒白[④],哄人該問甚麽罪?該合他見見官府,辨一個誰是誰非。

趙氏說:咱裂[⑤]了他罷!衆人又推着,銀匠說:一個老頭子,該您老婆漢子甚麽打。恰好官去東莊相尸[⑥]。咱就去見見。唱

不肖[⑦]的,兩畜生,餓的他達喔哼哼,墻頭上幾乎送了命。這樣行子真禽獸,好話勸你必不聽,纔嘮着您把父親敬。恰好您老婆俱在,咱着官斷[⑧]個分明。

兩個說:老忘八!老婆那有你叫的?咱就見見官。果然官來了。兩個老婆就叫皇天。官問:甚麽人?答:是張大的妻。唱

---

①光滑——體面。
②捨死對命——拚命。
③查——差,差錯。
④眼兒白——如同說白眼。對人厭惡時鄙視的樣子。
⑤裂——撕打。
⑥相尸——驗尸。
⑦不肖——不似。舊稱兒子不好叫不肖。意思是不像他父親那樣品德好。
⑧斷——判、裁决。

大老爺，是青天[①]，閤家[②]不足兩頃田，可恨銀匠把俺騙。他怎麽騙您來？家裏一個老頭子，饑飽與他嗄相干？他調唆[③]着不吃家常飯。你不給他吃不的麽？他却又千般哄誘着，着俺去裏頭把錢轉。他怎麽哄你來呢？他説俺公公有大錢，死後全然没一言，他又説賬目有千萬。你怎麽來？聽着他事事弄齊整，又稱漆來漆了棺，光糧食糴了有五十石。後來呢？臨了是分文無有，吃的虧叫人難堪。

官問銀匠：你爲甚麽哄人呢？唱

他把個老子擱墻頭，渾身都是爛流丢，一家全是真禽獸！若不將銀錢打動他，好言怎能勸回頭？張老也活不到八十六。他全凭着老婆出馬[④]，攔住路合我爲仇。

官説：你起去，與你無干。給我把兩個不孝的奴才，每人打三十大板；兩個不賢的婦人，每人一拶子[⑤]，一百攛[⑥]。那皂隸[⑦]喊了一聲，先打了漢子，後拶了老婆；官纔去了。一家人叫苦連天，哐哼成塊。張大説：好打，好打！唱

那官府，忒也偏，一打幾乎到九泉[⑧]，好胡突并不聽人辨。

---

①青天——舊時比喻賢明的官吏。

②閤家——全家。

③調唆(suō)——挑唆。挑撥唆使人家不和睦。

④出馬——原指將士出戰。這裏指出頭辦事。

⑤拶(zǎn)子——封建時代的刑具名，爲五根小木棒用繩編聯，套入犯人手指用力緊收使痛的刑具。

⑥攛(cuān)——急促緊縮。

⑦皂隸——封建時代衙門裏的差役。

⑧九泉——同黄泉。封建迷信説人死後靈魂所住的地方。

二弟,你不相干麽?我這腿像有個蝦蟆肚[①],得找外科馬壽先[②],長到三十没經慣[③]。哥哥,你呢?這一霎惡心疼痛,祇覺着口澁唇乾。

李氏説,哎呀,疼死我也!唱

我從來,不怕誰,打就打,捶就捶,這一遭可把膽來碎[④]!您二嬸子,你還好麽?十個指頭露着骨,好似心裏扎一錐,渾身疼痛連肝肺。嫂子,你呢?手丫裏全没皮肉,不由人裂嘴攢眉[⑤]。

張大説:小瓦瓿子,給我擦擦腿上這血。瓦瓿子説:俺不,怪髒的。張大説:小雜羔子氣煞我!我到家可打你!瓦瓿子説:俺爺爺長瘡霎,叫你給他看看,你就嫌髒,正眼不理麽,怎麽這個就待打人?張大咥哼着説:我做下様子了。我對你説,休學我了,我這就不是様子麽?唱

望上看,有雙親,往下看,有兒孫,我不好後代越發甚。指望他到家服事我,誰想他事事要學人,壞了腿還有誰來問?腚雖疼有點好處,也着那後世驚心[⑥]。

四口子都説:這個行子好可惡,幾時的事他還記着。唱

---

①蝦蟆肚——指用刑後皮肉未破而内部潰爛的傷處。

②馬壽先——人名,從文義看,應是當時著名外科醫生。

③經慣——因經歷而習慣。

④膽來碎——即膽碎,很是害怕的意思。

⑤裂嘴攢(zǎn)眉——痛苦難忍的様子。攢眉,皺着眉頭。

⑥驚心——心中驚懼而存警惕。

【劈破玉】[①]小瓦瓴不過纔十來多歲,已下手把樣子描[②]了兩對,想是那小心眼諸般學會。你可前半截學伶俐,後半截學吃虧。你若是學的像了我,可預先裹准備着燗下腿[③]。

張大哎喲説:受打挨捶爲甚麽?張大哎喲説:皮開肉綻[④]血成注。

李氏哎喲説:太爺説到還輕處。趙氏哎喲説:又積作[⑤]下堂前忤逆[⑥]達。唾哼瘸跛并下

---

①劈破玉——明清俗曲的曲調名。原來是在明末産生於南方的俗曲,後來漸傳於北方,明清之際流傳極盛。

②描——摹畫,描摹。

③燗(gàng)下腿——意思是把腿鍛煉好,准備受刑。燗,刀劍等加鋼重鍛。

④皮開肉綻(zhàn)——皮肉開裂。

⑤積作——迷信説法,積善作德的意思。這裏是反語。用以譏誚積惡作孽的人。

⑥忤(wǔ)逆——舊時專指不孝順父母的行爲。

鬧 館

〔外①上〕沿門磕頭求弟子,遍地碰腿②是先生。

詩曰:

君子受艱難,斯文③不值錢;

有人成書館④,便是救命仙。

〔白〕在下訓蒙先生⑤,姓和名爲貴,表字由之,郃陽縣同地村人氏。自幼讀書,家道貧寒,别無生意,專以教書爲業。不幸年景饑荒,漢閣齋⑥學生自散而去。無奈逃至洛川,游蕩幾日,盤費已無,堪堪餓死,如何是好? 哦! 有了! 不免用仿圈敲動手板⑦,吆喝⑧幾聲"教書",可有主呢,也未可知。咳!

①外——戲曲的脚色名,一般指"老生"。元代戲曲脚色中稱"外末",明、清以後,簡稱"外",現代戲曲如京劇中稱"生"。

②碰腿——如同説"絆腿"。形容教書先生很多。

③斯文——這裏泛指封建時代的讀書人。

④書館——封建時代私人設立的學堂。也叫私塾。

⑤"在下"句——在下,自稱的謙詞。訓蒙先生,封建時代,專指教兒童讀書的老師。蒙,指蒙昧無知的兒童。

⑥漢閣齋——書館名,和爲貴逃荒前在這裏教書。

⑦"不免"句——仿圈,寫字時用以壓紙的文具,係用銅、鐵製成,又稱鎮紙。手板,封建時代,私塾老師體罰學生用的竹板或木板,也叫戒尺。

⑧吆(ào)喝——大聲叫喊。舊時對小販叫賣的貨聲,也稱"吆喝"。

好苦呱！〔唱〕

想當初念詩書錯了一念①，到不如耍手藝②還掙吃穿。你看那皮匠手錐鞋補襪，小錮鏴在一邊鋦鍋鋦盤③，還有那木匠家打④箱打櫃，鐵匠家打鋤頭還打刀鐮，錫匠家打燈臺又打錫盤，窑匠家燒黄盆又燒黑碗。手藝人⑤吃的是肉肥滷面，可惜俺念書人餓的可憐。

〔白〕衆位聽真：誰家念書？我乃教書人也！〔丑⑥唱〕

我先人⑦他無從入過書館，看文書⑧銀錢票甚是作難。目下裹我的兒到有兩個，想讀書請先生又怕化錢。這幾年收成好積累有限，到教我爲此事左右爲難。

〔白〕在下姓禮名之用，草字爲美，洛川人氏。所生二子，長子十三歲，次子十歲，正當上學之時，請先生甚是煩難⑨。欲就人家書館，拿書金⑩太重，我是不欲的；待自己雇先生，這本處

---

①一念——如同説"主意"。

②耍手藝——從事小手工業。

③"小錮鏴"句——小錮(gǔ)鏴(lǔ)，補鍋鋦碗的工匠。鋦(jū)，用"鋦子"將陶瓷器碎片緊密接合在一起。

④打——這裹同"做"。

⑤手藝人——耍手藝的人。

⑥丑——戲曲的脚色名。明、清時代，多是扮演奸詐刁惡的反面人物；現代戲曲中，俗名"三花臉"或"小花臉"。

⑦先人——祖先。

⑧文書——這裹指買賣雙方訂立的契約。

⑨煩難——即"作難"有困難的意思。

⑩書金——給私塾老師的酬金(工資)。或稱束脩。

功名人多裝腔弄款[①],如何照應[②]的起?晝夜思想,全無别方[③],如何是好?〔外白〕誰家念書?我乃教書人也!〔丑白〕你看那邊一人,口稱教書,想必是位先生。待我聽他説些什麽言語。〔外唱〕

陳仲子三咽李螬食過半[④],孔聖人在陳國絶糧七天[⑤];君子窮不比那小人窮斯濫[⑥],莫不是,天喪予[⑦],天喪予,就在洛川!

---

①"這本處"句——功名人,封建科舉時代成爲秀才、舉人或進士的人。裝腔弄款,擺架子,有意做作的情態。同"裝腔作勢"。

②照應——招待、照料。

③别方——其他的辦法。

④"陳仲子"句——這句是借用《孟子·滕文公》裏的故事,來比喻自己的廉潔。陳仲子是戰國時齊國著名的廉潔人。他曾三天没吃飯,却不向人乞討,後來爬到井邊上,拾到一個被蟲咬過的李子,連續吃了三口,纔恢復了困餓而失去的清醒的知覺。李,是李子。螬,是蠐螬,金龜子的幼蟲。

⑤"孔聖人"句——這句是用《史記》裏所記孔子絶糧的故事,比喻自己的心胸開闊。春秋時代,楚昭王要聘用孔子,陳國的統治者以爲這件事對自己不利。就在孔子路過陳國時,發兵把他圍困起來。孔子被困七天,糧食來源斷絶,但仍講書、念書和彈琴歌唱,非常鎮静。後來,子貢到楚國求救,楚昭王發了兵來解了圍。

⑥"君子窮"句——來自《論語·衛靈公》。原句是:"君子固窮,小人窮斯濫矣。"意思是:君子意志堅定,不怕困難;小人遇到困難,就會做出不好的事情來。

⑦天喪予——天老爺要我的命呀!這裏是借用孔子聽到顔淵死訊時説的話。見《論語·先進》。封建時代,常把遭遇到不幸的原因歸爲天意,這是一種迷信思想。

〔丑白〕聞聽是呑喝教書，待我上前與他商量，或者成個館①，比他人省幾串錢也是有的。先生見禮。〔外白〕還禮了。〔丑白〕先生呑喝教書，莫非識字麽？〔外白〕惡！是何言也②？弟子博學多文，五經三傳③，詩詞歌賦大家文章④，無不精通，豈但識字而已哉⑤！〔丑白〕請問先生哪裏人氏？上姓高名⑥？〔外白〕在下姓和名爲貴，表字由之，郚陽縣同地村人氏。〔丑白〕原來是先生麽？在下有禮了。〔外白〕免禮。敢問⑦尊兄貴姓高名？〔丑白〕小弟姓禮名之用，草字爲美。〔外白〕方纔禮兄問我識字，莫非有意成館麽？〔丑白〕有意成館。我有兩個兒子俱係幼童。欲要念書，不知先生怎麽教法？〔外白〕禮兄令郎雖係幼童，小弟善於訓蒙，有如時雨化之者⑧，盡心力而爲之，三年有成⑨。〔丑白〕在下領教。〔外白〕聽我道來。〔唱〕

---

①館——指書館，即私塾。

②惡(wo)！是何言也——唉！這是什麽話！見《孟子・公孫丑》，惡，是感嘆詞。

③五經三傳——封建科舉時代一般讀書人必讀的書。五經是《易》《書》《詩》《禮》《春秋》。三傳，即《春秋》的《左氏傳》《公羊傳》《穀梁傳》。

④大家文章——大家，這裏指著名的文學家。文章，這裏泛指古典散文作品。

⑤而已哉——語氣辭的連用。

⑥上姓高名——如同説：貴姓，大名。是問人姓名的敬語。

⑦敢問——冒昧相問。向人發問時的謙詞。

⑧"有如"句——意思是：教育學生就像及時的雨使禾苗發育成長一樣。語見《孟子・盡心章》。時雨，及時的雨。

⑨三年有成——受教育三年一定有成效。

初上學,《三字經》口教口念,《百家姓》、《千字文》隨念隨添[①],上下論共兩孟[②]五經三傳,詳訓詁明句讀[③]作文叁篇。學寫字手拿手一撇一點,一個字分八法回後回先[④]。字四音要念出平、上、去、入[⑤],開口呼、合口呼[⑥]也得學全;平仄[⑦]裹必得是分外清楚,久以後作詩句免得犯難。三年功必進學[⑧]六年中舉[⑨],七年上會進士連中三元[⑩],一

①"《三字經》"句——《三字經》是宋末區適子作;《百家姓》的作者不詳,有説宋初人作;《千字文》是南朝梁周興嗣所作,這都是舊時兒童初入學時的啓蒙讀物。

②上下論共兩孟——《論語》分上、下兩册,《孟子》也分上、下兩册。這裹指全部《論語》和《孟子》。

③"詳訓詁"句——詳訓詁(gǔ),解釋古代語言文字。明句讀(dòu),講明什麽是句,什麽是讀。句讀,文辭語意已完處爲句,語意未完而須停頓處爲讀。

④"一個字"句——這裹是説寫字的八種筆法。以"永"字爲例,即:一、點爲側,二、平横爲勒,三、直竪爲努,四、鈎爲趯(tì),五、左上仰横爲策,六、左下長撇爲掠,七、右上短撇爲啄,八、右下捺(nà)爲磔(zhé)。

⑤平上去入——字的四種聲調:平聲、上聲、去聲、入聲。

⑥開口呼、合口呼——漢語字音没有韵頭,而韵腹又不是 i、u、ü 三個韵母的,叫"開口呼",例如巴(bā);有 u 韵母的,叫"合口呼",例如姑(gū)。

⑦平仄(zè)——平聲和仄聲。除平聲外,上、去、入三聲,都是仄聲。

⑧進學——封建科舉制度,應歲試、科試的童生(没有入縣學的念書人),被録取入學的叫進學。即考中秀才。

⑨中舉——封建科舉時代,秀才參加在省城裹舉行的考試(鄉試),被録取的叫中舉。就是舉人,也稱孝廉。

⑩連中三元——三元,是"解元"(鄉試第一名)、"會元"(會試第一名)、"狀元"(廷試第一名)。經過"鄉試""會試""廷試"連獲第一名,叫連中三元。

霎時就成了那富户鄉宦，翰林院效力滿出印做官[①]。

〔丑白〕先生這個説法果然真嗎？〔外白〕苟[②]有用我者，請嘗試之。就此入學罷！〔丑白〕且住，且住！我是貧寒之家，管待[③]不到，怕先生見怪，如何是好？〔外白〕我之大賢與，於人何所不容[④]？敢問有何説也？〔丑白〕先生聽了。〔唱〕

清晨時不吃面小米乾飯，到晌午高糧面包些菜團；到晚來不動火客從主便，每一日兩頓飯就算一天。

〔外白〕君子謀道不謀食[⑤]，飲食之人則人賤之矣。〔丑白〕還有使用家器，也得與先生説明。〔外白〕何傷乎，君子不器[⑥]。〔丑唱〕

吃饍子破罩籬盛上三個，用飯湯小碗盆滿滿一端，無筷子須得你自折梃杆[⑦]，渴了時喝凉水使一木碗。

〔外白〕一簞食、一瓢飲，回也不改其樂[⑧]，何傷乎？快入學罷！

---

①"翰林"句——翰林院，爲掌編修國史，紀載皇帝起居注，進講經書，以及草擬制誥等文書的官府。出印，掌印作官。

②苟——如果，要是。

③管待——招待。

④"我之"二句——意思是：我是個道德高尚的人，還能計較這些小事嗎？是借用《論語·子張》裏子張回答子夏的學生的話。與，同"歟"，是疑問語氣詞。

⑤"君子"句——意思是：君子用心力於學術，不計較吃穿。見《論語·衛靈公》。

⑥君子不器——見《論語·爲政》。原義是：君子不像器具一樣，衹有一定的用途。這裏借用的意思是：君子不計較家用器具的好壞。

⑦梃（tǐng）杆——糧食作物的直莖，例如高粱秸。

⑧"一簞食"二句——這裏引用孔子稱贊顔回的話，比喻自己在生活貧困時，仍然很樂觀。語見《論語·雍也》。簞（dān），盛飯用的竹器。回，顔回，孔子的學生。

〔丑白〕還有一件事：吃飯無好菜，總有點四季菜甚不堪讓①，也得與先生說明。〔外白〕無可無不可。〔丑白〕聽我道來。〔唱〕

到春來苜蓿芽尖餅白飯②

〔外白〕這是好的，吃了苜蓿芽先不鵲瞽③。〔丑唱〕

到夏來馬踏菜④自來就酸。

〔外白〕這也是好的，吃了先不生蟲子⑤。〔丑唱〕

到秋來蔓菁⑥菜煮的稀爛。

〔外白〕這也是好的，吃了補脾胃調肺。〔丑唱〕

到冬來蘿卜片亦可入盤。

〔外白〕蘿卜片更好吃了，能以清氣化痰。聖人云：雖蔬食菜羹⑦四時行，未嘗不飽，何況於我乎？"既醉以酒，既飽以德"，言飽乎仁義也，所以不願人之膏粱之味也⑧。快入學罷！〔丑

---

①不堪讓——不值得相讓。聯結上文，意思是菜孬，很不好意思拿出來招待客人。

②"到春"句——苜蓿（xū），豆科二年生草本植物。葉像豆葉，開小黃花，可食用，也作飼料、肥料。尖餅，用面糊子烙成的一種薄餅，即"煎餅"。白飯，單用一種雜糧做的稀飯；有的地方泛稱一般稀飯。

③鵲瞽（gǔ）——夜盲癥，俗名雀瞽眼，雀矇眼。

④馬踏菜——馬齒莧。莖卧地上，有的發紅色。葉小，倒卵形，很厚，開黃色小花。葉、莖多汁，都可食用。

⑤不生蟲子——指肚裏不生寄生蟲。這是一種俗傳的經驗，未必可靠。

⑥蔓（mán）菁（jīng）——二年生草本十字花科植物，春天開黃花，嫩葉和根都可食用。

⑦蔬食菜羹——糙米飯和菜湯。見《論語・鄉黨》。

⑧"既醉"四句——意思是：仁義之德富足了，就不再羡慕别人的肥肉和精細的米飯了。見《孟子・告子》。膏，肥肉。粱，精細的米。

白〕且住，且住！夜晚鋪蓋不好，聽我道來。〔唱〕

莊稼人亦無有許多鋪蓋，况我是貧寒家甚是作難，有一床破被子又窄又短，土炕上無有席半截破氈，也無有壓脚被衣服幾件，要枕頭自己找一塊破磚。願祇願和先生包涵小弟，咱東西①便就是千里有緣。

〔外白〕依尊兄説來是鋪蓋不好，不妨不妨。必有寢衣②，我豈無衣乎？况有被哉！孔夫子有云："曲肱而枕之，樂亦在其中矣③。"何况有磚乎？待先生如此其忠④且敬也。吾何爲不豫⑤哉？快入學罷！〔丑白〕且住，且住！還有束脩⑥無曾講過。〔外白〕君子無所争。〔丑白〕先明後不争，聽我道來。〔唱〕

束脩錢四千正七折八扣，要白銀有八分就算一錢，要换銀加二成銀有市價⑦，九二鈔底二十⑧你要包涵；一年正三

---

①咱東西——我們賓主。東指東家，西指塾師，舊時塾師稱西席。

②必有寢衣——聯係下句，這裏是説以衣代被。見《論語·鄉黨》。寢衣，即小卧被。

③"曲肱"二句——意思是：没有枕頭，枕着自己的胳膊睡，這樣也快樂。曲肱，彎着胳膊。見《論語·述而》。

④忠——這裏是對人竭心盡力的意思。

⑤不豫——不高興的意思。

⑥束脩——本爲十條束在一起的乾肉，是古人初次拜見時致送的一點禮品。後來指給老師的酬金（工資）。

⑦"要白銀"二句——意思是：如果給銀子，八分當作一錢。要是用錢换銀子，按當時銀價，另外還得多拿百分之二十的錢。

⑧九二鈔底二十——意思是：使用九二鈔，格外還要扣二成的底子錢。鈔是紙幣，一種按着"九二"折扣使用的，叫九二鈔。底，就是底子錢。封建時代多不使用足錢，有扣多的，有扣少的，根據時間地區而各不相同。扣的錢叫底子錢。

百零五十四日,出恭時在院内不許外顛[①],有一天不上學也要折算,先小人後君子免的心煩。

〔外白〕自行束脩以上,吾未嘗無誨焉[②]。快入學罷!〔丑白〕且住,且住!書房不便,如何是好?〔外白〕怎麽不便法?〔丑白〕在下没有一所閑房,莊西頭有一座觀音堂,没招[③]和尚,廟門封鎖,可以借居,還得與衆人講議[④]。若要是招了和尚,還得先生打掃廟宇,奉供香烟,點燈關門。〔外白〕和尚衹管念經的,多乎哉?不多也[⑤]。待和尚於禮何傷乎?〔唱〕

到初一與十五小弟打掃,絶不肯叫神佛斷了香烟。孔夫子他也曾擊磬於衛[⑥],此一刻到我身何獨不然。

〔白〕不用説了,快入學罷!〔丑白〕且住,且住!有一件事難以出口。〔外白〕請講,不妨,不妨。〔丑唱〕

觀音堂到舍下路途頗遠,也有山也有嶺墳墓轉灣,倘若是初伏後天降大雨,學生們年紀小行步艱難,要先生一個個背來背去,千萬的莫失脚沾了衣衫。

---

①外顛——往外跑。

②"自行"二句——意思是:衹要給我一點酬金我就没有不教的。見《論語·述而》。

③招——招致的意思。

④講議——商議。

⑤"多乎"二句——意思是:我多做些事能算多嗎?是不多的。這是借用《論語·子罕》上的話。

⑥"孔夫子"句——聯係下句意思是:孔夫子還在衛國擊過磬哩!我就不能幹這些事嗎?見《論語·憲問》。衛,春秋時的國名。

〔外白〕不妨，不妨。先生背學生易於反掌，非挾泰山以超北海①之類也。有何難哉？管接管送，可別無話説了。可入學罷。〔丑白〕且住，且住！還有一件事也得説説。〔外白〕講，講！〔丑白〕先生聽了。〔唱〕

書房中你使的筆墨硯紙，一件件自己買自己出錢。教一日算一日長支②不許，束脩錢年對年工滿價完。

〔外白〕如斯而已乎？予所否者，天厭之，天厭之③！這可入學吧？可無啥説。〔丑白〕且住，且住！今日上學，家中無酒，如何是好？〔外白〕聖人云：不爲酒困，沽酒市脯不食④。可有烟乎？〔丑白〕道有烟兩樣，就是不大好：一宗苦菜花，一宗芝麻葉⑤，敬爲先生積下了五筐一梱，可將就的麽？〔外白〕有烟就好。〔唱〕

不要那滿城烟毛頭大錠，不要那紅絲烟采堂玉蘭，不要那關東片香烟雜半，大益和蘭花烟我俱不貪⑥，一切的奇品烟⑦我都不要，苦菜花、芝麻葉我也不嫌。

〔丑白〕好呃！〔外唱〕

---

①挾泰山以超北海——意思是：用胳膊挾着泰山跨過渤海。比喻人作不到的事。見《孟子・梁惠王》。

②長支——超支，預借。

③"予所"三句——我假若不對的話，老天懲罰我吧！老天懲罰我吧！見《論語・雍也》。

④"沽酒"句——不吃買來的酒和肉乾。見《論語・鄉黨》。脯，肉乾。

⑤"一宗"二句——苦菜花、芝麻葉，都是過去窮苦的勞動人民用以代替烟葉的東西。

⑥"不要"四句——這裏説的滿城烟、毛頭、大錠等都是當時的好烟名。

⑦奇品烟——珍貴的烟。

同道[①]們休笑我甚是卑賤，細想想教書人難與不難！

〔白〕誰不曲全[②]？〔唱〕

成了局迎之致敬有禮，失了館趨避不得與言。念書人法聖賢自尊自重，□□□都説俺拿腔弄款。今去魯明去齊[③]無有主顧，生今世反古道我獨不然。回頭來尊賢東[④]不必講話，從今後成一家那分兩院？放了學飯不熟我把欄墊[⑤]，到晚來我與你去把水擔，家裹忙看孩子帶着燒火，牲口忙無了面我把磨研[⑥]，掃天井抱柴伙捎帶拾糞，來了客摸[⑦]桌子我把菜端。

〔丑唱〕

好一個將將就就和先生，起的名字并不虚傳！他與我好一似同胞兄弟，我情願打合同[⑧]雇他十年。

〔丑白〕自此書箱登洛川。〔外白〕尋着顧主有盤纏。〔丑白〕萬般唯有讀書好。〔外白〕咳！教書先生不值錢。快入學罷，可餓死我了！〔丑白〕先生請了。〔外白〕賢東請了。〔同

①同道——意志相合的人。這裹指訓蒙先生們。

②曲全——勉强遷就。如同説“委曲求全”。

③“今去”句——這裹意思是：今天到魯，明天到齊，行止不定。魯、齊，指古代的魯國和齊國（都在今山東省），都是當時文教事業發達的地方。

④賢東——對東家的美稱。東是東家，就是學生的家長。

⑤把欄墊——意思是往欄裹墊土，好積肥料。欄，牲口欄或猪圈。

⑥把磨研——指去推磨。

⑦摸——這裹是“擦”“拭”的意思。

⑧合同——雙方制定、共同遵守的書面凭證；也就是契約。打，是訂定的意思。

下場〕

【説明】

這篇《鬧館》是蒲松齡用俗曲寫成的劇作之一,内容也是以教書人的生活遭遇爲題材。作品通過了"專以教書爲業"的"和爲貴"叫賣"教書",在接受"禮之用"以苛刻條件招雇而成館的故事描寫,深刻地反映了封建社會"教書先生不值錢"的困苦和"卑賤"。人物形象描繪生動,筆調幽默,這不僅是對當時社會現實的一種辛辣諷刺。也是對當時一般人以庸俗、勢利的眼光看待潦倒失意的讀書人的一種抗論。事頭上,這裏也正是抒發了作者和這類教書人因共同命運而引起的感慨。

參考資料

《鬧館》的内容在地方戲裏,過去曾有流傳,"梆子腔"傳統劇目中就有這出戲;現在尚留存着該劇刻本。劉復、李家瑞等編《中國俗曲總目稿》(北平,1932年)下册第七四七頁著録:

和先生教書　梆子腔,北平,木,寶文堂,六頁半。

正是這出戲本。據瞭解除有寶文堂木刻本外,現在還可以看到泰山堂木刻本和傳抄本(見聚卷堂抄本"梆子腔戲目録"),從這裏,既説明《鬧館》和以後其他劇種的關係,也説明了蒲松齡通俗戲曲作品長時間在人民群衆中的影響。

爲了便於讀者研究參考起見,現在根據泰山堂刻本校録戲文如下(這個木刻本共七頁,封面題:"謀館自嘆梆子腔,和先生教書,泰山堂梓行"):

和先生教書

（謀館自嘆梆子腔）

〔内扮先生上引〕沿門磕頭求弟子，遍地蹦腿是先生。詩：

君子受艱難，斯文不值錢；

有人成了館，就是救命仙。

〔白〕愚下訓蒙先生，姓和名爲貴，草字由之，本郡齊東府野語縣無稽村人氏。自幼讀書早早入泮，衹因家道貧寒，專以教書爲業；偏遇連年荒旱，本處連一個學生也是無有，無奈流落他鄉以圖上進。不幸遨游數日，盤費耗盡，饑餓的我眼花繚亂，寸步難移，不免將仿圈、戒尺擊動，吆喝幾聲"教書"，或者出來個東家成館也未可知。〔唱〕

想當初讀詩書錯了一念，總不如學手藝可掙吃穿。你看那皮匠手錐鞋補綻，小爐匠在一邊鋦碗鋦盤。買賣人吃的是香油白面，餓的我讀書人甚是可憐。

〔净上，唱〕

老兒從未有喝過墨水，看文書錢糧票甚實作難。衹因爲養下了犬子兩個，又想着讀詩書又怕花錢。偏偏的這幾年積餘有限，這件事提起來左右爲難。

〔净白〕在下姓李名之用，草字爲美。衹因養下兩個兒（原刻本下缺）。四季也要説明白。〔外白〕無可無不可。（净白）先生聽！〔唱〕

到春來，苦麻菜芽洗個乾净。

〔外白〕那是不雀朦眼的東西。〔净唱〕

到夏天，馬杓菜自來帶酸。

〔外白〕那是不長蟲子的東西。〔净唱〕

到秋天，蔓菁菜煮個稀爛。

〔外白〕那是健脾潤肺的東西。〔净唱〕

到冬天，白菜多多加鹽。

〔外白〕那是清氣化痰的東西。聖人云：雖蔬食菜羹未嘗不飽，所以不願人之膏粱之味也。上、上館，上館！〔净白〕站着，站着！還有鋪蓋也得説明。〔外白〕願聞其詳。〔净唱〕

莊稼人也無有甚好鋪蓋，不過是遮了風暫且搪寒；有一張黑狗皮毛板甚好，怕冷時再加上一個蒲簾。土炕上無席蒲包爛草，到夜晚無有枕自己找磚，就當了枕頭。

〔外白〕好呵！聖人有云：必有寢衣，長一身有半，我身上有衣何用被乎？又云：曲肱而枕之，以磚代肱，子何爲不豫哉？上館，上館！〔净白〕少待，少待！還有束脩也得説明。〔外白〕君子無有所掙。〔净白〕總是提明了是的。〔外白〕請問其目。〔净唱〕

束脩錢二十吊七折八扣，或使銀有八分就算一錢，或是銀或是錢銀錢兩便，九八錢短了底先生包涵。

〔外白〕自行束脩以上，吾未嘗無誨焉。〔净唱〕

有一年總就是十二個月，上了學不許你短少一天。有一日不在學按工扣價，出大恭在院内不許外竄。束脩錢總不許長支透使，到年底散了館上滿價完。

〔外白〕如斯而已矣，於所否者，天厭之，天厭之。上館，上館！〔净白〕站着，站着。還有房子不得現成，我們村西有座觀音庵，原想着招一個姑子打掃廟宇，每月初一十五有人燒香上

供，姑子打罄。我得與衆人商議商議。〔外白〕君子多乎哉，夫我乃行之。〔唱〕

每初一到十五打掃廟宇，即姑子不過是暫時心虔。教讀人與姑子雖分男女，爲教書何妨的與他一般。昔夫子他也曾擊罄於衛，我今日至於斯何獨不然。

〔白〕上館，上館！〔净白〕站着，站着。還有一件爲難之事須得先生辛苦辛苦。〔外白〕願無伐善，無施勞，非大車無輗，小車無軏。勉强而行之，〔净白〕如此，先生聽！〔唱〕

我家下離西廟相隔甚遠，又有坡又有溝又有轉彎。怕的是初伏後天下大雨，學生們年輕小行走艱難。要先生一個個背來背去，千萬的莫失脚濕了衣衫。

〔外白〕非挾泰山以超北海之類也。〔唱〕

提起背學生易如反掌，少者懷幼吾幼理之當然。

〔外白〕上館，上館！〔净白〕少待，少待。還有一事也得説明：莊稼人家飯食有早晚，先生總得將就。〔外白〕東家放心，在下善與人交，非一般樂怠傲徒鋪衆也。〔唱〕

尊賢東你不必失了主意，你聽我一一的訴説明白，上學後教不倦不必細講，有餘力管教你喜上眉尖。飯不熟我也去墊棚挑水，無有面我也能去把磨研。

〔净唱〕

有東家聽來言哈哈大笑，打燈籠難找這勤儉先生。叫先生到舍下略坐一坐，我情願立字樣一雇十年。

〔外白〕聖人有云：不爲酒困。又云：沽酒市脯不食，所以當日禹惡旨酒。可有烟乎？〔净白〕自從養下兩個兒子，立意令他讀書，芝麻葉合苦麻秧，敬爲先生積下了五筐一囤，先生將就

的麼？〔外白〕待先生如此其忠且敬也，先生將就之！〔唱〕

我吃烟誰要你毛頭大定，此小事勸東家免挂心間。蒲城烟蘭州烟非爲教書人用，芝麻葉苦麻秧我也不嫌。

〔净白〕如此，先生請！〔外白〕東家請！〔净白〕奉勸先生跟我學，〔外白〕何愁世上無書教；〔净白〕將將就就成了館，〔外白〕省的在家受煎熬。〔外净同下〕

泰山堂自己寫刻

後　記

這本《聊齋俚曲選》校注初稿，是一九六三年在“蒲松齡著作編輯委員會”主編下由路大荒先生和我合作完成，當時因故未能印行。粉碎“四人幫”後，我國科學文化事業得以復甦，正在蓬勃發展，研究蒲松齡藝術成就的工作遂提到了日程上來，現在把這本校注稿印刷出版。但路大荒先生已於“文化大革命”初期不幸逝世，因此，祗由我把原稿重行校讀了一遍，并參考路先生當年談過的意見，作了一些必要的補充修改，以資紀念。

此次修訂，缺點、錯誤或仍不免，希望讀者指正。

關德棟

一九七九年七月於上海。

聊齋志異話本集

醒夢駢言

第五回

逞凶焰欺凌柔懦　　釀和氣感化頑殘

請閱陳編那吹塤吹箎弟兄何啻人間難得是同胞不比泛常親戚錢財休奪田產休爭般般是外物看破些兒莫無益害有益　堪笑世情顛倒琴瑟情諧手足情反滅不念同氣幷連枝尚聽枕邊長舌天性日漓人心日熾尋鬧無休歇那得牛宏任射牛作脯吃

這闋念奴嬌詞是勸人家兄弟須要和氣酒肉弟兄都是合得攏分得開的只有同胞的就似手和脚生牢在一個

菊畦子偶輯本《醒夢駢言》

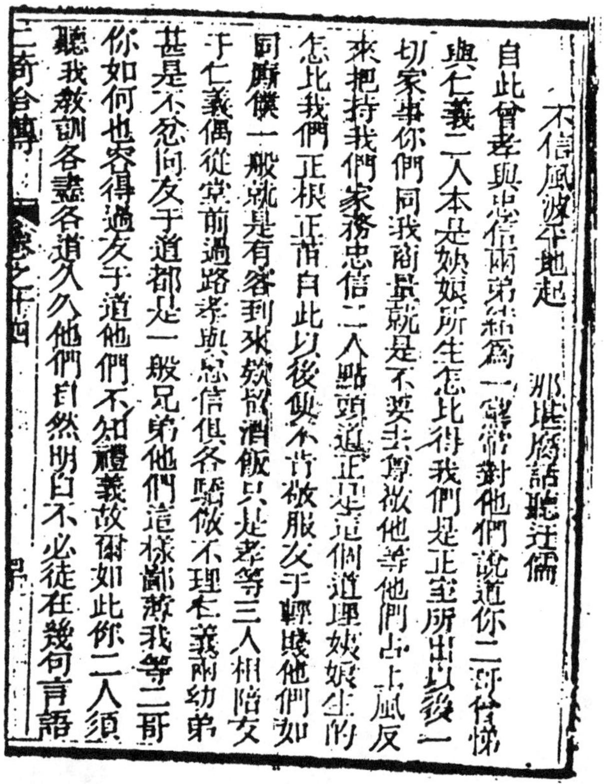

不信風波平地起　那堪腐話聽迂儒

自此曾孝與忠信兩弟結爲一黨常對他們說道你二哥孝悌與仁義二人本是奴娘所生怎比得我們是正室所出以後一切家事你們同我商量就是不要去尊敬他等他們占上風反來把持我們家務忠信二人點頭道正是這個道理奴娘生的怎比我們正根正苗自此以後與不肯敬服友于輕賤他們如同廝僕一般就是有客到來欵敬酒飯只是孝等三人相陪友于仁義偶從堂前過路孝與忠信俱各驕傲不理仁義兩幼弟甚是不忿向友于道都是一般兄弟他們這樣鄙薄我等二哥你如何也容得過友于道他們不知禮義故爾如此你二人須聽我教訓各盡各道久久他們自然明白不必徒在幾句言語

二奇合傳　卷之十四

《删定二奇會傳》刻本

輯校弁言

蒲松齡《聊齋志異》問世廣泛流傳之後，依據其一些篇章故事内容較早改編再創作爲話本的俗文學作品，目前知見的有《醒夢駢言》和《删定二奇合傳》中的兩篇。本書即據此兩種刊本輯校而成。

《醒夢駢言》十二回，現存兩種刊本：一爲約刻於乾隆以前，題"蒲崖主人偶輯""守樸翁編次"；一爲其後翻刻，題"菊畦子偶輯"。此外，尚存據乾隆以前刻本影鈔的乾嘉舊抄本一種。而《删定二奇合傳》四十回，僅見咸丰間刻本一種。

《醒夢駢言》輯集者蒲崖主人或菊畦子，生平不詳。該書十二回收話本十二篇，演述《聊齋志異》中的《陳雲栖》《張誠》《阿寶》《大男》《曾友于》《姊妹易嫁》《珊瑚》《仇大娘》《連城》《小二》《庚娘》和《宫夢弼》故事。《删定二奇合傳》四十回，除選自《拍案驚奇》和《今古奇觀》三十八篇外，於第三十四回、第三十六回，分别收入《曾友于》和《姊妹易嫁》故事話本兩篇，其内容叙寫與《醒夢駢言》第五、六回不同，并非選自《醒夢駢言》，取材來源、出處待考。

本書輯校，《醒夢駢言》是以馬隅卿先生舊藏乾隆以前刻本爲底本，并以其後翻刻本和至德周氏舊藏影鈔爲别本對校，諸本内容雖無不同，而字句稍有歧異，且底本、别本均有缺頁，故出校記。

《刪定二奇合傳》即據原刻,無別本。《醒夢駢言》與《聊齋志異》原作不盡相同,如故事人物均已易名,《陳雲栖》篇真毓生改爲"曾粹號學深",陳雲栖改爲"陳翠雲",《張誠》篇張誠改爲"張德號恒着"等等。爲了便於閱讀,附録鑄雪齋本《聊齋志異》原作十二篇,供參考。

輯校《聊齋志異》話本,是在四十年代檢讀馬隅卿先生所藏通俗小説時准備的;七十年代末借爲國外進修生講授《聊齋志異》戲曲、小説之便加以整理,遂由李萬鵬同志協助抄成此書。其間曾得到北京大學圖書館、首都圖書館、天津圖書館和謝忠岳同志的大力幫助,在此謹致謝忱。

關德棟

一九八二年十一月

醒夢駢言

菊畦子　集

第一回　假必正紅絲夙繫空門
僞妙常白首永隨學士

（演述《聊齋志異》中《陳雲栖》故事）

五百年前，預定下，姻緣喜簿；任從他，貌判妍媸，難逃其數。巧妻常伴拙夫眠，美漢①慣摟醜婦卧，何况是，一樣好花枝，愈不錯。　貴逢賤，難云禍，富逢貧，非由誤；總歸是月老，作成緣故。高堂縱有不然心，子女却毫無憎惡②。又何苦，去違拗天工，生嗔怒。

姻緣一事，從來説是五百年前預定。不是姻緣，勉强撮合不來；果係姻緣，也再分他不開。儘有門户高低懸絶的、并世有冤仇的，一經月老把赤繩繫定，便曲曲彎彎要走攏來。這叫做：姻緣、姻緣，事非偶然！

明朝成化年間，湖廣武昌府江夏縣有個秀才，姓曾名粹號學深。他父親曾乾吉，原是舉人，和母親莊氏祇生得他一個，自然是愛如珍寶，不消説的了。他五、六歲時，有個相面的相他，後來該娶尼姑爲妻。曾乾吉和莊氏都道這相士隨口噴蛆，全然不信。那曾學深聰明絶世，讀書過目不忘，十四歲入了學，十六歲就補了

①“漢”，原本誤作“漠”。

②“惡”，原本字形下部殘缺作“亞”，據舊抄本補。

廪。各處都知名，曉得他是個少年才子，又且生得如傅①粉何郎，異常秀美。却是作怪，與他論婚，再也不成。你想②，這樣一個潘安般的少年才子，又且父親是孝廉，家計也算厚實，難道這些揀女婿的，還不肯把女兒與他麽？却不是曾乾吉心裏不合式，便是事已垂成，那邊的女兒生病死了。曾乾吉衹此一子，急欲與他聯姻，見這般不凑巧，未免納悶；却又因他年未弱冠，也不十分在意③。

却説，莊夫人母親在黄州，去武昌二百里，還有母親已七十多歲。向因路遠，自己不能時常定省，衹差家下人到彼探望。今見兒子大了，便對他道："你外祖母處久不通音信，我在先衹令下人去問候，却不能把老人家近來細底情形告我知道。你如今年已長成，可與我走一遭去。"曾學深便收拾了一肩行李，叫家僮阿慶挑了，來至江邊，雇了一隻船，取路投黄州來。

到了馬頭上，登了岸。阿慶是時常打發他來，認得路熟的，便一徑來到莊家。那曾學深的外祖母是于氏，外祖父莊培榮曾做過江西九江府知府，没已多年；母舅④莊德音原任南直句容縣知縣，因告終養⑤在家。當下，于氏老夫人和莊德音見曾小官人到了，合家大喜。彼此問了些近況，便唤家人打掃一間書房，令他安歇。曾學深次日便要回家，于氏老夫人和他母舅那裏肯放？于氏老夫人道："外孫！難得你到這裏。我有好些説話要問你，却一時想不

①"傅"，原本作"付"。

②"想"，原本字形上部殘缺作"心"，據舊抄本補。

③"意"，原本空缺，據舊抄本補。

④"舅"，原本作"舊"。

⑤"養"，原本字殘缺，據别本和舊抄本補。

出;你且在這裏歇下來①,個把月纔放你回去。"曾學深衹得住②下。

那時,正是暮春天氣,黄州地面景致甚多。曾學深日③裏同了表兄弟們各處去游玩,到晚回來,却和于氏老夫人説些家中閑話。從來外婆見了外孫説話最多,他家有幾個菜瓶、幾個醬甏,也要問到的。這且不表。

一日,曾學深同着④十二歲的小表弟,在一個顯聖庵裏游玩。那庵是女庵,有好幾個尼姑在内焚修。他兩人游玩了回來,將次到家,遇見鄰家一個張老媽媽,問他表弟道:"小官人,今日陪了曾相公那裏玩耍?"那表弟答道:"方纔在顯聖庵裏。"張老媽媽笑嘻嘻的道:"小官家不會玩耍,我黄州有兩句口號道:'黄州四翠,少者爲最。'怎麽不⑤陪了曾相公去看看,倒到⑥那顯聖庵裏去?"曾學深聽了問道:"老媽媽,怎叫做'黄州四翠,少者爲⑦最'?"張老媽媽告道:"我黄州南門外,離城五里有個觀音庵,□□□□⑧那裏有四個美貌的尼姑,因此有這句話,老身不過和小官人取笑,這地方却是相公們游玩不得的!"曾學深正是情竇初開的時候,聽了這話,回到外婆家裏,心中想道:"既有這個去處,我明日去走一遭。却不要同表弟兄們去纔好,省得被人知道。"

---

①"來",原本字形殘缺,據别本和舊抄本補。

②"住",原本字形偏旁殘缺,據别本補。

③"日",原本字形殘缺作"口"。

④"着",原本誤作"看"。

⑤"不",原本别本均無,據舊抄本補。

⑥原本空缺,據舊抄本補。

⑦原本以上三字空缺,據上文補。

⑧原本以上空缺四字。據舊抄本無空缺。

次日天明，吃了早膳，没人在前，他便獨自一個走出墻門，一徑望南城而去。問到觀音庵，衹見約十畝大一個池，灣灣的抱着那庵。沿池都是合抱不交的柳樹，緑陰正濃，有幾個黄鶯兒在葉底下弄那嬌滴滴的聲音，飛下柳絮到水面上，小魚兒就來拖拖扯扯。曾學深看了，心中悦暢道："不要説别的，衹這景致也就不同。"見那庵門閉着，便輕輕敲了兩三聲。裏邊開出個七十多歲的佛婆來。問道："那個？"曾學深道："是來游玩的。"佛婆便領他到大殿上。恰好四位尼姑在那裏做法事，都是帶髮修行的，一個個都生得標致。一個約年三十左右，一個有二十四、五，一個二十光景，衹有一個小的，分外可愛。但見：

> 眉似遠山銜翠，目如秋水凝神。漆般黑，青絲壓鬢；雪樣白，粉臉含春。櫻桃啓處，佛經卷卷出佳音；玉笋抽時，法器般般作妙響[①]。若非劉阮山中見，定是襄王夢裏逢。

曾學深見了，不要説是魂消，連魄也都化了。等他們法事完畢，與他遂個個打了問訊。衆人都去烹茶洗盞，衹留這小的在殿上陪客，見曾學深不轉眼的看他，便把頭來低了。曾學深問她："青春多少？"答道："一[②]十六歲。"曾學深又問她："俗姓什麽，是何法號？"答道："姓陳，法名翠雲。"曾學深便戲她道："好奇怪，小生恰恰姓潘！"衹見她玉容泛赤，立起身漾漾地走了開去。

不多時，衆尼送出茶來，又捧出十多盤子果品，來款待他。曾學深向衆尼一一問他姓名。那三十左右的答道："貧尼叫白翠松。"指着二十四、五的道："這位梁翠柏。"又指二十光景的道："這位盛翠岩。"便問："相公高姓？"曾學深不好説與他真名姓，便頂着

①"響"，原本字形殘缺不清，據舊抄本補。

②"一"，原本誤作"十"。

上文來道："小生姓潘。"白翠松道："聽相公口音，不象是這裏人氏。"曾學深道："小生家裏原在武昌，因慕黄州景致，特地來游。"衆人①又言來語去，却再不見翠雲出來。曾學深忍不住，問白翠松道："還有一位小姑姑，緣何不見出來？"白翠松笑道："這丫②頭是怕生人的，因此避過了！"曾學深又閑話了幾句，便起身作别。白翠松和梁翠柏兩個留道："請在小庵奉了齋去。"曾學深推辭道："有朋友在寓中等候，不好耽擱。"白、梁兩尼又苦苦相留，曾學深衹是要去。兩尼送他到門外，白翠松囑道："相公倘要見翠雲這丫頭，可於明日傍晚到來！"

曾學深回到外婆處，于氏老夫人問道："外孫！你半日在那裏，却令人尋你不見？"曾學深扯個謊道："今日偶然出去左近散步，遇着③個同學朋友在這裏課④徒，扯去閑話，因此違了慈顏。他還約明日下午到他館中，代⑤他做個壽啓，却又是没⑥推托的。"于氏老夫人道："難得你這等青年，便人人慕你才學，我聽了也快活不過！"

次日中膳後，曾學深去見外婆，衹説：是到那朋友館中去⑦，今夜不及回來，家裏不必等候。説罷，便又出門望觀音庵來⑧。衹見庵門虚掩，便推將進去。走到大殿上，白翠松和梁、盛兩尼陸續都

①"人"，原本、别本均無，據文意增補。
②"丫"，原本别本、舊抄本均作"鵶"；原本偶亦作"娅"。以下遇此，不再出校。
③"着"，原本字形下部殘缺。
④"課"，原本字形殘缺，似"課"，又似"訓"，文意皆通。舊抄本作"課"。
⑤"代"，原本誤作"伐"。
⑥"没"，原本字形偏旁殘缺。
⑦"去"，原本空缺，據舊抄本補。
⑧"來"，原本字形上部殘缺。

見過了。却衹不見翠雲。曾學深心頭恍惑,好象不見了什麼珍寶一般,却又不好就問。衆尼當下整備蔬菜款待他。曾學深道:"千萬不要費心,若是這般,小生不敢了!"衆人不聽,却也不見曾學深肯去。

白翠松邀他到自己房裏用齋,曾學深欲待推辭,却被他和梁翠柏兩人推了進去。讓他朝南坐了,白、梁兩人坐在橫頭;盛翠岩却早走了開去,再不見來。白翠松斟酒來勸曾學深,曾學深也回敬了他兩個。曾學深忍不住問道:"陳姑今日緣何不見?"白翠松道:"她還怕羞,少不得要來的。"飲了幾杯,天色漸昏,却衹不見陳翠雲到來,曾學深衹得立起身道:"天已晚了,小生且暫别,明日再來。"白翠松一把拖住道:"且再坐坐! 我去捉這丫頭來見面便了。"曾學深便又坐下。白翠松道:"相公要見翠雲,却要依我一件事。"便把酒來斟下三大杯道:"要相公飲這三杯,盡了貧尼相敬意思。"曾學深酒量本來不高,又已吃過些,有些來不得;却因要見心上人,不敢推辭,把那三大杯飲乾,已有些醉了。衹見梁翠柏也斟上三大杯,道:"請相公也收了我這點敬意!"曾學深告道:"承梁姑美情,小生焉敢不領,但來不得那急酒,不如等見了陳姑吃罷!"梁翠柏笑道:"相公見過了這丫頭,那裏還有工夫吃我的酒? 這却定要先奉敬的!"曾學深没奈何,衹得接來勉强吃下,不覺大醉,兩隻眼睛合下來,身子都坐不定了。白、梁兩人便去拴了門,扶他到床上,替他除去衣服,把他暫作了一夜《孟子》上有一妻一妾的齊人。

次日天明,都走起來。曾學深曉得他兩個的作爲,是再不肯把翠雲與他見的了,便告别要回。白、梁兩人留道:"住在這裏,今日包你見翠雲便了!"曾學深知是哄他,便托詞道:"我日裏在此不便,不如去了,仍舊傍晚來罷! 但是,今晚却要把翠雲我見的。"便出了庵門,望外婆家裏來。

他一個瘦弱後生，被兩個壯年尼姑纏那一夜，覺得十分疲乏，不敢再去；却又不能忘懷那翠雲，便衹説：自己喜歡獨自一個閑玩。日日別了外婆和母舅，出門却便到觀音庵左近去探望，要等白、梁兩人出去了纔進去。

一日傍晚，看見白翠松和個少年出庵，一路説説笑笑去了。心下想道："她去了就好了。衹梁翠柏一個我也不怕。"即便走近庵去，把門叩了兩下，却是盛翠岩出來開門。曾學深假意問道："衆位姑姑都在麼？"盛尼答道："白師兄方纔出門，想要明日回來；梁師兄這兩日也不在庵。"曾學深見説，心中大喜，便道："煩姑姑領小生見陳姑一面！"翠岩便引導他去，却另是一所院宇。來到那房前，翠岩叫道："翠雲，客人到了！"衹聽見"乒"的一響，翠岩微笑道："閉了門了。"曾學深立在窗外意欲説話，却礙着盛翠岩在旁，不好説得。翠岩見他這光景，便走了開去。

原來翠雲雖在這庵裏，却和盛翠岩都是"女慕貞潔"的，因此兩人最説得來。翠雲常想：自己這般美貌，在空門中怕有人欺侮，終非了局，思量擇個温文爾雅的書生嫁他。前日在殿上見了曾學深那表人才，也頗動心。聞聽翠岩説，他爲了自己明日又來，却被白、梁兩個灌醉了，兩個對付他一個，心中好生不忍。這番聽得他來，雖是把門關了，也想和他説幾句話；却早聽見曾學深在窗外説道："小生有句話兒要對小姑姑講，望把門來開了！"翠雲在窗格内張見翠岩不在，便隔窗回言道："這裏不是郎君游玩地方。翠松、翠柏都衹靠我來勾引，郎君若然再來，性命不保了！小尼在這裏也非了局，原要抛去空門，做那女子從人的事，但是象梁、白兩人這般作爲，寧死不學他的，郎君快請回罷！"曾學深聽了這幾句貞烈的話，越發愛慕，便又道："小姑姑這般貞烈，難道小生敢來敗壞你名節？但小生自見了尊容，不勝企慕。况[1]小姑姑有從人之意，小生也并未聯姻，不知可肯俯訂終身麽？”翠雲想道：“前日衹見得他的相貌，今日又聽他談吐[2]，看來不象個薄幸的，錯過了他，再要擇人却也難了。便答[3]應道：“既蒙郎君垂愛，小尼情願相從，但我師父從幼撫養，甚非容易，須將五十金與他爲養老之費。小尼當在此守着郎君，望郎君勿負約也！”原來庵内還有個老尼姑，八十多歲，病廢在床，因此有得白翠松、梁翠柏這般放蕩。曾學深聽見又能念他師父，不忘其本，實是個好女子，益發不捨。便道：“小生敬依尊命便了。小生倘負了小姑姑，皇天在上，他日死無葬身之地！”翠雲見他罰咒，也便立誓道：“過往神明，我陳翠雲倘背了潘郎，死去就落十八層地獄！”

曾學深正要和她辯明自己的真名姓，却見翠岩飛跑進來，道：“白、梁兩人不知爲什麽都回來了，相公快到外厢去罷，不要在這裏累我和師弟受氣！”翠雲也在房内着急，顧不得羞，開出門來，道：“三師兄不要領郎君前面走，我和你送他出後門罷！”翠岩道：“也説得是。但你一向不慣接送的，不要破例，我自送客罷！”翠雲自覺害羞，便縮住了脚。曾學深見生人在旁，也不好兜搭，便和翠岩出了後門，自回莊家。心中想道：他閉了房門不容我見面，這是她做女人的正理。到得訂了婚姻，聽説白、梁兩人回庵便火急開出來，要破例送我，這是怕我再被淫尼糾纏，致害性命的緣故。想翠岩還衹猜是他怕受白、梁兩人的氣，却那裏知道佳人愛我的意思。當夜想一回，快活一回，竟學了孟夫子的“喜而不寐”。

---

①“况”，原本字形殘缺作“兄”。

②“吐”，原本字形殘缺作“土”。

③“答”，原本字形殘缺、筆劃不清。

次日,早飯後,正要再出城去守個機會進庵,却見家中打發人來説:他父親感了時氣,病勢沉重,追他回家。曾學深聽了着急,那裏還有心情尋花問柳?便連忙收拾行李,别了外婆、母舅,星夜趕回家中。走進去看他父親時,已自不能開口,見兒子到面前,衹垂下兩行的泪;曾學深心如刀割。此時正是中午,守到黄昏時分,曾乾吉竟赴了"修文之召"。曾學深放聲大哭了一場,便料理殯葬,設了靈座,和母親在家行孝,這是不消説得的。

日月如梭,早已斷七。曾學深哀傷漸減,便就想起:翠雲在觀音庵和白、梁兩個妖尼同住,想她度日如年在那裏,我怎的作早弄她出來方好?原來莊夫人治家極嚴,曾學深有這心事,却不敢令母親知道。就是日常用的銀錢,打從曾乾吉在日便是莊夫人一人經手,因此連這五十兩頭要曾學深拿出來,也覺費力。

他正日日在家納悶,却又有那班貪到手媒金的與她作對,要替她作伐,去對莊夫人説。莊夫人和兒子商量。曾學深不敢説出觀音庵的事來,但道:"孩兒尚在服中,如何好議親?"莊夫人也就把他話來回復那做媒的。可笑那做媒的利心重了,回頭不去,却又對莊夫人説:"夫人衹此一子,聯姻如何遲得?况現在不過説定一句,行盤送盒,原可等到除靈後的。"莊夫人道:"也説得是。"便喚①曾學深來説與他知。曾學深道:"總要除了服做的事,却何苦多今日這番周折!母親還是回頭的是。"莊夫人不覺焦躁起來,道:"起先我衹道就要行聘,因此躊躇,怕有不便;如今不過先定一句,原等到服滿行禮,這也算極妥的了。你却又道多什麽周折!難道我做娘的出不得一分主意麽?"曾學深見母親動氣,便又轉一肩道:"不是孩兒不依母親分付,却因另有一段情節。孩兒前日在

①"喚",原本誤作"换"。

黃州,外祖母要與孩兒聯姻陳姓,實係孩兒所願。適值父親病重,追了孩兒回來。初喪時節,孩兒那裏還説這話!就是方纔有人來作伐,母親喚孩兒商議,孩兒總因這件事不是此時説的,因此未曾告訴母親。既然母親急欲定奪孩兒姻事時,孩兒意思要再往黃州探聽消息,倘或那邊不諧,便另議婚。母親道是如何?"莊夫人道:"也罷!既是如此,我也正想遣人望你外祖母,你可即日①就與我黃州去,却等你回來定奪姻事。"曾學深見説大喜,即便把行裝收拾起來。却又躊躇道:"没有那五十兩頭,空手如何做得成事?"便對他母親道:"母親,萬一那邊成得來,外祖母要就那邊纏了紅也未可知。帶得些銀兩去纔好!"莊夫人道:"拿多少去呢?"曾學深道:"孩兒意思,帶一百兩身邊,可以省得些,原拿了回來的!"莊夫人便去取了銀子遞與曾學深,道:"銀子自拿去,倘成功得來,對你外祖母説:可以等到除了服纏紅爲妙!"曾學深道:"孩兒曉得!"

接了銀子,便又叫阿慶跟着,雇隻船來到黃州。心中想道:我若先到外祖母處,却有許多不便,不如先去會了翠雲,相機行事的好。便把銀子揣在懷裏,叮囑阿慶:"且在船中等候,我上岸去走走,纔帶了你莊家去!"阿慶答應了:"曉得!"

那曾學深獨自②一個來到觀音庵前。此時已是深秋天氣,沿池的楊柳都已枯黃,一陣風來,那些葉兒淅淅霎霎亂捲。池裏水也退得見底。庵門却開着,曾學深步入去,但見滿庭荒草有二尺多長。來到殿上,不見半個人影,也没有桌③兒、凳兒,佛臺上灰塵積有三寸。心中想道:好作怪!我半年不到此,怎就這般光景?

①"日",原本誤作"月"。

②"自",原本字形殘缺據舊抄本補。

③"桌",原本誤作"泉",據别本、舊抄本改正。

便又尋到翠雲住的地方來，却見她做房的那間①，門都没有了。走進去時，撲面的都是蜘蛛絲。曾學深此時好不心酸，却不知道是什來由，要尋個人問問。直尋到厨房下，見那七十多歲的佛婆，擦着昏花眼兒，在那裏縫她這領破棉襖。曾學深忙問道："佛婆！爲何你庵裏弄得這樣子？衆位姑姑何②處去了？"佛婆道："相公尊姓？"曾學深道："小生姓曾，是來尋陳姑的。她如今在那裏？"佛婆去掇條板凳來，道："相公坐了，待老身告訴你聽。先前我庵裏有五位師父。今年五月内，老師父去世了。那四位都是她徒弟，一個姓白的和一個姓梁的都還俗嫁人去了！"曾學深接口問道："那陳姑呢？"佛婆道："她却有志氣，見老師父死了，白、梁兩個又還了俗，便和個盛師父——與她一般冰清玉潔的，商量道：'我兩個這裏住不得了，不如另尋個地方修行去罷！'"曾學深道："他却往何處修行呢？"佛婆道："聞得他在城北，不知什麽庵觀裏，那姓盛的却全没有下落。她們都去了，衹剩下老身一人在此。這庵并没有田産，常住裏東西，又被白、梁兩個拿完的了；老身又是七十開外的人，看管不來，因此弄得這樣荒凉！"曾學深聽了，想道：她既曉得在城北，却又不曉得在什麽庵觀裏，這怎麽處？便又問道："佛婆！你不曉得陳姑在城北什麽庵觀裏，可另有曉得的人麽？"佛婆道："老身也不過是她臨去的時節，聽得自③言自語説是往城北，可不曉得可另有人知道她的！"

曾學深見説，别了佛婆，走出山門。來到停船地方，叫阿慶搬

①"間"，原本字形殘缺作"問"。

②"何"，原本字形殘缺作"可"。

③"自"，原本誤作"有"，據别本、舊抄本改正。

起行李，尋個飯店歇下。對阿慶道："你看守着行李。我不能够①就到莊家，另有事情去辦了來！"走出店門，竟往城北，逢着庵觀便行打聽。

一連數日，并無一些影響。曾學深忍不住眼泪紛紛，心中想道：他既和我訂②了終身，怎麽不留個口信在佛婆處，好令我知他下落？莫不是有些翻悔了？却又想道：我前日聽他言語，是個有主意的人；那有對天立誓過了，却又變卦的理？心中疑惑不決。没奈何回到飯店裏，叫阿慶挑了行李往莊家去。于氏老夫人和莊德音見他到來，殷勤相待，這也不表。

在莊家耽擱了十來天，放心不下，每日出門去訪問③，却終没有找到④，衹得告别了，回武昌。有興而來，没興而去，説不盡萬種凄凉。

到了家中，莊夫人問起姻事，曾學深扯謊道："母舅説陳翁有事往岳州去了，急切未能就歸。等他回來，不論成否，遣人來知會的！"莊夫人聽説，也便無話。

一歇半載，不覺早又春末夏初，是去年會翠雲的時候。莊夫人不見黄州信來，對兒子道："你説母舅自遣人來通知，如何至今杳然？我也多年不去望你外祖母了，思量親自走遭。你可在家用心照看門户！"曾學深這半年，猶如小孩子不見了乳母，苦不可言。正發想再往黄州探訪，却聽見母親説自己要去，留他在家，老大着忙，道："母親，這些小事何必自往，不如仍令孩兒去罷！"莊夫人

①"够"，原本作"勾"。

②"訂"，原本誤作"可"。

③"訪問"，原本字形不清，據舊抄本補。

④"找到"，原本字形模糊不清，據舊抄本補。

道:“對你説的,我久不見了外祖母,因此要去,不專爲你姻事。”曾學深道:“既然母親要去,孩兒自該陪侍前往!”莊夫人道:“你也去了,家中無人,怎教我放心待下?你衹依我在家的是。”曾學深是孝順的,見母親説是不放心,衹得歇了。

當下,莊夫人帶了幾個丫頭僕婦,又有老家人胡贇跟了,來到黄州。拜見于氏老夫人,母女有好幾年不見面,真個有割不斷的許多説話。到了次日,莊夫人却纔問老夫人道:“去年外孫回家説,外祖母要替他聯姻陳宅。他第二次再來,做母舅的説陳翁岳州去了,未曾關説。不知緣何至今并無回音,可是陳家不肯麼?”于氏老夫人聽了茫然,摇着頭道:“并無此事!我這裏也没有門第好的什麽陳家,這話好奇,却是那裏來的?”莊夫人見説,氣忿忿道:“是了。家中有人來與他作伐,我心中已是的了,這畜生偏不願,却把那話來哄我;正不知他是什麽心理,好不可恨!”于氏老夫人勸道:“你且不要動氣!或者做母舅的果有這話也未可知,且等他回家便知分曉!”原來那時莊德音有事到九江去了,未得回來。莊夫人暫息了怒。

却説,黄州地面有座山唤做蓮花山,山上有所觀音庵也是女庵,那菩薩極靈。莊夫人有曾學深在身上時,許下願心,倘待生男,親自上山酬願,行許多善事。後來生下曾學深,幾次要去了願,却因黄州府城到那裏還有兩日之程,路遠了些;又兼莊夫人不能常來黄州,因此蹉跎下了。這番在母家,想道:如今孩兒已經長成,這願心如何再遲?便揀個日子,于氏老夫人分付合家都替他吃了齋,雇幾乘轎子,抬了莊夫人和幾個跟去的女眷;那胡贇也雇匹牲口騎了,携了許多齋獻福物,并些布施尼姑的衲衣、齋糧,取路投蓮花山來。到了山上,齋獻已畢,把布施什物也都分俵了,便打轎回家。

離山四、五十里，天色却早黑了。那邊也有一個女庵，原是莊夫人去時借宿的，便叫胡贊去叩開庵門再行投宿。那庵内老尼接着，説了些佛門套話，送夫人到房中安歇。莊夫人因連日路上辛苦，分付丫頭閂了房門，便上床睡覺，纔合得眼，衹聽得老尼來敲門。丫頭從被裏躦出頭來，口内喃喃的怨道："正要睡去，又來敲門！我原想庵内都是女人，房門也不消閂的，却要人再開，真個晦氣！"起身拔去門閂，便仍舊自去睡了。莊夫人也從睡夢中醒來，見老尼推門進房，便披衣起來坐在床裏，問這老姑姑爲什麼却還未睡，有什話説？衹見老尼領着個帶髮尼姑來到床前，那燈兒遠遠在窗邊桌上，火光下看不甚清楚。老尼指着道："這位姑姑是過往的，也因天晚在此借宿。她聞夫人家在武昌，説有緊要話相托，來和夫人同房。夫人倘肯容納，貧尼去拿被來安排她就這地上睡。"莊夫人道："這個何妨！"老尼去了，莊夫人便問那尼姑道："姑姑寶庵何處？今往那方？却這時候來到！"那尼姑道："小尼姓陳，法名翠雲，一向出家在黄州南門外觀音庵，因去年師父死了，却依栖在法雲庵師叔王道成處。現在要往蓮花山拜佛，恰好遇着夫人；聞夫人家在武昌，却還未曾曉得高姓？"莊夫人道了姓氏，便又問道："從未識面，不知有何事相托？"

原來，翠雲自從師父死了，白、梁兩個都跟了人，心中自想：潘郎一去杳然，我如今斷難再住故居，衹好去法雲庵依傍王道成師叔。須留個信兒，令潘郎知我下落方好！却又想道：使不得！我的美名素著，先前倒虧白、梁兩個妖尼在前保全了我和翠岩，如今曉得我往法雲庵，那班輕薄後生恐怕跟尋來囉嗦。不如竟自去了，慢慢[①]寄信去武昌通知的也好！因此，她在法雲庵竟没人曉

①"慢慢"，原本作"漫漫"誤，以下同此，不再出校。

得。那佛婆説他自言自語要往城北什麽庵裏，也是耳聾聽錯；却作弄曾學深在黄州瞎撞了那十多日。她在王道成處有一年，她是從小師父愛惜嬌養的，在别處那裏住得慣？王道成見她吃不得苦，漸漸把她待慢，冷言冷語不知受了多少。翠雲衹是含着眼泪挨過日子。那庵去黄州四十多里，地名寶珠村，是極幽僻處所，那裏去尋武昌便兒寄信？真個没處説的苦。

當夜遇着莊夫人，倒象見了至親骨肉一般，訴説了流離顛沛光景，道："小尼俗家并無父母兄弟，衹有一個表兄姓潘，住在武昌，是個秀才。夫人回去，煩托子侄輩傳個口信與他，説小尼現在黄州西去四十多里寶珠村法雲庵内，十分伶仃孤苦，叫他早晚到來一看！"説罷，不覺眼泪滴向莊夫人卧榻上。莊夫人道："小姑不必悲傷，我自叫我孩兒替你寄達這話便了。但不曉得你表兄名號唤做什麽？"翠雲回答不出，衹推頭有多年不會，那時他還幼，未有名號，就想起來他是黌門中人，自然問得出的。莊夫人道："既如此，我替你叫人訪問便了。"當下各自安睡。

次日，天色尚未大明，翠雲便起身告莊夫人道："小尼此刻就要别了夫人往蓮花山拜佛，求夫人回去務必寄信潘秀才，叫他作早到寶珠村法雲庵來！"莊夫人道："小姑緣何起得這般早？我自牢牢記着你的説話便了！"翠雲千恩萬謝了出門去，莊夫人亦自回到黄州。又盤桓了幾日，正要打點歸家，却值老夫人病起來，直病到了冬間纔下得床。莊德音也回了，莊夫人方纔告歸。于氏老夫人因她離家久了，也并不留。

莊夫人回到武昌。進了門便喝問曾學深道："你説外祖母要與你對什麽陳家，又説母舅道陳翁岳州去了未曾關説，却都是扯謊！你怎敢在我面前這等放肆！"曾學深不敢則聲。莊夫人駡了一回，却轉念道：想是前日媒人説的那親不中他意，因此造這假話。如今衹與他尋頭好親便了！又因曾學深平日最孝，也不十分氣他。母子二人説了些閑話，莊夫人便又問兒子：“你可曉得武昌地面有什麽姓潘的秀才麽？”曾學深道：“母親緣何忽問這話？”莊夫人便把蓮花山還願遇着陳翠雲的事説與他聽。當下曾學深喜得就如報中了狀元相似，雙膝跪下道：“望母親饒恕孩兒，這潘秀才就是孩兒！”莊夫人倒呆了。道：“怎麽説？”曾學深便把觀音庵遇見翠雲，後來與訂①終身的事，訴説了一遍，衹隱過了白翠松房中一段話。莊夫人聽了，勃然大怒，拍着桌子道：“要氣死我了！你這畜生也是讀聖賢書的，却如何去嫖尼庵私諧姻事？枉做了秀才，要娶尼姑做老婆，可不羞死？這樣牽頭皮的不肖，不如没有，快與我死了罷！”駡得曾學深低了頭，氣也不敢喘。

當下，莊夫人惱得飯都吃不下。過了一夜，次日起來想道：這不肖子，我不愛惜；倒是那陳翠雲，雖然那夜燈光下看不清楚，到得明日他又起得早了，未曾見面，聽他説話，却十分令我哀憐。這畜生，從幼相面的説他後來要娶尼姑，想也是命中注定，倒不如與他兩人成就罷！便唤曾學深來，分付道：“事已如此，我倒可憐翠雲，還是夏初托我説話，如今早又冬間，在那裏眼巴巴望你。你可打點去法雲庵走遭，衹要進門來瞞着外人，不要説是尼姑便了！”

曾學深聽説大喜。即日辭了母親，叫阿慶跟着來到黄州。雇兩匹牲口主僕二人騎了，先問到寶珠村法雲庵來。來到庵前，叩門進去。一個老尼接着，問道：“相公何來？”曾學深道：“小生姓潘，有個表妹叫陳翠雲，原是觀音庵出家的，聞目下在這裏，特從武昌來看他。”老尼道：“來遲了！三日前他另有個親眷來接了去，今後是不來的了！”曾學深聽説，吃了一驚，道：“可曉得那親眷姓

①“訂”，原本誤作“計”。

什麽?"老尼道:"不曉得,也不知道家在那裏!"曾學深越發着急,便又道:"聞寶庵有位姓王,法號道成的在那裏?"老尼道:"衹我便是!"曾學深看王道成這副臉也没一些笑容,好似尋相罵的,欲待再考他個着實,衹見他已反叉着手走了進去,把裏面門也閉上了。

你道這是爲何?原來翠雲有個母舅姓金,死[①]過多年,一向不通音訊。那舅母也是莊氏,却和曾學深母親是遠房姊妹。衹因到這法雲庵來燒香,適值衆尼出去了,衹有翠雲在庵,彼此都不認得,叙述起來方曉得是至親。翠雲訴説落魄光景,那舅母十分不忍,便留她自己家中去。見王道成從外先歸,莊氏便指翠雲對他道:"這位是我甥女,今要帶他回去!"却未曾通出自己姓氏住居。那王道成也不親,必要算還了飯錢、房錢纔放去。莊氏心中不平,對老尼道:"既然[②]做師叔,養這没依靠師侄幾時,也是該的。怎麽别[③]了就要飯錢、房錢?她却那裏有?且等我接了她去,我自遣人送來與你便了!"這話也算極平正的,那老尼竟就動蠻道:"知道你和他的親是真是假?不要拐他去賣,倒在我庵裏説這些[④]公道話!如今就算還我飯錢、房錢也不容他去了!"莊氏聽説大怒,手起把老尼一掌打得齒落血流。駡道:"你這老狗,這等放肆!你不要狗眼看人低,道我不過是個尼姑[⑤]的親戚,我親戚多有爲官作宰,弄得你這老狗死哩!"説罷[⑥]又要打,却得翠雲勸住道:"他雖衝撞舅母,甥女却實虧他收留這幾時,看甥女面上,息了怒罷!"莊氏方纔

①"死",原本字形殘缺。
②原本以下空缺四字,據舊抄本補。
③原本以上空缺二字,據舊抄本補。
④"些",原本空缺,據舊抄本補。
⑤"姑",原本誤作"如"。
⑥"罷",原本誤作"能"。

住手,便和翠雲同出山門而去。老尼那敢再阻,因此,又羞又惱,見曾學深也説是翠雲親眷,便連他都怪了。

曾學深不知就裏,見老尼這般慢客,好生没趣。正在門外徘徊,恰好有個四十多歲的尼姑,挽了一籃齋飯走進庵來。曾學深忙上前陪小心打了問訊,就問翠雲消息。那尼姑把老尼受氣的事述了一遍,道:“那親眷的姓氏住居,實在合庵都不曉得。”曾學深聽説,呆了半晌。心中苦道:“她既這般轉身,這裏自然不來的了。却叫我那裏去尋好?没奈何衹得離了法雲庵;也無心緒去望外祖母,一徑回家。

到家見了母親,泪如雨下。莊夫人問他時,咽住了一句也説不出。阿慶在旁,便把到法雲庵見那兩個尼姑的話,訴與夫人聽。莊夫人便對兒子道:“你不要悲傷!若是婚姻,少不得走攏來的。”曾學深也不回言,衹把衣袖來拭泪。回到書房,終日呆呆看着青天。日裏不曾開了一開口,夜間不曾合了一合眼,漸漸的茶不思,飯不想,病將起來。

光陰荏苒①,冬去春回,那病竟日日沉②重起來。莊夫人好不心焦,正在憂兒子的病;却又黄州打發人來説,于氏老夫人病危,追夫人去。莊夫人越發着忙,也顧不得兒子,衹囑幾個家人好好在家伏侍,自己即便起身前往黄州。

到得那裏,于氏老夫人已經歸天,哭了一場。城裏人家因防火灾,不敢久停靈柩在家,于氏老夫人壽穴一向打了的,初喪裏頭即行出殯。莊夫人和兄弟莊德音,并那送喪的親族,到墳上安葬畢了,陸續歸家。她姊弟兩個在後些,不意逢了大雨傾盆般潑上

---

①“苒”,原本字形不清。

②“沉”,原本字缺,據舊抄本補。

來,便都到一個村裏躲雨。

來至一家門首,莊德音認得也是親眷,便同了姊姊進去。那家没有男人,有四十來歲一個婦人,跟下些丫環出來相見,禮意殷勤。莊夫人要净手,那婦人便領了到他房中,却見裏頭有位十七八歲女①子。生得十二分艷冶,在那裏刺綉。莊夫人倒吃一驚,道:"不想天底下原有這樣美人!"

你道那美人是誰? 原來那家就是金家,美人就是陳翠雲,婦人是她舅母。他自從托莊夫人寄信後,日日望那假潘郎,却久不見到。受王道成凌賤不過,衹得暫到舅母家中。舅母與他改了裝,要替他議親。他衹説:在觀音庵時,師父憐他空門中寂寞,欲令還俗,已曾把他許武昌潘秀才。後因師父死了,自己又行踪不定,未曾通得音信,如何好另對親? 舅母見説,也不相强,便約明春親送他去武昌就婚。到了春間,他舅母想了一家都是女人,如何遠遠地到那邊去得? 又憂着不曉得潘郎名號、住居,這兩日甥舅二人正在家躊躇。

當下,莊夫人問:"妹子! 此位何人?"莊氏却答道:"是王家甥女,父母早亡,寄居此間的。"莊夫人見他嬌媚可愛,心中想道:"我孩兒愛的那陳翠雲,未必有她這般美貌,倘得他做媳婦,何②怕孩兒的病不好? 但不曉得他可曾受聘? 待我慢慢問妹子。"當下,莊氏設席款待他姊弟兩個,并留在家過夜,讓自己卧房與莊夫人安歇。翠雲聽説莊夫人住在武昌,加意親熱道:"我今夜來伴夫人!"莊夫人也正要和他親近,便道:"如此甚好!"翠雲就端整去側首開起個鋪來,莊夫人止住道:"暫時一夜,何苦多這番歷落! 我和你

①"女",原本脱漏,據文意補。

②"婦何",原本兩字空缺,據别本、舊抄本補。

同榻可好麼？又好講話。”翠雲便住了手。

當夜，一老一小説了些話，莊夫人就思望問她可曾許人？却又縮住了口，想道：他是個女家，我若問他，倒叫他害羞，仍待明日問他舅[①]母罷！翠雲却問道：“夫人在武昌，可曉得武昌有個潘秀才麽？”夫人答道：“不曉得！”却自言自語道：“好奇怪！前在蓮花山還願，遇着那尼姑寄信武昌潘秀才，今番却又遇着問潘秀才的！”翠雲聽説吃了一驚，道：“去年在那個庵裏同房的就是夫人麽？怪道依稀記得姓氏相同，那是問的得法了，今夜奉陪不算乍會哩！”莊夫人聽説，也吃一驚，仔細看着翠雲道：“小娘子果然就是陳翠雲，不錯麽？”翠雲道：“正是。”莊夫人拍手快活道：“謝天[②]地！真個説的‘踏破鐵鞋無覓處，得來全不費工夫’。原來却在這裏！”翠雲聽説不解道：“夫人緣何這般得意？”莊夫人笑道：“小娘子問的潘秀才，如今有了！”翠雲忙問道：“夫人怎麽又曉得了，可知他作何近況？”莊夫人笑道：“小娘子，你還不曉得，潘秀才却不姓潘哩！”翠雲道：“却姓什麽呢？”莊夫人不好便説，祇是嘻嘻的笑。翠雲滿肚狐疑，祇管問夫人討個亮頭。莊夫人纔把前番還願回去，問曾學深那潘秀才，曾學深吐出真情，并打發曾學深到法雲庵尋訪不着，回家害病，這些情節細述一遍。翠雲纔曉得潘郎是假的，莊夫人就是他婆婆，不覺滿面通紅，把頭低了。莊夫人安慰他道：“我和你難得在此相逢，説明心事，也算經一番患難來的，不要怕羞！”便又問道：“前去你説姓陳，却緣何又姓了王？”翠雲答稱：“本姓是王，向因師叔見愛，從他的姓。”莊夫人笑道：“這等説潘必正是假的，陳妙常也不是真的了！”莊夫人又問他，幾時到這

①“舅”，原本誤作“了”。

②“天”，原本誤作“大”。

裏，幾時改這裝束。又和他商量道："我孩兒假稱姓潘，這是要被人耻笑的。不如我明日在你舅母面前，衹説曉得那潘秀才已經另娶了，却便托你舅母作伐罷！"

當夜，商議妥了，天明起來便向莊氏道達求婚之意。莊氏道："既是潘家已另娶了，像姊姊家外甥那般少年美才，還有何話説！妹子就作冰人，到妹子家中迎娶便了！"莊夫人聽説大喜，當日，别了她甥舅，和莊德音回到城中。心中記挂兒子的病，即日趕回家去。

一到門首，見了阿慶，便問："大相公病勢輕些麽？"阿慶攢了眉頭答道："兩日十分垂危，正在這裏望夫人回來好作主張！"夫人見説，忙走到兒子房中去。十來日不在家，看他時，越發瘦的不堪，形也有些變了。見母親回來，也説不出一句話，衹垂下兩行的泪。莊夫人見這光景，好生着急，便含着泪對他説道："兒啊！陳翠雲倒尋見了，你這病却怎麽處？"從來説，心病還須心藥醫。可霎作怪，衹這"陳翠雲尋見了"一句，追到病人耳朵裏，就如吃了仙丹。眼睛面前一亮，口内精液頓生，便説得出句話，道："母親，果然麽？"當下伏侍的家人都道："好了！已經三日不曾開口，今日得了這喜信，便有些生動了！"夫人道："做娘的難道騙你？"便坐在床沿上把避雨相逢，并金家做媒的話，細細叙與他聽。衹見曾學深神氣漸漸活動，已經兩日衹吃得口開水，這日却便想粥吃。莊夫人大喜。

又過幾日，見他逐漸康强。半月後床中坐得起來，便對母親道："孩兒想，孩兒的病翠雲定不放心，須遣人去通個消息不好？"莊夫人笑道："你纔拾得性命，便這般用心，我就打發人去便了！"其時已是二月中旬，到了三月中，曾學深病已全愈。那年五月内滿了服，莊夫人就遣人到黄州去准吉期，擇着九月二十日畢姻。

翠雲的舅母允了，却又因路遠，要曾學深到彼就婚。曾家也是肯的。

重陽節邊，莊夫人帶同兒子來黄州莊德音處居停。到了吉期，笙簫鼓樂送去成親。合卺之後，夫妻兩個訴説别離情况，喜極了倒都掉下淚來。過了三朝，莊夫人遣人接兒子媳婦同回武昌。一對佳人才子配合成雙，真乃人人稱意，個個愜心。不要説是不曉得翠雲來歷的，異常稱贊，就有幾個知她係還俗尼姑，并私訂姻親本末，也都敬他的貞潔，憐他的落魄，又喜他現在的得所。莊夫人見人情如此，心中毫無介蒂[①]。又兼翠雲性情和順，十分曉得婦道，莊夫人益發喜歡，倒比兒子又愛惜一分。

後來曾學深中了兩榜，點入翰林，直做到掌院學士。生三男一女，都是尼姑所出。那相面先生可不是個活神仙！

①“蒂”，原本誤作“帶”。

第二回　遭世亂咫尺拋鸞侶
成家慶天涯娶雁行

（演述《聊齋志異》中《張誠》故事）

托名靖難動干戈，海内横教殺戮多。

四載君臨猶被簒，閭閻顛沛待如何？

這首詩是因前朝建文年間，靖難兵起，民間肝腦塗地，父子、夫妻各不相保做的。

話説，洪武年間，山東東昌府堂邑縣周家集上，有個人姓張名德號恒若，父親張焕之和母親任氏俱已亡過。他從幼在河南經商，本地買些貨，去到那邊賣了，又置了貨回來，如此爲常。年約三十左右，手頭積有五、六百兩銀子。他近鄰有個老者，姓徐叫徐懷德。一日見張恒若在家，走過來望他，對他道："張官人，你年紀也大了，又没兄弟，應得娶房妻小爲嗣續之計纔是！"張恒若道："徐伯伯所言極當。在下一向祇因家中别無弟兄叔伯，自己又是出門的人，娶在家内没人照料，因此遲下來。如今也正要拜托一衆高鄰，替在下尋頭親事，不知徐伯伯意中有麽？"徐懷德笑道："老夫正爲此而來！老夫有個外甥女姓羊，因他父母雙亡，從小育於我家。今年二十四歲了，人物也走待出，一切做人家的法道，也頗曉得。老夫日日要與他尋頭妥當親事，却是没有。今見張官人你做人本分,又且勤儉,若得你爲婿,老夫既可放心,他父親死在[①]泉下也瞑目了! 衹不知你意下如何!”張恒若道:“既是徐伯伯如此説,自然不錯的。出個帖兒來,容在下去問一人,對得時,就對便了。”當下徐懷德回去央人寫了八字送至張家。張恒若便到巷口一個起課先生處占了一卦,説是:這頭親事可以白頭偕老,且合生貴子,但是中年不甚亨通,主有離散之象。張恒若想道:既能偕老,又有貴子,就是上好的了,還遲疑他怎麽? 便到徐懷德家應允了他。

擇個吉日成親之後,張恒若不再去河南生理,衹就自家門首開起一片雜貨店,來收些花息過活。過了三年,羊氏有了身孕。張恒若道:“我已三十多歲中年的人了,倘生得一個兒子便好,到他成立做得我的幫手起來,我也老了。”

一日,正在店中做生意,衹見街坊上人鴉飛鵲亂,都道:“燕兵來了!”原來那時建文帝聽了齊泰、黄子澄一般的議頭,要裁抑衆藩王[②]。那燕王在北平是最强的,恐防受禍,索性起兵,把除去齊、黄等一般君側小人爲名。兵下山東,真乃到一處破一處。那時已攻陷了東昌,分兵略定那各鄉各鎮,因此這些人慌張。不多時,又聽見喊聲震地而來。張恒若見勢,急忙與羊氏商量逃難,不知[③]向何方去好? 羊氏道:“我父母雖亡,還有叔伯在。家在子虚集上,去此[④]二十里,何[⑤]不逃往那邊?”夫妻二人即便奔出店門,雖是積

①原本以上空缺三字,據别本、舊抄本補。
②“王”,原本誤作“三”。
③“不知”,原本空缺,據别本、舊抄本補。
④“此”,原本誤作“比”。
⑤“何”,原本字形殘缺作“可”。

下些銀子，却都置了貨，拿不去的，祇好[①]空身逃命。

起先説要往子虛集，慌忙中也没了主張，祇雜在人叢裏亂走。忽然一聲喊起，一伙[②]馬兵衝來，把那些人衝散。張恒若回頭不見了羊氏，好不着急，欲待尋他，却又怕那裏殺來，祇得且往前走。看看喊聲漸遠，天也黑了，前面有個破落[③]廟宇，奔將進去投宿，却早有幾個人在内。張恒若這一夜，想了妻子不知死活存亡，好不悲傷；又想了家中貨物盡行拋弃，不勝懊恨。同在廟裏的人，一個個都有心事，不是你長吁，便是我短嘆[④]。挨到天明，欲待走回家中，又怕燕兵還未過去。欲待到子虛集上，或者妻子已先在彼，見了面也好放心；問問路徑，却是昨日走錯了，要往那裏，須是回到周家集方好去得。心中好不氣悶，祇得仍在廟裏存身。肚子裏饑餓起來，欲往村中化口吃，却家家都是逃空的，那裏去討？這些苦楚，一言難盡。正是：

寧爲太平犬，莫作亂離人。

張恒若在那廟裏又躲了一夜，看外邊光景平静了，方纔大着膽回周家集來。但見一路都是死尸，也有没頭的，也有没手脚的，也有象踏死的，狼籍滿地。張恒若一路看去，不要妻子也在那個數内，却祇不見。到了自家門首看時，房子已被火焚，什物器皿搶散的搶散，不搶散的也不是煤就是炭了。再到徐懷德家看時，并没半個人影。心中想道：别的罷了，我的妻子却死在那裏？當下，一路尋到子虛集上，看時却也被了兵的，十室九空。等了半

①“好”，原本字形殘缺作“女”。
②“伙”，原本字形不清。
③“落”，原本作“洛”，誤。
④“嘆”，原本簡刻爲“歎”，以下同此，不再出校。

天,遇着一個人,問他羊家那裏? 那人答道:“這裏姓羊的也衹一家,前日燕兵殺來,不知逃向何方去了。”張恒若心中好不苦楚,又在前後左右幾十里内挨門擦户去訪妻子下落。訪了半個多月,却并没些踪迹,没奈何衹得罷休。心中又想道:如今山東地方,年年燕兵要來,住不得了。我一向河南做生意,人頭尚熟,不如仍到那裏尋活計罷! 但路上没有盤費怎處? 却又想道:看這光景,要有了盤費纔走,是再走不動的了! 主意定了,便一徑取路向河南去。

路逢庵觀寺院化些齋吃,有一頓、没一頓延着性命。不一日,到了洛陽地方,尋着舊時與他做買賣的主人。那人姓康,叫康有才,備述遭了兵火,妻小家財[1]盡行失却,特來投托的意思。康有才十分憐憫,道:“張大哥幾年不見,不道你吃了這般的虧! 今且在我這裏住下,我自當替你尋個活計。”張恒若道:“如此生受你了!”

其時,已是歲暮,又過幾日却是新年。一日康有才對他説道:“張大哥! 我想:你當初原是把自己本錢做生日的,如今倘尋個伙計頭腦令你去,却要看東翁面孔吃飯,我替你不甘心。你雖是經營人,文才却有些。不如尋些小學生來課課,一年也得幾十兩銀子,吃了去,還有些餘。到底是師道之尊,没人敢怠慢你。你的意下如何?”張恒若道:“多承你指教,但是那些學生子,還仰仗你大力去一尋方好!”康有才道:“這是該的。”原來那裏人家都是認得張恒若的,有兒子要讀書的,便一家家都送過來拜從。康有才又替他尋一個清静的僧庵做了書房,揀個好日子便開館。張恒若做人原是極古道的,盡心教導,家家都贊先生的好,因此學徒日多一日。

[1]“財”,原本誤作“才”。

光陰似箭，不覺做了十八、九年的教書先生，又積有幾百兩銀子，張恒若想到：我今已是半百的人，我那羊氏妻不知他死活存亡，料今生見面不成的了；不如另娶一個，倘生得兒子也好下去有靠。便走去和康有才商量。康有才也極力攛掇道："我與你作伐。"便去訪了一家姓馬，叫馬大成的，女兒有三十二歲了，却還是頭婚，兩下都説定了，張恒若便去尋一所小小房子，擇了吉日便娶來家。將及一年，生下了一個兒子。張恒若不勝快活，取名叫他張登。誰知馬氏産後偶不小心，成了一個弱癥，病有一年光景，醫藥之資也費了好些，再醫不好，竟死了。剩下個歲把的兒子啼啼哭哭，張恒若心中好不悲傷。日裏抱他在學堂内，夜來自己領了他睡，餵粥餵飯，候尿候屎[①]，竟作了雄奶子，真個辛苦。

一日，康有才走來見了，道："這些是女人做的事，你如何弄得慣？日日如此，你這人也要氈起來了，不如再娶一位嫂子罷！"張恒若道："亡妻死還未久，何忍便出此言！"康有才道："張大哥！你的説話雖不差，却覺迂闊些。勸你續娶不爲别的，原是爲死的代撫養這點骨血，他在黄泉下還要歡喜哩！"張恒若見他説得有理，亦且實不耐煩這雄奶子的事，便又央媒娶了一個再醮婦人。

那婦人姓牛氏，雖是再醮，還祇二十四、五歲。娶來家裏三年，也生下一個兒子。張恒若心中甚喜，想道：雖是我家計單薄，近年費用多了又没得餘，却喜有了兩個兒子，等他們大起來，我老人家不怕没靠了。就取名叫做張勻。誰知這牛氏性情極是凶悍，起先自己未曾生育，待那張登還有些母子之情，飲食寒暖略能照料，自從有了張勻，竟把這張登作厭物看待起來，穿的吃的一應不管，仍要張恒若當心。張恒若未免有句把説話，他就毒打這四、五

---

①"屎"，原本誤作"局"。

歲的小孩子來出氣。張恒若想：自己的年紀老了，他做繼母的年輕，到底在他手裏的日子長，我若再和這潑婦爭論，他懷了恨，下去越發不好看了。衹得吞聲忍氣過去。

看看張登早已六歲，張恒若要帶他到學堂中教他讀書。論起來，六歲的孩子年還未大，張恒若這些人家又不是指望什麽發科發甲的，原可遲些；不過要借此避繼母的虎威。那牛氏却不肯放他入學，要留在家象小廝般使唤。張恒若拗他不過，衹得歇了。

一日隆冬天氣，飛飛揚揚的下雪。張恒若放了學回家，適值牛氏因天氣嚴冷，指使張登在那裏燙酒來禦寒。張恒若見他在火盆邊縮頭縮腦不住的抖，走去捏他一把，身上甚是單薄，忍不住對牛氏道："不要説他是你的兒子，就是出兩貫錢雇來的小厮，也要照看他的饑寒。你因天冷想酒吃，須知他也因天冷想衣穿哩！"牛氏聽了也不開口，竟走去把張登剥得赤條條的，推他到門外雪裏去。道："誰叫你穿暖熱了，還在老子面前裝冷，却害我受氣；如今叫你光身子到雪裏去，纔曉得冷是怎樣的哩！"張恒若看了這光景，按奈不下那怒氣，趕上前要想揪住頭髮打他，終究是望六的人不中用，倒被那煞神健旺不過的潑婦，推了一交。扒起身來欲待再趕上去，却聽見張登在門外雪裏不住的喘，又怕他凍壞了，衹得先走去抱了他進來，與他穿好了衣服。看那潑婦時，連他自己養的張勻都不要了，也剥得精赤，丢①在地②上，拿了條索子要自己尋死。左右鄉鄰聽得吵鬧，都走來看。也有去奪牛氏手裏索子的；也有扯住了張恒若不放他趕過去的；也有在地下抱起張勻來替他穿衣服的，亂個不住。張恒若心裏尋思道：這潑婦是再和他

①"丢"，原本字形殘缺作"去"，據舊抄本改。

②"地"，原本誤作"他"。

講不明白的，如今且自由他，再熬過了幾年，待登兒有十多歲，也就受他磨滅不死了。當下衆人和解了一回，自散不提。

日來月往，早又過了十年。張恒若年紀老了，教不得書，衹在家過活。那牛氏一向不許張登去讀書，幸他自己有志氣，每逢牛氏差他外面去幹什麽事，便悄悄地到父親學堂内認幾個字，記幾句書。回家，牛氏道是遲了，打他、罵他。他熬了打罵，却仍偷工夫去和父親講究，習以爲常。因此，雖①没有讀書的名頭，却也粗粗有些文理。其時已十八，牛氏叫他入山去樵柴，限他一日要一擔，少了就要重處。張勻也有十二歲，却送他去左近學堂内讀書。有什麽好吃的東西，都與張勻吃；那張登衹吃口菜飯，還是没得他飽的。張勻穿的是細絹，張登穿件布衣還是破的。那張勻却天性孝友，幾次勸母親道："哥哥與孩兒雖不是一個娘養，却都是父親的兒子，也就一般是母親的兒子了。母親還該也把些好吃的與哥哥吃，做些絹衣與哥哥穿纔②是。"牛氏却衹不聽。

一日，張登拿了斧頭扁擔入山，倒想③得一束柴，忽然狂風大作，頃刻間大雨如注，把張登身上那件破衣打個透濕④；連忙背了這一束柴，奔到左近⑤一個山神廟内去躲，思量等那雨住了再行去樵。誰知那雨從辰刻下起，傾盆般直下到晚方纔住點。張登見天色已黑，歸路又遠，衹得就挑了這一束柴回來，向牛氏道："母親！今日不凑巧，下了這天大雨，衹樵得一束柴在此。孩兒肚中饑了，

①"雖"，原本簡刻爲"雖"，以下同此，不再出校。

②"纔"，原本誤作"縫"，據别本、舊抄本改正。

③"倒想"，原本作"側想"，據舊抄本改。

④"濕"，原本作"溼"，誤。

⑤"左近"，原本空缺，據舊抄本補。

母親把口飯與孩兒吃。"牛氏便罵道:"虧你這該死的! 去了一日衹這幾根兒,還想飯吃麽? 勸你不要做這好夢了罷!"張登見説,不敢開口,漸覺餓火燒心,有些竪頭不[①]起,便走到自己房中做一團兒睡在床上。

没多時,張勻從學堂裏回來,見樵柴的斧頭擔子在外,知道哥哥已歸處。去他房裏,却見睡在床上,問道:"哥哥! 你身子有些不自在麽?"張登道:"不是。我肚裏饑了,竪頭不起,略睡一睡就要走起的。"張勻道:"既是肚饑,何不去拿飯來吃?"張登便把入山遇雨,樵得柴少,没有飯吃的事説了。張勻聽畢,也不説甚,走出外來,便私下取了些面,走到屋背後一個林媽媽家裏,説道:"媽媽! 我肚子饑餓,想個餅吃,母親却不得工夫,特來央媽媽費一費手,帶有面在這裏。"林媽媽便與他打了二張薄餅,又替他敲個火來弄熟了[②],遞與他。張勻接來,藏[③]在袖中,走回家裏,去張登床邊道:"哥哥! 薄餅在此,乘熱[④]吃!"張登問道:"是那裏來的?"張勻道:"哥哥! 你不要問,衹管吃就是了!"張登道:"你對我説得明白,我便吃也吃得下。"張勻便備説是私自拿面,去央林媽媽做來,衹説自己吃的。張登道:"兄弟! 後次不消你這般費心,恐防母親知道了要動氣。我一天有得一頓下肚,就是餓,也不到得餓死的。"

當夜過去,到了次日,張登又拿着斧頭扁擔來到山中。正在那裏砍柴,忽地張勻也走將來。張登見了忙問道:"你在學堂中讀

①"不",原本作"來"誤,據後文改。
②"了",原本誤作"子"。
③"藏",原本作"成"。
④"熱",原本誤作"就"。

書,到此何干?”張匀道:“我來相幫哥哥樵柴。”張登道:“你小小年紀,那裏幫得我,是誰叫你來的?”張匀説:“是我自己來的。”張登道:“不要説是你年幼還樵不來柴,就是會樵,也使不得。你自學堂内讀書去,不要在這裏!”張匀不聽,把兩隻嫩鬆鬆的手去拉斷那柴來,口内説道:“今日不曾帶得斧頭,明日待我也拿了把斧頭來相幫你。”張登又催他回去,張匀衹是不聽。看他時,手上苦皮已破,將次流出血來。張登不覺心傷道:“兄弟!你不回去,我就把斧頭自己刎死在這裏了!”張匀聽説,方纔住手。張登逼他回家,送他到了半路,自己弓掇轉身,再入山去樵柴。

到得天晚回來,便路先走去學堂裏,對那先生説:“我兄弟年幼無知,要先生約束嚴密些;山中虎狼甚多,且不可放他走開去。”先生道:“今日上午,不知他到那裏去閑蕩了好一會,已經把他打過,下去自當分外管得他嚴些就是了。”張登别了先生,歸家對張匀道:“你不依我言語,今日被先生打了。記苦麽?”張匀嘻嘻的笑道:“何曾打着!”

過了一夜,明日,張登纔到山裏,衹見張匀拿了一把斧頭也趕將來,吃了一驚。道:“叫你不要來,你如何今日又來?快些回去,遲了先生要打的!”張匀并不答應,衹顧把柴亂砍。砍得吃力了,汗如雨一般流下來。張登幾次止住,他却衹不理。看看有了大大的一捆,方纔住手。叫道:“哥哥!兄弟先回去了!”便一徑歸家。走到學堂内,先生見了大怒,道:“你天天衹在外面游蕩是何道理?”輪起戒尺要打,又問道:“你半日在那裏?”張匀備述哥哥在山樵柴,前日遇雨樵的柴少,歸家没得飯吃,心中不忍,去幫他砍柴的意思。先生道:“你却不要扯慌!”張匀道:“學生自來不會説假話,先生可見學生一向何曾偷閑的?”先生聽説,放下戒尺,道:“却也難得,我昨日倒錯打了你了。”自此,張匀每日飯後,把斧頭藏在衣裳底下,衹説到學堂裹去,却來山中幫哥哥打柴。張登幾番阻他,他衹是不睬。

一日,兄弟二人正和幾個樵夫同在那裹砍柴,忽然一陣風起,樹林裹跳出一隻吊睛白額虎來。衆人見了,連忙奔竄。那虎撲將過來,銜了張勻回身就走。張登見銜了他兄弟去,也不顧自家性命,拿了斧頭向前來奪。那虎口内拖着個人,走得不十分快。被張登趕上去,在他屁股上猛力砍下一斧,思量要砍倒了那虎,救他兄弟。奈他是個瘦弱後生,没有什麽氣力,這一下斧砍虎不①倒,那虎負疼倒如飛也似跑了去。張登不捨,衹顧上前去趕,抹過前面那隻山嘴,那虎連見都不見了。張登當下放聲大哭,暈了去有半個時晨,方纔醒轉,衆樵夫都走來勸他,張登哭道:"我這兄弟不比别人家的兄弟,况他今日這般慘死,都爲我這哥哥!"説到傷心處,道:"我還要活這性命做什麽!"便把樵柴的斧頭向自己項上一勒。衆人急救,已割有一寸來深,那血②好象泉水一般亂涌,登時暈倒在地。衆人急扯他的衣服來裹好了。衆人你扛頭,我扛脚,把他抬回家裹。

張恒若夫妻聽衆人説了緣由,一齊大哭。牛氏指着張登罵道:"你害死③去我兒子,假裝自刎來騙我,希圖免罪。難道我饒得你了去?"便拿了條板凳照張登頭上劈來,却得張恒若和衆人擋住。張登帶着呻吟道:"母親不用煩惱,兄弟爲我而死,我也斷不獨生的!"衆人扶他到房中去睡在床上了,各人自散。

①"不",原本誤作"下"。

②"那血",原本殘缺不清,據舊抄本補。

③"害死",原本前一字殘缺,後一字空缺,據舊抄本補。

張登項上疼痛，睡不起，一日到夜，衹是靠着床邊①坐了哭那兄弟。張恒若見他傷重，防他死了，時刻要拿湯水去與他將養，却都被牛氏阻住。道："他害了我勻兒，是我仇人，衹因他的傷也重了，等他自己死。你若還要餵他活時，我就活活把他打死！"張恒若是七旬的人，氣力又敵這牛氏不過，把道理和他講，又是講不通的，衹得含着眼泪由他做主。過了三日，張登果然死了。張恒若哭了一場，便要去買棺木來盛殮。牛氏又阻住道："我勻兒被他陷害得苦，他這樣人，衹消買個蒲包包了抛在水裏了就是。要什麽棺木？"張恒若道："虧你説這話，兄弟又不是他弄死的！他如今也爲兄弟死了，你還要結這死冤家！"牛氏總是不聽，口裏還喃喃的駡這死人，張恒若欲待拗了他，竟自走出去買棺木，見牛氏這般樣子，又怕他在家中去傷殘那死尸；要與牛氏説妥了去買，却説上天，説下地，他衹許下一隻蒲包。弄得没了主意，一日到夜，衹是坐在死人床邊嘆氣，不提。

却説，北路上有一種叫做走無常，原是個活人，或五日或十日忽然死去，到冥中走些差使；或一日或二日活轉來，仍然是好好一個人。那走無常的到處都有。張登當日死去，這魂兒覺得飄飄忽忽没有撞處，忽然遇着平日認得的個走無常，見了張登倒嚇一跳，道："這裏是陰間，你爲何也在此？"張登方曉得自己身死，便對他訴説死的緣由，道："你可知道我兄弟的陰魂如今在那裏？"走無常道："倒不曉得。"便挽了張登的手道："我和你一同尋去。"兩個約行有十多里路，見一座城十分高大。來到城門口，見個穿黑衫子的在城裏走出來，走無常便去攔住了他，道："我問你，新死的張勻在那裏？"穿黑衫子的去身邊招文袋内摸出一個折兒來，看時，男

①原本以上空缺二字，據舊抄本補。

男女女共有幾百名在上,却并没有姓張的。走無常道:“不要在你同伴中折兒上!”穿黑衫子的笑道:“這一路屬我管,如何在别個的折兒上起來? 你不必多疑心,是不錯的!”走無常對張登道:“看來你兄弟竟未曾死,不要尋了!”張登不信道:“你再同我進城去尋尋看!”走無常道:“没有的了,我送你回去罷!”張登不聽,一把扯住不放,走無常没奈何,衹得同他入城。見那城中新鬼、舊鬼往來不斷,但有生前認得的,便去問他兄弟下落,却都不知道。

正訪問間,忽聽得衆鬼齊嚷將起來,道:“菩薩來了!”張登抬起頭來,衹見半空中一朵祥雲上,露出法身,毫光四射。走無常賀喜道:“張大郎,你有福,菩薩歇了幾千年却纔一到陰司,救拔枉死的冤魂,被你恰恰撞着了。”便扯了張登齊跪在地,耳朵裏衹聽得衆鬼紛紛的都合着掌,念那大慈、大悲、救苦、救難的咒。衹見菩薩把楊枝蘸着那瓶兒内法水,輕輕灑下,如塵埃一般。張登項上斧傷處着了一些兒,便頓然不痛。不多時,空中雲收光斂,早已不見了菩薩。走無常便扯了張登道:“我送你回去罷!”兩個仍從舊路回來。到了張家門首,走無常道:“我去了,你自進去!”

張登走到自己房中,便如夢醒。看床前時,正是五更時分,停着一盞半明半滅的燈,他老子守在床邊嘆氣,便叫聲:“父親!”嚇得張恒若連忙走避,道:“登兒! 我原是要買棺木斂你的,都是你繼母不肯,你不要來嚇我!”張登叫道:“父親不要怕,是孩兒活轉來了!”便爬起來坐在床上,把死去遇見走無常同他去尋兄弟,却尋不着,得見菩薩灑那法水,走無常領他回來的事,細述一遍。説罷,把手去摸項上時,那傷痕果然平愈了。張恒若當下心中大喜道:“你已死了三日,我要買棺木斂你,你那繼母衹許用隻蒲包,我又不肯依他,因此未曾收斂你。想起來,則虧他不容買棺木,倘已收斂,怕難再活了。”又説道:“你此刻還魂,幸喜你繼母不知道,他若知道，定有毒手放出來。天色將明，却送你去安頓在那裏方好！"張登道："父親不必多憂，據陰司那穿黑衫子的説話，兄弟還在世[①]上，并未曾死。孩兒天明就去尋訪，拚着走遍天涯，好歹要尋了他[②]同回，母親自然不恨孩兒了。"父子二人説説話話，衹見窗上已亮，張登道："孩兒自今就去，望父親衹算孩兒不曾活轉來，不要挂念！"張恒若見他死去三日纔得還魂，清晨就要出門，又是不知何年何月纔得回來的，心[③]中好不悽慘，却又不敢留他。欲要付他些盤費，奈自從娶了牛氏來，一文錢，也没得張恒若放在手頭；衹得由兒子空身去了，十分不忍，衹索自己寬解道："罷了！他説的譬如不還魂轉來，也無可如何，如今到底還有回來指望的。"

張登去了好一會，那輪紅[④]日已是高高的。牛氏睡起了，走出房門來，張恒若迎着道："道你個喜信，我那匀兒竟未曾死！"牛氏忙問道："這話那裏來的？"張恒若備述夜間張登還魂，并如今去尋兄弟的事。牛氏聽了，氣得目睁口呆了半晌，指着丈夫哭罵道："都是你這老狗欺我！他害了我匀兒，我原要把那板凳劈死他來償命的，是你和衆人擋住。他何曾肯自己勒死？不過怕我淘氣，割破了一些兒苦皮來搗鬼！後來又假裝死了，你却暗地把他將養得老赤，放他逃走，却造這話來哄我，想如今也不要活了！"便一個頭拳望丈夫身上撞去。張恒若把身一閃，那牛氏撞空了，跌倒在地。張恒若怕他起來，又把自己當了那寺裏的鐘，急走出門，向朋友人家去躲他的鋒頭。過了一夜，張恒若要歸，那朋友人家都曉

①"世"，原本作"姓"，據舊抄本改。

②"他"，原本誤作"邊"。

③"心"，原本誤作"手"。

④"輪紅"，原本誤作"論江"。

得牛氏的凶[①]名，怕張恒若年老，吃苦不起弄出事來，再也不放。

牛氏在家，想了張勾被虎銜去，心中又苦；想了張登逃走，心中又氣。要等丈夫回來出他的毒，却又再不見歸。哭一陣、罵一陣，日裏粒米也不下肚，夜來磕睡也不打一個，看看病起來了。起先兩日，還掙起來要守丈夫回家淘氣，後來竟走不起身，睡在床上也没半個人影兒到他面前。又過了兩日，病勢越發沉重，常有人來招呼他去，心知是鬼，好不害怕，却那得人來作伴？左右鄉鄰見他家好幾日不開門，都道詫異。有知道張恒若躲處的，便去通信。張恒若心中忖道："不要這潑婦在家尋了什麽短見！這却要回去的。"便别了那朋友，走到自家門首，去敲那門時，裏面聲息俱無，越發疑心。向鄰家借條梯子，央個後生逾墻而入，拔下門閂，方纔自己進去，到房内看時，見牛氏卧病在床，話都説不出的了。張恒若念他十多年夫妻之情，去請一位醫家看他。醫家説："係七情所傷，受得病深，没救的了。"張恒若也無可奈何。挨到明日，牛氏果然命絶，張恒若買副棺木盛斂停當，即便拿了出去。這牛氏平日雖是凶悍，常和丈夫吵[②]鬧，到得死了，張恒若七十來的人，獨自一個在家，又凄凉不過。想起先前娶馬氏時，圖個老來有靠，誰知仍弄得這般光景！張勾不知是死是活，張登回來不知自己還在世不在？心中時時悲感，不提。

且説，張登那日清晨出門，一頭走，一頭想道："却叫我那裏去尋好？"見路旁有個關帝廟，道："不如求一簽，看關帝叫我那裏去尋，便那裏去尋便了！"走到廟中，通誠已畢，求得一簽。去問廟中道士，央他一詳，説是：上南去好。便走出廟門，一徑向南而行。

---

①"凶"，原本作"兇"，誤。

②"吵"，原本作"炒"，以下同此，不再出校。

身邊苦没一些盤費,日裏向人家求討口吃,夜來宿在枯廟裏,或是人家房檐下住宿。

非止一日,來到南京地方。時值秋末冬初,天氣驟冷,受了些寒,覺得頭重脚輕,害起病來。睡在街坊上人家檐下,不住的呻吟①。祇見街上一位官長此去,做官②長坐在轎内,約有三十六七歲,轎後一位小官人坐在匹③小川馬上,活象是兄弟張勻。因他十分體面,不敢廝認。不多時來到近身,仔細一看,果是張勻,快活得就如拾着一件至寶,連病都覺得好了。跳起來叫道:“兄弟!你如何在這裏?”張勻回頭來看,認得是哥哥,慌忙跳下馬來相見。張登一把抱住,放聲大痛,張勻也哭。張登便把他被虎銜去以後的事,訴説一遍,張勻聽了愈覺悲傷。當下,跟隨人役問知就裏,去禀白那官長,那官長叫把一匹馬令張登坐了,回府相見。

没多時,已到了家,張登便問張勻怎樣到此?原來,張勻那日被虎銜去心已昏迷,不知那虎怎地銜了好些路,渡那大江直到南京,放在這位官長一姓張,做千户一家的門首。回去不得了,在門外啼哭。那千户知道了,走出來看見他相貌文秀,語言伶俐,又也姓張,千户未有子嗣,便認他做了兒子。這日正隨了千户游玩回來。張勻一一對哥哥説知。説話之間,千户從外入來,張登連忙拜謝。張勻便去捧出一套絹衣,來與哥哥换了。

當夜,千户備一席酒與他兄弟作賀,千户自己也出來陪。飲酒中間,千户問張登:“貴族在河南有多少丁口?”張登道:“家父原係山東東昌府堂邑縣人,遷來河南住的,祇家父和我兄弟二人。”

---

①“吟”,原本作“哈”。

②“官”,原本作“個”,據前文改。

③“匹”,原本誤作“四”。

千户稱奇,道:“我原籍也是山東東昌府堂邑縣,這等説是同鄉井人了!”便又問:“既住山東,原何遷到了河南?”張登備言燕兵南下,父和前母失散,家産一空,在先曾在河南生理[①],人頭熟些,因此遷往之意。千户聽了,忙又問:“令尊名號叫什麽?”張登便説:“父親名德號恒若。”衹見千户對他仔細看看,側了頭象有什麽疑心,立起身往内亂走。張登、張勻都不解。

少頃,千户扶了那太夫人出來,約有六十一、二年紀。張勻便呼哥哥上前拜見,太夫人忙止住了張登,看道:“你可是張焕之孫子,祖居堂邑縣周家集的麽?”張登連連點[②]頭道:“正是,却緣何曉得來?”太夫人號咷大哭,回頭對千户道:“不錯,是你兄弟!”張登、張勻不知就裏,正待要問,太夫人道:“我就是你父親結髮羊氏。我到你家三年,適值燕兵來打山東,我和你父親一同逃難,不料被馬兵衝散。我被一個唐指揮虜去,在扎地半年。”指着千户道:“生你哥哥。又半年,唐指揮身死,你哥哥便蔭襲了千户,撥來這裏南京。我幾次遣人到山東打聽你父親消息,并無下落,衹道你父親死了。道他可憐見,衹有你哥哥這點骨血,因此你哥哥復了本姓,改名齊源,情願丢了這官誥。感蒙皇恩,道你哥哥襲職以來,所有功勞是他自己立的,准了復姓,却仍授千户之職。今因我年老,告了養親,就尋房子在這裏居住。如今見他還在世上,這不是天大的喜事麽!”張登、張勻聽了,猶如夢醒。太夫人又對千户道:“你把兄弟當兒子,折盡福了!”千户道:“兒先前也曾把問登弟的話,問勻弟來,却回答得不明白,是他年幼的原故!”當下母子兄弟四人,骨肉相逢,不勝之喜。

---

①“理”,原本作“人”,據文意改。

②“點”,原本作“顛”,以下同此,不再出校。

到了次日，千户便商量挈家前往河南。太夫人心内怕牛氏不能相容，千户道："他能容，我和他同住；不能容，我與他各居，何難處置？既是父親在彼，那有不去的理？"便把家中一應什物，盡行裝束，那房子也賣了，揀個日子和妻陳氏并兩個兄弟，奉太夫人同往河南。在路行程，非止一日，將近洛陽，令兩個兄弟先回家去通報，自己和母親并陳氏隨後進發。

却說，張恒若獨自在家想起兩個兒子，正在那裏嘆氣，忽然見一個人走進屋來叫聲："爹爹！"張恒若舉目一看，見是張登，又驚、又喜道："你回來了麼？"剛纔說得一句，正要問他兄弟消息，却見張勻早到面前。當下張恒若喜得一句話也說不出，拖住了兩個衣襟，拋珠般滚下泪來。張登、張勻拜過父親，張登便禀道："好教爹爹歡喜，孩兒在南京尋見了兄弟，不意又遇着羊氏母親并當年生下的位哥哥，一同來河南，即刻就到也！"張恒若突然聽了，不知頭路，道："你說什麼來？"張登又把說過的話復述一番，張恒若半信半疑，正要再問備細，早見無數轎馬到門。太夫人從轎子裏搶將出來，拖住張恒若抱頭大哭。千户夫妻拜倒在膝前，一衆家人男男女女塞滿内外。張恒若此刻倒弄得呆了，哭也哭不出，笑也笑不來，單說一句道："莫不是我在這裏做夢麼！"性定了好一會，方纔逐個個和他們叙些分離的話，真個是一言難盡。張勻不見自己母親，問父親時，却是死了，登時哭暈在地。衆人連忙救醒，大家把些話來勸慰了一番。

千户見屋宇窄狹，容不得許多人住，便即日去尋所寬大房子，奉父母和兩個兄弟同搬過去。有張恒若平日的朋友并那新舊鄉鄰，曉得了這異事，都來作賀。張家父子開筵款待，一連鬧了好幾日。千户又延請一位明師，課兩個兄弟讀書，不上幾年，同入泮宫，後來又同榜中了舉人。陳氏見自己不能生育，替丈夫納個偏房,生下一子,十六歲就成了進士,張恒若夫妻都還看見。

後來,張恒若活到九十八歲,羊氏那年九十,同日無疾而死。三個兒子和許多孫子、曾孫,一個個都在面前送終。追想從前那般分離乖隔,是再不料有這日的。這就喚做:

不是一番寒徹骨,怎得梅花撲鼻香!

第三回　呆秀才志誠求偶
俏佳人感激許身

（演述《聊齋志異》中《阿寶》故事）

浮慕空隨人轉，誠求可挽天①回，但教不把此心灰，終得名成實遂。　未必他心是我，總凭方寸爲媒，精忱感得鐵②石來，難道玉人不改？

這首詞喚作"西江月"，是勸爲人在世須要一副真實心腸，方纔做得成事。那真實心腸，不要説做忠臣、義士少他不得，就是男女之情，也須得這點意思，方能兩下交結，不比尋常苟合。如今説一件事來，真個《情史》上也載得去的。

明朝嘉靖年間，蘇州吴縣學裏③有個秀才，姓孫名寅號思唐。你道他爲什麽取這個名號？衹因他生來右手有六個指頭，象當年唐伯虎一般，衆人要取笑他，替他取這個名號。他從幼没了父母，未曾命名，自己想道：唐伯虎是本處有名的才子，如得他來，有何不美！因此依了衆人所取。却不道被他們作弄，特特把六個指頭自己獻出來，那也就是他做人的真率。他性情迂闊，動不動引出

①"天"，原本誤作"大"。

②"鐵"，原本無，據該詞格律，此處增補一字。

③"裏"，原本誤爲"禮"，以下同此，不再出校。

前賢古聖來□□□□□[①]那孔夫子的頭皮，也不知道被他[②]牽了多少。他的老實，有人騙他説：明日太陽從西邊起來，他[③]就認真向着西方，守日頭出。因此，衆人又起他個渾[④]名，叫他孫呆。那孫呆也有時知道被人愚弄，却不計較。衆人中有老成的原也憐他；那輕薄的見他這般，倒越要把他玩耍。他凡到朋友人家，遥望見有歌姬在座，便掇轉身子往外亂跑。那些朋友慣曉得他有些迂霧騰騰的，便有時藏過了妓女，誘他到家，把外面的門層層閉上了，纔放出妓女來唱曲侑酒，在他面前做些勾肩搭背，捏臂捫胸的醜態；還要故意扯去，令和孫相公并肩坐，指使妓女雙手搿住了他，嘴裏含了那酒，把去與他飲。弄得他兩頰[⑤]紅起，連頸脖子都發了赤，那冷汗如抛珠一般滚下來，衆人却拍手大笑。如此之類，非止一端，不在話下。

却説，城中有個富翁叫劉大全，家中真乃財高北斗，米爛陳倉。他的親戚，一個個不是做高官，就是擁厚貲。生下一個女兒，小名唤作阿珠，有沉魚落雁之容，閉月羞花之貌。劉翁夫婦愛惜無比，日日爲他擇配。那些富貴之家，你也托媒去求親，我也央人來請帖。劉老兒不是嫌他富而欠貴，便是憎他貴而少富；就是富貴兩全的，不道新郎才學平常，就説新郎相貌不好。因此，珠[⑥]姐年已十八尚未受聘。有那孫寅的朋友叫魏[⑦]用情，見孫寅年方弱冠，未諧伉儷，便又想戲弄他，到他家裏，説道："志唐兄！你是讀

①原本以上空缺五字，舊抄本未空。

②③"他"，原本字形殘缺作"也"，別本、舊抄本不誤。

④"渾"，原本誤作"魂"。

⑤"頰"，原本誤作"顧"。

⑥"此珠"，原本前字空缺，後字殘缺作"未"，據舊抄本補。

⑦"魏"，原本字形殘缺作"鬼"，據後文補正。

聖賢書做聖賢事的人。聖人説的:‘不孝[1]有三,無後爲大。’兄今年紀已大,别無兄弟,這婚姻之事遲不去了。”孫寅道:“用情兄所見極是,但恨没有門當户對人家,因此蹉跎了。”魏用情笑道:“人家説兄呆,真個呆了。天底下人家那裏有一般的,事體總要人去做。如今城内劉大全家有個女兒,人人説是絶色,我想兄這般才子,須得此佳人爲配,方稱兩全齊美,何不到他家去求親?”孫寅被他説得高興,便道:“既如此,就煩用情兄作伐!今日便走一遭如何?”魏用情摇手道:“去不得!這媒人的事,全虧口舌利便方撮合得來,象小弟這般不會説話的,如何效勞?兄若真有此心,還[2]是央個慣作媒人的去爲妙。”

看官!這孫寅雖是個有名的秀才,争奈家道單薄,亦且未見得舉人、進士是他必竟做一番的,却要想到劉家女兒爲妻,可不是想天鵝肉吃?替他去説,枉受劉老兒一頓搶白,究屬無成。魏用情是乖人,要做弄孫寅,難道倒要做弄起自己來?所以回絶了他。好笑孫呆,當日聽了那話,全不揣度自家力衰,便一心要成功這事。

他家住在虎邱山塘上,鄰近有個張婆子,是走百家慣做媒中的,他便踱將過去了。也[3]恰好婆子在家,接着問道:“相公來此有何貴幹?”孫寅道:“有門親事要來相煩媽媽。”婆子道:“既如此,請裏面來坐了説。”婆子臉上堆着笑容道:“相公年已長大,雖是窮讀

[1]“孝”,原本空缺,據别本、舊抄本補。
[2]“還”,原本誤作“這”。
[3]“也”,原本誤作“他”。

書人,這婚姻大事却①也難遲,但②不曉得屬意誰家?”孫寅道:“是城中劉大全家有個女兒,相煩媽媽與我作伐!”婆子聽説,問道:“那劉大全住在何處?望相公指點明白,老身就去便了。”你想:劉大全是蘇州城内數一數二的富翁,這張婆又是走街坊到了老的,難道倒要問這孫寅?衹因門户太來得相懸,不料孫呆便呆到這田地,倒疑心另有個劉大全了。孫寅却還説道:“媽媽你怎不知道?他家在侍其巷裏,有敵國之富。那小姐生得天姿國色,絶世無雙,煩媽媽就走一遭!”張婆當下哈哈大笑,合嘴不住起來。孫寅道:“媽媽爲何這般好笑?”張婆不好當面取笑他,却答道:“老身想孫相公這般一個才子,再得劉小姐那般一個美人,真真一對好夫妻,因此,替兩邊快活了好笑。”孫寅道:“既如此,敢煩就去!”

張婆想道:這件事百無一成,掮那木梢兒去,却不要被劉家啐殺!倒不如先生發這呆子幾兩銀子,待到那邊,我却自有説話法。便對孫寅道:“這段姻事,實在尋不出的,成就得來,連老身也快活不過。但老身今日自家裏有事,要用四、五兩銀子,還毫没抵椿,那有心緒進城?不如遲一日替相公去罷!”孫寅呆雖呆,却也理會得是生發他銀子的意思,想道:要他做事,那裏惜得小費!如今交春和暖,何不收拾幾件寒衣去典鋪裏抵幾③兩銀子與他,好令他去辦事!便道:“銀子我去弄來與你,你快與我劉家去!”説罷,連忙回家取了寒衣,走到典鋪中交掌櫃的,道:“抵五兩銀子與我。”那掌櫃的接來一看,見不過是幾件粗布衣服,笑道:“那裏抵得許多?抵與你一兩罷!”孫寅道:“雖是布的,有許多件數,怎抵得一兩?”

①“却”,原本空缺,據别本、舊抄本補。
②“但”,原本殘缺作“亻二”。
③“幾”,原本誤作“元”。

掌櫃的説不過，添了一兩，道："再要多時，收回抵頭罷！"孫寅没奈何，收了這二兩頭，心内躊躇道：這不够我用怎處？

在街坊上，一頭想、一頭走，却好撞見了一個要尋他的朋友。那朋友叫錢琢成，小有家財，因要到個親眷家去吊喪，來央孫寅撰那祭文。當下一把扯住了，直道其故。孫寅道："不瞞兄説，小弟今日有件事，還欠少三兩銀子要去措辦。兄另央别人做了罷！"看官！不要道是孫寅呆，倒很①會抄文章。纔受過張婆作難，得就把那調兒去生發别人哩！錢琢成道："兄又呆起來了！做了這祭文，那書撰封兒，至少也有十兩八兩。爲了三兩頭，倒讓多的與别人麽？既是兄有急用，小弟處先應付三兩如何？"孫寅聽説大喜，到錢琢成家取那銀子，和先前二兩頭，都去交付了張婆，催他進城幹事，而自去做祭文不提。

那張婆接了銀子，心中想道：難得他這般志誠，我也還鶻突説四、五兩，他倒竟把我五兩。雖是他妄想，我却如何不就去與他走遭！便把門鎖好，一徑進城投侍其巷來。

却説，劉大全有兩個兒子俱已畢姻，衹女兒珠姐年當二九尚未曾受茶。老夫妻兩個正在那裏商議，忽見張婆來家。劉安人問道："張媽媽！多時不見，今日甚風吹得到此？"張婆哈哈地笑道："有件怪可笑的事，要來對員外、安人説！"劉翁道："有甚好笑的事？説與我聽着。"張婆道："説出來衹怕員外、安人見怪！"劉老夫婦道："不怪你的，且説來看！"張婆做勢要説，却又縮住道："不好，是討没趣的。"劉翁道："個也忒小心！對你説不怪你的了，還要做作。"張婆方説道："先動問宅上小姐近日可有人來作伐？"劉翁道："媒人是常有得來，但没合意的。"張婆又哈哈地笑道："好笑山塘

①"很"，原本作"狠"。

上有個秀才,叫孫志唐,衆人都推他算一個才子,説將來是必然發達的,但可惜現今家計窘些。誰曉他也不想想自己的光景和宅上那地位,竟火逼靈符般追老身來求親。員外、安人道是好笑不好笑!"劉翁聽了,因有言在前,不好埋怨,衹説道:"張媽媽你還不知,好些富貴人家,我都不肯允他,如今却許個孫志唐,可不被人笑話? 你决决烈烈回絶了他罷!"張婆應道:"曉得!"心中却想:我原知是難的,但這五兩頭還他又不捨得,受他又不好意思。却怎麽處? 又想道:老夫妻意思是這般了,不知珠姐心下如何? 當下説些閑話,便抽身到珠姐房中。

那張婆一向在劉家出入,和珠姐説説笑笑慣的,對珠姐笑道:"老身此來是爲小姐姻事,不料員外、安人都不允,衹得要來求小姐了!"珠姐笑罵道:"痴婆子,又來痴病發了!"便又低聲問道:"説的誰家?"張婆道:"是本地一個才子,姓孫名寅,年約二十光景,真乃潘安再出,宋玉重生。可惜員外、安人嫌他家貧,竟不中選!"珠姐道:"莫不就是六個指頭的孫志唐麽?"張婆道:"小姐緣何也曉得他? 可知那人的名重哩!"珠姐笑道:"你去回復他,叫[①]他割去了那多的指頭,我就允他親事便了!"張婆聽説,不覺笑個不住起來。安人聽得笑聲,走到女兒房中來道:"張媽媽! 你因何這般好笑?"張婆不好説得,把閑話來支吾了幾句。看看天色將晚,辭了母女二人取路出城。

纔到得家,衹見孫寅早立在門首討回音。張婆笑道:"劉家員外、安人都嫌相公家貧,不肯出帖。那小姐倒不嫌貧,出的題目却更凶哩!"孫寅道:"小姐有何話説?"張婆笑道:"相公且猜猜看?"孫寅道:"莫非要我中了舉人方肯嫁我?"張婆笑道:"不是。"孫寅

①"叫",原本字形殘缺不清。

道:"可是索性中了進士,點了翰林方允這親?"張婆道:"也不是。"孫寅道:"這倒猜不出,媽媽你説了罷!"張婆正待説出,不覺又笑個不住起來。孫寅道:"媽媽緣何衹是這般笑?"張婆忍着笑道:"老身想了劉小姐的説話好笑。他説要相公割去了那多的指頭,便允親事哩!"孫寅不覺也笑起來,道:"原這樣個題目!"便又道:"媽媽!今日晚了,明日至早到我家下來,我有話説。"説罷即便轉身回去。張婆也自安排夜飯,吃了,閉門睡覺。

孫寅回到家裏,心中想道:我多這一個指頭,實在不雅相。若依劉小姐説,割去他,這痛難熬;若不依他,怎地得佳人到手?躊躇了一會,奮然道:"'吃得苦中苦,方爲人上人。'如今也顧不得了!"走到厨下,取了那把切菜刀,竟把那個指頭割下。一割下來,非同小可。血如泉涌,痛得應心,立時暈倒在地。可憐他[①]家内别無第二個人,衹[②]還有個家僮,那日又被人家借了去。直待自己醒轉來,勉强掙起,火又滅了。暗中摸把香灰糝上,扯些破絹包好,和衣倒在床上,手上作痛,再睡不着。

看看天明,聽得外面叩門,張婆子在那裏叫唤。孫寅接應了一聲,挨下床來,一步步掙到門邊,拔去了拴。張婆推將進來,把孫寅一看,見他面如蜜蠟般黄,問道:"孫相公!今日有些貴恙麽?"孫寅把好手指着那隻痛手,有氣無力的道:"昨夜回家,依劉小姐,把那指頭割下,發了幾轉暈,因此這般光景。"張婆聽了,倒吃一驚。看地上時,鮮紅滴滴攤[③]了一地,一個小小指頭斷落在血泊裏,便向孫寅道:"是這般時,相公也吃苦了!且請在家將息,老

①"他",原本字形殘缺作"也"。

②"衹",原本别本均作"止",以下同此,不再出校。

③"攤",原本字形殘缺。

身自替你再到劉家去便了!”

張婆走出門來,便又進城,來至劉家。却喜員外、安人都不撞見,他便一徑走到珠姐房中。珠姐問道:“張媽媽!今日緣何又來?”張婆笑道:“特來告訴小姐,昨日裏老身回去,把割指頭的話向孫秀才説,也不過和他取笑,不道他昨夜竟自①把刀割下。老身感他志誠,又來見小姐,要小姐與他個好消息的意思。”珠姐聽説割去指頭,笑個不住。笑對張婆道:“你回去再叫他除了這呆氣,方允他親事!”張婆不平道:“小姐你太忍心!他爲着那指頭連發了好幾個暈,你却還説這風凉話!”珠姐道:“不是我説風凉話,我也憐他志誠。但婚姻大事是要父母之命的,我女兒家如何自作主張?既然父母不允,此事衹好歇了。我昨日不過和你玩要,誰知你痴人面前説起野話來,如今衹快去回絶了他就是了!”張婆見他説得有理,無言可入。又想:員外、安人是執性的,就是孫寅把十個指頭都割下來也不在心。説來無益,衹得别了珠姐歸。珠姐道:“你不要怪我,且在此盤桓②到晚些去。”張婆依言,在劉家説説笑笑,直到日落西山,方纔出城。

將要③到家,衹見孫寅把帕子裹了那痛手,家僮孫福扶了,已在門前等候,迎着問道:“事情如何了?媽媽怎到此刻方回?”張婆不好説誤信了劉小姐作要,仍説野話道:“劉小姐説,要相公再除了這些呆氣,方允親事。”孫寅是熬着痛在張家門首,不蹲不坐,眼巴巴等了大半天。滿心道是事體成功的,聽這話不由不惱起來,道:“他嫌我窮,不肯就罷了,却騙我受了那般疼痛。又説要除什

①“自”,原本空缺。
②“桓”,原本誤作“植”,據别本、舊抄本改正。
③“要”,原本字形殘缺作“女”。

麽呆氣！我何曾呆來？總是他不肯嫁我的推頭。我想：那珠姐也未必是什麽天上有人間没的絶色，我就不道也平常！"氣忿忿靠着孫福的肩頭走了回去。那張婆正防事體不成要討這五兩頭，見他不提起，也不再上前去兜搭，由他①自去了。

却説，孫寅這些朋友，聽見説他親事不成白白割去了那個指頭，没有一個不笑他。過了十來天，正值清明佳節。蘇州風俗，到了這日，合城婦女一家家都出來踏青，那些少年子弟，也成群結隊觀看，有贊這個頭兒梳得好，有羨那個脚兒纏②得小，人山人海，最是熱鬧。其時，孫寅手上已經平愈，就也有那班朋友來糾合他去游玩。先在虎邱前後走了一回，衆人又相約到靈岩去。正要出這虎邱寺的山門，衹見兩乘轎子抬進寺來。衆人中有個許多聞，認得那跟轎的是劉大全家家人，便笑對孫寅道："兄要一看可人否？小弟認得那隨轎的，是劉大全家馬忠，這兩乘轎子必有珠姐③在内。"孫寅知道是取笑他，却因受了珠姐一場苦，也正想看看是何等樣一個仙子，却這般欺負人④，便同衆人跟着轎子再回寺裏。來到佛殿上，家人婦攙扶出轎，前面轎内是劉安人，後頭的果是珠姐。但見生得異常妖冶，出格風流，有詞爲證：

臉開滿月，月還讓他的白；髮壓濃雲，雲也遜他些黑。未必另求秋水，伺勞別訪春山，衹消向麗容尋覓。柳樣腰兒、弓樣鞋兒，裊娜得勾人魂魄。更愛小小櫻桃，迥異尋常喉舌。那其間，睍睆鶯聲，自在流出。

①"他"，原本字形殘缺作"也"。
②"纏"，原本字形殘缺，據别本、舊抄本補。
③"珠姐"，原本空缺，據别本、舊抄本補。
④"人"，原本誤作"大"。

劉安人母女拈了香，拜了佛，即便轉身上轎而去。孫寅的這伙朋友道："我們如今靈岩去罷！"

衆人出到山門外，有一個道："我們的孫呆緣何不見？"衆人都道："果然那裏去了？"有的道："不要他跟着劉家轎子頭裏去了！"有的道："我却未曾見他前面走着。"衆人道："不是這樣的。他是斯文一脉，走不快的。不知擠在後面那個地方，撇了他先走要氣惱的，大家就這裏等一等好。"衆人説説笑笑等了好一會，却仍不見出來。衆人道："這又奇了，我們同到裏面尋看！"當下重又入去，直尋到佛殿上，衹見這孫寅還呆呆的在那裏立着。衆人都笑道："可人兒已去得遠了，你還在這裏做什麽？"孫寅也不回言，衹是立着。衆人看他時，兩隻眼睛都是定的。大家道："不好了！緣何這般光景？"衆人齊叫一聲："志唐兄！"他衹喉嚨頭轉氣，模糊答應。衆人中有老成的道："不是這般的，我們不要靈岩去了，且送他回去是正經。"衆人都應道："所言極是。"

當下衆人扯的扯、扶的扶，擁出山門。幸喜那路不遠，早已至家，扶他去床上睡了。那老成些的道："這色象尷尬，須請個醫家來與他候一候脉看纔好。"便叫孫福去後頭巷内請那挂大方脉招牌的莫先生來。不多時，莫醫已到，衆人請他看過了脉。莫醫道："六脉俱合，不象有甚病。且過了一晚，明日再看。"衆人送了醫生出門，叮囑孫福好好服侍，各自回去。

次日天明，衆人又都到來。看孫寅時，衹昏昏沉沉，也不討茶，也不問飯。問他十句，回答一句，聲音就似在水底下一般。如此一連三日，衆朋友内有的道："不要割去那指頭傷了什麽注命的經絡，如今却發出？"這般人聽説，都笑起來。有那老成的道："也有你們衆人！他如今這般光景了，還要把他取笑！"老成的又對衆人道："據我説[①]來，這病不要是出了魂！"便走到床邊高聲問道："志唐兄，你在那裏？"問了五、六聲，却纔模糊應了一句，聽不清楚，但聽得有一個劉字。衆人道："莫不是魂在劉家？"孫福在旁插口道："昨夜相公自言自語，聽他不出，好象唤一聲珠姐，難道果然劉家去了！"衆人道："這等一定是了。你怎麽不早説？"孫福道："我道我家相公是孔夫子一般的，倘若有什麽到這田地？"衆朋友内有口快的，便道："你還不想那孔夫子却會害相思病哩！"衆人聽説，又都好笑起來。那伙衆人，差孫福到劉家去，囑咐他道："你衹説家主有人卜過卦來，説該到宅上叫喜，未敢造次，特來稟道，又不説别的。"孫福應聲："曉得！"自去了。一面衆人在家料理，叫乘轎子，把孫寅平日穿的衣服安放在内。衹等孫福回來，即便行事，不提。

原來[②]，孫寅自從那日見了珠姐，十分愛慕，見他拜完了佛，升轎[③]而去，覺自家身子也便隨了轎子亂走，直跟到劉家門首。見珠姐下了轎，便依傍着一同入内。喜得衆人不呵喝他，連珠姐也不嗔怪他，便肆[④]行無忌。到了晚上，就和珠姐同宿，心中十分快活。思量要回家一轉再去，却没尋處路，不知這都是魂做的事。那珠姐當日回家，夜來睡去，見個書生來和他纏，欲待推拒，却覺手脚都提不起，衹得任其所爲。夢中問道："你是何人？"書生道："我叫孫志唐。"珠姐醒來，衹道是偶然春夢，誰知竟夜夜這般，好生狐疑，又不好對人説。

①"説"，原本字形殘缺。

②"來"，原本空缺。據别本、舊抄本補。

③"轎"，原本空缺。據别本、舊抄本補。

④"肆"，原本誤作"四"。

那日，正和母親閑坐。衹見員外走進來道："好笑一樁奇事！前日張婆説的孫志唐秀才，他從未和我來往，如今患病在家，遣人來説：起卦出來，要到我家叫魂，却是那裏説起？"安人道："你可許他麽？"員外道："我初時不許，後因求不過，也就應承了。你道好笑不好笑！"珠姐在旁聽了，心中駭異。看看天晚，孫家用個女人同一個道姑，捧了孫寅的衣服來劉家叫魂。珠姐指點他，連自己房中也都走到，方纔令回。這晚，珠姐睡去便不見了那書生，心中暗暗稱奇。

過了兩日，張婆拿一串粗圓潔白的珠子，到劉家來賣，却值員外、安人同到人家赴會親酒，衹留珠姐在家。珠姐對張婆道："好笑前日那孫秀才生起病來，没來由竟來我家叫魂！媽媽和他近鄰，可知他近日如何？"張婆道："小姐不説，老身也正要告訴，説他自踏青見了小姐，這魂就隨了小姐來，直到那日招魂回去，方纔醒。自醒後，小姐房中一應什物器皿，説來和老身在小姐房中見的一些不錯，小姐道是奇不奇？"珠姐聽了，不覺兩頰堆紅，心中想道："難得此人這般有情，衹可惜我爺娘嫌他貧窮，不肯成就這段姻緣！當下，又把些閑話講講與他，買了幾顆頂粗的珠子，打發張婆自去。不提。

却説，孫寅自從招魂之後，其病霍然。他從此想起了劉小姐的美貌，越發思念不已；日日進城打聽劉小姐幾時再出游，思量①再見一面。看看由春入夏，并不見他再出來，心中納悶，不覺奄奄憔瘦，茶飯不思，又害起病來。這病比前番的病不同，前番不過昏昏沉沉不省人事，睡在床上，不見他落了半點兒肉，這番却弄得面

①"量"，原本誤作"良"。

黄肌瘦,病得[①]一個人小了半個。從朝至暮,自夜達旦,也不曾合了一合眼,衹是在床上翻來復去唉聲嘆氣。心中想道:前日我這魂兒緊傍着劉家珠姐,和他同眠同食,緣何今番我的魂却不靈了?倒不如前番他們不與我招回也罷了!那孫寅日夜是這般胡思亂想,看看病勢一日沉重一日了。孫福見主人這般光景,道:"相公!可要去請醫生來看,吃帖藥麽?"孫寅嘆口氣道:"我這病不是吃藥吃得好的,你也不要去請什麽醫生。我死後,你可把我這些書籍告賣與錢琢成相公,隨那書價銀子把我殯殮。你在我手内吃那窮的苦也够了,我死後你尋個好頭腦自去,不必在我靈前送茶送飯,我死了總是吃不下的。"孫福見主人這般説,不覺哀哀的哭起來,道:"相公莫説這話,難道相公這樣個人,就是這般歇了!且請寬心,能得沉沉的睡上一覺,自然病勢就見輕了。"

不表主僕二人説這苦話,却説孫寅家裏舊時養了個鸚哥,孫寅天天清早起來教他些唐詩,那鸚哥性靈,一教就會,是孫寅平日最愛的。其時,孫寅自己病了,孫福也一日到夜衹在主人床前伺候,那有工夫去看管他,不想竟[②]把來餓死了。那日偶然走到籠邊看見,叫聲:"阿呀!"孫寅在房内聽見,問道:"你爲什麽?"孫福見是主人所愛,欲待不令他曉得,却因孫寅在那廂問,瞞不過了,衹得回説:"是這鸚哥不知爲甚死了!"孫寅嘆口氣道:"我豢養了他多年,想是他不忍見我的死,因此先我而去。孫福!你可拿他來我看。"孫福提那死鸚哥到床前,孫寅對他嘆了一口氣,心中却又想道:我若做了這鸚哥,此刻倒可以飛到劉家去見那人了!心裏

①"得",原本空缺。據舊抄本補。
②"竟",原本誤作"意"。

這般想，不覺那魂兒早附在鸚哥身上，竟翩翩①的飛將起來，心中大喜。飛出庭心，一徑向城中而去，看看來到劉家，望珠姐卧室前慢慢的歇下去。

珠姐正在房中刺綉，見飛下這鸚哥來，心中歡喜，尋了一個罩子親自去罩他。那鸚哥見道："姐姐！不要罩我！我是孫志唐，想羨姐姐而來，趕也趕不去的！"珠姐聽了倒吃一驚，回顧無人，便雙手去捧那鸚哥來放在懷中②，道："秀才多情，非不感激，但今已人禽異類，姻好如何成就③得來？"鸚哥應道："小生但得近姐姐芳澤於願已足，也不想其他。"説話之間，一衆丫環走來看見了，都道："這鸚哥那裏飛來的，便服我家小姐，定定的住在小姐身上不動！"當下，衆人都把手來捧他，這鸚哥却再也不肯過去，衹粘定在珠姐懷中。就是把食來餵，别人餵他他都不吃，定要珠姐自餵他纔吃。看見四下無人，便和珠姐講些愛慕的話兒，見有人來，就不説了，珠姐也愛之如寶。如此一連三日。珠姐正想没人去探聽孫家消息，恰好張婆到來，走進珠姐房中，見了那鸚哥説道："這鸚哥倒活象是孫秀才家的！"珠姐帶笑問道："孫秀才兩天可見麽？"張婆嘆口氣，低着聲道："他爲了小姐害起病來，已經死了三日，衹因心頭尚暖，未曾入棺！"珠姐聞言，不覺汪汪的要掉下泪來，又怕張婆見了不好意思，衹得故意把手帕子跌在地下，低那頭到桌兒下去拾這帕子，就便拭乾了眼泪。等張婆出去了，便對鸚哥道："秀才！你若能返魂仍舊爲人，我當誓死相從！"鸚哥道："却不要又來騙我！"珠姐指天立誓道："青天在上，孫秀才如此多情，若得返魂，我

①"翩翩"，原本字形殘缺作"羽羽"。
②"中"，原本空缺。據别本、舊抄本補。
③"成就"，原本空缺。據舊抄本補。

劉珠負他時，便死無葬身之地！”衹見鸚哥低[①]了頭，好象想些什麽，那時珠姐正坐在床上，解下三寸長的綉鞋來要换，他便撲將過去，銜了一隻望外就飛。珠姐慌忙叫道：“不要銜去！”却已飛得遠了。

且説，孫寅死有三日，雖是心頭未冷，争奈氣已斷絶。平日那些朋友來看他，都道：“是不濟事的了，今晚收拾了罷！”正説之間，衹見那鸚哥銜了一隻綉鞋飛將回來。衆人正要去奪他下來看，却見那鸚哥到了孫寅床邊“撲”的一聲，仍舊倒在地上死了。孫福道：“好奇怪！這鸚哥本是死的了，相公死的時節，然後[②]活了飛去，不知那裹銜這東西來，怎如今又死了？”衆人也都説詫異，却聽見孫寅的死尸在床上喘一口氣，説起話來，道：“好吃力！”衆人聽了，齊吃一驚。孫福道：“莫非相公還魂了？”便叫一聲：“相公！”孫寅在床上説道：“拿茶我吃！”當下衆人大喜道：“果係活了！”孫福便遞過茶去與他吃，連忙把他身上的白布捲起來。原來孫寅下棺的衣服也都穿好，帳子也已拆下，孫福便重新要替他脱衣張帳。孫寅道：“原來你們道是我死的了。如今這些且慢，你且把那綉鞋拿來！”孫福一心快活了主人的還魂，倒一時答應不出。孫寅便道：“是我附魂鸚哥銜來的。”衆人方曉得鸚哥的死了又活，活了又死，都是這呆子的變化。當下，衆朋友對孫寅道：“老兄復生，小弟等不勝之喜！如今衹宜静[③]養，不可再添心事。弟輩去了，明日再來奉候。”

衆人散後，孫福正要把備來送終的物件收拾收拾起，孫寅却

①“低”，原本誤作“似”。

②“後”，原本字迹不清，據舊抄本補。

③“静”，原本作“争”。

在床上叫道："你不要幹那些閑事，且與我去看張婆城裏可曾回來，叫他快來見我！"孫福答應出門，心中想道：相公雖已還魂，却如何不清楚？叫我尋張婆便了，什麼城裏可曾回來？又想道：是了！定然做鸚哥飛開去見了的。心裏這般想，早已到了張家，張婆果然纔從城裏回來。孫福便道："婆婆！我家相公叫你去！"張婆見説，駭然道："你相公已死，難道又還魂了？"孫福道："正是！"張婆道："這又奇了！"跟了孫福就走，來到孫寅床前道："恭喜相公，又得重生！"孫寅道："媽媽！我請你來不爲别的，要你替我再到劉家説親。"張婆道："告尊相公，他家小姐雖有憐念之意，奈這老夫妻兩個是執性的，恐怕終於不肯。"孫寅道："不妨。"便把附魂鸚哥的事細述了一遍。張婆方纔含[1]笑道："方纔老身在他家見那鸚哥，不道就是板頭那鸚哥一番情節時，老身自再走遭！"當下别了孫寅，再往劉家，到珠姐房中。

却説，珠姐見鸚哥銜他綉鞋飛去，心中正想：鸚哥去了，孫郎可能再活？忽見張婆人來，衹道他還是先前來了未去，欲要托他去探個消息來回復，却又害羞。張婆先前道："小姐！今日早上[2]那隻鸚哥，原來是孫秀才附魂來的，小姐怎不對老身説？方纔老身歸家，恰好鸚哥也飛回去，孫秀才便又活了轉來。他説和小姐面定親事，有綉鞋做信物，可是真麼？"珠姐聞聽，臉漲通紅，道："媽媽！如今也瞞不得你！我正感他多情，因此與他相約，不道他就銜了我綉鞋去。媽媽此來却又爲何？"張婆道："他又央我來説親，我想員外、安人是執性的，倘仍不允却怎麼處？因此，先來和

①"含"，原本字迹不清，據舊抄本補。

②"上"，原本誤作"土"。

小姐商量[①]。據老身愚見，若員外、安人肯時，不必説了，萬[②]一不肯，老身想那割指、蕩魂、化鸚哥等事，都是孫秀才的多情，并非小姐勾引。就是和那附魂的鸚哥立誓，事到其間，真個鐵石人也耐不住的！不如索性直道具詳，或者成其，也未可知！"珠姐點頭不語。

張婆便走向安人房中去。那時員外也正在房裏，問道："你怎麽還未去？"張婆道："我去了又來的。"便把孫寅又來求親的話開説，劉翁忙摇手道："他這般貧苦，我家小姐如何去過活？斷然難的！"安人也道："叫他不要衹管妄想了！"張婆道："員外、安人有所不知，據老身看起來，倒成了姻眷也罷！"當下，把珠姐偶然戲言，他認真割指，幾次暈去，後來虎邱相遇，竟離了魂，并近日附魂鸚哥銜[③]那綉鞋的事，細述一遍。道："這人的多情真個世上少的！雖然窮些，不見得便窮一世哩！"員外對安人道："原來有這許多般，怎麽我和你一些也不知？他既然兩番魂游我家，不與聯姻確是傳[④]聞不雅。但我擇婚多年，今招了個窮秀才，也要被人笑話，却怎麽好？"躊躇了一回道："罷了！張媽，你去回復孫家，道我已允。但要對他説，他家雖窮，一應禮文也須蓋蓋我家臉面便好。"張婆聽了，快活道："這個，孫秀才自然曉得的！"便别了劉老夫婦，出城回報孫寅。

孫寅大喜，那病登時好了一半，不上幾天就走了起來。先打點要行聘，算來必得好些銀兩，毫無生發。幸喜他平日這般朋

①"量"，原本誤作"良"。
②"萬"，原本誤作"方"。
③"銜"，原本作"自"，據舊抄本改正。
④"傳"，原本空缺，據别本、舊抄本補。

友，雖是個個要愚弄他，却都憐他至誠，肯來照顧。當下，魏用情走出來道："這頭親事以貧仰富，不免多費，志唐兄却那裏有錢？據我意思，我們衆朋友該各量[①]自家手底幫他些方好！"衆人齊應道："當得！"魏用情笑道："衹有我是攛掇他去圖謀這頭親的，不但不必幫他費用，他還該謝我哩！"錢琢成道："據我的意思，都是你害他指頭盡割去了，還該你獨一個幫的！"衆人聽了一齊大笑起來。

閑話休煩，行聘過後就擇吉畢姻。劉翁意思，因孫家貧窘，怕女兒住不慣，欲贅孫寅到自己家裏。珠姐却對母親道："大凡女婿在岳家久住不得，况孫家貧苦，越要被人輕賤，兒不願孫郎來入贅。就是草衣藿食，也是娶去的好！"安人把女兒的話對劉翁説了，劉翁便息了念頭。孫寅央人擇吉期在十月中，到得臨時，自來劉宅親迎。合巹之後[②]，説不盡那萬種歡娱，千般恩愛。這般朋友輪流作東，備些酒肴來與孫寅暖房。孫寅又開筵相答，一連歡呼暢飲了幾日。

一日，孫寅吃得酣然，送了客人出門，回到房中口渴了討茶吃。珠姐便倒下一杯遞與他，孫寅雙手來接，珠姐見了那割去指頭的疤，想起舊事，忍笑不住，把香茗都潑出了半盞。孫寅問道："姐姐！緣何這般好笑？"珠姐笑道："可惜當日不叫你把這十個指頭都割下了，還好看哩！"説罷又笑。孫寅不覺也笑起來道："虧你狠心説得出！我爲這指頭痛得幾乎死去，你家還不就允親事，今日倒又這般取笑。"珠姐笑道："你怎麽還道我狠心？我若狠心，你今日還是隻鸚哥，不得復人身哩！"説罷兩個又笑。

---

①"量"，原本誤作"艮"。

②"後"，原本字形殘缺作。

光陰荏苒，不覺過了月餘。孫寅是赤貧的人，虧了劉家奩贈，珠姐又會作家人，理得家中象些模樣，大非昔比了。珠姐一日對丈夫説道："我因感你多情，立志相從，今所願已遂，祇是還有件事也該上緊去幹纔好！"孫寅道："姐姐！你説來却有什的？"珠姐道："我和你做夫妻，合門都道錯嫁了的，你若貧賤到底，豈不自羞？何不今日爲始，應等家務都是我管，你却祇顧讀書，倘得成名，也好争一口氣。就是那割指頭、化鸚哥的事，也付作佳話，不把做笑談了。"孫寅不住點頭，道："姐姐説得是。但貧家婦難做，怎好把米鹽瑣屑推在你一個身上？"珠姐道："不妨。我都會料理，你祇奔你前程便了！"

從此，孫寅一切不管，自去苦志攻書。過了一冬，明年正是大比之年，同了幾位朋友去鄉試，中了第一名解元。那些朋友都來道喜，坐滿了一廳。有的道："説也奇怪，志唐兄不但六個指頭象唐伯虎，連中舉也象，一般都是解元！"有的接口道："你不要小覷了志唐兄，唐伯虎始終六指頭，因此祇中得解元，志唐兄忍痛割下了，那前程①正遂大哩！"衆人聞説都笑。當下各自散去，凑些贐②儀，送孫寅上京會試。春榜發，又成了進士；殿試後，點入翰林。那時衣錦還鄉，好不榮耀。

這些朋友因他地位高了，不好和他戲耍，孫寅却毫無傲色，還象做秀才時般接陪。當下，同了珠姐去拜岳父母，劉翁夫婦好不快活。劉家底下人伙裏，先前欺孫寅家貧，背地唤他孫窮；又因他附魂鸚哥，唤他孫鸚哥。如今得了官回，你也是孫老爺，我也是孫老爺，誰不恭敬他！後來，孫寅官至禮部尚書，珠姐封二品夫人，

①"程"，原本空缺，據别本、舊抄本補。

②"贐"，原本誤作"盡"。

生五個兒子也都出仕，竟成了望族。蘇州人有詩道：

一見魂消豈偶然，頓教夢寐與纏綿；
奇情幻出靈禽事，欲擬唐家三笑緣。

第四回　妒婦巧償苦厄[①] 淑姬大享榮華

（演述《聊齋志異》中《大男》故事）

翠黛終衰，朱顔易老，百[②]年若個長春。王嬙、西子，有日葬埃塵。幸值他今年少，出落來，鬒髮如雲。何妨令，貫魚承寵，也得略沾恩。　一樣閨[③]房裏，他偶居賤，你偶稱尊。便推恩，逮下還算你贏。請看后妃不妒，群姬交，口誦深仁。到今日，時移世易，女史永留[④]名。

從古到今，衹有講女人的，説道從一而終；却不曾聽見説做男人的，也板殺數，衹該守着一個婆子到老。男人有義氣的，也盡有生平不肯二色。或是家婆[⑤]死了不[⑥]續娶，或是富有家財，却不置什麽偏房、側室，這也不過算他有義氣罷了。縱使續了弦、娶了妾，却也没本事，就駡他道不義。衹要不聽了繼妻的説話，把結髮生的，當做冤家看待；寵了小家婆，欺侮正妻，也就算是有義氣的

①"厄"，原本誤作"用"，據總目改。

②"百"，原本字殘。

③"閨"，原本誤作"閑"。

④"留"，原本字殘缺。

⑤"婆"，原本誤作"委"。

⑥"不"，原本誤作"去"。

了。可笑那些妒婦,看見世界上大多[①]是單夫隻婦的,就認做丈[②]夫是他獨一個的產業。丈夫要娶妾時,就象要害他的命,千方百計阻撓;若是娶了到家,日日尋氣,吵[③]得前鄰後舍,都耳朵裏不清净。據那妒婦説來,世界上衹有正妻,又貞、又雅[④],那做小是人人不正經的。却不道做小的,十個裏頭未必没有一頭兩個正經,那妒婦,倒就是淫婦的供狀。如今説一個不賢之婦,倒反不如一個丫頭貞烈的,與列位看。

明朝永樂年間,山西太原府地方,有個秀才[⑤],姓俞名有德號大成,家中也有錢,萬金事業,娶妻陳氏已經五載。那陳氏,是有怯癥病的,自分不能生育。他有贈嫁來的一個丫頭,名唤蕙蘭,雖是個使女,却全没有半點兒輕佻,人物也頗俊俏。陳氏幾次勸丈夫留他,俞大成因夫妻情篤,不肯應許。道:"你雖有病,未必没有好的日子,况你我年紀都還未大,何必便憂到生不出兒子!"陳氏見丈夫再四不從,不覺掉下泪來道:"我若自己養得出兒子,難道必要來勉强你?衹因我自問不但不能生育,這性命也是不久在世上的。這丫頭從小在我身邊長大起來,若然,留得他做妾,我死後你看了他猶如看我一般。……"陳氏説到這句,不覺心中苦切咽住了,下邊説不出來。俞大成見他這般光景,便連忙勸慰道:"娘子!你休悲傷,我依你的話便了!"陳氏方纔回悲作喜,便擇個日子,另收拾起一個房間與蕙蘭做卧室,推丈夫到那邊。從此,俞大

①"多",原本字形不清,據别本補。

②"丈",原本誤作"文"。

③"吵",原本作"子"。

④"雅",原本字形殘缺左邊作"牙"。

⑤"才",原本誤作"木"。

成有妻、有妾來往其間。不到一年，陳氏果然病勢日重，醫藥無效，一個不妒、不忌的賢婦人，可憐短命死了！俞大成和蕙蘭不勝悲痛。

殯殮已畢，早又斷七。俞大成因見蕙蘭十分莊重，又料理得家務來井井有條，意思竟不續娶了。奈他族中尊長，都説是：無婦不成家。蕙蘭到底衹是婢妾，如何算得内助？没一個不催他再娶。蕙蘭也勸道："相公！倘然[①]不聽衆人，衆人却衹道是我蕙蘭從中阻擋了！"俞大成笑道："却如何因你怕受這惡名，令我去做那不義的事！"蕙蘭又道："相公就是不替蕙蘭出脱那惡名，那一個後生家主，竟和我蕙蘭一個婢妾做人家，也實在不好看！"俞大成[②]拗他們不過，衹得定了續娶之局；早有做媒人的紛紛來與他作伐。俞大成卜吉了一家孫家的庚帖，行過了聘。等到陳氏周年之後，纔娶來家。

那孫氏，性情極是妒悍，對親時節，他父母貪俞家有些家計，將來可以在女兒面上生發、生發，因此出那庚帖，却瞞過女兒，不對他説俞大成有個妾的。當日進門來見禮時節，忽見蕙蘭出來參拜主母，心中老大着惱。第一夜，便和俞大成淘氣，要他趕逐那蕙蘭出去了，纔與他成親。俞大成從未經識這般看得丈夫重的婦人，便十分不快；却又因是簇簇新的夫妻，不好與他争論，却被外人當笑話傳揚，衹得仰着笑臉勸他。那妒婦越扶越醉，哭哭鬧鬧了一夜，弄得合宅的人都不能睡，都來房門外聽。俞大成又羞又惱，不等天明，開了房[③]門望外就走。孫氏越發氣苦，索性在房中

①"然"，原本字形殘缺據别本、舊抄本補。

②"成"，原本誤作"官"。

③"房"，原本字形殘缺作"方"。

放聲大哭起來。衆人都走進去勸,有那俞家底下人道:"我①家相公原不該抛了新奶奶,竟自走了出去;我們大家去勸相公,來陪個不是便了!"有那伴送新人的道:"新相公自會遣去那偏房的,不過一時確叫他做不下來,小娘子且寬心着!"那俞家的道:"我家蕙蘭姐是做人極和順的,斷然不到得欺滅新奶奶,儘着放心!"那伴送來的,又去附着孫氏耳邊勸道:"小娘子就要趕去那蕙蘭,衹好慢慢尋出個題目來。此刻就要用這副手段,不但衆人不服,也還怕到底做不來,倒壞了自己名聲。不如依他們,讓新相公來陪個不是,將就收科了罷!"孫氏方纔住了哭。那伴送的,便追俞家的人去請主人來陪罪。俞大成心中不肯,却被衆人勸說不過,説道:"討了這樣不賢,真叫晦氣!可憐我從幼没了父母,若是父母在堂,這樣人,怎能够奉事得翁姑歡喜!"便勉强到房中,陪個小心。

從此,孫氏也絶不提起要趕蕙蘭,但日裏頭丈夫走到東,他便跟到東,丈夫走到西,他便跟到西,不容他和蕙蘭説一句話。到了晚上,便收拾他在房,催他就寢,不容他出去。你道他這般終日終夜關防,費盡心機可不吃力?那孫氏却再不辭勞苦,這是從古到今妒婦不謀而恨的伎倆,也不必多講。却難得蕙蘭見新主母這般樣子,也没有半句怨言。俞大成每到晚頭,多多飲了幾杯酒,也不去和孫氏説長道短,上床竟自和衣睡去。那不賢却去摇他醒來,替他解帶寬衣,七兜八搭。俞大成被他纏不過,也衹得和他幹些夫妻的當事②。

光陰迅速,不覺已是半年③。孫氏并不曾放他到蕙蘭房間轉

①"我",原本誤作"不"。

②原本"當"下空缺一字,據文意補一"事"字。

③"年",原本誤作"怎"。

一轉，却還要終日尋蕙蘭的短處。幸得蕙蘭性極聰明，人又和順，没得破綻與他捏着。俞大成心中好生過意不去。他家住在鄉間，離城有一百里遠。時值學院①歲考，俞大成同了村中幾個一般的秀才入城赴試。考畢回家，天色晚了，便輕輕地走到蕙蘭房裏。蕙蘭道："相公回來了麽?"俞大成道是回來了，便道："我今夜在你這裏歇，你可去整頓些小東西，我吃了，早些閉門睡罷!"蕙蘭道："使不得，相公原到奶奶房中去的好，省得淘氣!"俞大成道："不妨，我方纔②回來，衆人没有一個人曉得的。"蕙蘭便到外邊取了兩個饃饃，進房與俞大成吃，自己也吃了晚膳，關門和主一同睡。衹這夜裏，蕙蘭有了身孕，生出那孝順的貴子來，這且慢表。

次日天明，村中那同考的到俞家來拜望。俞大成未曾起身，家人回説：未曾歸家。那同考的道："我昨日和他回來，到村口分路的，怎麽説未曾歸家?"外邊這般問答，裏頭孫氏聽見了，心中早已覺着，道："是了，一定在蕙蘭房裏，今番這賤③人在我手裏了!"便拿了一根栗木的棍子，走去蕙蘭房門首，把門亂撬，口裏嚷道："瞞了我做得好事，還不開門!"那俞大成和蕙蘭正在房裏穿衣起身，聽見了，蕙蘭着忙道："這個却怎麽好?"俞大成心中忿忿，便開出門來，劈手奪過那條棍子去撇在庭心裏。孫氏見他勢頭凶猛，便蹲倒在地上號咷大哭；蕙蘭去扶他，却那裏肯起來。合家的人都來勸，將他扶起，衹是不住聲的哭，却叫跟他來的老婆子去通知他父母。

那孫家離俞家不過五、六里路，不多時，父母兄弟都趕了來。

①"學院"，原本字形殘缺作"子完"。

②"纔"，原本誤作"木"。

③"賤"，原本作"不"。

他父親叫孫九和，是個管官司出入衙門的惡棍，母親姜氏，也是蠻不過的，領着四個兒子，又糾合了五、六個族中的後生，手裏都拿了棍棒，聲言要痛打俞大成出氣。俞大成見勢頭不好，便出後門一溜烟走了。那孫氏同①十來個如狼似虎親族尋俞大成不見，便來尋蕙蘭要打。俞大成族中走出來阻住，道："這不過是夫妻淘氣，就是大成，也不到得受你們打，却與蕙蘭什麽相干？這個我們倒不依！"當下，那左近鄰舍有二、三百人都在門首，嚷道："他們若再這般行凶，我們一齊動手結果他們那幾個人！"孫九和等見衆人出頭，早把那虎威來減了，安慰了女兒幾句，領了那班人自回去，俞氏族中和衆鄰舍也都散去。蕙蘭就走到孫氏房中，跪在地下叩頭陪罪，衆人也替他討饒。孫氏衹不開口，還要等俞大成回來向他吵鬧。

却説，俞大成那日逃出後門，心中怨憤道："我如今也不要活這性命了！"便走到一個崗子上②，思量要攛下去。却又想道：父母衹生得我一個，小時何等愛惜，如何却是這般死了？我不如走往他鄉，省了受那惡氣罷！當下，想着一個表親在河南做知縣，便取路望河南而去，不表。

再説，家中不見他回，蕙蘭心中好不着急，也怕尋了什麽短見，暗地裏央人找尋。尋了好幾日，却衹無影無踪，也衹得不尋了。過了五、六個月，孫氏見蕙蘭肚皮漸漸大起來，心中十分不快，尋他些小事，親手拿了根門閂照着他腹上打去。蕙蘭閃過了。孫氏意還不捨，却得衆人勸住。後來又幾次要弄他墮胎，都虧衆人保護，到了十月滿足，生下一個兒子。合家都快活，衹有孫氏倍

①"同"，原本空缺。據别本、舊抄本補。

②"上"，原本誤作"土"。

加懊惱，一心要弄死那孩子。

一日，蕙蘭在院子裏曬衣服，回到房中，床上不見了那孩子，心中着急，就走到外面去問，看是何人抱去。却是這孩子不該死，蕙蘭正要出房，忽然小肚子裏十分作起急來，便去開了净桶解手，却見那小孩子倒豎在净①桶内。蕙蘭一見，嚇得魂飛魄散，慌忙抱起來，却已氣都没了，直待嘔出了那些臭水，方纔哭得出聲。蕙蘭當下却也發起怒來，情知是孫氏的作爲，没有别人的，便抱了小孩子到族長處去哭訴。那合族都心中不平，約齊了同來和孫氏説話；孫氏却賴了。蕙蘭不住地哭，要衆人設出個法來，保全那主公的骨血。衆人便向孫氏説，要每年給他母子若干飯米，若干銅錢，把兩間低低小些的屋砌斷了，另開個門户，令他母子兩個自去度日。孫氏見是合族公議，不得不依，衹得勉强應允。從此，没有説話，蕙蘭自領了小孩子到那低小屋内去住。

光陰甚速，又一年，那小孩早已五、六歲。蕙蘭因他父親不在家，自己是個婢妾，不敢與他取名，衹喚他做大男。大男一日在左近一個學堂前玩，望②見裏頭那些學生子也有讀《千字文》的，也有念《神童詩》的，讀得好聽。大男也高興起來，回到家中對母親道："孩兒看見那邊學堂裏，這些學生子讀那書來倒好聽的，孩兒明日也要去讀！"蕙蘭道："你還年幼，再等大些，送你去讀書便了！"大男却必要明日就去。見母親不應允，他便衹管對母親説要去。

到了明日，蕙蘭便央高媽媽領他到那學堂裏去，請先生教他幾句書。蕙蘭意思，不過因拗這孩子不過，作戲央高媽媽送他去，等先生難他一難的意思。誰知他到那學堂内，那先生教他，一教

①"净"，原本誤作"争"。

②"望"，原本誤作"要"。

就會，不多時就讀了好幾十句，《神童詩》都爛熟的了。那先生見了歡喜道："我教了許多年數書，學生子也不少，那裏見有這般聰明的！"高媽媽便把孫氏的那不賢，弄得丈夫逃走在外不知下落，又不能容這孩子，每年祇限定幾粒飯米、幾文銅錢與他母子另過活的事，細述一遍。道："可惜有了這般姿質，却没得錢來讀書！今日是他自己要讀書，向他家小奶奶説不過，小奶奶道他不曉得讀書的苦，央老身領他來，要先生難一難意思。那裏知道他竟這般聰明！"先生道："既是這般，媽媽你去對他家小奶奶説，我情願不要束脩，白白的教這小官人書。祇要後來得發達時，不忘記我便了！"當下高媽媽領大男回去，一一對蕙蘭説知。蕙蘭聞得孩兒這般聰明，又聽見説先生不要束脩，情願白教他書，心中大喜。擇個入學吉日，送他到那學堂裏。

那先生姓陳，號叫又良，原是個貢生，肚裏好的。祇因富貴人家請先生時，要先生穿着華衣闊服，意氣揚揚，就不通的也算了他通的。這陳又良是個踏古板人，穿的是終年那件布直身，如何上得大場子？饒你讀得通，祇好收幾個爹在田裏插秧、娘在機上織布的學生教教。當下見大男聰敏異常，也便不把那些"神童酒詩"與他破學，一起首，就把四子書教他①。不上三年，十三經都讀完了。

一日，放學回來，對母親道："孩兒見同窗學生子都向他②父親討錢買東西吃，爲什麽我家没有得？"蕙蘭道："等你長大了對你説。"大男道："孩兒今年還祇得七、八歲，幾時算做大了？對孩兒説得的了！蕙蘭道："你到學堂裏去路上，過那關帝廟，進去磕個

①②"他"，原本誤作"也"。

頭,通誠[①]道,保佑你易長易大,自然就大起來了。"大男應道:"孩兒曉[②]得了。"當夜無話,過了兩日,又對母親道:"孩兒在關帝廟裏磕了頭,通誠過了,爲什麽還衹是舊時一般,不見大起來?"蕙蘭道:"你怎樣通誠?"大男道:"孩兒説,保佑明日就象二十歲的一般大。"蕙蘭聽了好笑起來,道:"那有大得這樣快的!"

話休絮煩,又[③]過了兩年,大男已有十歲,却生得長大,竟象十三、四歲一樣。先生已與他開了筆,做的文章便十分好,先生却不能改换他一個字。那日,先生圈點完了他的文章,對他説道:"你今年還衹十歲,却便做得出這絶妙文章,真個令人羨慕!可惜你父親不知在何處,却未曾見你這般好兒子。"當下打動了大男的心事,回家便又不住的盤問母親道:"父親果係在那裏?説與孩兒知道了,孩兒讀書也有心想。"蕙蘭衹得細細説與他聽。大男不覺掉下泪來,道:"讓孩兒明日去尋來?"蕙蘭道:"你還年幼,怎麽去尋得?且再停兩年,或者你父親自己回來也未可知!"

到了次日,大[④]男吃了口飯,便出門去。蕙蘭衹道他往學堂内。看看午後,不見回來吃午[⑤]膳,不免央那高媽媽去唤一聲。高媽媽回來説:"先生道,他今日并未曾進書房。"蕙蘭聽了心中疑惑,還衹道是他在别處閑玩,却又想道:他從來肯讀書,不喜歡玩耍的,却是那裏去了?等到天晚,竟不見回,好不着急!又央人各到處尋訪,一連尋了六、七天,衹是不見。知道他必然去尋父親。

①"誠",原本誤作"月",據後文改。
②"曉",原本字形不清。
③"又",原本誤作"人"。
④"大",原本誤作"犬"。
⑤"午",原本誤作"年"。

這般幼小年紀,從未出門的,又没一些盤費在身邊,山長水遠,那裹去尋? 蕙蘭想了心酸肉痛,没奈何,也祇得由他。

那孫氏知道了,便打發他心腹人來對蕙蘭説道:“家主出去了有十年,不知死活存亡;這十歲的小孩子,那曉得什麽叫做尋親,這一定是被拐子拐了去,也不得回來的了。奶奶憐你終身無靠,不如尋個主顧嫁了人罷!”蕙蘭聽説,懊惱答道:“就是家主和小官人都不回來,我是斷不嫁人的! 煩你回復奶奶,叫他不必費心。”那心腹人把他言語回復了孫氏,孫氏便道:“既然他不肯嫁人,我這裹却没有飯來養這些人!”從此就一粒米、一文錢也不把去與他。蕙蘭見主母不肯給他日用盤纏,便自己做些針指换錢米度日。幸是祇養一口,也還不甚吃力。過了四、五個月,孫氏見他没有嫁人的意思,便思量動蠻,却也怕俞家族中不依他,就遣人去請父親孫九和到了商議。孫九和道:“這個何難! 等我去尋端整了頭腦,一夜裹弄他出去,叫他措手不及便了。”當下孫九和離了俞家,便去托媒婆央他尋覓親事。恰好有個布商是河南開封府人,姓賈,要娶一個小老婆,便講定了三十兩銀子,約他到俞家搶親。

那晚,蕙蘭正要上床睡覺,聽見門外敲門。他在裹面問道:“那個?”外面答道:“我們衆鄉鄰尋得小官人在此,特地送來。”蕙蘭聽了,心中快活,不及提防别的,連忙走去拔下門閂。祇見一窩蜂趕進許多人來,四、五個粗蠢婦人,把他拖出門去,推上車子便行。蕙蘭知道中了奸計,便要發聲叫喊,却被同在車内兩個婦人把他口來掩住了。不多時,約行了有四、五十里,來到一個鎮上,飯店門首停了車子。幾個婦人扶他下來,又扶他進那屋裹,請他坐了。衆婦人都來勸他道:“那娶你的賈員外,家有百萬之富,你到那邊儘着受享,可不好似你在家自己做出來吃! 你從今可安心跟賈員外到河南去,我們都是賈員外雇來護送你上路的,如今離家已遠,我們都要回去了。”蕙蘭并不回言,衹是把衣袖來拭眼泪。衆婦人等到天明,各自出了店門回家。蕙蘭見四下無人,正要尋條索子自盡,却見賈員外從外面踱將進來,想必要和他纏。着了急,便望那店主人家的内室撞進去,却撞到了厨房下。見桌子上放着一把切菜刀,就提起來項上一勒,那血猶如泉涌,登時暈倒。原來賈員外見他逃入内室,倒不好跟進去,衹在外邊望,倒虧店主人家有幾個起身得早的看見了,慌忙來外面報知。賈員外和他一同入去救,見那口氣止剩得一絲,將次絶了,還喜喉管未斷。連忙扶他去睡在一間密不通風的房内,把刀瘡藥來與他敷了,又整備龍眼泪灌在口中與他調理。

衆人亂了三、四日,纔見他神思略有些清醒,説得出句把話來。將及一月,方始下得床,口裏衹説道:你們醫好我來做什麽?要我嫁人,仍舊衹是一死,若肯尋個女庵送我去做尼姑,這纔是感激你衆人不盡的!”當下,賈員外聽見他這般説,便道:“小娘子!你這般烈性,我也不好相强,但是我爲了你也破費過好些銀兩,如何好就是那般去了?據我主見,你且同我到了河南。我那裏有個和我一般做布生意的,却是天然的太監,不能生男育女,衹要尋個女人與他縫縫衣服,也曾囑托過我,那個可不是和做尼姑一般,也好些些償還我幾兩身本。小娘子道是如何?”蕙蘭道:“既有這個去處,就依你便了。”

當下,賈員外收拾起行李,便帶了蕙蘭投河南來,不一日,已到汴梁。蕙蘭便問賈員外:“那布商在哪裏?可即日送我去!”賈員外道:“是了,我就送你過去便了。”當下去唤乘轎子抬着蕙蘭,賈員外自己送去,不多時到了那邊。那布商出來迎接賈員外,和他説了些話,便叫請小娘子下轎見禮。蕙蘭走出轎來,把那布商一看,叫聲奇怪!那布商也説聲詫異。

你道布商是誰？却就是蕙蘭的舊主公俞大成。他自從那日逃出後門，去投那在河南做知縣的表親。到得那邊，那表親却升任雲南去了。手頭盤纏又完了，正在没法，恰值飯店主人要請個教書先生，他就學毛遂自薦，在那裏教了幾年[①]書。一日，見他卧床底下的泥不住掀動，掘開看時，都是五十兩一錠的金元寶，共有二百錠。俞大成是家中有飯吃的人，不比那些窮秀才，見了黄白東西眼中放出火來；况他又是拚了命出門，越發不把財物放在心上，就通知主人叫來取去。那主人却又是見慣金銀不放在眼裏，道："這該先生得的！"俞大成道："在你家中，還是你到手！"兩下推讓了一回，祇得下大八[②]刀了。從此俞大成不做了先生，竟在河南做起生意來。那同道中問他緣何連年不回家去？俞大成便訴説老婆的妒悍，道："回去受不得這氣！"那賈員外也曾聽見他告訴，却那裏是什麽天然太監？不過見蕙蘭勒了那一刀，老大一個疤，心中不喜歡了，又不捨得白白送去那幾十兩銀子，便思量把他送與俞大成，量俞大成不肯白受，落得做了個人情。又想他日子長久了，也未必仍舊尋死覓活，因此，做這把米，不道恰好令他重見了故主。

當下，兩人抱頭大哭，倒把個送活東西的越國文種嚇呆了。正不知是爲着何來，俞大成便對賈員外道："這原是小妾，不知老哥怎地帶得來？"賈員外方纔恍然大悟，説道："小弟在太原府娶妾，祇聽見説是俞家的出小，却不想到就是老哥的如夫人。多多得罪了！"便把蕙蘭在飯店内自刎并醫好了，怎地騙他到河南，叙述一番。俞大成謝了賈員外挈帶之恩，又安慰了蕙蘭的苦節幾

①"年"，原本字形殘缺

②"八"，原本誤作"人"。

句。當下,取出三百兩銀子來謝賈員外,送了他出門。回來和蕙蘭兩個叙些别後情形,説到傷心處,哭一回,説到快樂時,笑一陣。蕙蘭説起兒子大男出門尋父不知去向,俞大成便寫了招紙,刻印了幾百張,叫人各處去粘貼,無過要大男看見,尋到河南的意思。

當下,俞大成擇個吉日獻了天地,又遥祭了祖宗,把蕙蘭升做正妻。這蕙蘭自從吃了那些千辛萬苦,身子時常要病,操不得家;又見大男没有信息,俞大成三十多歲年紀却還未見兒子,便勸俞大成另娶一妾。俞大成道:"罷了! 若是都象陳氏奶奶和你這般賢慧便好,却是千中選一,再遇着了象那潑婦樣的,我和你却都受不得那氣,不如不做這事的好。"蕙蘭又勸道:"前番孫氏奶奶是做正妻,因此放出那毒手來。如今買一個妾,未必敢來欺侮我,况我自己受了做妾的苦,難道也去把他磨折? 我待得他好,他自然也曉得感激我,肯替我爲力,可不好麽?"俞大成還不肯聽,却被他日日在耳根邊説不過,便走出去托幾個同做布生意的,央他們尋個三十多歲老妾。那些朋友都笑道:"人家娶妾要娶年輕的,你却怎地倒要半老的?"俞大成衹是笑。

過了半年,有個朋友來道:"已替你尋得一位如君到了,衹是年紀大些。因你原説要三十多歲的,爲此買歸。"俞大成便叫領來看時,却是那個? 原來就是他繼娶的孫氏。俞大成見了駭然,便問那朋友道:"這個人從何處得來?"

原來,孫氏見丈夫出外不歸,受不得孤衾獨枕的凄凉,久思改嫁,却礙着那貞烈的丫頭,不好意思。自從設計賣了蕙蘭,他就回家和父母商量要嫁人。那孫九和一面去尋親事,一面叫女兒回到俞家變賣田産,却得俞家族中不依,止收拾了些手頭的東西,約來有千金物事,携歸母家。有個重慶客人,在山西做生意,年已七十多歲,斷了弦,風聞得孫氏奩貲厚實,便來求親。孫九和初時也嫌他老，不肯。那客人央媒婆去説，倘成功得來，格外送銀五百兩與丈人買果子吃。孫九和貪這五百兩，便應承了。到得遣嫁時節，又將女兒身畔的千金謀到了手，方纔放出門。客人見他身邊一無所有，枉自捨了五百兩，一尾肥壯的鯗魚又加上些雜魚，却釣不起白魚的影，已自氣悶不過。怎當這婆娘反嫌鄙他老，不會風流，終日和他尋事，略有一些不如意，便把投湖上吊的本事來嚇人。那客人恨極了，欲待發作，却又怕孫九和這老惡物來吵鬧，便收拾了行李帶那孫氏回重慶去。在路兩日，離太原遠了，便也放出毒手，將他朝一頓、夜一頓的打。自己老了，没有氣力，還要叫底下人替他打。孫氏受不過痛苦，要想尋個自盡，却又被衆人管住，不容他做這身分。看看到了四川界上，其日正在飯店内拷打，有個河南客人也在那店裏，聽見打得刻毒，走來動問，那重慶客人便告訴他緣故。河南客人道："既是他嫌憎你老，不情願跟你，你就打死他，也不中用。何不①把他賣與人做了妾？也可消你這口氣了！"重慶客人道："這②是貪了財帛，倒受他家咬那一口的。他人物又不齊整，年③紀又是三十開外了，誰要娶這樣的妾呢？"河南客人道："若是老友果肯賣他做妾，我有個好友，恰恰要尋三十多歲半老的妾，人物自然也可將就得些的了。衹不知道老客要多少身價？"重慶客人道："你道我還想他身上出豁那五百兩頭麽？他從山西被我打起，打到這裏四川，也打得够了。你就把與我二十兩銀子，買了他去罷！"河南客人便稱銀子付了重慶客人，帶孫氏回河南。那河南客人便是俞大成托他買妾的。當下，俞大成問他，他却不曉得

①"何不"，原本字形殘缺。

②"這"，原本字形殘缺作"文"。

③"年"，原本作"子"。

就是俞大成繼妻，把重慶客人説的醜態備細叙述。

俞大成點頭道："可知道，他若遇着個如意君，安心樂意前去，也再不得和我見面的了。"便對孫氏道："你既來此，跟我裏頭去和大奶奶見禮！"孫氏見了他一向的①丈夫，已自没放那臉處，不道到裏面看時，那大奶奶却又就是蕙蘭，越發羞得没地孔鑽。蕙蘭見了也大吃一驚，便問丈夫："怎地接來？"俞大成大笑道："這叫做皇天有眼，指使他來還你債，那裏我倒還去接他來！"便把他轉嫁四川客人，嫌堪道好，那邊不要了，某朋友買回來的話，看了孫氏，高聲道②來與蕙蘭聽；弄得孫氏面孔紅了又白，白了又紅了幾遍。俞大成便唤使女們鋪下紅單子，上面并肩兩把交椅，扯蕙蘭同坐了，叫孫氏拜見。孫氏害羞，不肯拜。俞大成道："不相干，我今日是買妾，不是娶妻。你既做了妾，那有不拜的道理！"孫氏還不肯拜，蕙蘭也替他勸丈夫道："罷了，我們祇序年齒，姊妹稱呼了罷！"俞大成道："那有這事，序起齒來？你倒呼他姊姊不成？他這般倔强，不過道我不會打人！"便取根粗門閂來，照着孫氏腿上打去，恰恰打在重慶客人打傷了的舊疤内，當不起那痛，祇得矮了膝鉢下來。俞大成又喝他磕頭，又祇得叩了四叩。蕙蘭意思也要跪下去還禮，却被俞大成挽住道："使不得！如今你是嫡，他是庶，没有這規矩。你可記得，他先前做嫡是怎樣的？"蕙蘭倒覺過意不去。

俞大成每到晚頭，和蕙蘭對坐而飲，便叫孫氏捧飲酒壺，立在旁邊伺候。孫氏嘗過了他那一門閂的滋味，還敢③不服使唤？倒是蕙蘭不住勸丈夫道："這裏盡有人服侍，何苦必要勞他。若是這

①"的"，原本空缺。據别本、舊抄本補。

②"道"，原本誤作"還"。

③"還敢"，原本前一字作"這"，後一字殘缺作"取"。

般，倒叫我連酒都吃不下了。”俞大成道：“你自吃不下，我却越吃得下哩！”

一日，蕙蘭不在面前，俞大成叫孫氏掇大奶奶的馬子去倒。孫氏正待上前，被旁邊丫頭們大家笑起來，他怕羞，縮住了手。俞大成手裏正托着一盞沸滚的茶，便要照他臉上澆過去。孫氏慌忙道：“我掇去倒就是了！”孫氏原因他父母從幼縱引他慣了那性[1]子，因此先前那般撒潑，全虧重慶客人磨滅他這一番，纔省得强中更有强中手。初到江南，見了他就是俞大成，雖祇自覺無顔，却也快活了，這是他一人纔求下了的。正思量再放出那舊性情來，不道俞大成變得虎一般的凶，他就也象怕重慶客人般的怕他，不在話下。

不覺過了五、六個年頭。一日，俞大成和汴梁城中一個惡棍買幾畝地，已曾銀隨契兑，那惡棍又來索取價值，祇説并未曾收。俞大成與他争辯，不肯再給。那惡棍去巡按衙門遞了一狀，誣他有契無文，爲富不仁。那巡按是四川人，姓陳，還祇得十六、七歲。見了狀紙，不説一句話，竟吩咐把告狀人鎖押起來。衆人都不解是甚意思，俞大成家曉得了，也不過嘆服按爺的英明，包龍圖再生罷了。

當夜約是二更時分，俞大成已脱衣睡了，蕙蘭也正要上床，忽聽得外面叩門。家僮進來報道：“巡按爺[2]到門下[3]！”俞大成聽説，倒吃一驚，不知道是爲什麽，連忙叫丫環取衣帽來。纔下得床，祇見巡按已進了卧室，慌得俞大成没了主意。蕙蘭閃在側邊

①“性”，原本字形殘缺。

②“爺”，原本字形殘缺。

③“下”，原本誤作“不”。

看了那巡按一看,急走過來道:"原來就是大男你麼!"喜極了,倒哭起來,巡按也哭拜在地。俞大成和蕙蘭扯了他起來,忙問:"一向在何處,怎地做了官,却又姓了那陳?"巡按便從頭訴說道:"孩兒那日出門,身邊没有帶得錢物,走了些曠野地方,没處抄化,餓倒在地。遇着了個歹人,把饃饃與孩兒吃①。吃下時心中渾了,跟着他走。他雇乘車子直拐孩兒到陝州,賣在一個和尚寺裏做徒弟。天幸遇着了個四川客人,姓陳號洪範,哀憐孩兒,向長老回取了出來,帶孩兒到成都地方。他見孩兒聰明,一面叫孩兒和他兒子同讀書,就頂姓名赴試;一面替孩兒訪父親消息,却祇没有下落。孩兒僥幸聯捷,中了進士。聖上②道孩兒雖是年幼,却象有些才氣,特授了這河南巡按。到任來,還祇兩、三日,正要普訪父親踪迹,恰好③今日有那來告父親的。狀上④見了父親姓字,孩兒先差家人來此打聽個確實,不道果係父親。"蕙蘭便把離⑤别後事,一一對他說。可笑那没廉耻的孫氏已經睡了,聽見有這異事,也披了衣服來俞大成房門首引頭探腦的;又⑥被俞大成瞧見,便罵道:"都是你這惡物,害得我骨肉分離,今番纔得完聚,却又來張什麼?"當下,夫妻、父子三人,直說話到了天明,連那些丫環使女,也都快活得不想睡了。

次日,按爺打道先行,隨打發轎馬接父母到衙門裏奉養。一面修本奏知朝廷,求改正籍貫。不一日,聖旨下來,許他復姓了

①"吃",原本誤作"片"。
②"上",原本誤作"土"。
③"好",原本誤作"殳"。
④"上",原本誤作"土"。
⑤"離",原本誤作"難"。
⑥"又",原本誤作"不"。

俞,又賜名孝章,仍任河南巡按。原來俞孝章因尋親不着,自己怨恨,做了這樣顯官却還未曾聯姻。官場中曉得他意思,也不勉强與他作伐。

過了幾天,陳洪範到河南,係是俞孝章放了巡按出京時便遣人去迎接,因此來的。并還接他眷屬,却因蜀道難行,故此祇陳洪範一個人來領他那不忘故舊的美意。俞大成父子向陳洪範拜謝了他成全之德,請在私宅内盤桓。陳翁對俞大成道:“令郎尚未聯姻,晚生有一女名唤翠花,與令郎同庚,也是十七歲了,意欲仰訂絲蘿,未知尊意若何?”原來陳洪範雖是做生意人,他父親却曾做翰林院編修,族中現有好幾人在朝。就是他自己也是秀才,因見仕途的驚恐,多不願求官,借那在外經商游遨山水的意思。家計也頗殷實,生下二子一女。那翠花十分美麗,陳翁夫婦極其愛惜,久有心要把他許俞孝章,却怕他没有父母之命,成了輕薄名頭,故未説起。當下,俞大成一諾無辭,道:“荷蒙代弟教子成名,又肯將愛女遠嫁,極承美情,敢不遵命!”

住了十多天,陳洪範别了俞大成父子回川,便置備奩贈,親自送女兒到河南完姻。那新人一進門,就是巡按夫人,命好自不待言,却又極有才情,私衙内事一切都會料理,俞大成和蕙蘭十分快意。

俞大成久離了鄉井,日日想回太原拜掃墳墓,祇怕孫九和難纏,如今見兒子做了這樣大官膽壯了,便打點要回家。適值俞孝章内轉都察院官,上本告假一年。聖旨俞允,他就同翠花陪侍父母移家回山西。族中纔曉得他家夫妻、父子多般奇事,便把先前孫氏要賣,合族不許的田産,一一交還他父子。俞大成却就把來分給了族人,族中没一個不喜悦。又聞得孫九和改嫁了女兒之後,不知那個夜裏去把他一門殺盡,家財收拾一空,衆人個個怪他，也没誰到官審究。俞大成曉得了，走入内去與蕙蘭説知，哈哈地笑道："也有這日，纔消得你我那口氣哩！"衹見孫氏在旁拍手快活道："謀落了我千把銀子，也是天報！"俞大成對蕙蘭道："虧他也説得出這話，真個是有其父必有其女了！"

當下，俞大成父子備一千兩白銀去謝了陳又良。一年期滿，將家務托付族人，合門都上京。後來，俞孝章直做到宰相，在内閣二十年，告終養回籍。俞大成直活到九十開外，和蕙蘭先後幾日壽終在家。俞孝章①也已年老，除服後不再去補官，生下五男三女，兒孫多半是出仕的。那孫氏同進京去，不上一年，生起個發背來，在床上喊叫了兩個寬月纔死。俞孝章思量把庶母禮來送終，俞大成必竟不許，便衹得把來將就殯殮。這回書真乃令：

悍婦人人都喪氣，寵姬個個盡開顔。

①"孝章"，原本誤作"老去"。

第五回　逞凶焰欺凌柔懦
釀和氣感化頑殘

（演述《聊齋志異》中《曾友于》故事）

蒲園①陳編，那吹塤、吹篪，兄弟何密。人間難得是同胞，不比泛常親戚。錢財休奪，田産休争，般般是外物。看破些兒，莫無益害有益。　堪笑世情顛倒，琴瑟情諧，手足情反滅。不念同氣并連枝，專聽枕邊長舌。天性日漓，人心日熾，尋鬧無休歇。那得牛宏，任射牛作脯吃。

這闋"念奴嬌"詞，是勸人家兄弟須要和氣。酒肉弟兄，都是合得攏分得開的，衹有同胞的，就似手和脚生牢在一個人身上，去了那隻手，那隻脚跨開去，就象要跌倒來一般。可是拆得開的？看官！不要道我説的是杜造出來新鮮屁話，道是天下那有這痴人，砍去了臂膊走與我看，説這没對證的話。却不道，我這話雖覺新奇些，何嘗錯來？看官不信，衹消反叉了手，緊緊跪百來步路，要飛也似快的，看能够不能够？我這話就有着落了。那没有脚的癱子，兩隻手爬不得多路，衹是不消説的，可見兄弟要和氣了。不要説一母所生的該和氣，就是兩個娘産下，那父總是同的，如何因這上頭便生嫌隙？如今説一樁異母兄弟日日淘氣，全虧内中一個

①"蒲園"，原本如此，别本作"請閲"。

閔子騫般的，消滅了幾場禍事與列位看。

明朝正德年中，江西吉安府廬陵縣有一家姓平的，原是大族。有個叫平長發，家財百萬，娶妻尤氏，生下一子，名唤平成，纔得四歲。一日，平長發出門去了，那夜有山寇數百，風①聞富名，前來打劫。平家雖有幾十個家丁，那裏抵敵？都被趕散，把家中所有盡數劫了。又見尤氏有些姿色，也便擄去。平成見母親被幾個强人拖了出門，上前扯住衣襟啼哭。有一個輪起刀來要砍，尤氏慌忙跪在地下求道："我祇有②這兒子，饒了他，我便死心蹋地同你們去！"那人方纔住手。尤氏見平成不住的哭，捨不得，便把來抱了同去。

次日，平長發歸來，衆家人也陸續聚集。平長發聽説是山寇，想就報官也不中用，衹得歇了。他那百萬家私，十分中五分是稻田、果園，市房、池蕩等項，打劫不去；四分是開着當鋪，散在外面做生意，也搶不動；不見了的，單衹家中一分，仍不失爲富翁。他便另娶了個甘氏，甘氏進門了四、五年，没有身孕。平長發要緊兒子，見姓張的佃户家有一女，倒也生得端正，平長發便出些銀子娶來做妾。可可的娶了妾，甘氏那年倒就産了一男③，人家笑他着了急纔生下的。當下，平長發取名這兒子叫平衣。到明年，張氏也生一子，取名平白。後來甘氏又生二子，一個叫平身，一個叫平缶。張氏也又産下兩子，都是平缶的弟弟，唤着平聿、平婁。那六個兒子，小時倒也罷了，到得大了些，那平衣竟無禮起來。怨恨④

①"風"，原本字迹殘缺，據别本改。

②"有"，原本作"痛"，據别本改。

③"男"，原本誤作"裏"。

④"恨"，原本作"悵"，别本空缺，據舊抄本改。

父親嫁妾差了，好好三股分的家事，如今却要滚作六股，十分不快。又指平白、平聿、平婁是賤種，不把來做兄弟，却與平身、平缶兩個做一黨，日日去欺他三個。幸喜平白的性情最孝友，全不合他們計較，那平聿、平婁心中却甚不平，幾次來與平白商量報怨，都是平白止住了。平長發見兒子們不合睦，便乘自己未死，早早把家業劃定。過了幾年平長發身死，那平衣越發和平身、平缶欺侮三個庶出的。平白却管住了平聿、平婁，不容去闖禍，又千言萬語的把那些好説話來勸諭兩個年紀最小，見哥哥這般苦口教訓，也便不敢違拗，衹得忍了那口氣，那平衣等却仍舊要來欺他們，這也不在話下。

却説，平衣有個女兒，嫁與同縣周孝思的兒子爲妻。那年染患時癥，醫藥不效，竟嗚呼哀哉了。打發人到平家報喪。平衣得信，心中怨恨，道是周親家母不愛惜他女兒，以致得病而亡。氣烘烘走過來對平白説，要糾合他們同去吵[1]鬧。平白阻擋道："哥哥！那個使不得。從來説：'死生有命'。侄女命裏今年要死，就是在哥哥處也要死的。况且，周親母平日間，也不聽得説起來怎樣爲難做媳婦的，今日這死，他心下也是話不盡這種悲傷在那裏，你何苦再去尋氣？别人須要議論哥哥不是的。哥哥歇了罷！"平衣[2]見平白不依他，便懊惱道："好端端一個後生婦人，難道生生病就會送性命？怎麽你家侄女前年也病，去年也病，不曾見死？你不肯和我同去罷了，却説什麽命不命，我却不曉得。"平白道："不是做兄弟的不肯同哥哥去，實因這件事斷然做不得的，并還望哥哥仔細想我做兄弟的話，也不要去，這纔是做兄弟的心腸哩！"平衣也

①"吵"，原本、别本均作"炒"，據舊抄本改正。

②以上五字，原本誤作"不求邊説衹"，據别本改。

不回答,氣忿忿走了出去。平白見勸他回心不來,又曉得再勸來也總無益的,衹是在家攢眉嘆氣。

平衣自去約了平身、平缶,又糾合了族中幾個無賴,帶領着些家丁,共有十多人,一窩蜂趕到周家來。周孝思正在門首送客,見了欲待上前迎接,却因來的人多,又且洶氣色兆是看得出的,便回進去閃在門房内,候些光景。平衣等一到門,便高聲把周親家母來辱駡。有幾個探喪的親友,不識氣來勸,那班人不管三七二十一,拔出拳頭就打,便一徑打入内室,要尋周親母。那周親母聽見外面打進來,奔到後頭厨下去躲,又聽見前面嚷道:"不在這裏,到後面尋去!"周親家母着了忙,望那大鑊竈内一鑽,上半截身子進去了,那下半截却還在外邊,幸得堆着捆稻柴在旁,衆人却性急不見。衆人尋不着周親母,便拿住了個丫頭,問主母在那裏,丫頭不肯説,平身在柱脚邊拾起一把劈柴的斧頭來,做勢要殺他。丫頭害怕,衹得説道:"方纔看見逃往厨下,想衹在後邊!"衆人重復趕到厨下,細心一看,却纔見了那竈門裏頭兩隻脚,便倒拖出來,剥得他赤精精一絲不挂。見厨房天井裏有幾籬樹柴,便各人抽了一根把那周親母打,打得渾身青腫,方纔住手。平衣又在從人手裏取過胡桃般粗的鏈條來,套在他頸上,牽去,鎖在死人脚邊。衆人口裏百般毒駡,又去屋後窖坑内,撈起些屙來逼他吃。衆人正在那裏威風,聽見外面一聲喊,擁進好些人來。衆人衹道幫周家厮打的,欲待放對,却是周孝思領來一伙公人。爲頭的手中拿着根簽,道:"太爺聽拿!"衆人都呆了。衆公人便取出些鏈條,逐一鎖起來;又去周親家母項上,解下那條鐵蛇,就把鎖了平衣,一齊赴勾。可笑:

纔逞豪强威八面,便受拘囚[1]鏈一條。

---

①"囚",原本誤作"因",據别本、舊抄本改。

原來，周孝思在門房内，見這班人打入内室，勢頭凶猛，他三個兒子又都在外未歸，如何抵敵？便急急出門，奔到縣裏叫喊。適值太爺坐堂，即刻出簽拘拿，因此來得這班快。當下，公差帶到平衣等一干人，那周孝思便跪上堂去，把他們行凶[①]的惡毒情形向太爺哭訴。太爺大怒，抛下一把簽來，叫把他們每人重責四十，頭號再講。衆皂役便先把平衣掀翻在地，却待行刑，來了兩個府裏承差，説有緊[②]急事情傳縣尹去。這也是平衣等的造化，太爺不知道上司什麽要務，不敢怠慢，分付且把衆人押在班房内，自己坐下轎子，立刻去上衙門。當下，衆人都散，周孝思也自回家。

却説，平白見哥哥不聽他言語，放心不下，差個家人到周家去打聽。少停回來，把他們怎地吵鬧，公差怎地拘拿，告知平白。平白道："不好了！我曉得太爺的性情極剛烈，這番如何肯輕發落？"便叫："取我公服來！"原來他家六弟兄，祇他是秀才。明朝秀才極奢遮的，有什麽人情，可以見州縣官説得。當下，平白穿了藍衫，叫人跟着到縣裏去。却值太爺上衙門去了未回，平白便到宅門上投了揭，自去延賓館裏坐等。少停，太爺回衙，便叫請平秀才相見。平白見過禮，叙了幾句套話。時已黄昏左側，太爺一向企慕平白品行端方，十分敬重，便留他夜飲。平白因有言語要講，也不推辭。飲酒中間，把日裏事情説起，求縣尹從寬發放。太爺道："年兄爲此而來，本該領教，但是令兄這事太來得不循法度了，却有些不好從命。怎處？"平白攢着眉道："公道所在，要父台枉法徇情，原是難的，這都是生員命蹇！"便把自己何等苦口勸他哥哥，奈祇是不從，訴説一遍。道："如今看他受刑，怎不寸心如割！"説罷，

①"他們行凶"，原本誤作"兒們待兒"。

②"緊"，原本作"什麽"，據别本改。

不覺垂下泪來，滴在酒杯裏。太爺見了心中感動，道，“年兄！難得你這般友愛，下官怎不關心！你不用悲傷，但勸得周家氣平，這裏便極容易辦了。”平白忙謝道：“極承父台美意，生員就去那邊請罪便了。”

當下，吃了夜飯，辭别縣尹出來早已二鼓，連夜到周家去叩門。周孝思却還未睡，他三個兒子已於那日傍晚歸家，聞了日間的事，正在咬牙切齒，忽聽見説平白在門外，便一齊要趕出來把他出氣。却是周孝思擋住道：“你們不要造次。他家幾個弟兄，衹有他是聖賢一般的人。日間的事，他必然没分，不要錯怪了人。你們衹在裏邊，待我一個出去見他便了。”當下，周孝思出來，平白見了連忙俯伏在地，道：“小弟該死！”周孝思忙跪下去扶他，却那裏扶得起。周孝思道：“老兄有什麽見教？請起來坐了説便了。若是這般，不過拉小弟也跪在這裏，不成什麽事體。”平白方纔立起身來，周孝思又延他坐。平白坐在椅上，一句話也説不出，衹是眼泪象抛珠一般地滚，歇了好一會，方開口道：“小弟時乖運舛，遇着家兄性情這般頑劣，今日冒犯得府上不少。小弟聞知了，這個身子如坐了針氈。他今被拿前去，原叫自做自受，但小弟到底是他的兄弟，何忍看他三拷六問？爲此，特地昏夜到來，要求老兄在小弟面上開恩的意思。”周孝思見是替平衣來討饒，心中老大不然，却因他是個忠厚君子，不好怠慢[①]，衹説道：“令兄的事已經了官，與弟商量也没用[②]，諒來官府决不偏袒小弟一邊，老兄但請放心。”平白知他怨氣未平，衹得又苦訴哀求。周孝思却衹説是：“聽凭官府發落，要小弟去遞息呈，却自覺不好意思。”平白見他并無一些

①“慢”，原本作“漫”，誤。以下同此，不再出校。

②“用”，原本誤作“朋”。

鬆頭，便又垂泪滿面哀告道："不瞞老兄説，方纔小弟實是先到縣裏求過，且尊已肯從輕發落，再得老兄能開生門，這事就停當了。"周孝思聽得説縣尹肯從輕發放，却想到：做官的既已心許了他，就是明日打那班惡棍幾片板子，也是虚行功令，我却何苦不肯做這人情在他面上！便轉口道，"小弟原衹怕縣尊道是：今日告了明日又要息，怪我反復，因此躊躇，既是縣尊已肯寬鬆，又是老兄昏夜到此，小弟也何惜①那一紙息呈，明日就同兄去遞便了。"平白聽了大喜，便跪下去謝，周孝思扶住了。當下，送平白出門，歸家已是四鼓。

次日，平白同周孝思去投息狀。太爺叫出平衣等一干人來，當堂喝道："你們這班人，十分肆行無忌，本縣待活活把來處死，却因你兄弟平白求得你對頭怒氣略平，因此，好好的放了你們回去。以後再是這班行爲，本縣斷斷恕你們不過的！"衆人叩頭謝了，太爺又分付當堂對周孝思磕頭陪罪，衆人不敢不依，也叩了頭，各自回家，真個是：

鰲魚脱却金鈎去，擺尾摇頭不再來。

平衣回家，不但不感激兄弟救他，倒還恨他不同自己去周家吵鬧，平白也衹不放在心上。

過了幾日，平白的生母生起病來死了。平衣等該有一足年孝服，他們却全然不遵律例。初喪頭裏，死的還未曾入殯，平衣和兩個同母兄弟在間壁軒裏飲酒，豁拳行令，歡呼達旦，脚迹也不蹩到靈座前來。平聿、平婁氣不過，要同平白去駡他們。平白道："這是他們自没道理，不害我什麽，就是去和他們，他們也斷不睬，還要受他們打駡哩！"兩個衹得縮住了。又過幾日，平白等要與張夫

①"惜"，原本、别本均作"息"，誤。

人出殯。那時，甘夫人亡過多年，和平長發兩個柩久已安葬，平白意思，要把生母的柩來附上去。到得臨時，平衣和平身、平缶攔住了墓門，道："這是田家的女兒，不過生前買來兩年作樂罷了，怎麽便想合厝起來？"平聿、平婁見他們無理已極，欲待發作，又是平白攔住。平白就另尋一塊地來，把張夫人葬了。

又過兩月，平衣的老婆病死，平白招呼兩個兄弟同去拜奠。平聿道："他們庶母都没有在眼内，我們省得他什麽嫂嫂？這是再也不去的。"平白再説時，兩個冷笑聲，都走散了。平白衹得獨自一個走去哭拜，盡禮盡哀。却聽見平聿、平婁兩個在間壁，一個吹着笛，一個唱着曲兒，在那裏作樂。平衣大怒道："這裏正是哭哭啼啼的時節，他兩個倒在那厢吹唱，好没道理！"便叫平身、平缶等去打。平白也拿了根竹杖在前走，口裏一路大聲駡去，這不過是怕他們打得太毒，要驚走兩個的意思。平聿聽見喊聲，向後面逃了去，平婁却因脚上數日前被皮靴打破了，走不快。平白趕到面前，把竹杖在他肩頭抽一下，道："你怎麽不去靈前拜，倒在這裏唱曲？"平婁還未回答，衹見平衣等都到了，門閂、棍棒一齊上，不管受得刑的地方受不得刑的地方，着力亂打。平白見勢頭忒凶，便横身子過去，擋住他們；看平婁時，却已滚倒在地，立不起來。平衣見他阻攔，嚷道："怎麽不容我打這畜生？"平白告道，"他雖然不好，已經打到這般樣子，勸哥哥饒了罷！倘然必竟還要打，兄弟情願代他受杖，却不忍再見他打。"平衣等聽了這話，便掄過家伙，把平白一齊亂打，打得周身青腫，頭面上破了好幾處，流出血來。就如關夫子一般，衆人方住了手回去。

平聿歸家，見一兄一弟被打。平婁傷重了，飲食不進，衹見平白到還拄了根杖，到平衣那裏去請罪。他心中没處消那口氣，便瞞了平白，自己寫一狀去遞，告平衣等不與庶母戴孝。縣裏便出差拘拿,見就是前日打周家這班人,心中惱極,便要把來重處,却敬服平白,不知道他要怎麽辦,便差人到來請平白去商量。平白心内要去,無如遍身疼痛,又兼大紅,大緑的那幅嘴臉,不好去見官,衹得寫了一個稟帖,但哀求縣尹莫辦這件事,就托公差帶回投遞。那公差問平白爲何這般模樣?平白不肯説,平聿却在一旁一一訴説。公差聽了,心中也甚不平。回到縣中,呈上平白的稟帖。太爺看了,點[1]頭道:"我原料他是不要辦的,因此去問他,不道果然!"便問公差,"他爲何自己不來,却但把稟帖交你帶來?"公差便把平聿的話稟白太爺。太爺聽了怒氣填胸,立刻叫從班房裏,吊出平衣等幾個人來,喝[2]道:"天下有這班喪盡良心禽獸都不如的!你們不與庶母戴孝的事,且不要講,你那兄弟平白是救你們性命的人。前番周家那案,本縣主意要處死你們這班敗類,若不是他來求,怎能發放你們?怎麽倒把他來毒打?你們這樣人留在我地方上,天也不快活的!"喝聲:"打!"把一筒的竹簽都撒下來。衆皂役聽得這些情節,個個不平,恨不得一板一個結果了他們,狼虎一般的把他們横拖倒拽下去。却待打時,太爺忽轉一念道:處死他們,原是大快人心的事,但傷了平白的心,却不是敬賢之道。便喝住了打,問平衣等:"你們回去還敢欺他麽?"答道:"不敢了。"太爺袖裏摸出平白稟帖來與他們看,道:"有人告你們不服庶母的孝,本縣正待處死你們,却是他不記恨你們不好,方纔又來討饒。我兩番留你們的命,都是爲你們兄弟,你們也省得些!"三個都叩頭謝太爺,便叫放起他們,又痛罵了一場,纔令回去。

那平衣等歸到家中,却仍舊不道平白好,倒還怨他不能提防

[1]"點",原本、别本均作"顛",據舊抄本改。

[2]"喝",原本、别本均誤作"唱"。以下同此,不再出校。

平聿告狀，這就叫：

　　衆生易度人難度。

平聿見他們提去縣裏不曾吃得一下毛竹，那口氣終不出，平婁也漸漸平愈了，兩個日日埋怨平白，不該寫那個稟帖縣裏去。平白三翻四復勸諭，他兩個都已壯年，氣性正大，那裏肯聽？和平衣那邊仇愈深，日常淘神費氣。平白耳朵那聒得厭煩了。先前祇耐着平衣等一邊，如今兩個同母的兄弟又是這般倔强，心中好生不快。便道："這裏難住，不如搬到别處去罷！"就在離家二十里一個平同鎮上買所房子，帶了妻兒，擇日移居不表。

且説，平衣等先前見平白在家，他雖然不偏護兩個兄弟，却終覺有一些兒礙眼，如今見他遷了開去，越發逞强。兩個小兄弟有一毫不如他意，便登門大罵，把張夫人的頭皮，都日常牽動。平聿、平婁欲要和他們放對，又怕衆寡不敵，强弱相懸。心中懷恨已極，各買一口快利刀子藏在衣裳底下，思量刺殺他們，却不得其便，終日懊惱。

忽一日，那被山寇擄掠去的平成，領了妻兒回來，説是尤氏已經身死，他因思念故土，在彼逃歸。當下，合族共商量個安頓他的方法。平衣等三個都推稱父親在日已把家事分定，不肯再嘔出來。議了三日，平成夫妻、父子幾口兒飯都没處吃。平聿、平婁心中暗喜，便招去他家中款①待，又遣人到平同鎮上通知平白。平白曉得了大喜，即日率領着兒子來相見，就把他向日住的這進房子，讓與平成住，又在自己和平聿、平婁的産業内，匀出一股與他。平成見他三個這般相待，好不快活。祇聽得門外喧嚷，却是平衣等三個同了子侄在那裏駡道："他既歸來，少不得有個安頓他法兒，

①"款"，原本作"管"，據别本改。

却要你們做好人，也不來和我們通商量，竟自分他家産。”平成是在山寇伙裏長大的，氣性又粗，膂力又大，得了這話，大怒道：“我歸到家中，飯都没有吃處，幸得這三個兄弟念手足的情分，各分自己財産來與我，方得存活，他們倒來放這屁麼！”便虎一般趕出來，把平衣一掌跌去足有三丈遠。平身、平缶和那些子侄一涌上前，思量扳倒平成，怎當他水牛般力氣，把手一掠，個個倒在地上。平聿、平婁也拿①了棍棒趕出來，倚着平成的勢，將平衣等痛打。平白捨命來勸，却那裏勸得住？看看都被打得頭破血淋，方纔歇手。平成不等他們告官，先自寫了狀去投遞，訴説平衣等的無禮。太爺又差人來請平白去商量。平白不得已，來到縣中，見了縣尹但低頭垂泪，没得話説。縣尹再四問他，祇答道：“聽凭父台公斷。”縣尹便判平衣等各歸出田産來，那平白等，先前自己歸出得多了，又劃還他們些；共作七股均分。平白却再三不要劃還，求縣尹，祇在平衣那邊少派些，縣尹不依。

從此，平白仍往平同鎮，平成却和平聿、平婁同居。他兩個和平成極説得來，一日，談及張夫人的葬事，弟兄兩個垂下泪來。平成道：“他們這般作爲竟是禽獸了！”便揀個日子要把來合葬。平聿、平婁大喜，遣人知會平白。平白曉得了，星夜前來阻擋，道：“已成之局，斷不可動，陰靈必然不安的。”平成如何肯聽，到了臨期，傳齊平衣等都到墳上。平成在衣裳底下抽出一口雪也似亮的刀來，把墓前一株大松樹從上削下，鏇去了二寸來厚一張皮，指着，對衆兄弟道：“有一個不披麻戴孝的，照這個樣子！”平衣等都諾諾連聲的應道：“是！”安葬已畢，從此，兄弟稍稍相安。

那平成性格極是剛暴，衆兄弟略有不合他意，輕則駡，重便要

①“拿”，原本脱漏。據别本、舊抄本補。

打。平衣等不知被他打罵了多少，就是平聿、平婁，也有時要被他罵幾句、打幾下。兩個因他爲自己出了好些惡氣，再不怨他。平成在衆兄弟内，衹敬重平白一個，但凭他怎樣怒氣衝天的時候，衹要平白到面前，一句、兩句説話，自然而然心平氣和下來。平衣受不得他的打罵，時時到平同鎮去請平白出來作和事老。平白勸平衣："盡些弟道，他自然也另眼看待的。"平衣却又不肯聽。平白被他纏得厭煩，平同鎮住不穩，又遷到了三泊灣地方。那三泊灣是極幽僻去處，雖也屬廬陵縣管，却離城有一百二、三十里遠，從此諸兄弟的音問稀疏了。平成在家見衆兄弟都怕了，他也便不十分要打要駡，倒安静了好些時節。有話即長，無話即短，這且按下。

却説，平衣有四個兒子，長的叫立德，三的叫立言，都是正室王氏所生；第二個叫立功，第四個叫立行，乃側氏全氏所出。這弟兄四人，也學了上輩的傳頭，立德和立言做一路，立功和立行做一路，終年在家吵鬧。平衣幾番勸他們要和氣，説道："你們雖不是一母産下，却都是我兒子，休這般分門户的斗。"四人那裏肯聽？

一日，立德醉了從外歸家，路遇立功擦身走過，把肩膀一挺，意欲跌立功一交。不道立功在那裏防的，也將肩膀一迎。一個醒人脚頭是牢的，那個醉子脚根是浮的，倒把立德翻到一條溝裏。旁邊人看見，一起好笑起來。立德跌這一交，酒都醒了，見衆人笑他，又羞又惱，便拾個石塊抛過去打立功。立功在一株樹邊，見石塊打來，把身子一閃，石塊閃過了那頂帽子却被垂下的樹枝兒一挑，挑起來落在立德身邊。立功忙上前去取，早被立德拾起來，向側旁一隻窖坑裏，丢去吃屙去了。立功當下大怒，扭住立德便打，立德也將老拳回答。立德那拳打在立功眼眶上，打得血泪迸流。立功發了狠，飛起那右跨來，恰踢中立德的陰囊，便蹲了下去站不起來。立功也有些着急，便縮住手，走了開去。衆人忙扶立德回家，見他面色漸漸轉青，到得家中，氣息都没有，竟嗚呼了。

當下，立德的老婆馬氏號咷大哭，要將立功送官償命。平衣[①]見死的是他兒子，凶身也是他兒子，欲勸馬氏與他私休，馬氏那裏肯聽？立言也從旁插口道："殺子償命，這是王法。那裏私下調停得的？"平衣衹是不忍再送立功的性命。立言見父不肯送官，便悄悄地走出門，一徑到縣前去叫喊，縣裏便遣公差同立言來家拿人。平衣見事體按捺不住，衹得含着眼泪看他們把立功捉去。他愛子之心不死，一面托平身、平缶去衙門使用銀子，莫令他吃苦；一面連夜親自趕到三泊灣去，要追平白出來，知縣處説人情。

到那裏，見平白的兒子立善，問時，平白却不在家，有個朋友請他吃喜酒去了，便拉了立善要同他到那朋友人家去尋。立善見他慌慌張張的樣子，不知其故，問道："伯伯！爲何要見父親，却這般急迫？"平衣便對他訴説緣由，泪流滿面。立善是和他父親一般忠厚的，并不記那前情，聽了這話，倒也着急，思量要[②]領平衣前去。却又想到：那邊是喜事人家，倘或見了我父親也是不住的滚下泪來，豈不要被他家抱怨？連我父親面上都不好看，不如莫去的好。便開言道："伯伯！星夜趕來也辛苦了，且在這裏歇息片刻，父親酒散了，也少不得就回來的。"平衣道："侄兒！你不曉得，我做伯伯的，猶如赤日頭裏螻螞一般在這裏，那裏等得到你父親吃完了酒慢慢地回來！你還是同我那邊去的好。"立普又道："既是伯伯[③]這般緊要，侄兒就打發人去請父親一聲。原説伯伯有極要緊的事，在這裏立等，請父親不要等席散，火速回來便了。"説

①"衣"，原本、别本均脱漏，據舊抄本補。

②"思量要"，原本空缺，據别本、舊抄本補。

③"伯伯"，原本作"田田"，據别本、舊抄本改。

罷，便要轉身到裏面去叫人。

平衣見他不肯同自己走，祇道是記那宿怨，見他要裏頭去，又祇道躲過。他情急了，一把扯住了他衣袖，雙膝跪下去，道："侄兒！不要走！"慌得立善連忙也跪下去扶住道："伯伯！何故如此？"平衣道："侄兒！先前原是我淺見薄識，欺你父親和那兩個叔叔，是我該死！你今却諸凡要看祖公公的面。我和你父親雖不同母，却都是你祖公公的兒子，你和立功便都是你祖公公的孫子，再不要記舊怨，快和我同去罷！"立善見他這班行徑，便道："非是侄兒不肯同伯伯去，實告伯伯，因那邊是喜事人家，怕伯伯見了我那父親説得傷心，大家垂下泪來，那裏却是忌的緣故。"平衣連聲道："我到那裏就不説起，祇追你父親同回來便了。"説罷，扯了立善衣襟就走。立善没奈何，便同平衣出門。平衣問："朋友人家在那裏？"立善道："這裏去有三里路，是個小村坊。"

兩個一頭走，一頭説，恰好，那裏的筵席散得早，平白吃完了回家來，在路上撞着。平衣便一把拖住，哭訴家中事故，要他就同回去。平白聽説，愁眉不展道："哥哥！這裏不是説話地方，且再到兄弟家裏去。"當下幾個人又回來。平白嘆氣道："我家幾個老兄弟，連年吵鬧，我原曉得這種乖戾之氣，没有什麽好處的，却不道那出這般事來？"平衣道："兄弟，你不要説了，這都是我做哥哥的不是，家教不好。今日他小兄弟也學了我，却闖出一場大禍來，使我見了慘傷。我現身受的報應也够了，兄弟你也不要再來埋怨，祇快同我城裏去幹事要緊！"平白躊躇道："哥哥不知，先前祇是些弟兄不平的小事情，兄弟可以到縣尊那裏求得，如今是以弟殺兄的大犯，兄弟如何好去説得？就是去説，官府也决不理的。"平衣見他不肯去，不覺哭起來道："兄弟！我原曉得你去求來，也不是便能安然無事，但願得免死罪，受些活罪也罷了。兄弟！你可憐見我,連夜奔波到此,同我去去罷!”説罷,也要跪下去,慌得平白連忙俯伏道:“不要折殺兄弟,就替哥哥去求便了。”當下平白不得已,同平衣下了船,取路往城中來。

且説,公差拘捉立功到官,太爺見又是平家的事,又是殺兄的重犯,心中怒極;立刻坐堂,問了幾句,便丢下八根簽來,叫用力重打。打完了四十板,打得皮開肉綻,鮮血迸流。太爺怒氣不解,又抛下八根簽來叫打。當案的上去禀道:“看犯人光景打不起了,不如且帶去收監罷!”太爺輪起眼來道:“這殺兄的人,你還要保全他命麽?”喝聲:“祇管打!”那些皂役雖想延他的命來生發幾貫錢使,見太爺這般發怒,却又不敢用情,便再打了四十頭號。打得兩腿上的肉都没有了,那口氣祇剩得一絲。太爺分付叫且收監。那平身、平缶趕到縣裏,見這般光景,放心不下,便用些少銀子入監去看立功。恰好送他的終,見他自己氣絶了。牢頭禁子便報了官,着平家自來領去殯殮。平身、平缶便同立行去收拾那尸首,拖了牢洞,合家啼哭,這是不消説的。

到了明日,平衣同平白回家,知道立功已被縣裏一頓板子歸結了,放聲大哭。平白勸了一回,在城裏耽擱幾天,自回三泊灣去不題。

且説,立德的老婆馬氏和立功的老婆金氏,見丈夫死於非病,兩下終日聒噪。平衣心中又想念兒子,又捨不得二兒子,苦壞了生起病來。卧病在床,却又聽見兩個媳婦那淘氣,耳朵内不得清静。家中住不得了,叫了船到他表弟甘令人家去養病,離家却有一百五十里遠。

平衣去了。一日馬氏在那裏駡立功,金氏正在隔壁怨命,聽見恨道:“你的丈夫死了,却是誰的丈夫活着!”便拿了把尖刀趕轉去,把馬氏當胸就刺,那刀尖從背上穿了出來,死在地上。金氏便拔出刀來自己頸上一勒，喉管已斷，也死了。家中慌作一堆，連忙去報他兩個的母家。

金氏的父親，死已多年，没得兄弟，衹有個母親在家，又是久病在床，知道這事，不過哭一場罷了。那馬氏的父親，叫馬大立，却不是個善良之輩，聞得了那信，不勝怨恨道："這都是平衣那該死的家教不好，不訓誨得兒子，害我女兒這般慘死！"便率領了四個兒子，糾合些親族，共有五、六十人，趕到平家，要尋平衣出去打。那時，恰值平家一班男人都不在家，平衣又在甘令人處，連兩個媳婦的死信，家裏怕他病中懊惱，也未曾去通知。馬大立和衆人把門窗户打得粉碎，却尋不見平衣。拿住個丫頭問他，方曉得在甘家，都道："造化了他！"馬大立忽想起到："聞得他前年女兒死了，去打親家母，我何不就替周家報怨？"便和衆人搜尋他側室全氏來打。原來躲在個厨裏，衆人揪住了頭髮拖出來，也剥得赤條條，渾身上下打個赤青；臨了來綁他在條長板凳上，揀一條大絲瓜去塞在那話兒裏，方纔一哄散去。不多時，平家那班男人回來知道了，平成大怒道："我家死人如亂麻，他們却又這班來欺人麽！"大喊一聲，提了根棍子就走；那平身、平缶、平聿、平婁和下一輩兄弟各各拿了家伙跟去。

原來馬家離[1]城有三十里，却是旱路。其時，正當八月下旬，暑氣雖[2]退，在那晴杲杲的日頭裏走，却還炎熱。馬大立領着多人在路上停停歇歇的步回去，忽聽得後面發喊趕來。回頭看時，見衹[3]有十來個人，不放在心上。便都立定了脚，思量再打這幾個人

①"離"，原本誤作"難"。

②"雖"，原本誤作"難"。

③"衹"，原本作"正"，别本作"止"，舊抄本作此。

來暢一暢。不道當先這平成趕到，猶如惡虎一般，那條棍子着地一掃，便倒了他那裏十五、六個人。馬家的人見勢頭凶猛，四散奔逃；平家的人奮勇去追。平成親手捉住馬大立，便拔出小刀，把他割去兩隻耳朵，放他回家。他兒子馬奉言來救，却被立行一棒打去，打斷了兩隻腿，倒在地上。平成等見已得了[①]便宜，也便回家。

馬家的人見他們去遠了，方纔轉來扛了那斷脚的歸家，連夜打發人到縣裏叫喊。縣尹聽得又是平家的事，好不着惱，立刻出差把諸平捉拿到官，衹走了一個平身。他見做公的到門，從狗洞裏爬出去；一夜内脚不離[②]地逃到三泊灣。恰好，平白和兒子鄉試回來，見了問道："兄弟何事到此？"平身把上項事述了一遍，道："求哥哥再去縣裏説一個情！"平白不悦道："怎麽衹管闖出禍來？我在這裏住得久了，與官府聲氣不通，恐怕説來無益。但願馬家兒子不死，我父子再有一個中了，這事就好料理。兄弟且在這裏住幾時看。"平身便依言住[③]在三泊灣。平白日裏和他共桌而食，夜裏與他同榻而眠，十分友愛。又見立善與兩個兄弟是前後母的，都一團和氣，全不似自己那般樣子，不覺感動垂下泪來，道："今日纔曉得一向竟不是人了！"平白見他悔悟，心中甚喜，也陪他落了幾滴泪。

過了幾日，衹聽得鑼聲震地，報他父子都中了。平白大喜，叫立善在家裏料理，自己和平身入城去見知縣。明朝舉人極有聲勢，州縣官倒要讓他一步的，又幸喜馬奉言折的腿却被個名醫醫

①"得了"，原本作"行裏"，據别本、舊抄本改。
②"離"，原本空缺，據别本、舊抄本補。
③"住"，原本空缺，據别本補。

好了，縣尹便勸他家息了[①]訟，放平成等和平白一同歸家。那時，平衣病好了，也已回家。衆兄弟都愛敬平白，勸他仍來城裏同居。平白與衆弟兄焚香立誓，約今後各人改過自新，方移家到城同住。從此，衆弟兄有甚事情，必來請問平白，平成漸漸年老，氣性也漸和平，合門無事。倒連下一輩堂弟兄，也都感化得象同父又同母的一般友愛。後來，平白會試中進士，殿試後挑選了知縣，自知吏才平常，求改了教。立善再下二科成了進士，點入翰林。子孫科甲連綿，却都發那平白的一支，這便是孝友的報。

①"了"，原本、别本均誤作"子"，據舊抄本改。

第六回　違父命孽由己作
代姊嫁福自天來

（演述《聊齋志異》中《姊妹易嫁》故事）

參差境地盡難凭，貴賤窮通似轉輪。
此日蓬樞繩户子，他年金馬玉堂人。
綈袍戀范猶邀福，一飯哀韓也得名。
世上更誰持藻鑒，獨將隻眼入風塵。

人主富貴福澤，雖説是命，却也在這個人的做人上看得出。若是這個人福澤厚的，必竟氣量寬大；若是没福的人，必竟小見，但曉得眼面前，不能猜到後來：這就是一個人的相。那相面的，衹看得臉上氣色，還要斷出那吉凶禍福來，若再把那個人平日性情動作逐一看去，命也不必算了。有那大富大貴的，偶然間起了個輕薄念頭，他就曉得悔悟；那貧賤骨頭，就苦到了十二分，也還衹是舊時那副見識。

明朝正統年間，浙江温州府有個富户，姓張，號維城。娶妻方氏，生下兩個女兒，大的唤做月英，小的唤做月華，都還年幼。那張維城的父親叫張士先，和他母親于氏都已亡過，那年一同落葬，做個墳在永嘉山中。纔打得好壙，夜間睡去，忽然做起個夢來，見一尊金甲神人到他家中，唤他出去，道："你家的墳是王閣老父親的塋地，如何葬起你父母來？"對他喝一聲。張維城夢中驚醒，覺道有些詫異，便推醒方氏來述與他聽。方氏道："這也偶然，如今壙也打成功了，難道爲做了一個夢，便行停止，倒另去尋地麽？况且銀子已費了好些。爲了尋地，今日請了看風水的落北，明日同了看風水的上南，辛苦也費得不少。爲了個夢便丢手，自己想了也不值得；就是旁人看了，也要好笑。"張維城被老婆這一番話，想道：確是有理。便定了日期，仍舊把父母的柩去那壙裏葬了。

葬了下去不上一月，方氏衹生有一個兒子，名唤保兒，年已十二歲了，病起來好象中了什麽毒，跌交打滚，不住口的叫喊。問他什麽痛，却又説不出，請醫、問卜也不知道是何癥候，病得三日，竟死了。張維城夫妻異常悲慘，猜道："不要是墳上的原故！"再請兩位風水先生看時，却都道："這墳造得絶好，要富貴十多代的。"張維城夫妻心上也便略略定了。過不幾日，月英也病起來，就象保兒那般樣子。夫妻兩個十分着急，叫人去起一卦，却道要祭山神。張維城心中不信，因不捨得女兒，有意無意去祭祭看。祭過了，果然立刻就得全愈。又過了一日，方氏病起來，那病象也是一般的。張維城也不再病什麽卦，竟分付家人去祭山神。果然，一祭也就好了。從此去中的人輪流轉來生病，病就是這模樣，一祭山神無有不愈。方氏便懊悔保兒病中不曾祭得。張維城道："那時也去起卦，却并不道要祭山神。這是你我命中不該有這兒子，倒也罷了，却不省得，却是爲什麽山神衹管來作祟？"

再過兩日，張維城夜來又得一夢，夢見他父親張士先回來，攢着眉頭對他道："孩兒，你快與我遷葬。我在地下甚是不安，被那山神日日來趕逐，道這穴是該王閣老父母的，不容我和你母親住，你可作速另尋地來遷去。"説罷，往外就走。張維城夢中也要跟出去，却在檻上絆了一交，即便驚醒。心中大奇，推醒方氏來與他説知。方氏道："確是奇怪，我纔方朦朧裏也覺得象公公和你在外房説話。”張維城越發稱奇，便恍然大悟道：“我前番夢見那金甲神人，想必就是山神，可惜那時依了你的説話，仍舊用這塊地，白白送了十二歲大的一個好兒子。”方氏道：“你説過的：這也是你我的命。同樣人，人生這病，他却起卦不出要祭山神，你埋怨我做什麼？如今祇作急商量，遷葬是正經！”張維城道：“我何嘗來埋怨你，不過偶然這般説。如今遷葬的事，自然是最要緊的了。”

次日，張維城起來，便遣人去請看風水的來，同去尋地遷葬。他那些親友知道了，都來問他爲甚原故？張維城不好説是兩番得夢，山神不容他父母葬那現在墳上，怕人家笑他没福；祇推葬後人口欠平安些，因此打算要遷。正是：

逢人且説三分話，未可全拋一片心。

衆人多有阻擋他道：“你的主意差了。人口不安也是偶然，那點小晦氣，不見得是墳上的原故。況這個墳，人人説有風水的，如何輕易便遷？葬不多時便移來、移去，陰靈也是不安的。”張維城祇是不聽。過了幾時，已另尋得一塊地；張維城擇定了遷葬日期，知會親友，即便舉事。有那勸他不要改葬他不聽的，鬥寡氣，竟不來送，張維城也不在心上。可霎作怪，自從遷葬了，家中便終年安穩，没有一個人病了。這且按下不表；如今，説那王閣老祖上的因果與列位聽。

明朝洪武年間，温州地方有個醫生姓王號叫作先，他的手段就是盧醫、扁鵲也不能再好過他，但凡人家有病請他去，真個手到病除，從不曾醫壞了一個人。祇除非那病是個絶癥，他就决决烈烈回他，再没半句兒含糊；那病也千百個里不曾有一竟好了的，這都没得算做他醫壞。因此，他州外府，都來接去看病，一年忙到頭，差不多飯也没工夫吃，却不曾做了一些人家。吃的呢，粗茶淡飯；穿的呢，布衣草履，異常清苦。這是爲何？難道那有病的都是白討壽，不送他些酬儀麼？原來他的主意道："不爲良相，必爲良醫。"不過要用這技藝救人性命，并不是借此求財。有得錢來，便分散與那些窮人了，因此，没得自己受享。

王作先死了，他的兒子叫王善承，有二十多歲，在家教幾個學徒，收那束脩來，不够[①]家裏幾張嘴用度，衹是有一頓、没一頓的挨過去。有人勸他道："你父親原是個名醫，衹因輕財好施，不留得些與你，教你難過活。你何不也習了醫？人家曉得你是名醫之後，定有傳頭，自然一做就行，不到得這般窮了。"王善承道："我父親是天生成那副手段，所以做得。我自問性情不近，勉强去做，必要傷人，如何使得？"從此，也没人再勸他行醫。他教書不論束脩[②]厚薄，務必盡心訓誨，争奈出得起重館金的，都不來從他，從他的，衹是些送輕紙包的。他課徒得暇，也自己用用功，要想進學中舉。誰知他文才原是數一數二，中進士也不愧，却時運欠亨，到老還衹一個童生。死的時節一無所有，倒虧那輕紙包學生收得多，念文、三十凑攏來，也草草殮過了。他生下一子叫王又新，王善承死時還衹八九歲。王善承妻高氏，見丈夫讀了一世書不曾有一日飽暖，心中氣苦，不令兒子去讀書。因見那公門中吃飯的，尋得銀子容易，守他到了十八、九歲，苦積兩吊錢來與他買個名字，在永嘉縣中勾當。誰知别個在衙門内，專講詐取人家財物，他在衙門内，却反勸人息争免訟。没了争訟，那裏尋得動錢財？因此，依舊象在先那般窮困。

一日，官府差他下鄉辦事，走到山裏，忽然烏雲四合，下起大雨來，又有那冰雹子象拳頭大，夾頭夾腦打下。王又新慌了，見路

①"够"，原本作"勾"，以下同此，不再出校。

②"束脩"，别本作"脩金"。

旁有一個廢壙,便鑽入去躲。不道那雨下個不住,山中水發,平地有一丈多深,那水四面涌將來,把這廢壙没在水底,竟把王又新來水葬了。官府見他一去不回,便差人到他家中去問。那時,他母親已經亡過,祇有他妻山氏和十歲一個兒子。去問時,都回説不曾歸來。一面托差人回復官府,一面母子二人同了幾個鄉鄰,依他下鄉那條路尋去。尋到廢壙前,水已退盡,見丈夫死在壙中。那時,山氏和兒子——名喚興兒,真個哭得死了去,又活轉來。便要去弄口棺木來盛殮,却見是水淹了死的身子脹得塞滿那穴,不好出來。衆人對山氏道:"這是張維城家的舊壙。他家已經遷葬,諒來不要的了。你何不去求他把來布施你,就將來葬却丈夫,連棺材也倒省了。"山氏没奈何,便領了興兒來到張家。張維城問他母子爲何而來,山氏是個女流,雖是做公人家的老婆,却不慣到人家説長道短,有些不好意思開口。倒是那小孩子,條條款款對張維城講,原説他父親淹死在那壙内,尸首不好出來,特來募化這塊土葬父。張維城聽説有這事情,却又是姓王,心中暗暗稱奇,便同了他母子到山中去看,果然不錯。便問山氏:"你家有幾個兒子?可有些家事,過活得來麽?"山氏指着興兒道:"祇他一個兒子,家中一向貧窮,如今,祇好賣這孩子來與他父親收拾尸骸。"張維城聽他説得可憐,又見興兒生得面方耳大,説話聰明,確不象個落魄①的,便對山氏道:"我如今就把這地送與你家,你也不必賣這孩子,我自添些磚頭灰料,替你把這廢壙砌好就是了。"山氏聽説,忙同興兒跪下去拜謝。

當下,張維城回到家中,與方氏説知這件奇事,便差人去修好了那廢壙,又壅上些泥土,做得好好的。祇見山氏領了興兒來謝,

①"魄",原本作"薄"。

道:"叨蒙大惠,無可報效,願送這兒子來服役,取個名,供給使喚。"張維城道:"我這裏那少人伺候?若是這般,倒叫我心中難過,你快領了回去!"便又問道:"他可曾讀書?"山氏道:"他祖上原是讀書的,後來窮了,他父親就不曾讀得。那裏還有錢令他從先生?"張維城道:"原來如此。那書却是必須讀的,我出錢來,與他讀便了!"山氏道:"極承美意,但他既不在府上服役,便要教他販些葱姜韭蒜來養家,若是讀了書,倒有些靠他不着。"張維城道:"不妨。你家一年吃多少米,到我這裏取,要錢也來拿就是了。"山氏道:"這個怎好相擾?"張維城道:"我説出了這話,就是這樣的了。"便叫家僮去取兩吊錢,量了五斗米,分付送到他家裏;對山氏道:"且拿去過活,完了時,我再送來。"當下,母子二人不住口的稱謝,便辭了張維城回去。

過了十多天,張維城帶了個家人送錢米到王家,衹山氏一個在屋裏。問興兒時,已附在一個董先生那裏讀書。張維城踱到學堂中,見了董先生問:"那新來的學生子可會讀書?"董先生道:"我教了一世書,從未曾見這般好學生。在這裏讀得幾日,早抵得別人幾個月哩!"張維城聽了大喜,便對董先生道:"小弟有個女兒名喚月英,也是十歲,煩先生作伐,對這學生。"董先生應允了。張維城又説些閑話,即便回家。

那董先生等到傍晚,放了衆學生,便同興兒到他家裏,見了山氏,就致了張維城的意思。山氏聽説,倒吃一驚,開口對董先生道:"我家寸草無生,一切用度都是他那裏送來,已感激他不盡了,却如何又要把女兒來許我孩兒?"董先生道:"是他今日在學堂裏,看見令郎聰明異常起這念頭。這是難得的,不可錯過了。"山氏道:"我這裏怕不情願?但他女兒是錦綉堆中生長的如何到我家過得日子?恐怕他也衹是一時高興的話,不見得不懊悔,先生還是替我去辭他的是。”董先生道:“也説得不錯。”便别了山氏,回到館中。那日天晚了,候之次日,董先生走到張家,見了張維城,便述王家辭婚的話。

原來,張維城回家把見興兒聰明,托董先生做媒的話,對方氏説,方氏也一心要聯這姻。當下見董先生來這般回復,張維城道:“煩先生再到他家去説,小弟和賤内意思都合的,斷然没有後悔。竟請他家擇日行聘,應用銀兩都是我送去就是了。”董先生又到王家,備述張維城的言語,山氏便也依了。纏紅之費果然都是張家送去,不曾破費王家半點。從此,張維城越發照顧他家,逐日送錢送米,又把銀子與興兒買書,把綢絹與他母子做衣服。

光陰如箭,興兒早已十六歲了,做的文章真乃:

言言皆錦綉,字字盡珠璣。

張維城這個裏頭是外行[①],聽見那内行的人人稱贊,便十分快意。那年正要縣考,指望他入泮,不道山氏生起病來,醫不好死了。張維成替興兒料理,殯殮了,就與他落了葬。興兒丁了内艱,不能赴試。張維城憂他一個在家無人照料,要與他完婚[②],却又礙着服中,衹得住了。

且説,那月英年已長大,聽得人家説興兒的父親是縣中衙役,又一貧如洗,靠着他家周濟,心中抱怨父母把他錯對了。但見有人説起王家,他就掩了耳朵不要聽。有人對他説:“你父母既把你來許了他家,你就怨來,也不中用。”月英恨恨之聲道:“我是死也不跟這衙役兒子去的!”又每日在他爹娘[③]面前,使性鬥氣。張維

①“行”,原本作“聽”,據舊鈔本改。

②“婚”,原本作“烟”,誤。

③“爹娘”,别本作“爺娘”。以下同此,不再出校。

城和方氏也曉得他心中不願，却衹不作准。

看看又是三年，興兒服滿了。張維城去尋見了董先生，便説要與女兒畢姻。董先生便對興兒説了，揀個吉日成親。張維城夫妻意思，原要贅興兒到家，却怕女兒越發看他不起，便多把些銀子與興兒，叫他娶去。到了臨期，興兒打扮得齊齊整整來張家親迎。奠雁已畢，一面延新郎去待茶，一面打進彩輿來請新人上轎。那曉這月英在裏頭，衹是對着墻兒一把眼泪、一把鼻涕的哭，勸他梳頭也不應，催他更衣也不理。停了一會，新郎要起身了，裏面還蓬着頭未曾梳妝。張維城叫再請新郎少坐，自己走到裏面去勸女兒。千言萬語，月英衹當不聽見，對着壁兒不住的哭。張維城不耐煩了發起急來嚇他，他倒越發高聲哭起來。張維城正没奈何，却又見家人進來傳話道："新郎要起身了！"張維城連忙走出廳去説："梳妝未完，請新郎再等片刻。"隨即走到裏面看女兒時，仍舊對着壁在那裏哭，衹得又去勸他，却終不睬。少停，外面又來催，張維城衹得再走出去，叫他們緩住新郎。延挨了一會，外邊越催得緊，看月英時，全没有一些回心轉移，弄得張維城没法了，自己怨起命來。

那月華在旁邊見父親這般光景，心中十分不忍，走去勸他道："姊姊！你看父親何等着急，你還肯回心，虧你過意得去！"月英聽了發惱道："你這丫頭也來絮聒！你何不跟了那衙役兒子去？"月華道："父親不曾把妹子許王家郎君，倘然把妹子許了他，何必姊來勸！"張維城聽了月華的話，便扯方氏過去，悄悄商議道："不如把月華代了月英罷！"方氏便走來對月華道："忤逆胚不聽爹娘説話，如今思量要把你替代，不知你肯麽？"月華道："爹娘要孩兒去，就是乞丐也没得推托，况且，也怎見得王家郎君就再没富貴日子，要餓死的？"方氏大喜，把這話告知張維城，就與月華妝扮起來，出廳升轎而去。原來他姊妹兩個大小得一歲,月英頗有些姿色,那月華却是個紅眼瘌痢。結親後夫婦進房,伴送的揭去了那兜頭紅絹,興兒見新人這般模樣,心中有些不快,却因受得他家恩惠深重,又兼月華性格和順,也便十分親愛。後來曉得原聘的是他姊姊,嫌王家貧賤不肯嫁來,是他替代的,便愈加愛敬。

過不多時,興兒應試入了學。轉眼就是科場,興兒收拾行李,取路投杭州來。行了好些日子,來到錢塘江頭。上得岸,天色已晚,不及入城,暫投一家飯店歇宿。那店主問了姓名籍貫,便十分的款待;興兒心中疑惑。到了明日,興兒要進城去,店主人道:"考期尚遠,秀才入城也是下飯店,這裏也是下飯店,何不在小店多住幾時,直到臨考入城?這裏江邊的景致又好,可不勝似在城中麽?"興兒見他説得有理,便就這店裏歇下。那店主人日日大魚、大肉供奉興兒,興兒對他道:"我是個貧秀才,帶的考費不多,衹够若盤纏。你這般接待了我,明日算起帳來,却叫我如何發付你?今後衹是隨茶粥飯罷!"店主人微微的笑,不回答他;興兒好生狐疑,猜不出是什麽意思。到了明日,仍舊絶盛的請他,倒又添上些山珍海錯。興兒越發委决不下,便又問店主人道:"你這般管待我,果係什麽意思?對我説了,也叫我吃得下。"店主人道:"秀才回去之日,小可自説便了;此時却不好説得,但求秀才安心在這裏住下去就是了。"興兒見他衹是不肯説,心中想道:我衹是個窮秀才,難道他把好酒好肉騙住了我,謀我的命不成?不覺倒好笑起來。

過了幾日,場期已迫,寧波、紹興這些近的也都紛紛到了。興兒便收拾進城,來和店主人算帳。店主人道:"這帳不必算了,秀才衹管自進城去。"興兒再三招把來算,店主人衹是摇手,興兒便去取臨行時岳母與他買考果吃的十兩銀子來,交與店主人道:"你既不肯算,先收了這十兩銀子,我出場來找罷!"店主人那裏肯接?興兒道:"你又不肯收這銀子,請對我説是什麽原故?"店主人便邀興兒到一間書室内坐了,走去把門閉上,却來雙膝跪在興兒面前。慌得興兒連忙扶住道:"是什麽意思?"店主人方説道:"這裏間壁有個關帝廟是最靈的。秀才到的上一夜,小可忽一夢,夢見關帝對小可道:'明日來一位温州秀才某姓某名,是今科解元,將來直要做到宰相。你後日有難全仗他,不可待[①]慢!小可因此略略先盡一點意思,怎敢算起飯錢來!"興兒道:"雖是如此,夢寐中的説話何足爲凭?你仍收了我這銀子的是。"店主人終不肯收。興兒衹得謝了他,説聲:"多擾!"自進城去。

出了店門,心中想道:"他那夢有准正好。"却又暗想:我若做了宰相,我那妻子的瘌痢,豈不要被同寅中做笑話説?便又想道:我做了官,衹把他關閉在一處,不令出來見人,却娶個美妾來哄人家説是夫人便了!心下這般想,早已到了城中,便去尋了個寓所。

三場完畢,與考的紛紛回去。他滿擬自己中的,要等榜後會會老師,竟不歸家。因脚上生了個小瘡,不便走路,却也不曾出城去會那店主人,衹在城中寓所静坐。守到九月初頭揭曉時,脚上那瘡也已平愈,便自己去看榜。從第一名看至着末名,不見有自己名字。一連看了幾遍,却并没有,好生掃興。回到寓所,收拾行李即便出城。不好意思再從前日那店主人門首經過,大寬轉到一個地方,搭了船回温州去。

到了家中,月華問道:"你怎麽直到今日纔歸?好叫我挂念!"興兒便將店主人夢他中解元,在那裏等榜的事述一遍。月華道:"再是三年,又要進場了,你也不必納悶。我父親日日來這裏望你

[①]"待",别本作"怠"。

歸家，不知緣何今日倒不來？你可快些去走一走，倒也令兩個老人家放心。”興兒又問了幾句去後的事情，便到他丈人家裏①來，祇見挂燈結彩十分熱鬧。你道爲何？

原來，月英自從妹子代他嫁了去，張維城把他另許了本城開當鋪汪有金的兒子汪自喜，春間出了閣，那日，却是他夫婦回門來。看官！你想姊姊回門，那有做妹子的路又不遠却不曉得？祇因春頭月華回家送嫁，月英向他誇張那汪家來，取笑了興兒，月華氣苦，立誓道：“若不得丈夫發達，永不和他相見。”因此，張維城連日在月華那裏，却不提起這事；怕他想了前情，丈夫又未得中，要不快活。當下，興兒回來了，來望他，老夫妻俱各大喜。張維城便請他去汪家女婿相見。從來説的：“一隻床上，不出兩樣人物。”月英那般欺侮窮人，這汪自喜也是刻刻把個“富”字頂在額角上的，見興兒是窮秀才，便裝出許多驕傲來。興兒去和他攀談，這裏説了十句，他却面對了別處，大剌剌回答一兩句。興兒也是傲氣的，見他這般模樣，心中不平；酒也不吃，便要告歸。張老夫妻那裏留得住，由他自去了。興兒到家，便把月英回門，那連襟怎樣自大，説與月華聽，道：“可恨天下有這般恃富欺人的！”月華道：“天下這般人多哩！你那裏恨得許多？祇要自己用心攻書，發達得來，他倒要奉承你哩！”興兒點點②頭，也便不説起了。

倏忽間，早又一年光景，那年是天順皇帝復辟，有旨開科，興兒便又收拾行李來杭州鄉試。到了錢塘江頭，想起去年承那店主人十分厚款，却不曾受我半個飯錢，現在帶有温州土宜，何不將去謝他！便上了岸，再投那店裏來。店主人見了，笑逐顔開道：“秀

---

①“裏”，别本作“禮”，以下同此，不再出校。

②“點點”，原本、别本、舊鈔本均作“顛顛”，誤。

才來了麽!”接他入去,敘了些寒温。興兒送上那土宜,店主人致了謝,自收進去。興兒便開口問道:“你去年説夢見關帝道我該中解元,不知原何竟不靈驗?”店主人道:“小可也正要問秀才,去年,聽小可説了那話出門之後,可曾心中嫌鄙尊夫人貌醜,發想娶妾麽?”興兒見説,呆了半晌道:“這是我心裏的事,你如何曉得?”店主人道:“可見這關帝果然靈哩! 小可去年送了秀才出門,那夜又夢關帝道:秀才解元還未曾中,便憎嫌妻醜,要想納妾,心地不好。已在榜上除名;又叫小可勸秀才作速改悔。小可得了那夢,明日就入城尋秀才,却尋不見。回來又生了一場大病,直到今春,纔下得床。秀才倘能速自改悔,這番定然恭喜了!”當下,説得興兒毛骨悚然,便同了店主人到那關帝廟中去,跪在神前懺悔道:“弟子偶然愚見,不道便犯神怒,從今以後,誓當改過自新,不敢起這薄幸念頭了!”懺悔畢,同了店主人出廟。店主人便仍留去他店中住,興兒畢竟不肯,來到城中尋了寓所。三場完後,來别店主人要回去。店主人道:“今番定然如意,怎麽倒想歸家?”便拉住他在自己店裏住了候榜。興兒因他管待得太厚,心中不安,定要回家。店主人道:“若是秀才道我供給厚了些,我竟是家常便飯相待如何?”興兒却情不過,衹得住下。等到放榜,興兒仍中了解元,連那店主人也喜得手舞足蹈。興兒入城拜了座師,領了鹿鳴宴,便謝别店主人回家。

却説,温州地方文風素來平常,鄉試常脱科的。這回却得了個解元,府縣官面上也有光彩;得了報就來他家道喜,却聞他在省下未歸,便喚差役出境去偵探。那日,路上接着了,一面將本官的名帖來投,一面委伴當飛報入城。興兒到得自家門首,府縣官早已開道而來,牽羊擔酒與他接風,好不熱鬧。興兒送了官府出門,便入内去,見月華時,可霎作怪! 衹見:

髮復烏雲，往日紅霞忽爾黑；目凝秋水，向時濁浪頓然清。且莫信福無雙至，也須知喜不單行。他那裏，秀才變成舉子；我這裏，醜婦化作佳人。

興兒當下倒吃一驚，忙問他時，説："自丈夫去後，忽一日發起寒熱來，朦朧睡去，見一個赤面長鬚，象關夫子模樣，後面一個黑臉的拿着大刀，象周將軍，遞過一丸藥與他吃。醒來便覺眼目清凉，那頭上不住作癢，白膚膚的皮，一片片吐下，生下這頭黑髮來，衹三四日便長得有幾尺來長。"興兒見説，不勝嘆①異，便同了月華去拜丈人丈母，却見汪自喜夫妻也在那裏。原來，他新近遭了火災，把那當鋪燒作白地，屋都没得住了，因此，張維城接回來的當下，他夫妻和興兒、月華相見，都是垂頭喪氣，放不出前番那些勢焰了。興兒和月華倒也不做出那新貴的模樣來，却當不起這些底下人都在背地裏議論。有的説："我家大姐姐没福，把個解元夫人讓了别人也罷，却又被火燒窮了，在這裏衍命。"有的道："王解元真是雙喜，中了舉人回來，又見二姐姐變得比大姐姐倒齊整了幾倍。"衆人這般講動，月英夫妻聽見了又羞、又惱。羞起來，恨不得地上有一孔鑽了下去；惱起來，恨不得在壁上撞死了。幸喜興兒夫婦還不是常在張家的，等他去了，衆人也不甚講起，兩個就覺得面孔有擱處了。這且住表。

且説，興兒各處送完了卷子已是歲底，便收拾行李去上京會試。到明年春榜發，他又中了進士，殿試做了金殿傳臚，欽授翰林院官，便差人回南接取家眷。月華去别了父母，擇日登程。那些親戚，也有一向不來往的，到了這日都來送行；府縣官又差人護送出境，好不榮耀。

---

①"嘆"，别本作"歡"。

不表月華進京去了，却説張維城自從死了那保兒，喜得下一年就又得了一兒子，取名叫做壽兒，已有十六七歲了。這汪自喜原是個賭錢敗子，起先因有些家計，不道得一賭就窮，如今人家已被無情火做光了，他的舊性却還未改。丈人與他幾兩銀子用用，不是六塊頭上去，就在紙牌兒上出豁，却又去引誘那壽兒同賭。張維城曉得了，一頓嚷罵，也不過要他成人。誰知他還是大老官心性，鬥口氣崛了出去，絶足不上門來。張維城因是女兒面上，丢他不下。差人去探聽他時，不是在東首賭場中，就是在西邊賭坊内。起先原帶得些銀子在手頭，銀子賭完了，便脱下衣服來賭；衣服没得脱了，便在場子内借錢結賭；借來輸了没得還，便常被人扭住了打。有時在賭場内替人家看色子、穿銅錢、做賭奴，拾得兩文頭，便又賭一回。早前還有别家親友留他過夜，後來，因他到一家便要引誘一家的子弟賭，也再没人敢收留他。他夜裏，不是在那些枯廟中供桌下存身，就是在人家房檐下歇宿，和乞丐没二樣。若是這夜那裏有局，他連供桌下、房檐邊也不睡了。張維城聞這光景，不好招待回來，祇得由他自去，譬如死了；從此月英越發没趣。

過了幾時，張維城與兒子娶了本城顧行可家女兒，小名叫阿琴。那阿琴性格不是和順的，見月英終年在母家，心中嫌憎。這些丫環使女們自然又是幫小主母的，那個倒幫月英？便去阿琴面前備述他怎麽不肯嫁到王家，把個翰林夫人與别人做；又怎樣在月華面前誇張汪家，如今丈夫弄得叫化子一般。阿琴聽了越看月英不上眼，和那般衆人，冷言冷語取笑他。月英氣苦，在父母面前啼哭。張維城也曉得是阿琴不好，却因壽兒被汪自喜誘壞了，倒虧媳婦會得管束，不好去把他埋怨，祇是把好言來安慰女兒。

又過了幾時，方氏生起病來死了。還未曾終七，張維城也病起來，夢見父親叫他料理後事。自知是好不成的了，想道：我死之後，月英越難在這裏住，女婿又是不成器的，却叫他怎樣過活呢？便瞞了兒子、媳婦，把一向留下五百兩銀子付與月英，叫他拿去慢慢[①]地用。倘得丈夫敗子回頭，也就可以把來做生意本錢。張維城病了幾日，果然也死了，阿琴愈無忌憚，竟當月英面，厲聲痛駡。月英見不是頭，想道：這裏是一日也住不得了，却叫我一個女人撞到那裏去？左思、右想没有妙策，衹得央人仍去請那叫化子般的丈夫來商議。正是：

樹高千丈，葉落歸根。

汪自喜到來，月英把自己苦楚哭訴了一番；又對他道："你若從今戒得住賭，我還有步棋子，可以免得你我今日的狼狽。"汪自喜便罰個咒道："我如今若再去賭，便在火裏燒死的！你且説與我知，却有什麽好棋子？"月英終是女流之見，見他罰了咒，道是真的了，便把父親與他五百兩頭，對丈夫説知。汪自喜聽了大喜，對月英道："既如此，拿銀子來，我便先去尋一所房子，領了你去在處。"月英道："尋房子須多少銀子？"汪自喜道："把這五百兩銀子都拿去。倘有人家莊屋連着田産賣的，便住也有得住了；收那花息來，吃也有得吃了！"月英道："也説得是。你可去尋好頭腦，就來取銀子便了！"汪自喜道："我這般衣衫襤褸方纔進來，這些奴才們，幾個白眼對我看，我那裏還來受這瘟氣？你交付我銀子，有了房子，我衹打發轎來抬你好了！"月英也叫破財星坐命，信了那話，便把五百兩銀子盡行付丈夫。

汪自喜去後，月英日日望他來接，誰知去了十多日，并没一些信息，衹得又央人去尋他，却回來説："他在賭場裏賭輸了，欠了錢

①"慢慢"，原本、别本均作"漫漫"。

没得還，正被人扭住在那裏打，不能够脱身來！”月英聽説，號咷大哭，衆人却都冷笑。月英對兄弟説：“要去出家。”壽兒想：那做尼姑是没體面的事。要擋住他。阿琴把丈夫罵道：“他是别人家人，父母也做不得他主，要你兄弟管？”便順勢叫人尋個女庵，推月英去削了髮。那汪自喜却是這日被人打壞了，生起病來，竟死在一個枯廟内供桌下；是幾個賭上叨惠他的良心不昧，買口薄皮棺材來殮了。不表。

如今説王翰林在京，聖眷日隆，三十六歲就直做到了宰相。一日，偶想宦海風波可怕，便上本去辭官。天子不允，一連又上幾本，方纔得准。那日，陛辭出京，一路威風不消説得。到了江南境上，正和夫人在船中話鄉試時的事，衹見家人稟稱：“有個杭州人求見！”王閣老叫放進來，自走到前艙去見他，却不認得。問他時，原來就是那錢塘江頭店主人的兒子。因他父親被人陷害，問成死罪，各衙門去申訴，都衹不准，特進京求王閣老拯①救，恰好在此相遇。當下，王閣老不住稱奇，便修書一封付他，道：“我路上行遲些，你可先趕回去，把這書到巡按衙門投遞。”打發去了。不衹一日，王閣老到杭州，大小官員都出城接。衹見那店主人也來叩謝。原來巡按接到書子，早已把②他開豁。王閣老安慰了他一番，自换船過江。

到了温州，先去上父母的墳，隨即同壽兒到丈人、丈母墓上去。月英聞知閣老衣錦榮歸，打發女徒弟送些吃食東西來打抽丰。月華便取十四松綾，每匹裹頭裹着十兩銀子，付與那女徒弟帶回去，答月英。月英一見就惱道：“我在這裏落難，指望他送些

①“拯”，原本作“極”，據别本、舊鈔本改。
②“把”，原本、别本、舊鈔本均作“報”，據文意改。

銀子我用，却把這物事來，難道叫我做綾子客麽?”便叫女徒弟去送還。女徒弟也不曉得綾子裹頭另有東西，拿了再到王閣老家，道:“我師父説，極承厚賜，并没用處，特地奉還。”閣老夫①妻知他鬥氣，却都不解，便當女徒弟面打開那綾子來，衹見，每匹裹頭銀子原封不動，方始省悟。閣老笑道:“你師父一百兩銀子尚不能消受，那有福氣做一品夫人!”便取了一半，把五十兩付女徒弟道:“拿回去與你師父，多了怕他承當不起哩!”女徒弟回庵，把那話對月英説，月英呆了半晌，嘆口氣道:“我好命薄! 却怎這般顛倒?”後來，王老爺竟不再出去做官，和月華百年偕老，子孫都是做大官的。後人有詩單誚月英道:

富貴榮華也解争，誰知到口未諳吞。
讓人不見人稱頌，博得千秋醜詆聲。

①原本“閣老夫”以下缺頁，據别本、舊鈔本補。

第七回　遇賢媳虺蛇難犯
遭悍婦狼狽堪憐

（演述《聊齋志異》中《珊瑚》故事）

今日姑，舊[①]時婦。也曾他人，檐下低頭過。倘遭雨暴兼雷怒，你在當年，抱痛無門訴。　幸這番，高堂坐。異姓孩兒，向你膝前舞。怎忘却身嘗苦楚。放出毒來，没有些[②]活路。

從來説："不痴不聾，難做主人翁。"爲父母的，就是兒子、媳婦果然不能孝順，也要好好的教訓他；見仍舊不改，方纔用打、用駡。就是用打、用駡，打駡過了，仍須要好好的教訓他，這纔是做父母道理。那有好好的兒子、媳婦，却衹管到豆腐裏去尋取骨頭？還有一班没見識的，道兒子是自己產下，總是好的，却衹在媳婦身上去求全責備；分明一個趙五娘，倒算做了極不賢的忤逆婦。他一時做你媳婦，怕不受了那番磨折，却是天地祖宗都不快活，也定要再把個果然忤逆的，來叫你試嘗滋味。

明朝萬歷年間，湖廣長沙府地方，有個姓李的，叫李石文，是個秀才。娶妻黄氏，生下兩個兒子，大的名喚成大，小的名喚成

①"舊"，原本誤作"田"，據舊鈔本改。
②"些"，原本字形殘缺作"此"。

二。那年成大有十八歲，兄弟成二也有十歲，李石文病起來死了，遺下些田産盡可過活。等到三年服滿，黄氏與成大娶了個媳婦胡氏，小名喚做順兒。那黄氏性情極是凶悍，李石文在日不知受了他多少苦；這番做了個婆婆，便把那挾制丈夫的手段，來凌虐媳婦。順兒是個極有婦德的，性格温和，諸事不曾有半點違拗。黄氏見他低頭伏小，倒越發放出凶勢來。百常日子，從不曾和顔悦色，對了他，衹是氣烘烘一副討債面孔；也并没有好聲口，動不動駡上前，也不知是什麽來由。順兒却毫無怨，衹是一團和氣，守是他做媳婦的規矩。每日清晨，天色還未大明，便梳好了頭，打扮得端端整整的婆婆處問："夜來可好睡！"

一日，正值成大感冒些風邪，發了個把寒熱，黄氏見順兒妝扮了來問信，道他："平日間衹管濃妝艷抹去迷弄丈夫，害得丈夫生病；如今還是這般打扮得妖妖嬈嬈的，可不是要催丈夫死了却再嫁人！"便駡個不住。順兒見婆婆這般動氣，到了明日，便頭也不敢梳，簪珥也不敢插，穿了件隨常衣服去問安。黄氏見了越發懊惱，道和自己鬥氣，便拍着胸脯大哭，又把頭向壁上撞去怨命；慌得順兒没了主意。那成大是極孝順的，便把妻子揪住頭髮痛打一頓，黄氏方纔息了些怒，從此愈加怪恨順兒。順兒每日裏婆婆長婆婆短，恭恭謹謹去奉事他，他總道不好，絶口不與順兒交談半句話。成大見母親這般不喜歡順兒，便移被褥到書房内去睡，日裏，也再不走進順兒房去和他説一句話，不過要順母親的意思。黄氏心裏，却仍舊不爽快。

一日，黄氏坐在中堂裏，自言自語道："爲什麽這般口①渴？得杯茶吃便好！"順兒在窗邊替婆婆漿洗衣服，却不聽得。黄氏便惱

①"口"，原本誤作"日"，據别本、舊鈔本改。

起來,道他不肯把茶來與自己吃,駡個不休。順兒慌忙丢了手内生活,去打火煎茶,泡了一盞雙手奉與黄氏,道:"婆婆!茶在這裏。"黄氏接來,連杯子劈面捎去,幸得不曾打中他臉,可杯[①]頭都破了,却已潑了一身。黄氏口裏駡道:"誰要你勉勉强强去燒這茶?你這些人,倒索性没有了也罷,我眼裏衹是見不得!"順兒那裏敢分剖半句兒。成大在書房中聽見裏頭吵鬧,走進來看時,黄氏還指手劃脚在那裏駡。成大便對順兒道:"人家娶妻,專爲奉事父母,你這般不能體貼婆婆,害老人家動氣,我還要你做什麽?你快與我走罷,不要在這裏了!"順兒泪流滿面道:"你可替我求婆婆饒恕了罷!"成大并不回言,衹叫雇在家中燒飯的張媽媽送他回去。黄氏又在中堂内囑付兒子道:"他今日不肯去時,我便着你把他活活打死!"順兒没奈何,衹得同了張媽媽出門。

他母家在湘潭,離長沙有一百里路。張媽媽去叫了一隻認得的小船,扶順兒下船去。順兒在船裏哭道:"我做媳婦不能奉事得婆婆快活,那裏還有面孔去見爺娘?倒不如死了罷!"走出艙來,便要跳下水去。張媽媽慌忙扶住道:"小娘子!這個斷然使不得的。你婆婆倘然有一日回心轉意,少不得仍舊來接你。况你爺娘衹道你好好在丈夫家中,却不道做了淹死的鬼,可不要苦壞麽?既是你死没面目見爺娘,我便不送你到湘潭,另尋個地方安頓你就是了。"順兒見他説得有理,方纔縮住了手脚,道:"我夫家又不能容,爺娘處又不好去,却叫我往那裏?"張媽媽想一想道:"不如送你到上水洲去住幾時罷!"原來李成大有個族中的嬸母,住在上水洲,却是個寡居,并没有一個子女,又且做人慷慨,張媽媽因在李家久了,所以曉得,順兒也曾會過。當下,便分付船家投上水洲

①"杯",原本作"不",據别本、舊鈔本改。

去。那地方衹離得長沙二十里，不多時就到了。張媽媽同他進門去，那李成大的嬸母是陳氏，便問："侄媳婦原何到此？"順兒含着一包眼泪，咽住了説不出，是張媽媽替他把上面的事叙述一番。陳氏十分憐憫道："我這裏正苦人少，你便在我處，一百年也不多你的！"順兒謝了，就便住下。

却説，張媽媽回去，到得門首，適值成大走出來，見了覺道有些詫異，便扯他去側首一條僻静[1]巷内問道："你可曾送他到湘潭[2]麽？原何這等快？"張媽媽便將順兒要投湖，不肯到湘潭，因此送在上水洲的話，對成大説。成大夫妻原是好的，衹因黄氏不喜順兒，没奈何出他。當下，聽了張媽媽的話，不覺掉下泪來，便囑付張媽媽，叫他裏面去原説送到胡家，不要説在上水洲，防他母親要動氣。又叫他再去别處閑走半天，回來好合母親不疑心。張媽媽一一都依了。

却説，黄氏見張媽媽回來，便問道："你送他到湘潭，可曾見他的爺娘麽？"張媽媽扯着謊道：他家老相公、老奶奶都到人家吃喜酒去了，未曾見。"黄氏又問："他的哥哥、弟弟可曾見來？"張媽媽道："都走了開去，未曾見得。"黄氏又問："他的嫂嫂和弟婦可見麽？"張媽媽道："聞説都是娘家去了，一個也不曾見！"黄氏聽他説話蹊蹺，便道："那有一家的人，都不在家的理，莫不是你來哄我麽？"張媽媽見猜着了他虚心病，不覺漲紅了臉，衹説句句是實。黄氏見他這般光景，越發生疑，道："你看這老賤人，不是説謊時，原何改了面色？"便唤丫環取門閂來！張媽媽着了急，慌忙道："待我説便了！"衹得從頭實訴一番。黄氏駡道："你這老賤人！他要

[1]"静"，原本作"争"，據别本、舊鈔本改。

[2]"潭"，原本空缺，據前文補。

死時由他死便了，誰要你開他死路！”當下，立刻叫人去雇了船，率領幾個丫環使女，親自到上水舟去。成大不敢阻擋，衹是暗暗叫苦。

黄氏到得上水洲，天色已晚，便去叩門。陳氏聞説黄氏自來，便叫丫環管住了順兒，不要放到外邊，却自己走出廳去。黄氏見了，也不敘半句寒温，便駡道：“你這没廉耻的！人家出了媳婦，誰要你收留在家？”陳氏初意，原要出來勸化他一番，却見他開口就駡，便也駡道：“虧你這老不賢！不要自己羞死了，倒來半夜三更敲人家門尋事！你既出了，他便不是你的媳婦了，我自收留胡家女兒，與你什麽相干？你衹好在自己家中門裏大，敢到我家裏來放這手段麽？我想你這般人，原不該有那好媳婦，他千依百順了你，你却把他千不是、萬不是。我想你也是做過媳婦來的，倘然你婆婆也是這般待你，你心下如何？如今害他要投湖殞命，我心中不忿，留在家裏。你還饒他不過麽？”黄氏被這一場[1]駡，鎖口無言，便思量撞到裏面去尋人。陳氏擋住道：“你有話自對我説，到我裏頭去做什麽？你這老猪狗一把年紀，還不省得人家各有内外？怪不得人家千難、萬難養大一個女兒，來把與你做媳婦，你便道是殺也由你，剮也由你的了！論起來，你到了這裏，我原該請你吃杯茶，又[2]怕也把茶杯來打我頭裏去，却老大不情願。你快與我走路罷！”黄氏見他説話不讓分毫，幾個底下人，都伸拳勒臂看着自己，倒有些害怕；又受他那頓搶白，氣不過來，不覺大哭起來。那跟他[3]的使女，也都勸他回家，衹得做個下場勢道：“你們這般欺

①“一場”，原本作“場一”。

②“又”，原本作“不”。

③“他”，原本空缺，據舊鈔本補。

負人，我少不得不肯干休！”便哭了出門去。順兒在裏頭聽見外面喧嚷，幾次要走出來，都被丫環們拖住。少停陳氏進來，把方纔的話説與他知。順兒口裏不響，心中好生不安，思量①要另投別處。想②起他婆婆有個姊姊，夫③家姓莊，住在十家④村地方，年有六十多歲，丈夫兒子都已亡過，止和寡婦幼孫過活。“年前曾來我家幾番，勸婆婆不要難爲我，有些憐惜我意思，不如了丢去住兒時罷！”便別了陳氏要行。陳氏料留他不住，就遣人送往那邊。

莊媪⑤見了，問他何來？順兒不好説得，衹含着眼泪盈盈的要滴下來，再三問他，方纔一一訴説，却都怨⑥作自己的非。莊媪道：“你做媳婦的，自然這般説，我却見得是你那婆婆不是。我明日親自送你回去，勸婆婆一番便了！”順兒連忙告稱：“使不得。”又求叮囑衆人，不要傳揚開去，使他婆婆曉得了動氣。莊媪道：“這有何難，但是你爺娘那裏却該通個信去纔好。”順兒原是通些文墨的，莊媪叫他寫了封書，便差人到湘潭去。他父親胡玉如是個極和善的人，見了那信，不好到李家去淘氣，又不捨得女兒，便親自到十家村來看女兒，要領他回去與他改嫁。順兒却⑦不肯從，胡玉如衹得自回湘潭。不表順兒在莊家。

且説，黄氏那夜上水洲回去，氣了幾日方平下來，便央媒人另與成大求親。誰知那些人家，都聞了黄氏的凶名，再不肯把女兒

①“量”，原本作“良”。

②“想”，原本空缺。

③“夫”，原本字形殘缺作“天”。

④“家”，原本作“裏”。據別本、舊鈔本改。

⑤“媪”，原本誤作“娼”。

⑥“怨”，原本誤作“怒”。

⑦“却”，原本誤作“都”。

與他家;就有幾家不曉得出了帖兒,聽見外邊三三兩兩講動,便趕到媒人家中吵鬧,道他欺騙,仍舊逼來,討了帖兒去。連那做媒人的,説了李家也都摇得頭落,不敢請教。看看過了三、四個年頭,李成大還衹是個鰥夫。他素性孝順,再不怨母親害他没老婆,那黄氏也再不想因自己太凶耽誤兒子,倒怨人家不肯把女兒嫁來;後來見没人肯作伐,便差不多個個是冤家。那時,成二也已長大,却是從小聘定了的汪勃然女兒,小名叫做戾姑,没的話説,便先與成二畢姻。

成親了三日,夫妻兩個在房中講話。成二見戾姑口氣剛硬,便象要挾制丈夫,含着笑和他要道:"你在我這裏,却比不得在你自己家中,由着那女兒家驕痴心性。你不曉得,我家胡氏嫂嫂比你正還和順些,也被我母親出了麽?"戾姑見説,大怒道:"胡家女兒有得你們出,我也有得你們出麽?"便揸開五個指頭①,照成二臉上一掌打來,把成二跌了桌子下去。成二是個懦弱的人,見他凶勢,聲也不敢出。從桌脚扒了起來,戾姑又受記他道:"今日是你初犯,我衹將就發落了,後次再敢放肆②時,不是這般歇了的!"成二那裏敢回言,走到外邊,也不好自説被老婆打了,却是黄氏身邊的丫頭,在他房門口聽見,去報與老主母。黄氏心中大惱,欲待發作,却因他還是個新人,又且想了:要討媳婦那般煩難,不好便去尋他的短。等到明日飯後,戾姑來房裏問③安,黄氏放板了面孔,含糊應一聲,却似先送個信與他。戾姑倒就嚷起來道:"我好好的來問你信,你却這般待我,好不受人抬舉!"掇轉身就走,竟回自己

①"頭",原本誤作"順"。

②"肆",原本作"四"。

③"問",原本誤作"同"。

房中去了。黄氏倒覺一場没趣,心中想道:他還來得未久,我原不該就放出婆婆勢去,等他明日來時,我衹做没有這事便了。

到得次日,從早至晚,戾姑的脚影也不見蹙來。再到明日,已是中午時候,并不見來,連成二這兒子也不敢到母親面前。黄氏氣悶不過,倒自己走去戾姑房中,問道:"媳婦!你身子可有什麽不自在?原何兩日不見?"戾姑也學他前日,轉變了那臉,喉嚨頭轉氣,應道:"好的。"防黄氏看這光景要惱,倒先把贈嫁來的丫頭亂嚷道:"你這討打的骨頭,見有人來房裏,也不先通報一聲?我是上得天入得地一個女人,原不消得你做護從,你這没用的貨兒,却怎麽便一些事也不曉得!敢是你日上該死,魂都不在身上了麽[①]?"黄氏見他脱盡媳婦腔拍,十分動氣;却又看了他睁圓怪眼,煞神般跳的猛惡勢子,倒把那怒火捺了下去,反勸道:"他見我是一屋裏人,因此不先禀白,你却不要怪他。後次我來時,我自先叫他説一聲便了。"戾姑方纔息了些怒,還幾個白眼瞧那丫頭,來與那做婆婆的看。

從此,黄氏心裏倒有些怕着戾姑。戾姑一年裏頭,没有三、四回到婆婆房裏,偶然到了,黄氏忙叫丫環掇凳揩臺,亂個不住。黄氏却三日兩遭到戾姑那裏去,看了戾姑面孔,和顔悦色的媳婦長、媳婦短叫上去。戾姑却一些笑容也没有,偶然含笑説了一句,黄氏便快活個不住。戾姑心中却還不爽快,先前,衹在自己房内清坐,外面事情還是黄氏主持,以後,漸出房來,百幾事體,盡是他出主意。衆人也都怕着他,黄氏的説話算不得數了。戾姑又指使黄氏,清早起來掃地抹桌,象丫頭般操作。成大看了心中憤恨,見兄

①"上",原本誤作"王"。

弟已被他管得鼠子見了猫一樣，發不出夫綱[①]來。要想自己和他争執，怕他越發把老母來氣，倒是日常細久的大害；欲待同了母親去告忤逆，却又礙着他父親汪勃然是個慣管官司、官府也怕他兩分的惡棍，事體不成，倒要遭他荼毒，衹得自己來代母親做那些生活。戾姑却又不喜歡，衹管白着眼去瞧那婆婆。黄氏見了害怕，便推開兒子，仍舊自己來執役。戾姑又換下那襯裏衣服來，叫黄氏與他漿洗，成大見了越不能平，發了句話道："這些生活，自該叫了丫頭們做，怎麽也要勞動起老人家來?"戾姑聽説，便走去把洗衣服的桶來一推，潑了黄氏半身漿水，口内駡道："這一些生活你都不情願，裝[②]出許多辛苦來，叫兒子把氣我受麽!"當下，成大怒髮衝冠，那裏還顧得自己是大伯，他是個弟婦，亂趕過來，要動手打。却倒被戾姑一拳把他打去，跌在階下一個井攏泥水來的潭裹，滿頭滿面都是齷齪。爬[③]起來不敢再上前，衹得忍氣吞聲走了出去。

一日，成大有事清晨出了門，黄氏因隔日辛苦了，起不來早，戾姑便叫衆人自吃早飯，不要去唤他，看他睡到什麽時候。那合門的人，衹有成大爲了母親，便不十分怕這潑婦，衆人却都是被他制伏了的，還有何人來顧黄氏，便大家去盛飯吃。適值這天料得米少，戾姑又故意吃得撑腸拄肚，竟吃完了。比及黄氏起來要飯時，一口也没有。黄氏便叫了丫頭再拿把米去煮，戾姑道："你要吃，自己去弄！他們那有工夫再服事你一個人?"黄氏衹得自己去淘了米，着起個火來。成大歸家看見，問知原故，連忙替母親燒

---

①"綱"，原本作"剛"。

②"裝"，原本誤作"牧"。

③"爬"，原本作"扒"。

火，煮熟來與老人家吃了。到了明日，戾姑又分付衆人不必到厨下，把這燒火煮飯的事，竟就派黄氏去做。黄母那敢不依，成大便又來相幫。時值久雨回潮，那柴濕了燒不着，烟得黄氏兩眼泪流。成大見了，傷心哭起來，黄氏也哭個不住。

過了幾時，黄氏因身子積勞，更兼心頭鬱結，不覺生起病來。起先成大攙了還勉强下得床；在後病勢日增，身子如泰山一般的重，成大一個那裏扶得住？去叫那丫環們相幫伏侍，纔走得到，戾姑便來唤了去，黄氏衹得尿屙都撒在床上，成大自替母親把衲來抻墊。黄氏病得久[①]了，成大連日連夜衹是一人伏侍，磕睡也不敢打一個，辛苦得兩隻眼睛紅腫起來，就似胡桃一般。看見兄弟在門前走過，叫住了對他哭道："你看母親病得這般光景，我一人已弄得十分狼狽，虧你看得過，不走來幫一幫！"成二正要跨入房去，聽見戾姑在那裏叫他一聲，好象聖旨下來，回身就走。成大見他怕了老婆，母親也都不顧，好生納悶，又想道：我一個人，那有許多心力，若是也病倒了，還有誰來伏侍母親？須生發個幫手出來纔好！想來想去，忽然想着了：那莊家母姨雖然年老，精神還健，何不去接來相伴？倘帶得有個把女使，也好略替我力。客客氣氣的人，不怕這潑婦又來歪纏！便走到床前去與母親商量。黄氏道："這個甚好。我也正想見見你母姨，你可即今就去！"成大便走出門來，如飛的望十家村去。

原來，十家村衹離得他家三里路。成大到了那裏，他是至親，不消通報，竟自走入裏面去。正值莊媪獨坐在中堂内，見成大來，便問道："外甥原何許久不來？你母親在家可安好麽？"成大見説，泪如雨下，便把弟婦怎樣不賢，他母親怎樣受苦，如今病在床上怎

---

①"久"，原本誤作"人"。

樣危急，哭訴一番，并述要母姨來家相叙的意思。莊媪還未及回言，衹見順兒從屏風背後走將出來，成大一見，羞慚滿面，也不及辭别母姨，起身往外就走。順兒趕上①前，拓開雙手攔住，要想和他説話。成大情急，從順兒肋下一鑽，衝了出去。回到家中，也還不敢把順兒在莊家的話對母親説，衹説母姨少停就來，這是揣度之詞，無過要母親聽了快活。

不想，没多一會，莊媪果然坐着乘轎子到門，出轎來一徑向黄氏房中問病。黄氏見了他姊姊，心中快活。莊媪與他叙了些離别的話，又講些閑談消遣。黄氏頓覺心頭鬆動了些，便留莊媪在家多住幾時。莊媪道："我正放心你不下，那裏肯就回去？這是不消你慮得的。"便打發了轎子回去，自己同着個丫頭住下。見成大與母親抻墊衲子，莊媪忙叫丫頭替他，成大心中十分喜悦。戾姑見是他婆婆親屬，雖不好衝撞，却也全没有一毫敬客意思，衹是粗茶淡飯拿來與他吃。黄氏道："姊姊！你見麽？你是客人，他也這般待慢，合家的人越發不在他心上了。"莊媪道："妹子！你不必説了，做姊姊的都曉得。衹要你病好起來，我還你一個快活就是了。"正在那裏講，衹見莊媪家中打發人拿一盒子吃東西來，説是與莊媪吃的。打開看時，一尾煮熟大鯽魚，與病人最相宜的。莊媪不肯自吃，拿過去請妹子，黄氏覺道十分可口②。從此，莊媪家裏日常遣人來，來時就有佳肴美饌，莊媪絶不到口，衹把來勸黄氏。

過了幾時，黄氏的病漸漸痊③愈，衹見莊媪的孫子到來，還衹

①"上"，原本誤作"土"。以下同此，不再出校。
②"口"，原本誤作"日"。
③"痊"，原本字形殘缺。

十一、二歲,説是母親叫他來的,又拿了些適口美味來問將。黄氏嘆道:"姊姊!你掙得好媳婦!妹子和你是同胞姊妹,不知姊姊却是怎樣修來的?"莊媪道:"妹子!你前番出的胡氏甥婦究竟如何?"黄氏道:"雖不道得象現在的這般不好,却那裏及得姊姊家甥婦半分毫來!"莊氏聽了,不平道:"妹子!你這人忒没分曉!怪道要受那般氣,天下人也不憐你的!我前年在這裏見胡氏甥婦,諸般①替你的力,你是從早至暮不費一毫心的。你還横不是、竪不是,不曾把好面孔、好説話來對他,他却又并没一些怨你,這是極賢的了。我原曾勸你好好看覷他,也是憐他的肯孝順你。你自没事尋煩惱,把他出了,如今却受那忤逆的氣,怎麽倒連他都道不如起我家媳婦來?"黄氏見説,方纔有些省悟,道:"我前番不曾聽得姊姊説話,悔之已晚!前番出他,他不肯回湘潭,躲在上水洲族裏人家,我又去鬧了一場。過來已有多年,不知道他改嫁了未曾?"莊媪見他有些回心轉意,心中暗喜,便道:"容我替妹子托人去打聽看。"當下打發他孫子回去了。

又過兩日,黄氏的病竟全愈了。莊媪便欲别他回家,黄氏涕泣道:"姊姊一去,恐怕我仍舊要死了!"莊媪便勸他與兩個兒子分家,叫成大去尋成二來商量。成二先告知戾姑,戾姑心裏不喜歡,就在隔壁發話,道是莊媪多管别人家閑事。成大聽得,便叫成二去對老婆説,願將好田産都歸與他們。成大自己祇到些花息少的,母親也是他獨個養膳。戾姑聽了,方纔快活,便請那些親族到來,立了析産文契。分撥已定,莊媪辭别黄氏回家。

到明日,打發轎子來接黄氏去,黄氏欣然上轎,來到十家村。進門見過莊媪,便説:"請甥婦出來會。"會了面,不住口的贊他許

①"般",原本字形殘缺,據别本補。

多好處。莊媼倒好笑起來，道："我媳婦一百様好了，也那裏就没有一様不好？我衹是能容他罷了！妹子！你的媳婦就象我媳婦一般，你也總道不好的，却何必這般様贊他！"黄氏聽了，叫起屈來道："冤哉枉也！姊姊道妹子竟是根木頭麽？生了嘴，生了鼻子，難道酸的、咸的、香的、臭的都没一些分别？却這般説起來！"莊媼道："我想你出的那胡氏甥婦，此刻想起了你，不知他心下怎様的？"黄氏道："不過罵我就是了，有什别的？"莊氏道："你自己没有什麽差處？難道他也罵了？"黄氏道："過失是請人免不來的，我那裏一些也没有？衹因他不能象甥婦這般賢惠[①]，就料得定他在那裏罵了。"莊氏嘆口氣道："這個纔要屈哩！那'冤哉枉也'四個字須不是你説的？你道前日我到妹子你家裏，那日日送來吃食東西是誰叫人拿來的？那裏是我[②]媳婦，却倒就是你家胡氏甥婦的孝心！"黄氏吃了一驚[③]道："姊姊你怎麽説？"莊氏方纔原原本本敘述出來，道："你家胡氏甥婦，先前原在上水洲。因你去淘了一番氣，他心中纔着不安，那邊難住，轉到我這裏已有多年；衹因怕你曉得，未曾通知。前日，拿來的吃食物事，可憐都是他十個頭手指，日夜不停做出來供奉你病人的；却還怕你知道，衹説是我家媳婦拿與我吃。就是前日我到妹子那裏來，也是他鼻涕眼泪的催促我，因此，越發來得快。你却還疑心他要罵你，可不是場天字第一號的冤屈官司麽？"黄氏當下方纔自知不是，泪流滿面道："妹子一向有眼無珠，如今有何面目見我媳婦？"莊氏便去唤順兒出來，順兒一包眼泪，拜伏在地。黄氏見了，去捧住順兒的頭大哭，順兒也

---

①"惠"，原本作"會"。

②"我"，原本誤作"三"。

③"驚"，原本誤作"敬"。

哭，莊家合宅的人見了，都哭起來。黄氏又握着拳頭自己亂打，道："我這樣人，倒不如早些死了，也省他吃那多少的苦！"順兒和莊媪立勸，方纔住了。立刻叫人回家唤成大來，黄氏叫他代自己拜謝媳婦，夫妻兩個又是一番痛哭。

從此，婆媳之間十分相安，在莊家住了十多日，一同歸家。家中幾畝荒田，那裏用度得來？靠成大訓兩個蒙童，順兒針指上再覓些少錢來，將就過活。那成二家中頗算富足，却被戾姑管住了，不來顧他母親和兄嫂。戾姑笑順兒是出過的，看他不上眼；順兒也怪戾姑不孝，不去理他。兄弟妯娌一宅分爲兩院，各做人家。戾姑没用處他的毒手，便日日把丈夫和那丫頭們來打駡。一日，那丫頭怨命吊死了。丫頭的父親去報了官，官府便來拿人。成二代老婆去聽審，官府打得他皮開肉破，却仍舊要拘戾姑這潑婦。順兒勸丈夫去替他挽回，成大恨他忤逆母親，不肯去。順兒道，"天下的人都是把好處感化得來的，你却不要和他一般[①]見識纔是。"成大便央人到官府處去求，又自己去勸原告的。原告的倒肯歇了，官府却不肯依，仍舊的捉了戾姑到衙門，拶得他十指衹剩骨頭，不留一些兒肉。官[②]府風聞得成二家大富，勒索二千兩銀[③]子，少一釐也不能。成二没奈何，把田産抵與一個富户叫曾于田，恰恰抵銀二千兩，如數送官，方得戾姑歸家。

過了幾時，曾家火一般來索債，成二急切没有銀子，商量[④]找幾兩銀子把田歸與姓曾的。曾于田衹肯再找一百兩，成二因一時

---

①"般"，原本誤作"殺"。

②"官"，原本誤作"害"。

③"銀"，原本作"良"，以下同此，不再出校。

④"量"，原本誤作"良"。

没處打算，也便肯了。當下把抵契改换兑契。曾于田打聽這産業一半是李成大讓兄弟的，恐防後來有口舌，要他一到。成大便同兄弟去畫了居間的押，把應找的銀兩也都交割過。正要出門，衹見曾于田忽然豎起兩隻眼睛嚷道："我乃李石文，曾于田是什麽人？敢買我的産業！"回頭對成大道："陰司感①你夫妻孝順，因此，令我回來看你。你回去，紫薇樹根下自有銀子，可快取來贖我血産！那忤逆胚，不必顧他。"成大見是父親現靈，正要開言動問，衹見曾于田跌倒在地，好象睡着了。少停一會醒來，問他時，全然不曉。衆人都道稀奇，却因已經成交，且自由他。

成大回家，那紫薇樹正在他的院子裏，衹見戾姑早率領衆婦女來樹根頭掘。掘下四、五尺，衹有許多磚頭石塊，并没銀子，掃興而去。成大見他們來掘藏，勸母親和妻子不要走過去。等他們掘不見銀子，嘴裏一路駡曾于田搗鬼去了，黄氏便趕去看，果然衹是些磚頭石塊一堆兒在泥裏，便走了轉來。順兒正在那裏縫婆婆的衣服，直等縫畢了，方纔慢慢地也走去打一望，却見都是五兩來一錠的白物，便唤一聲丈夫。成大走過去，也見是銀子，便夫妻兩個搬運到了屋裏。成大不忍一個到手，去唤兄弟來和他均分。恰好二千一百兩一個，這個贖了田便没得再多，那個去贖田也剛剛不少。成二隔着壁叫家裏人帶兩條包②袱來，包了那分與他的銀子回去。戾姑打開看時，却見都是些磚瓦，夫妻兩個大驚。戾姑道是丈夫被哥哥作弄了，打發他到成大處去探聽，衹見成大的那一半銀子，還放在桌上。成二把變磚瓦的話述與哥哥聽，成大十分憐他，指着桌上道："你都拿了去罷！難道再變了磚瓦？"成二謝

---

①"感"，原本誤作"敢"。

②"包"，原本脱漏，據别本、舊鈔本補。

了哥哥，又着人搬回家去。見這番果是銀子，便拿到曾家要贖田。曾于田纔買得他的，那裏肯便放贖？却因有李石文現靈一節奇事，不論成大與成二，祇要有銀子就聽他贖了去。成二心中也知感激哥哥，戾姑却仍疑心成大用詐，成二便也有些半信半疑。

到了明日，曾家遣①人來說贖田的是假銀子，要到官出首。成二夫妻大驚。戾姑道："我原想天下那有這般好人，把一半分了你，又連自己一半也都與你，却是設這計來殺你。"成二見説，越發害怕，忙到曾家去哀求，情願仍把田歸曾家。曾于田本不肯干休，因他求得苦切，方收了文契，仍將銀子發還。成二拿回與戾姑打開來看，見裏頭有一錠被曾家剪斷，四圍薄薄一張銀皮，中間却是鉛的。戾姑便祇拾出了剪斷的那錠，都叫成二拿去送還哥哥，教導成二："你祇説兄弟没二水，哥哥分一半藏銀都變了磚瓦，仔細想來，怎好受那一半，因此奉還。倘要贖田，可自去贖。"成二依言來見哥哥。成大不曉得是什麽意思，不肯接受。成二推讓再三，成大祇得收了。拿去稱一稱，却少了五兩光景，生發來湊足了，也到曾家贖田。曾于田怕又是假的，連剪幾錠來看，都是足色銀子，便收過了，把田契交還成大。

戾姑先前叫成二還銀子，祇道都是假的，看成大怎樣用得去，如今見田已贖了，又疑心是自家掘時，先吃他們把真銀子藏②過，不知那裏弄這假的來哄兄弟，氣忿不過，隔着壁指東話西的駡。成大夫妻倒還不知就裏，去問成二家一個底下人，方曉得還銀子的原故。成大便去唤成二來，取田契付與他，道："這些産業，原是分與你的，你仍去收些花息過活罷！"成二原不好意思來接，却怕

①"遣"，原本誤作"這"。

②"藏"，原本空缺。據别本、舊鈔本補。

老婆埋怨，就便收了。戾姑還不感激成大夫妻，衹道虧他罵出來的。當夜，成二睡去，夢見他父親來罵道："你夫妻獨占美産，又把來輕易弃與他人，如今是天賜你哥哥銀子贖回來，你們又去弄他的出來與你。你們這般没天理，不想蔭蔭子孫麽?"成二夢中驚醒，即便説與戾姑聽，戾姑不信。那時，他們有三個兒子，大的八歲，中的六歲，小的四歲。過不多日，大兒子忽然生起病來。去占一卦，説是祖先不喜歡，連忙到家廟内去求，却不中用。看他死了，戾姑心中纔有些着急，便叫丈夫把田契送還成大。成大必不肯收，成二夫妻道：是成大情願與他們，也便歇了。不上三日，二兒子好端端的忽然也病起來，衹半日就死了。戾姑和成二越發心慌，夫妻兩個同拿了田契去還成大。成大堅決不受。戾姑情急，衹得把丈夫做的夢説與成大聽，道："衹算保全了我四歲的那小兒子罷!"成大纔收了田契。

戾姑從此省得自家一向的不是，心中悔恨，到他婆婆那裏叩頭陪罪；每日清晨與順兒不先不後在黄氏房内問安，又十分敬重成大和順兒。成大夫妻見他改過自新，也快活不過。可憐黄氏福薄，纔得戾姑改變不上半個月，生起場病來死了。後來成大見兄弟没了田産，不住資助他，成二夫妻也感激到老。成大三個兒子都成進士，爲顯官，榮封父母。那成二的小兒子，雖没什麽好處，也便傳①了種。正是：

善惡到頭終有報，衹争來早與來遲。

①"傳"，原本誤作"付"。

第八回　施鬼蜮隨地生波
仗神靈轉灾爲福

（演述《聊齋志異》中《仇大娘》故事）

不算冤仇，怎便滿懷盡，藏了惡窗。月黑殺人，風高又想使計。笑臉相迎，總祇是，損他自利。我問你，着什來由①，這般好尋閑氣？　堪笑噴沙小伎；使盡了陰謀，總然枉費。機械多端，祇博一聲不義。天相吉人，却自去，暗中佑庇。到後來，果報循環，反是你獲神忌。

匿怨友人，那鬼蜮的行徑便是可耻。我既和這個人有些夙怨，不妨竟不睬他，他自己遭了灾禍，我也不去救援，這個雖然也不是聖賢的立心，却還不失爲直道而行。倘然外貌原和那人交好，却暗中把他傾陷②，這種陰賊險狠肚腸，本是造物所忌；再或與那人不算有冤，無故放出毒手，越發不是人了。誰知我想去陷③害他，倒反成全了他，白白把自己性命嘗那俠客的利刃。

明朝正德年間，廣東廣州府番禺縣有個有名的秀才，姓尤叫尤牧仲，家道也頗過得。髮妻陳氏，争生下一個女兒，小名叫做英

①"由"，原本字形殘缺作"田"。

②③"陷"，原本字形均殘缺。

姑,遠嫁在潮州府。那陳氏病死了,尤牧仲又續娶個曹[①]氏,産得兩子,大的叫做上心,小的唤作次心,都還年幼。忽一日,江西有位藩王慕尤牧仲的名,差官到廣東來接他去。尤牧仲到得江西,還未進藩府,却值那藩王造反起來。尤牧仲不敢入見,欲要回廣東去,却又各[②]處在那裏厮殺,路上難走。這就象前人兩句詩道:

一身飄泊離鄉井,萬里馳驅入網羅。

當下,尤牧仲着急,哀求那差官替他周[③]旋。差官叫他祇就飯店裏歇下,自己去回復藩王,祇説尤牧仲不在家,因此未曾請到;那藩王也不追求。後來朝廷令王守仁統率大兵平定江西,一應從逆的人,都要搜尋勘問。那飯店主人却有些曉得尤牧仲來歷,不敢隱瞞,時即行出首。王守仁因他雖係逆藩所聘,未同謀反,從輕問個邊遠從軍,却發在山西大同地方。

那曹氏和兩個兒子在家,聞了江西反信,好不擔憂。後來聞得平静了,却祇不見丈夫回家。又聞得有人江西來説:丈夫已爲亂兵所殺,放聲大哭了幾場,設起個靈座來,合家守孝。那尤牧仲有個兄弟,是不成才的,好嫖、好賭,弄得家計蕩然。見説哥哥已死,便去勸嫂嫂改嫁,意思要曹氏去了,就好侵奪家産。那曹氏却立志不事二夫,再也勸他不動。這尤牧仲兄弟唤尤未申,心還不死,暗地將曹氏許了本地一個開酒坊的,約他黑夜來搶。曹氏在鼓當中,那裏曉得,倒虧一個冤家與他保全了。那冤家姓韋,叫韋耻之,也是番禺縣裏秀才,祇因考不過尤牧仲,便把尤牧仲切齒痛恨,你道好笑不好笑!那尤牧仲死信也是他造出來,害他家朝啼

①“曹”,原本字形殘缺作“目”。
②“各”,原本誤作“名”。
③“周”,原本誤作“問”。

夜哭，戴孝披麻，却還怨恨未消，見曹氏寡居，便又布散流言，道他與人私通，説得活龍活現。從來好名聲難得人稱揚，醜名聲是個個喜談樂道的，那開酒坊的耳朵内得了這話便不要了。尤未申另尋主顧，便十個十個不肯來凑這頂緑頭巾，尤未申没奈何，衹得息了念頭。

過了幾時，曹氏耳中風聞得他叔叔的所爲和外面這些醜語，又憂又氣。憂的是，憂尤未申陰謀不測；氣的是，氣那没來由説話，傳得不好聽。怨憤填胸，無處消釋，漸漸成了個軟癱的病，四肢無力，終年睡在床上，不能起來。那時上心纔得十六歲，從小聘定了江秋岩秀才的女兒。曹氏因自己病廢了，没人主持家事，便急急與上心畢了姻。那江氏長上心兩歲，極知婦道，肯孝順婆婆，又料理得那些家務來井井有條，曹氏心中甚是喜悦，便分付上心夫妻當了家，叫次心，自去從先生讀書。

那韋耻之心裏忌刻尤家，外貌却十分見好。他和尤家原是一向來往的，便時常來邀上心去一處吃酒。上心認了韋耻之是好人，便倚仗他做心腹，家中的事，件件説與他知道。一日，韋耻之對上心道："我想：尊堂是病廢的人，現在家中全仗賢夫婦主持。你令弟年幼，那裏曉得哥哥、嫂嫂的辛苦？將來長娶了，聽信枕頭邊人説話，倒還疑心賢夫婦當家時做下了多少私房，可不是出了力不出得汗麽？據我意思，何不分了家，也省得日後受氣。"上心道他幫着自己，又説得情真，回家和江氏商量。江氏道："虧你説這話！婆婆終年卧病在床，叔叔又年紀幼小，怎地便分得家？我問你，聽了何人説話，發起這條心來？"上心見江氏埋怨他，不肯供出那知心着意的好朋友來，衹説是自家主見，也便歇了。怎當這韋耻之日在他面前挑撥，忍不住又去母親跟前，也衹説是自己主意要分家。曹氏聽了大怒，把他痛駡了一場。上心見母親不肯依他，心中怨起來道："我却何苦替别人做馬牛？"便看得銀錢不在眼內。口裏去買好的來吃，身上去做好的來穿；底下人侵蝕了他的，也不去查，外頭人借貸了他的，也不去討。韋耻之見這光景，便尋①着那機會誘他賭博，銀錢完了，便倉裏畚些米去糶來賭。江氏雖都知道，那裏擋得住他；又怕婆婆曉得要動氣，倒衹替他隱瞞。一日，曹氏聽得説倉裏没了米，倒吃一驚，忙問媳婦，江氏衹得把丈夫鬥氣浪費告知婆婆。曹氏没奈何，就分開與②他夫妻，自己和小兒子同過。

上心賭熱了心，有些歇手不來③，見分了家，越發肆無忌憚，一日到夜，衹是賭。不消半個年④頭，把那分與他的田産，盡行推了賭帳，連這些丫環、使女也都推賭帳推完了。江氏衹叫得苦！上心無錢賭了，没處生發，思量把江氏去抵押錢鈔，逐處打合。衆人因他衹寫一紙抵契，妻子却仍在家，怕他耍⑤賴，竟没受主。韋耻之便替他去打合一個姓宋的，渾號⑥叫做陽世閻羅。那陽世閻羅，原是個漏網的大盗，逞着强梁，衆人盡都怕他，他却不怕上心賴他債，便收了文契，抵與上心三十千文。上心拿去，幾擲骰子，早又乾净。那紙契上原衹寫得，暫抵五日就加利奉還，五日没得還，送妻子過去的。到了第五日，上心那裏有錢，心中果然想賴。那陽世閻羅見上心不去還，便自己來討，輪拳勒臂衹從打起。上心十分害怕，便去騙妻子，説是他父親在家患個急癥，寄信來追做女兒

①"尋"，原本字形不清，據别本補。

②"與"，原本空缺，據别本、舊鈔本補。

③"不來"，原本前字空缺，後字殘缺。

④"個年"，原本空缺，據别本、舊鈔本補。

⑤"耍"，原本誤作"要"。

⑥"渾號"，原本前字空缺，後字作"房"。據舊鈔本改。

的。江氏見説,心内慌張,那裏去辨真假?連忙奔出門去。上心早雇定一肩轎子,私下囑付他抬到宋家;江氏上了轎子便行。韋耻之曉得江氏到陽世閻羅家去了,便走往江秋岩處報信,要弄他來和上心鬧。江秋岩知道這事,勃然大怒,立刻寫一紙狀去縣裏告。縣尹和江家是有世誼的,便火速出差追尤上心,却早已逃得不知去向。差人去禀白了,縣裏便又差人拿陽世閻羅與江氏到官。

却説,江氏被轎夫抬到宋家,方纔曉得被丈夫賣了,號咷大哭,要尋死路,被宋家衆人守住。陽世閻羅先把些軟話勸他,江氏那裏肯聽?陽世閻羅見他不從,便行出凶勢來道:"你丈夫把你賣在這裏,錢已到手,怕你生個翅兒飛了去不成?"江氏見他們做出凶來,也便大駡。陽世閻羅大怒,正要叫人取竹片來打,衹見江氏就頭上拔下簪子,拿來頸邊亂刺,衆人急救,早已透了食管,那血似殺猪般涌出來。陽世閻羅叫人把絹帛與他束了,待將息好時,却再慢慢地勸他。裏邊正在那裏鬧,衹見官差拿了簽來叫人。陽世閻羅欲待不去,差人道:"江家是太爺的世兄弟,太爺火急在那裏替他追人,你如何待慢得?"陽世閻羅衹得同了差人便去見陽世的城隍。差人又叫備乘暖轎抬江氏到官。太爺見江氏傷得重了,駡那陽世閻羅威逼,拋下簽去叫:"打!"那些皂役你看我,我看你,都不敢動手。官府素風聞這陽世閻羅作威作福,衆人都怕他的,見了這般光景越發大怒,便唤出自己家丁,來動手打。衆家人不曉得打板子法道,衹是用力蠻打,打上幾十板,早已見[1]陰間的閻羅去了。當下,太爺分付江秋岩自抬女兒回家調治,叫宋家自來扛尸首去收殮,不表。

---

[1]"見",原本空缺,據别本補。

却説，曹氏卧病在床，那上心的狂賭，衆人都不敢對他説，直到江家興訟，官差來家拘人，方始曉得兒子的諸般罪狀；氣得手脚冰冷，死去了幾回，那病越發沉重起來。先前江氏在家時，雖是分了家，却虧他孝順，仍舊日日來替婆婆料理家務。曹氏病體，十分倚仗着他，如今去了，病重起來，還有何人靠托得？那次心還衹十五歲，日夜坐在床前啼哭，説不盡那伶仃孤苦。

却説，尤牧仲那個女兒嫁在潮州的，性情極是剛强。因他夫家窮苦，每到歸寧時節，向父親需索，一應家常要用什物，件件都是好的。尤牧仲與他些兒，他總嫌少，和父親吵鬧。尤牧仲不喜歡他，怕去接他回來；他也鬥那口氣，自從尤牧仲在家，便絶足不回廣州。這情節韋耻之却也曉得，當下見曹氏母子那般光景，他又想弄這英①姑回來，好看他們淘氣，適值有個潮州人在廣州城裹做生意，問他時，却正是那裹的鄰人，韋耻之便托他寄個信去叫英姑即日就來。過不多時，英姑果然領了十五歲一個小兒子到來。進了門，見他繼母病得九死一生，衹有十幾歲的小兄弟在床前，一種凄凉景况。英姑看了心酸起來，便問："上心在那裹？"次心把上面的事，細細説與做姊姊聽。英姑聽了，怒氣填胸道："父親死得幾時，這般賊就敢來欺侮我家，賺騙我家田産麽？"便問次心那同了上心賭的這些人姓名。次心説了好些，却衹不説出韋耻之來。你道這是爲何？原來韋耻之賭的手段平常，和上心賭起來，倒要輸與上心，因此，衹是誘他去與别人賭，破他的家産，自己却一百回裹，不過同上心賭一兩回，人家都不曉得。

當下，英姑便同了兒子出門，一徑到縣前去尋官代書，要寫狀子告那同賭的人。那同賭的人着了急，央人出來調停，斂些銀子

①"英"，原本誤作"菜"。

送英姑買果子吃。英姑受了銀子,却仍舊把狀子去告。縣太爺便出簽拘提那些人來,每人重責四十頭號,纔放回家。英姑又求知縣,要他追那些田產出來。縣太爺聽了,眉頭一皺道:"這却太過了! 况你兄弟又不在面前,知道他是怎樣把田產推與人家的? 本縣今日衹好重治這些人的賭,來消你那口氣罷了!"英姑聽知縣説話確也公平,衹嫌斷得太寬些,不好再求,便出縣來,又到府裏去告。恰好那知府是最恨賭博的,英姑跪在案下把那班賭賊怎樣局騙,怎樣弄得上心逃來無影無踪,如今他繼母怎樣病上加病,和那小兄弟在家怎樣孤苦①,條條款款哭訴一番。激得知府心頭火發,立刻判下來,仰番禺縣追田產給還原主,仍將上心懲治。當下縣裏不好從寬,即便②嚴刑追比,不上幾日,那些田產依舊姓了尤。其時,英姑的丈夫死已多年,便打發那小兒子自回去,叮囑他同着哥哥在家務業,不必再來;自己却便在母家住下,上養繼母,下教幼弟,内外事宜都是英姑一人主持,整理得十分楚楚。曹氏心中快活,病也漸漸復舊了,便把家來托付英姑,凭他處分。過了一年,便增了些田產,鄉鄰裏頭,有幾個强横的欺侮了他家,他便提刀上門争論,衆人都怕了他,再没人敢來尋事。他又時常備些佳肴美飲,遣人到江家送與江氏。又見次心已長大了,央媒與他説親。却被韋耻之各到處對人説尤家田產盡是英姑掌管,將來没得歸還兄弟的了,衆人信了這話,都不肯出庚貼到尤家來;這且不表。

却説,廣州城内有個萬公子名萬福同,父親曾任山西布政,家中富有金銀,造一個園來,真乃四時有不絶之花,八節有長春之

①"苦",原本誤作"若"。

②"便",原本誤作"使"。

草，廣州城中推爲第一。那園直通萬公子的内室，不是内親也便難得到他園中，曾經有一個人不曉得撞入去，公子見了大怒，把他算做鬧手，捉到縣裏幾乎打死。這些事，韋耻之平日也曾聽在肚裏。一日，正當清明時節，次心從外歸家，路遇韋耻之招他同去游春玩景，不覺走到萬公子家園門首。那園丁却是韋耻之認得的，便放他兩個人去裏①邊玩。兩個一路觀看園中景致，真乃比别處②不同。看看來到一個池邊，池上架座小橋，橋那邊雕欄畫檻，通着兩扇朱門，遥望去，那門内花草錦③綉一般，這就是萬公子内室。韋耻之哄次心道："你先過④橋到那門裏去，我去解了個手就來。"次心不曉得他使計，便過了橋，望着那門裏去。果然那花比外面的更自不同，衹見：

桃李成行，杏梅列隊。香魂叠叠，芳影重重。芍藥欄中，描不盡丰姿綽約；牡丹墩上，説不了氣象豪華。一二流鶯鳴葉底，睍睆疑歌；百千彩蝶亂花間，蹁躚似舞。

尤次心觀之不盡，玩之有餘，正一步步向前走，忽聽⑤見女眷聲音，便站住了脚。看時，走出個十二、三歲的小丫頭來，見了次心掇轉身便⑥走。次心方⑦曉得是内室，連忙回出來。衹見萬公子也早出來，喝家人："快些拿住！"次心着了急，奔到橋邊往那池裏一跳，早已下去。忽見萬公子回嗔作喜，忙叫家人搭救起來。

---

①"裏"，原本脱漏，據舊鈔本補。
②"處"，原本脱漏，據舊鈔本補。
③"草錦"，原本空缺，據别本補。
④"過"，原本誤作"邊"。
⑤"聽"，原本字形殘缺不清。
⑥"便"，原本字形殘缺作"二"。
⑦"方"，原本誤作"放"。

見他衣裳都已濕透，便叫將乾衣服來與他換了，挽了次心手，同到個亭子内去坐。和顔悦色問了姓名，便請次心寬坐。自己走到裹面去轉了一轉，却又出來携次心的手延他入内。次心不曉得是什麽意思，不敢進去，欲要告别，公子不肯放，衹得便同走過了小橋，又到方纔那朱門内去，衹見花籬裹面，隱隱象有美人來窺看。公子延次心到一廳①，小小書廳内擺設得十分精雅。坐定了，獻過了茶，又搬出酒肴來。次心立起身辭道："年幼無知，誤入内室，得蒙赦宥，已屬萬幸，但願放令早歸，感激非淺！"公子那裹肯聽，扯次心去客位裹坐下了，公子對面相陪，幾個俊俏丫頭，捧了酒壺與他斟酒。次心是個不出書房的後生，到此地位，面嫩起來，紅了又白，白了又紅，那些丫頭都在背後嘻嘻的笑。次心略飲兩杯，又要起身告别，萬公子拖住道："小弟有一個對，小哥若對得好，便放小哥回府如何？"次心道："既如此，請教！"萬公子勸次心坐定了，纔吟出那出句來，道是：

半夜二更半。

衹見次心好似平常日子預先對就了的一般，絶不思索，接口便對道：

中秋八月中。

萬公子拍手大笑道："真乃解學士再生了！"次心連稱："慚愧！"

原來萬公子有個女兒，小名唤做巧娘，因是七月七日生的，取這個名。年方二八，生得如西子一般，又且精通書史，父母日日思量揀個快婿，却都不中得意來。上一夜，巧娘做一個夢，夢見一個人對他道："解學士是你丈夫！"巧娘夢中尋思：解縉是國初人，怎地做起我丈夫來？便又問那人道："如今在那裹？"那人道："明日

①"廳"，原本作"所"，下同。

落水的就是。"巧娘早晨起來把這夢説與爺娘聽了,都道:"稀奇!"這日次心跳在池裹,正應了那夢兆,因此,萬公子倒歡喜起來;又見次心神氣清秀,語言明朗,越發中意,便招接到裹面,原是要妻女都來看看,再自己考考他内才的意思。

當下,萬公子對次心道:"這個對是小女平日間想[①]下的,却再想不出那對句來,今日小哥對得真乃絶對,這個也未必不是天緣!賤意欲將小女仰諧秦晋,未知尊意如何?"尤次心推辭道:"晚生門户[②]衰微,怎敢攀偕[③]華胄,府中玉女衹當另覓良緣的是!"萬公子道:"小哥不必太謙,你也是積祖書香,難道和舍下對不來?小弟主意已定,衹要小哥不弃就是了。"尤次心道:"極承推愛,但不知家[④]慈意下如何,未敢擅自主張。"萬公子道:"這也不錯,小哥回府去且禀知尊堂太太了來。"當下,次心謝别了萬公子,萬公子叫打轎來抬了他,又着人背了濕衣服,送他歸家。

次心回到家裹,説起被韋耻之作弄闖入萬公子内室,害得受嚇跳池,方纔大家都曉得韋耻之是個歹人。曹氏囑付兒子:"今後衹不要去睬他就是了。"次心又説起萬公子見他對了那對,要把女兒與他聯姻。曹氏心裹却怕門户不相當,結交他家不起[⑤],十分躊躕。過了兩日,萬公子托人來致意曹氏,并説是自己家内屋宇頗多,可以贅去成親。曹氏衹是狐疑不決,英姑却便自己走出去應諾了那人。即日,央媒人行起納采的禮來,擇個吉期便送次心入

①"想",原本字形不清。

②"户",原本誤作"尸"。

③"偕",原本作"揩"。

④"家",原本誤作"了",據别本改。

⑤"起",原本字形殘缺。

贅到彼。成婚後，夫妻和偕，自不必説。過不多時，學[①]院來考，次心便入了泮，名噪一時，萬公子倍加愛敬。住了年餘，次心道是：母親在堂，應得歸家侍奉，稟[②]白丈人、丈母，要同巧娘回門。那時，次心的妻弟漸長成了，萬公子夫婦也便不十分面留，備了絶盛妝奩，送他們回去。那時曹氏在家，虧得英姑替他整理得家務好，日日招財，時時進寶，心中快活。英姑又延請名醫與繼母調治，那舊病好了大半，竟走得下床來。英姑又把房子收拾得十分齊整，次心夫婦回來，且帶[③]得許多底下人，竟宛然是富貴人家局面了。

那韋耻之見尤次心與他斷絶往來，已自氣忿不過，又見尤家這般興頭，更加聲恨，日夜要想個法兒來傾害他家。其時，番禺縣尹換過了，不是前日那江秋岩的世兄弟，却倒是韋耻之老婆的母舅，姓胡名徒。番禺縣内有一伙强盜，打劫了人家，發覺出來盡行脱逃，一個也拿不着，官府十分心焦。韋耻之却去見那知縣，説尤次心是與這伙强人做窩家的。胡知縣信以爲然，也不另行察訪，竟捉次心到官勘問。尤次心那裏肯認，却被胡知縣嚴刑拷掠，受不得痛苦，勉强招了。那胡知縣又來尤家起贓，却一件起不出來。胡知縣就算他變了贓，把他家産盡行抄没入官。還虧[④]英姑拿着分家薄子去争辯，更兼新增的田産都挂在上心名下，因此倒衹抄没得一半少一些，曹氏和英姑在家還盡好度日。當下，萬公子替女婿去上司衙門申理，怎奈判還尤上心田産的這樣好知府，又調任别處去了，那些上司都要保全胡知縣，不肯把他做承審不實，衹

①“學”，原本空缺。

②“稟”，原本誤作“票”。

③“且帶”，原本作“真帝”。

④“虧”，原本誤作“了”。

是將尤次心的罪改輕些，革去前程，問個邊遠充軍，克期在番禺縣內起解。曹氏和巧娘都來衙門前分别，個個哭得喉嚨都啞了。次心見妻子正在青年，自己此去量來不能再歸，便討紙硯寫紙離書，勸他另擇良姻。巧娘接來，扯得粉碎，道："郎君若疑妾有二心，今日先死在郎君面前，郎君可放心前往！"便望側首一個井内涌身就跳，幸得衆婦女手快，上前扯住，先勸了他回家去。尤次心哭拜了母親，又謝别那送的親友，即便登程。

原來，他充發的地方也正是山西。行了好些日子，來到河南界上，在飯店内打尖，見門首走過一個叫化子，面貌有些象他哥哥。走近去仔細一看，果然不錯，上心也認得是次心，弟兄兩個叙起别後事情，大家啼泣不止。次心對哥哥道："兄弟這一去，今生未必能回，可憐母親在家孤凄！哥哥須作速回去，好令老人家略開懷抱。"便在自己包裹内分出幾兩銀子，遞與他做盤費，灑泪而别。

不表次心山西充軍，且説上心一路回家。不一日，到了廣州，走進門去，拜倒在母親面前。曹氏垂下泪來，問他一向在那裏？上心未及回言，英姑走過來道："母親怎還和他這般説話！"便扶曹氏去中間朝南坐了，自己拿一根大毛竹板子在手内，厲聲喝道："你受得起我一百重板子，便留你在這裏，若受不起時，你的田産一些也没的了，那裏有飯吃？快與我去罷！"上心眼泪紛紛，拜伏在地道："做兄弟的不肖，甘受姊姊痛打，收留兄弟在家奉事母親了罷！"英姑便輪起板子，望着他屁股上直劈下去。上心在地下嚇得眼睛亂閉，兩隻腿上的肉抖個不住，已打料一頓的了，英姑忽又縮住手，把板子撇在地下道："這樣賣老婆的人，打來也中什麽用，你祇與我别處去！"上心哭道："兄弟已經知罪，姊姊打了我，收了我罷!”英姑不就應許,等他又求[①]打不已,纔道:“我也没得手來打你那不器的,且留在這裏,再犯出一些子毛病來時,你的舊案還未曾銷,捆你去當官究治便了!”上心連聲道:“不敢!”英姑收留了上心,便差個家人去江秋岩家報知江氏。江氏駡道:“我如今還是你尤家什麽人?却也來告訴!”家人見他動氣,便將這話來回復曹氏和英姑,英姑就把江氏的説話,述與上心聽,來羞他,上心氣也不敢出。

住了五、六個月,英姑吃也没得好的與他吃,穿也没得好的與他穿,夜間叫他就在厨下開個鋪,和那些底下人一處睡,日裏不是燒火,就是挑水,不是打柴,就是掃地,也象小厮般做。看上心時,却没一些兒怨恨意思,英姑心中暗喜,又幾次把銀錢出入的事試他,竟一毫也没有苟且。英姑見他果然改變了,方纔和繼母商議,要去求請江氏弟婦回來。曹氏道:“我也日日在這裏想他,但是他十分氣苦[②],怕挽回不來的了,這却怎麽處?”英姑道:“他若忘我家時,不等到今日,早已另嫁他人。衹是害得他太毒了,因此,有前番氣忿説話。却也怪他不得,如何割捨得來?”

當下,英姑便自己率領了上心,到江秋岩門上去負荆請罪。江秋岩夫婦出來見了,冷笑着對英姑道:“小女前日既嫁了令弟,從來嫁則從夫,有意賣,自然就賣了,什麽罪來?”英姑見他夫妻滿腔的怨,便喝令上心長跪在階前,纔又對江母説,要請弟婦出來。江母道:“小女不幸,前番受那大辱,已不是令弟家人了,叫他還有什麽面目出來?”英姑衹得自己也跪下去告罪。江氏慌忙扶住了,便叫家人去請女兒,去了一回,不見出來。江母撇不下英姑情面,

①“求”,原本誤作“來”。

②“苦”,原本誤作“若”。

又自己去唤，却仍不肯出來。英姑便自走入去，虧得他氣力大，竟將江氏抱了出來，坐他在中間一把椅子内。江氏立起身又要走，却被英姑兩手按住，便喝上①心來跪在面前叩頭。江氏罵道："我與你已是恩斷義絶，却還到我這裏來做什麽？"上心羞慚滿面，祇是跪在地下不敢開口，直等江氏罵得暢②了，江母纔去扯了他起來。英姑從容對江氏説，備述他婆婆十分想念，問何時可以歸去？江氏道："一向承姊姊垂愛，今日來到這裏，那敢不依尊命？但是保不定被這黑心人再賣，望姊姊回去另收拾一間房子，容做媳婦的來奉事婆婆，譬如削去頭髮做尼姑就是了！"英姑道："弟婦你也不必執性。"指着上心道："他若不改前非，我做姊姊的也饒不過，還要趕逐他出去，怎肯同了他來？有得容他請罪，實因他今非昔比，已曾幾次試過來的。你們兩個到底是夫妻，從來説，'船頭上相罵，船艄上講話'，是拆③不開的，那裏記得許多恨！我今日和他回去了，你這裏收拾、收拾，明日打發轎子來接你罷！"當下，英姑别了江家夫妻母女，自和上心歸家。

次日，遣幾個家人同着轎子到江家，去接取江氏回家。曹氏和英姑、上心到門首相迎。江氏下轎來，向着婆婆拜伏在地，哭個不住，曹氏也對他哭。英姑早已叫人安排下酒肴，便請繼母朝南坐了，上心夫妻東西對坐，自己却坐在朝北。飲過了幾杯酒，英姑去捧出許多薄籍來，放在桌④上，對曹氏和上心夫妻道："我來這裏，忽已多年，一向把住這些田産，并不是有什麽私心，祇因父親

①"上"，原本誤作"土"。

②"暢"，原本作"陽"，據别本、舊抄本改。

③"拆"，原本誤作"折"。

④"桌"，原本誤作"卓"。

的遺業,不忍着看他人謀占。今幸得大弟回心,弟婦復還,我仍將產業薄子交還你夫婦。我前日一個空身子來,明日仍當一個空身子回去。”當下,上心夫妻都立刻起來,從容拜謝,又懇留他在家再住幾時,英姑便又住下,不表。

再說,尤次心解到山西,撥在大同總兵麾下做兵,總兵見他文秀,叫他掌管文書,十分中意。次心偶然在同伴中說起自己姓名籍貫,内中一個年老的跳將起來道:“這般說,你就是我孩兒麽?”原來這年老的是尤牧仲,便從頭至尾訴説他到江西,遇那藩王造反,發配山西的事。次心方曉得他父親竟未曾死,當下,父子兩人抱頭大哭了一場①,尤牧仲問起家中情形,説上幾日幾夜也説不了,那這幕②中都來與他父子作賀,連那總兵知道了,也都不住稱奇。看官!你道尤牧仲在山西多年,怎便象真個死了的,没封信兒回家,直等兒子也配到那裏,纔知道他不死?原來,他信雖寄過好幾封,却一封也不到,以後見没回書,祇道曹氏率領兒子改嫁去了,也便不再發信。

當下,他父子相依,樂不可言。過了幾日,那總兵拿住一伙强盗,審究起來,都是廣東人,就是在番禺縣打劫發覺了逃走的。尤次心便和父親到總兵面前泣訴冤枉,總兵與他上聞了。朝廷知有這事,就發部議,立刻把次心出罪,復了前程。廣東督、撫、司、道盡行降級、罰俸,番禺知縣削秩爲民,又飭地方官給還尤次心田産、房子。尤次心得信,便别了父親趕回家去,要弄銀子來與父親贖罪。不一日到了廣東,其時,部文先已到粤,尤次心田産、屋宇早經給還,家中正日日望他回來。次心又説起父親不死,現在山

①“一場”,原本誤作“勿陽”。

②“幕”,原本字形殘缺。據别本補。

西，合家大喜。

再説巧娘，自從丈夫發配山西，萬公子不捨得女兒，接回家去住。又因女婿曾寫離書，便去探女兒意思，見他立志不從，也不相强。當日次心回來，知道巧娘守他，心中甚喜，即日去拜岳父母，就接妻子來家。那韋恥之見尤次心出罪還鄉，又復了田產房子，倒白白把個番禺縣革職，絶了他招摇撞騙的路，好生氣忿。適值那夜風大，便悄悄去尤次心屋後放起把火來。一霎時，紅光燭天，照得街上如同白日，他便溜了回去。比及衆鄰舍曉得，走起來救，已把那官府給還的房子燒做白地。幸喜尤次心尚在外家，未和巧娘回來，那房子是空的，不曾傷什麽人。尤上心房子雖與兄弟并排造的，却未曾被火。次日天明，叫人去萬家通知，萬公子見女婿没了房子，便留他夫婦在家。巧娘尋出些私蓄來交丈夫拿去，把燒不盡的將就修繕。次心便雇兩個人，先把倒塌下的磚瓦搬開去，自己在家督工。無意中提起把鋤頭在地上作耍，夯一下，鐺的一響，竟把鋤頭捲了口。打一看時，却原來夯在塊石板上。心中動疑道：這裏爲什麽有起這石板來？便叫人畚開些泥，揭起來看，衹見底下貯着一缸金子，兩缸銀子。當下次心大喜，獻了藏神①，取將出來，便把房子重新建造，倒比前更加體面，接了巧娘回家，整備下二千銀子，便要去山西贖父親。却是上心對他道："你纔到得家，如何就出門？不如等我去走遭罷！"次心依言，揀兩個能幹家人，同哥哥前往。不一日，上心跟了尤牧仲到來。這番合家團聚，笑也有，哭也有，好不熱鬧。

一日，英姑辭别父母、兄弟要回潮州，合家苦留住了，那裏肯放。尤牧仲又分付兩個兒子，將田産三股均分，讓一股與姊姊。

①"神"，原本誤作"紳"。

英姑那裏肯受，却因老兒和兩個兄弟定要與他，衹得收了。次心又取出掘的金銀來，也作三分劃開。英姑便差人往潮[1]州，叫他兒子搬了家來廣州住，竟也做了廣州人。

却説，韋恥之自己尋思：十多年中，幾次設計要害尤家，却倒都成就了他一門，没得計策再使出來，心中納悶。他家中窮得一貧如洗，妻子死了續不起，又没一男半女，連那頂天的也弄乾净，終年寄居在和尚寺裏，那些和尚没一個不厭他。他見尤家十分興旺，又思量去趨奉牧仲父子，希望他些周濟。

一日，是尤牧仲生辰，兩子一女與父慶壽。尤牧仲想起在山西時，到了生日，舉目無親，何等孤凄；如今一門聚集[2]，又且家道大充，好不快活！衆親友都牽羊擔酒來賀，那韋恥之也去强買了一隻鷄來祝壽。尤家父子，雖曉得歷年這些事故，都是他作祟，却因那禍都化了福，倒也不去恨他，受了他送的禮，仍又請他吃酒。却是那江、萬兩親家，想着他險些害死兩家女兒性命，氣忿[3]不過；又見他在尤家談天説地，象人一般吃酒，兩個越發不平，江秋岩便和萬福同商量，假意都走過去與他説説笑笑。到了明日，兩個又同到和尚寺中去訪他，恰好無人在旁，兩個便招他去游山。

那日是韋恥之的惡時辰到了。這般奸險小人，也會得落圈套，欣然同了二人就走。出得城來到一個山裏，却是荒山，四下無人。那江秋岩原是武秀才，去武就文的，脱不去那糾糾氣質，萬公子又是任俠的主顧，便四隻手一齊把韋恥之按倒。韋恥之口裏叫道："爲什麽這般起來？"江秋岩去腰間抽出一口雪亮的刀，來架在

①"潮"，原本誤作"廣"。

②"集"，原本字形殘缺不清，據别本補。

③"忿"，原本字形殘缺作"心"。

他項上，道："你再做聲，我就殺死你這狗才！我要問你，你與尤家有什大冤，衹管設計去害他們？你且説來！若果係不共天日的，我便饒你。"韋耻之告道："不瞞二位説，衹因那年宗師歲考，我考了四等，他却考個一等第一，爲此氣不過，要害他家。"萬公子道："他那時可曾來取笑你？"韋耻之道："他是不曾來取笑我，我却衹是恨他。"江秋岩對萬公子冷笑道："依他這般説，年常考試，不知害多少人家，結多少冤家哩！"指着韋耻之道："我且看你心肝怎樣的！"便隔着他衣服，把刀從他胸前直破到小肚下，挖出那五臟六腑，來挂在樹上了；兩個自取路回家。過兩日，有人入山，見一個没頭剖腹死尸①，原來那頭又不知被什麽野獸咬了去，這是惡人的結局。

後來，尤牧仲和曹氏壽終在家，上心弟兄都能保守家業，次心又發了一榜，一門之内富貴兩全。英姑得了那股家事，也便做了財主，這可不是吉人天相麽？後人有詩單笑韋耻之道：

灾禍由來降自天，幾時付與世人權？
堪憐枉②使千般計，身死空山獨自殲。

①"尸"，原本誤作"死"。

②"枉"，原本字形殘缺。

第九回　倩明媒但求一美
　　　　央冥判竟得雙姝

（演述《聊齋志異》中《連城》故事）

夢鎖重樓春信杳，詩詞會把春心釣。這是爹娘没緊要，延師教，幾把閨[①]門玷辱了，　爲着情詩和悶倒，上裙蟢子驚人跳。作怪丫頭扯謊報，才郎到，愁眉錯對菱花笑。

世間爲父母的，生下個女孩兒，就要叫他讀書，也衹消《閨[②]門女訓》和那《千字文》、《百家姓》，令他認幾個字罷了。可笑有那没見識的，竟象兒子一樣，教他許多詩詞歌賦，好似朝[③]廷又開什麽女翰林科一般。那質地鈍些的，做了學劍不[④]成，倒還没事；有那聰俊女娘，及笄之年，情竇正開，理會了[⑤]些艷詞麗句，再遇邪緣，可不弄出醜事來麽？在下這首"漁家傲"詞，專指那種情弊。如今説件幽婚故事，也是没見識父母做出來，雖然成了一段佳話，却是不可爲訓的。

明朝永樂年間，四川成都府有個秀才，姓姚名大年，號唤壽

①②"閨"字，别本作"閑"，誤。

③"似朝"，原本殘缺，據别本補。

④"學劍不"，原本殘缺，據别本補。

⑤"理會了"，原本殘缺，據别本補。

之,父母俱亡,又無兄弟伯叔,祇是獨自一個人,年已二十,家計原也將就。他的才學,就是第二個蜀中蘇東坡,又且生了潘安般貌,真乃翩翩年少,人人都艷羡的。他立志要娶個絶世佳人,因此弱冠之年,赤繩尚①不知繫何處。他性情又極仗義疏財,愛惜朋友如同②珍寶,即如相與個同學秀才丁約宜,就是同胞弟兄,也没他的友愛。不道丁約宜死了,家中是赤貧的,是他走去殯葬;又周恤丁約宜妻子,一切動用,都是姚壽之送去。他的家産,原衹中中,因這些上頭竟窮了。靠自己才學,賣文爲活,一年也尋得好些銀子,却仍在慷慨上揮霍了去,再没得多起來。這也不必多表。

且説,成都城内有個富户,姓施,叫施孝立,娶妻尹氏,生下個女兒,唤做蓮娘,年方二九,美艷異常。施孝立從幼與他讀書。蓮娘天資聰敏,讀了幾年,詩詞歌賦没有一件不會;更兼做出那針指來,又是没一個人趕得上的。施孝立和尹氏愛惜他如掌上明珠,立意要揀個才高八斗的快③婿,却苦在施孝立自己竟目不識丁,那裏辨得出才子不才子?一日和尹氏生個計較,叫女兒綉一幅手帕,請那些少年書生題咏。一來顯女兒描鸞刺鳳的手段與人看,二來就把衆人詩詞與女兒看,待他自家擇婿,不到得錯過才子了。蓮娘得了父母之命,便去打出一個譜來,唤做"倦綉圖"。綉一個美人在上面刺綉,却是神思④困倦,停着針兒的,因此,取這名目。蓮娘綉完了,施孝立夫妻便唤個做媒婆的,央他拿到人家,看有年少書生未曾婚配的,請題咏些詩詞。媒婆會得意思,把這帕兒常

①"赤繩尚",别本作"亦紅繩",據舊抄本改。
②"同",原本字缺筆,作"司"。
③"北斗的快",原本殘缺,據别本、舊抄本補。
④"神思",别本作"想思"。

帶在身邊，走過好些人家，有了詩詞就送去與蓮娘看，却祇是不中得佳人意。

一日，媒婆帶到姚壽之家。姚壽之見了問道："誰家女眷，有這般好生活？真個綉得工緻！"媒婆便述施家求詩之意。姚壽之道："看了這副手段，你就不説那話，我也詩興勃然起來了！"媒婆道："有好些人做來，都不中選，相公是有名的才子，這番自然叫佳人歡喜，得諧姻眷哩！"姚壽之聽了，越發高興，便取一方彩箋攤在桌上，磨的墨濃，蘸的筆飽，一揮而就，早成了首七言絶句。道：

慵鬟高髻緑婆娑，早向蘭窗綉碧荷；
刺到鴛鴦魂欲斷，暗停[①]彩綫蹙雙娥。

媒婆瞎七、瞎八在旁亂贊道："老身走過好些人家，看那題詩的，字脚也不曾見，先把脰頸骨摇得酸了，怎麽相公這般容易？我想：這個猶如我做媒人，到那高來低不就的人家，費了唇舌，却仍撮合不來，那兩相情願的，是一説就成哩！"姚壽之也不去答應他，看了那帕兒，十分愛慕；又取一幅花箋，續一首來贊那刺綉手段。道：

綉綫挑來似寫生，幅中花鳥自天成；
當年織錦非長技，幸把回文感聖明。

姚壽之詩完了，取個封兒封好，遞與媒婆，媒婆便拿了到施家來。

恰好蓮娘獨自一個，靠在回廊下欄杆上，看那磁缸内金魚。媒婆含笑上前萬福，道："恭喜小娘子！老身今日帶得潘安、宋玉般的好詩來了，却怎樣謝了老身，老身好拿出來！"蓮娘笑道："聽了你這話，就曉得那詩又是不佳的了！"媒婆道："却是怎見得？"蓮娘道："潘安、宋玉祇是稱[②]那貌，你如何贊起那詩來！"媒婆拍手笑

①"暗停"，别本作"停針"。
②"稱"，别本作"相"。

道:"多承小娘子指教,是老身欠通了。但這詩確好的,到底要謝謝老身,纔好拿出來哩!"蓮娘笑道:"果係好時,恕你一向把醜詩搪塞的罪兒便了!"媒婆聽了又笑,便去袖中摸出那個封兒,遞與蓮娘。蓮娘接來不就開看,望窗口桌子上輕輕一丟。媒婆見了,去取來揣在懷中,也不開言,望着外面便走。蓮娘忙叫道:"却如何又把那詩拿了去?"媒婆回轉頭來,假裝氣烘烘的道:"老身説今日是好詩,小娘子却認做和前番一樣,不值得就拆來看,可不辜負那才子麽? 老身要把去送還他。"蓮娘笑謝道:"是我輕量天下人的不是了! 你也何必便這般鬥氣!"媒婆方又慢慢地走回來,仍將那封兒放在桌上,蓮娘便去拆開來看。先見那書法齊整,半行半楷,絶世風神,已是可愛。試讀一遍,衹覺眼前一亮,就如准千萬粗醜婦女裏頭,撞見了個吴宫西子,驟然間倒一句贊不出。重又把來念一遍,果然言言錦綉,字字珠璣,喜得眉花眼笑道:"不想天下原有這般美才!"媒婆見他贊了,便誇口道:"老身説的不確麽,却怎樣謝老身?"蓮娘見那錦箋下面的落款道:"蓉江姚大年題",對媒婆道:"蓉江想是姚郎别號,他家裏却在何處?"媒婆道:"聞得他是我成都有名的秀才,小娘子不曉得麽? 他家就在東角街上。"蓮娘道:"原來就是這姚生,果然名下無虚士哩!"媒婆在施家盤桓了半天,見施孝立不在家,便自歸去了。

蓮娘等父親回來,拿過那詩去道:"孩兒今日得兩首上好的絶句在這裏了,爹爹你看。"施孝立道:"我是看不出的。你説上好,自然上好的了。但不曉得是誰有這手段,上得你的眼睛?"蓮娘道:"不是别人,原來就是有名的姚壽之秀才。"施孝立聽了,不覺攢眉道:"可惜是那人做了!"原來施孝立起初,衹要與女兒尋個才子爲配,那裏想到,天底下真正才子,七、八是家徒四壁,没有飯吃。如今,聽説是姚壽之,知道他現在窮了的,便有些不合式起來。蓮娘却不省得父親之意,問道:"爹爹! 原何這般説?"施孝立道:"你還不曉得,請衆人題詩的意思麽? 原是與你擇婿。但這姚生,雖有文才,却近來家道平常,如何好叫你過活得? 我因此説這話。"蓮娘道:"孩兒看這人的詩才,將來定然是發達的,爹爹却不要衹顧眼前。"施孝立道:"那窮是現的,發達是賒的,難道不看現在,倒去巴那不見得的好處麽? 我做爹爹的,自有主見,你女兒家不要管!"蓮娘心中是已經向着姚生的了,却不好意思再説,衹得快快的走回房去。

到了次日,媒婆又到他家來,見了施孝立,滿臉堆[1]着笑道:"昨日拿得姚秀之秀才詩來,小娘子十分贊好,想是合得頭來的了。老身今日特來請小娘子庚帖去!"施孝立哈哈的笑起來,道:"却如何做得首把詩好,便要想來求親?"媒婆聽見這話,心中忖道:"不好了! 如何有些變卦起來?"却因先前央他求詩,原未曾説破擇婿意思,不好喉急,衹得又勉强陪笑道:"據老身看起來,姚秀才和小娘子,真個一對才子佳人,却也錯過不得,不如出一個八字也好。"施孝立摇頭道:"他衹好自己忍那窮苦,如何我家蓮娘[2]也跟了他,嘗起那些滋味來? 你别有好親事,再來説罷!"媒婆聽了,好生不快。

原來,他昨日出門去,已曾到過姚壽之那裏,説蓮娘見詩稱贊不已,這姻事十拿九穩的了。心中想道:却叫我如何再去回復? 口裏含糊答應了施孝立,便抽身到蓮娘房裏來。衹見蓮娘手托香腮,呆呆的坐在那裏。媒婆進房叫道:"小娘子! 你在這裏想什麽?"蓮娘見他入來,强笑一浄道:"我也問你,今日又來做什麽?"

---

①"堆",别本作"對"。

②"娘",原本作"姐",據别本、舊抄本改。

婆子滿肚皮懊惱，聽了蓮娘的話，倒哈哈地好笑起來。便又對蓮娘道："小娘子！你合式了姚秀才的詩，我便道這姻緣是萬穩的，就去知會了姚郎。誰知你家員外，又嫌他窮，不肯出帖，却叫老身如何再去見他？因此，來和小娘子計較。"蓮娘不覺掉下兩滴泪來，道："爹娘意中不合式，叫我也没法！是我今生不該配着才子，倒枉費了你許多唇舌。你既難去回復姚郎，我正有些事物在這裏，憐他窮窘，要助他做讀書資本，就煩你拿去。衹説我父親原没有擇婿之意，是你猜錯了。那事物是我爹爹道他做得詩好，贈他的。這可不是幾面都好看了！"便取出五十兩一封銀子來，交付婆子。婆子①道："小娘子真個有作用，果然八面光鮮了。但是，捨着這般才子不對，辜負你兩下裏憐念心腸，老身却終究氣不過哩！"

當下，媒婆别了蓮娘，便出門到姚家來。他心中怪施孝立反復，又憐那蓮娘多情，怎肯依着蓮娘的話？衹是從直説與姚壽之便了！姚壽之見親事不成，心中納悶，那裏把這幾十兩銀子在意？却因是佳人贈的，便收來藏在書箱内，嘆口氣道："蓮娘倒是我一個女知己了！"從此越發想慕，書也無心去讀。又幾次另央媒人去施家求親，施孝立衹是嫌窮，不肯把女兒與他。過了幾時，聽見説將蓮娘許了本城一個一般富户，黄化之的兒子黄有成，姚壽之方纔死了這條心；那睡夢裏頭，却還時常牽挂着。

且説蓮娘，聽見姚家人來説親，父親不允，心中抑鬱，漸漸生起個瘵病來。又見把②他許了黄家，那瘵更加沉重。不茶、不飯，無睡、無眠，瘦得十分看不得，有些③不起光景。施孝立夫妻着了

①"婆子"，原本作"婆婆"，據别本改。

②"把"，原本作"托"，據别本改。

③"些"，原本、别本字形均殘缺，據舊抄本改。

急，日日延醫問卜，却都没有應效。

一日，來了一個西番和尚，挂着個招牌，道善治一切危險癥候。施孝立知道了，便去請他來家看女兒的病。那和尚診了脉，道："這病也還可救，但須得男人胸前的肉，割下一錢重一塊來，和藥爲丸吃下，便可全愈。"施孝立心下躊躇道："别個的肉，誰肯割下來救人家性命？衹除非他，夫妻那是關切不過的。"便差家人到黄家，備述和尚之言，要女婿救女兒的命。黄有成聽了，大笑起來，當着來人駡道："想你主人有些呆的，聽信瘟和尚説話，來我身上想人肉吃麽？"踱了進去，等了半日也不見出來，家人衹得回來復了主人。施孝立大怒道："他不肯割肉倒也罷了，却如何倒駡起我來！"便對着衆人道："你們與我説出去，但有肯割下肉來救得病好的，就把我家小娘子嫁他！"氣忿忿自踱了入去。

那句話不消一兩日，早傳到姚壽之耳朵裏，心中大喜。火速趕到施家，倒象怕有别人先割了的，道："我情願割下肉來，救宅上小娘子！"施孝立大喜。姚壽之便袒下衣裳，自己取過刀來，胸前一割，割下一塊倒有一錢三、四分重，那血涌將出來，半身都是緋紅，好象做了染匠。西番和尚也在那裏，先取些藥與他敷上，即便痛止血停。和尚將那肉戥准分量，和着藥末搗爛了，丸做三丸，叫每日辰刻，開水送下一丸。三日三丸，方纔吃畢，那病就如拾去的一般竟好了。施孝立夫妻十分快活，謝了和尚，便想踐他前言，先托人到黄家説明原故，送還聘物。黄家那裏肯依，便去尋了媒人，聲言到官告理。施孝立没奈何，衹得設下筵席，去請姚壽之來，學那《西厢記》中請宴的老套子，衹未曾唤雙文出來認兄妹。飲到酒闌，家人抬出一千兩銀子來，放在旁邊桌上。施孝立對姚壽之道："感兄盛情，原該踐約，但是曾受黄家的聘，彼處不從，竟自告官，恐到公庭，仍舊判與他家，虚費一番周折，因此備下些許物事，爲兄另娶之資，兄可收了。"姚壽之見説，十分不快，立起身道："小生衹爲與令愛文字知己，因此，不惜父母遺體救他，難道是來宅上賣肉麽?"氣烘烘别了施孝立，一徑出門而去。蓮娘在裏頭曉得了，好生過意不去，便寫下一封書，悄地叫雇在家中的李媽媽，拿去寄與姚秀才。

李媽媽到了姚家，姚壽之正在書房中納悶，聽得施家打發人來，惱道："約也背了，又來纏什麽?"却見説是蓮娘遣來的，并有書子在身邊，便回嗔作喜道："快拿書子我看!"李媽雙手呈上，姚壽之接來，拆開看時，上寫道：

> 荷蒙厚惠，實賜重生，人非草木，奚忍負恩。奈俗子執先聘以爲辭，致嚴君恨前言之難踐①。彼既訟起鼠牙，脅以常情所恐；此遂弓藏鳥盡，傷夫義士之懷。心之戚矣，夫復何言！然以君子才華蓋世，鵬②程方遠，寧之燕婉之求。妾昨夢不祥，不久當死，泉下之物，正不必悻悻然與人争也！施蓮謹拜。

姚壽之看了，道："承小娘子有情於我，我也有一書，煩媽媽你帶去。"便取幅雲箋來，寫道：

> 知己之難，由來已舊，况欲得諸閨中弱質，爲尤不易哉！向所爲不惜殘父母遺骸，以佐藥石者，誠不忍良朋之就死，有可自效而愛莫助也。豈真好色哉？然卿雖於僕爲知心，而僕未與卿相謀面，誠得邂逅光儀，顧我嫣然一笑，斯則真知我者。姻媾不諧，亦復何恨！姚年拜復。

寫畢，付與李媽媽，又取出二兩銀子，與李媽媽買花插。李媽媽千

①"踐"，别本作"侮"。
②"鵬"，别本作"前"。

歡萬喜，謝了姚生，歸家將回書遞與蓮娘，又稱贊姚秀才許多好處，説這姻事不成是可惜的。蓮娘拆書來看，暗暗點頭。

過了兒日，清明節近。成都風俗，到那時候，大家小户，男男女女，都要上墳拜掃。蓮娘暗地又寫封書，叫李媽媽送與姚生，約他途中一面，轎子沿上，挂個綉花彩球兒做記認。姚壽之得書大喜，到了那日，生怕錯過，朝飯也不吃，清晨起來，便去立在路上等候，直到中午，方見那有記認的轎子遠遠抬來。姚壽之撑起眼睛，放出火來般望着；没多時，到了面前。蓮娘在那轎裏，揭起簾子，對着姚秀才秋波流轉，微微的一笑，露出那兩行碎玉來。姚壽之見了，神魂飄蕩，恨不得扯住了看他個飽，却見那轎子已如飛過去。還想他回來再看，等到天晚，不見再來，却是轉到别條路上回①去了，祗得也自歸家。看官！姚壽之是不曾見過蓮娘的，轎子②上自少不得標個記認，那蓮娘却何處見過姚壽之，不對别人笑了？這是請他吃酒之時，在壁縫裏張仔細了的；若是割下肉來那一天，病得七死八活，也那裏去瞧他！閑文休絮。且説，姚壽之回到家中，想了蓮娘那般美貌，先前説對自己一笑，就是姻事無成也罷，如今却有些欲罷不能起來。過了幾時，黄家央媒人到施家准吉期。施孝立應允了，蓮娘却又病起來，去尋西番來的和尚，已不知去向。病得幾日，竟一命歸陰，叫唤不醒了，施孝立夫妻十分悲傷。姚壽之曉得了，便趕到施家放聲大哭，暈倒在地。衆人走來扶時，祗見口眼俱閉，氣都没了。施孝立連忙叫人把姜湯來灌，却那裏灌得醒，漸漸的手脚也冷了。施孝立便叫幾個人抬他回家。他家裏并無别人，那丁約宜妻子，却是新近接在家中同過的，同着

①"回"，别本作"就"。

②"轎子"，别本作"面目"。

一僮、一婢，便去准備送終物事，不表。

却說，姚壽之的魂兒，也自知道死了，却没有什麽悲傷，莽莽遥遥各處去撞，還想要尋見蓮娘。遠遠望去，西北上有好些人，連連絡絡，就象搬場的螞蟻一般，不住在那裏走，便也去混在裏面。不多時，來到一個去處，象是官府衙門。姚壽之隨了衆人進去，走到東首廊下，忽然撞着個生時認得又且極相好的，却就是丁約宜，便上前去施禮。丁約宜大吃一驚道："賢弟！緣何也來這裏？"姚壽之未及回言，丁約宜早扯了他衣袖往外走，道："賢弟壽數正還未盡，我送你回去！"姚壽之推住道："兄不曉得，弟有件大心事未曾了，不好便回。"丁約宜道："愚兄在這裏，充了個掌册籍的職役，頗見信任，倘有做得來的事情，無有不替賢弟出力，衹不知賢弟却有什麽心事？"姚壽之道："兄可曉得新死的施孝立的女兒，名唤蓮娘，如今在那裏？弟思量要一見。"丁約宜説："知道的。"便領了姚壽之曲曲彎彎盤過許多院子，來到一個地方。衹見蓮娘又同個穿白的女娘并肩坐在塊石頭上，都是愁眉不展，面帶愁容。

蓮娘看見姚壽之來，又驚又喜，忙問道："郎君緣何也在這裏？"姚壽之不覺垂下泪來，道："小娘子死了，小生還有什麽心情活在世上！"蓮娘也涕泣道："這樣忘恩負義的人，郎君還不肯抛弃，倒連自己性命都捨了麽？但是今世已經過去，衹好和郎君結來生的緣分了。"姚壽之回轉頭來對丁約宜道："小弟心裏倒道是死的好，不要活了！煩兄去查這小娘子托生在那裏，告弟知道，弟便同着他去。"丁約宜答應一聲便走。衹見那穿白的女娘，輕輕扯着蓮娘衣袖問道："這位何人？"蓮娘便把生前的事述與他聽，那女娘也掉下了幾滴泪。蓮娘又指穿白女娘，對姚壽之道："這位妹子也姓施，他父親現任湖廣長沙府太守，小名唤作冰娘，是和妾一路同來，彼此極相愛的。"姚壽之偷眼看時，見也生得花枝一般，異常嬌媚，正要開口動問，祇見丁約宜笑嘻嘻的走來，向姚壽之賀道："恭喜賢弟！愚兄已替這小娘子打幹得停當，就請二位還陽成了姻好何如！"兩個大喜，跪下去謝了。正要起身，祇見冰娘放聲大哭道："姊姊去了，却叫我依傍何人？望姊姊救我同去，我便備小心伏侍姊姊！"蓮娘心中好生不忍，看着姚壽之道："怎[①]麽處？"姚壽之便對丁約宜道："兄可能再周全得來麽？"丁約宜摇手道："使不得！祇好偶一爲之，如何再去弄那手脚！"姚壽之見冰娘不住的哭，便又對丁約宜道："兄做不着去看，倘或挽回得來，也未可知！"丁約宜没奈何，祇得依他去了。等有半個時辰，丁約宜回來道："如何？我説的果係效勞不來！"冰娘見説，挽住蓮娘袖子祇是哭，哭得十分凄慘，却愈覺得可愛，蓮娘也心酸得揮泪不住，姚壽之倒弄得没做理會處。丁約宜看了半晌，嘆口氣道："罷了！賢弟你也帶他回陽，倘有什麽長短，拚愚兄這身子擔當便了！"冰娘方纔大喜。

謝别了丁約宜，三個一同出門。姚壽之替冰娘擔憂道："長沙路遠，卿獨自一個却怎麽好去？"冰娘道："妾願跟二位去，不想歸家了！"姚壽之道："卿太情痴了！你不回去，如何活得來？"又微笑道："祇要過一日小生到長沙，不要害羞去躲便了！"正説話間，祇見一老媽媽坐在一乘獨輪車上，兩個車夫推挽了，從後面飛也似來，剛到面前歇下了。那老媽媽問他三個商量什麽，蓮娘便指着冰娘道："這位要到長沙，因是没有伴送的，在此躊躇。"那老媽媽道："你們湊巧，我正要往長沙，何不就同我去！"三個聽説大喜。老媽媽便招冰娘，也去車上坐了，分路而行。

不表冰娘同那老媽媽去，却説，蓮娘是個不出閨門的女子，陰

①"怎"，原本、别本均作"忍"，據舊抄本改。

間與陽間總一般,那裏走得許多路? 走了一回,便要歇息一回,一連歇了十多回,方纔望見成都府。蓮娘在路上和姚壽之商量道:"妾想:回陽去倘有翻變怎麽處? 不如先都到郎君家裏,郎君返了魂,却去討妾的尸骸來,令妾還魂。妾生在郎君家中,這便没得説了。"姚壽之連稱有理。

兩個到了家中,姚壽之先去安頓蓮娘在耳房裏,自己走入中堂。原來他死了兩日,丁約宜娘子叫人摸他心頭,却還熱的,因此,未曾入棺。當下魂兒一到,便活了轉來,家中大喜。姚壽之坐起身來就説:"我要施家去!"丁約宜娘子在旁道,"叔叔纔得蘇醒,如何便好出門?"姚壽之應道:"不妨。"討口湯水吃了,就走,衆人止他不住;丁約宜娘子便叫兒子福郎,和姚壽之自己家僮阿纔跟了去。那福郎也已有十四歲了。

姚壽之到得施家,那邊衆人一見,都嚷道:"鬼來了!"鴉飛鵲亂的逃散。施孝立在廳上見了也回身要走,却被姚壽之趕上一步拖住,道:"不要驚慌! 小生實不是鬼。"施孝立方纔定了神,請他去坐,還驚得一句話也問不出。姚壽之便把自己陽壽未盡,陰司放他回來,并哀求得蓮娘還魂,判作夫妻的話,細述一番。施孝立道:"却緣何不見小女活轉來呢?"姚壽之道:"令愛是和小生一起回陽的,令愛生魂還在小生家裏。令愛意思,要在舍下還魂,因此,小生特來,要請過肉身去。"施孝立聽了,懷着疑團,却因他説得有根有瓣,又巴不得女兒再活,倒有些不得不信起來。蓮娘尸首也未曾入殮,便叫家人抬穩了,施孝立夫妻也同着到姚家去。正要起身,姚壽之對施孝立道:"小生還有句話要講。"施孝立道:"有何見教?"姚壽之道:"陰司已曾判爲夫婦,因是令愛魂尚未返,不好便叙子婿禮,今番却不要再變卦纔好!"施孝立忙道:"前遭也不是我要翻悔,實係無可奈何;今番倘果重生,怎忍再忘大恩! 即使黄家有什説話，我拚着與他那裏打官司便了！老兄不信，今日也恰好是黄道吉日，但得小女活時，即便成親如何？"姚壽之方纔滿心歡喜，領了衆到家，指點他們抬蓮娘到耳房裏。纔進得檻，見蓮娘手脚都動起來，竟活了，施孝立夫妻大喜。姚壽之便央人去唤音樂，又買辦獻天、祭祖禮物；施孝立也没得説，和尹氏趕回去取了蓮娘的衣珠首飾，再來姚家，同觀花燭。

那夜酒散，姚壽之送了丈人、丈母出門，回到房裏，蓮娘已卸了妝，夫妻兩個携手登床。凡百事體，到手得難些的，分外快活。姚壽之題那《倦綉圖》詩，中得蓮娘意來，大家道這親事成的了，却誰料施孝立嫌婿貧窮，不肯起來，弄得男愁女怨。後來蓮娘害病，施孝立親口許出，肯割肉的，把女兒嫁他，姚壽之去應了募，這番婚事自然萬穩的了，却因黄家要涉訟，仍舊做了個畫餅充饑，望梅止渴，直到死去，陰司裏判了夫婦回陽，却還用許多深謀遠慮，纔得攏來，可不煩難！又兼一個是錦心才子，一個是玉貌佳人，這回新婚宴爾，自然説不盡那萬種恩情的了。

不道方能得樂，却又生愁。他夫妻今日成得親，那同還魂的新聞，明日就傳遍了一座成都府城。黄有成家曉得了，十分忿怒，祇道施孝立假稱女兒病死，却去姚家作婦。他父親黄化之是死過多年的了，他便去尋了媒人，具一張狀子，自己出名去縣裏控告。那知縣姓平名恕，做官倒算清正，辦事也勤，便出簽唤施孝立、姚壽之到縣，立刻聽審。叫衆人一齊跪上去，先問黄有成道："你和施家聯姻是實麽？"黄有成道："這個怎敢扯謊，現有媒人爲證。"那媒人也稟道："是小人做媒的。"平知縣便問施孝立："你却如何又把女兒嫁了姚壽之？"施孝立道："小人女兒死了，是姚壽之也死去，替他在陰司裏求生，判了夫妻回陽的，因此把來嫁他。"平知縣笑道："這些都是鬼話，却有什麽凭據呢？"施孝立一時回答不來，脹紅了臉，却得姚壽之接口稟説：怎樣和蓮娘的魂先歸自己家中，怎樣自己先活了，却去請蓮娘尸首到他家裏，纔得重生。道："這便是個證據。"平知縣道："果係這般，確也是個證據；却怎見得不是你和施孝立預先定下奸計，做那圈套來騙人呢？"縣尹這一駁，黄有成和那媒人都暗喜，道："這番須没得强辯了！"施孝立也憂道："這句話却要把家屬逐個都提問起來，可不厭氣麽！"祇見姚壽之不慌不忙稟道："生員却還有個證據。湖廣長沙府施太守，有個女兒名唤冰娘，在陰司裏也是生員替他求判官還陽去了，這是打角公文到長沙問得出的。"當下，縣尹對施、姚兩人道："論起理來，黄家[①]既先聘定，陰司所判就是真的，也算不得數。"又回頭對黄有成道："但他們既成過親，已不是處女了，你也何苦争訟？我祇叫他們還你聘物，陪罪便了！"黄有成道："小人不嫌不是處女，祇求太爺仍把來斷還小人！"縣尹把案桌一拍，駡道："天下有你這般没廉耻的人，本縣却不喜人家女兒從兩次人！"黄有成不敢再説，祇得且凭縣尹斷了。

却説，蓮娘在家，見丈夫去聽審，好生驚憂，聞説官府這般斷了，方纔放心。施孝立見女婿家貧，便備了絶盛的一副妝奩送來，姚壽之夫妻倒也快活度日。那黄有成因聞説蓮娘容貌傾城，氣不甘伏，又幾次去上司告理。虧得平知縣是上臺極得意的，曉得是他審結，不肯翻案，仍把黄家狀詞發縣，都被他批壞了。

不上半年，平知縣升任廣東，却來了個錢有靈，是又貧又酷的。黄有成便去使用些銀兩，又進了一張狀子。那錢知縣得了錢，不問皂白，竟批：着官差把蓮娘押還原夫。黄有成又去用了些錢，那官差便火急般來姚家要人。姚壽之進紙訴狀，原説前官已

①"家"，原本、别本均作"定"，據舊抄本改。

曾斷定,却那裏准他的！官差坐在屋裏,拍臺拍桌叫駡,害得蓮娘在裏面衹要尋死。姚壽之幾番勸住,衹得送些紙包與差人,詐稱:“本人害病垂危,略略好些即便送出。”做個延挨日子的計。那差官落得到手銀子,却仍日日到他家吵①鬧,姚壽之和蓮娘,每日衹是愁容相對。

一日清晨起來,家人報説:“有好些車馬到門!”夫妻二人大驚,衹道是官府自來要人。姚壽之忙穿了公服出去迎接,那些人已進了中堂,男男女女擁擠不開,何嘗見官府追人?却是長沙太守送女兒到此成親。原來,那太守叫施有法,四川重慶府人,年已八旬,没有兒子,衹生下冰娘一個女兒,見他死去還魂,十分之快。冰娘訴説:“在陰司裏,全仗姚壽之夫妻相救,情願嫁他爲妾。”施有法也不去拗他,便自己告老回籍,備下妝奩,親送女兒到成都來。施太守見姚壽之滿面愁容,便開言相問。姚壽之將和蓮娘成婚始末,并黄家涉訟情形,細訴一番。施太守笑道:“是黄家聘定,原該姓黄娶的,但他既不捨得割下肉來,陰司裏又不是他求了放回的,却想享那現成福氣,真個人心不服哩!”便又説道:“姚郎不必愁煩,今日是個吉日,特送小女到此,且請做姊姊的出來見禮。”當下,蓮娘出來,施太守叫家人朝南擺下兩把椅子,要行嫡庶禮,蓮娘那裏肯依,便衹得學了娥皇、女英的故事。姚壽之同着雙妻參了天地,又與施太守見了禮,然後結親、祭祖。你道那日官差緣何不來吵鬧?一來見施太守在此,有些礙眼;二來施太守就叫姚壽之家人,用個紙包先去安頓了的。

施太守又着人去請施孝立來,一同吃酒,姚壽之侍坐相陪。施孝立先説起黄家之事,要施太守到縣裏去説人情。施太守道:

---

①“吵”,原本、别本、舊抄本均作“炒”,誤。

“説人情是容易，但他上司衙門仍舊告得的，又不值得去見那瘟知縣。老夫却另有個見識在此，正要説與二位得知。”便扯施孝立和姚壽之去，附着耳根，如此、如此，這般、這般……説了一回。二人大喜。你道説些什麽？原來跟冰娘來的一個大丫頭，也是重慶府人，面貌舉止活象蓮娘。不過蓮娘是艷麗的，他却一味呆板，就如金銀二物，若不是司空見慣，也竟可以把銅錫假充。施太守叫施孝立領回去，衹説就是蓮娘，因施太守送兩個女兒與姚壽之爲妻，姚壽之休他歸家，自讓黄有成娶去。當夜席散，施太守便去與女兒説知，將那丫頭交付施孝立，把乘轎子抬了，同回家去。受太守自分付家人，不許泄漏，不提。

却説，施太守在女婿家中住下三、四日，自别[①]了小夫妻三個回重慶。那官差聞説施太守去了，便又到姚家來要人。姚壽之踱出去道：“你今日還來這裏要人麽？”官差聽了大剌剌的話，嚷起來道：“我衹是奉差遣，却不要把施太守女婿的勢使出來！”姚壽之冷笑一聲道：“你今日也曉得我是施太守的女婿了麽？那施孝立女兒，父親不過是個守錢虜[②]，我往常也就把他做了老婆！如今施太守送兩位千金與我爲妻，我還要這招是非貨兒做什麽？已經休了回去，你自施家去要人罷！”説罷，又大摇大擺的踱了入去。差人好生疑異，去探那伙家人口氣時，都使些施太守家人勢頭出來，却象果然不希罕什麽施孝立女兒，休了回去的；這都是施太守手筆教就。衹得又到施孝立家去問。那施孝立裝出許多氣苦，告訴姚壽之的薄情，得新忘舊，却叫差人知會黄有成，自來這裏迎娶。官差果然去報了信。黄有成信爲實然，心中大喜，擇個吉日，便行娶

①“别”，原本、别本、舊抄本均作“測”，據文意改。

②“虜”，别本作“人”，舊抄本作“奴”。

去。成親之後，却在新人姿貌毫不出色，心中有些懊悔；上床和他行事，却也不是處女。這是施孝立怕被那裏捉了破綻，落得自家先受用一番的緣故。黄有成見老婆容貌平常，便思量要娶妾。那丫頭也會吃醋，不許。不上半年，黄有成忽感時癥，一命嗚呼！那丫頭便捲了些家財，另去嫁人。

姚壽之夫妻直到黄有成死了，方纔放下鬼胎，快活度日；施孝立也常到他家，不消瞞人。姚壽之一日對蓮娘、冰娘道："我想前番就住在陰間，倒也安樂，却何苦還陽來受這驚恐？"蓮娘道："那安樂是少不得百年後有的，却還捨不得陽世的歡娱，貪多了尋出那驚恐來！"兩個聽説，都笑起來。冰娘道："姊姊雖受驚恐，你爹爹却快活哩！"蓮娘道："胡説，却是爲何呢？"冰娘道："你不曉得，他把妹妹的大丫頭拔了頭籌，却纔讓與脱時倒運的那黄有成麽？"説罷，又大家都笑起來。姚壽之一夫兩婦，説説笑笑，講不盡那閨房樂事。

後來，姚壽之鄉會聯捷，點入翰林，直做到湖廣總督；蓮娘、冰娘都受誥封。那錢有靈恰在那裏做屬員，是從川中調去的，貪酷如前，被姚壽之具本嚴參，革了職任，又問了個罪。姚壽之年纔半百，即便致仕歸鄉，悠悠然林下。蓮娘生三個兒子，冰娘生兩個兒子，都曾做官，連那丁約宜的兒子，也提拔他得了個小小官職。姚壽之夫妻三個，都活到有九十多歲，兒孫繞膝，富貴兼全，真乃非常之福。有詩贊曰：

一夫二婦已便宜，又得成雙絶世姿；
更有一般堪羡處，和如姊妹共歡娱。

第十回　從左道一時失足
納忠言立刻回頭

（演述《聊齋志異》中《小二》故事）

神器難儌幸，奸雄漫起爭。
草兵寧足恃，豆馬究何成？
一旦王師下，旋看小醜平；
偉哉女豪杰，勇退得全身！

古來多少英雄豪杰不得善終，那庸夫俗子倒保全了首領，死於牖下。這是什麽原故？要曉得，庸夫俗子自量氣力又敵不過人，計策又算不過人，爲這上頭退了一步，便不到得死於非命。英雄豪杰仗着自己心思力氣，衹要幹功立業，撞到那極危極險的地方，去與人家爭鋒對壘，何嘗不建了些功業，却逃不出俗語説的道：

瓦罐不離井上破，將軍難免陣前亡。

到這時候，反不及得庸夫俗子的結局了。那個到底不算真正英雄豪杰，若是真正英雄豪杰，决不肯倒被庸夫俗子耻笑。在下這八句詩，是贊一個女中范大夫，要羞盡了許多鬚眉男子的。待在下敷衍那故事與列位看：

明朝永樂年間，河南考城縣奉化村地方，有一個姓曹的，叫做曹全士，也不過是村民，略有些家財，將就可以度日。娶妻田氏，生下一子一女。兒子取名永福,倒也中中質地;女兒叫珍姑,從小便十分聰明,又生得異常韶秀,曹全士夫妻愛惜無比。珍姑纔得六歲,曹全士便令他同哥哥永福去村學裏讀書;永福已有十二歲,却倒讀不過珍姑。珍姑讀到十一歲,十三經都讀遍了。那學堂内有個同窗姓王,名子函,没有父親,衹母親沈氏在家守節,撫養着他,也住在那村裏。他長珍姑三歲,一般的聰明,又生得俊秀。他見珍姑漸漸長得嬌媚可愛,十分的來親近。那珍姑雖還不懂①什麽男女之情,却也喜歡着王子函。王子函一日回家,向母親贊珍姑的美貌,要母親與他定這頭親事。沈氏祇有這兒子,也巴不得尋個好媳婦,使他夫婦和諧,自己享些晚福,便央人到曹家去説親。曹全士見王家伶仃孤苦,不肯出貼,沈氏母子也没奈何。那珍姑曉得父親不允親事,在學堂内見了王子函,便也理會得一種憐惜之意,王子函越發愛慕。

珍姑到了十三歲,曹全士見他長大,不再叫去讀書,衹在家中做些針指。王子函見他不來同讀,好生没趣,每日到學堂裏去,便大寬轉從曹家門首經過。想看他心上人,却不見珍姑出來,王子函生出個竅來。起先同在學堂内時,他買一管簫來藏在身邊,等先生走了開去,就取來吹,也曾教珍姑吹得幾聲。當下,便又去取了那簫,在曹家門首悠悠揚揚吹起來。珍姑聽得,走出來看見是王子函,對他笑了一聲,王子函也便不吹了。到了明日,王子函又在門首吹簫,賺得珍姑出來,早又把簫藏過。珍姑會意,以後不等他吹簫,約是那時候,就立在門前守王子函過,和他説幾句没緊要的話。王子函要得這般,那親事倒也不想的了。如此有一年,曹全士怪他日日抄遠路在這裏走,又見女兒不先不後,那時候總在

①"懂",原本作"董"。

門首，越發疑心，把女兒防閑起來。珍姑知父親動疑，便不敢再去會王子函。王子函幾次不遇見珍姑，又去把那簫來吹，却也衹是空腔，没得妙處吹出來了。王子函也早會意，心中悶悶不樂。這都按下不表；却另説起順頭。

山東蒲臺縣有個婦人，母家姓唐，名喚賽兒，嫁着個林公子，不上一年，丈夫死了。這唐賽兒在家，不知那裏來兩個道姑，傳授他些妖法，善能撒豆成兵，剪紙爲馬，并那攝取金銀等術，便煽引了些愚民，在那裏招兵買馬。先攻破蒲臺縣，做了巢穴；又分兵四出，山東地方，衹除登、萊、青三府，其餘都被占了，官兵那能抵敵。他見永樂皇帝篡了大位，聲言替建文報仇，要恢復南京，迎請復位，便奉着建文年號，自稱帝師。又領兵渡過黄河，侵奪河南開、歸等府，勢頭好不厲害！這考城縣地方，是近着黄河的，百姓家家逃竄。那曹全士，少年時曾習得些武藝，兒子永福又有百斤氣力，他想逃往别處也不安逸，倒不如去從賊兵，希冀立些功業，便率領家屬去軍前投降。那時珍姑方十五歲，唐賽兒見生①得仙子一般，與他説話又異常靈動，心中甚喜，便撥曹全士父子，做了親兵，留珍姑在身邊，傳他法術做弟子。那唐賽兒的女弟子共有十多人，都没珍姑這般聰明，姿色也比不上。唐賽兒便把妖法中奥妙，盡行傳授珍姑，竟做弟子的領袖，十分愛幸，連曹全士父子都信任，不提。

却説，王子函那時聞得賊兵渡河，陪了母親直逃到歸德府地方，却是他母舅家裏，即便住下，好生放不下珍姑，不曉得那賊兵殺來是死是活。過了幾日，聽得賊兵已退回山東，思量同母親歸家，不道沈氏生起病來，動身不得。他母舅沈子成替姊姊延醫下

①“生”，原本字形殘缺作“主”，

藥，却總不效，過[①]了半年，一命嗚呼，王子函異常哀痛。沈子成原是有些家産，富而好禮的，見外甥係逃難而來，拿不出銀錢，便一切都是他料理，又雇了車馬，令王子函扶柩回去殯葬，叮囑他："家裏無人，可仍來此間讀書。"王子函應承了。回到考城，把母親柩去父親墳上合葬已畢，便去打聽珍姑消息。也有説已遠方避亂去了；也有曉得些踪迹，原説他家投降賊人的。王子函疑惑不定，一面寫信回音母舅，祗説有親戚在懷慶府衙門裏，遣人招他，要往那裏去了，回來纔到母舅處攻書；一面收拾乾糧，思量去訪珍姑下落。心中想道：若是避亂他方，賊兵退去已久，也可回來了，不要倒是從賊的説話不錯。便渡過黄河，竟投山東去。

纔到得曹州界上，早被伏路小軍捉住，解到一個寨裏來。上面坐着一員賊將，喝問道："你可是來做細作，探聽軍情的麽？"王子函本不肯從賊，却因勢處無奈，祗得應道："不敢，小人是來投降的。"賊將笑道："我看你瘦怯怯的一個書生，有什麽本事却來投俺這裏？"王子函便隨機答應道："小人想，將軍這裏雖都用着有武藝的，那文書往來，或者也參用幾個讀書人，因此來投。"祗見那賊將點頭道："也説得不錯！"便叫鬆了綁縛，着他在帳下幫管那軍糧册籍。王子函得暇，便去訪問同伙中可曉得，有帶了家眷在這裏，考城縣人姓曹的？衆人道："不曉得。我這裏是你也見的，有誰帶着家眷厮殺？"王子函聽了，好生不樂，却有一個道："就是有家眷，也祗好留在蒲臺帝師駐扎地方，那有帶在這裏軍前的！"王子函見説，便祗在軍中尋訪曹全士父子，却也不見；又不好就[②]辭了賊將説要蒲臺去尋人，好不納悶。

①"過"，原本空缺，據舊抄本補。

②"就"，原本誤作"無"。

過了幾時,遇有官兵從河南進剿。賊將率衆迎敵,被官兵用猪狗血破了妖法,殺得大敗,逃入曹州,閉了城門,不敢再出。官兵把城團團圍住,賊中十分驚惶。賊將坐在帳上問道:“誰敢殺出重圍,去蒲臺求救?”階下衆人,你看我,我看你,一個也答應不出。衹見①王子函上前禀道:“小人願去。”賊將倒不覺呼呼大笑起來,道:“這裏多少能征慣戰的人,還不敢去,你這‘之乎者也’出身的,却要白白去墊刀頭麽?”看官！那王子函是聰明伶俐的人,怎麽不識時務,討那賊將搶白？衹因身在賊中已久,没處探聽珍姑消息,正是命也怨得的時候,適值有這機會,想②道:鬱悶也是死,殺出城去也是死,倒不如殺出去的死得爽快些。因此上來禀。當下,賊將笑他③,他發個狠倒生出一條計來,又禀道:“小人自有個去法,不消將軍憂得。”賊將倒稀奇起來,道:“你果然去得麽？却有什麽去法?”王子函上前,附耳禀了幾句,賊將笑道:“這個法,果然來得稀奇！依這法兒,就是别個人也去得,却喜你有些巧思,倘或那邊不肯發兵,也還仗着你些作用。”

當下,便分咐叫取五座紅衣大炮,用鐵鏈條盤了,一并的排着。衆人都不曉得是什麽意思,衹依着號令去准④備。賊將叫人修了請救書,等到那夜三更時分,叫人遣他自己騎的那匹千裏追風馬,與王子函騎了。暗地開了城門,先推出那五個炮去,把藥綫一齊點着。那一聲響,竟是天坍地塌,官軍扎營在那一門的打出去,有幾丈闊一條血路,王子函就隨着炮一馬躍出,加上幾鞭,如

①“見”,原本誤作“兄”。
②“想”,原本作“恕”。
③“他”,原本字形殘缺。
④“准”,原本作“住”,據别本改。

飛一般去了。官軍不着炮的,從夢中驚醒,見傷[1]了許多人衹道城中出來劫營[2],都准備着厮殺,却見城門已自閉了,便連夜又分人馬去補空處,不提。

却説,王子函騎着那匹馬,果似追風般快,天色黎明已到了蒲臺,來唐賽兒帝師府前下馬,去投了那角告急文書,便想到外面去訪問曹全士,却早見裏面傳話出來,叫曹州差人進見。王子函隨着那傳話的人,來到一座大殿,那人叫他跪在階下,上面唐賽兒就問曹州軍情。王子函一一訴説畢,唐賽兒打發了他出來,自去商議起兵救曹州。

却説,珍姑在賊中,唐賽兒出格抬舉他,把軍務委任着,頗有些權柄。他日夜在帝師府中出入,父母也管他不得。當日立在唐賽兒身邊,見王子函在階下不敢抬起頭來,未曾見他,他在上面却見的,心中又驚又喜。見王子函出去了,隨即着自己心腹人,引他去關鎖在一間空房子内,要等自家公務完了,纔去和他説説話話。王子函却不曉得,問那人時,也猜不出,好生氣悶,衹在那空房子内踱來踱去。心中想道:難道疑心我謊報軍情,要等救過了曹州纔放我出去麼?又不見個人來陪他的,好問曹家消息,十分寂寞不過。直到那夜三更時分,忽見有人開門進來,叫聲:"王家哥!"那語音好熟,打一看時,却是珍姑。王子函吃了一驚,倒疑心起來,亂擦倦眼道:"莫不是我眼花了,你是什麼人?"珍姑笑道:"你雖和我别了多時,怎麼便不認得了?"王子函方纔大喜,連忙行禮道:"真個相見,還疑夢裏!"珍姑便將他家投降唐賽兒,并唐賽兒信任自己情形,略述一遍,道:"王家哥!你是幾時投順的?家中

[1]"傷",原本誤作"復"。
[2]"營",原本誤作"管"。

可曾娶得嫂嫂麽?”王子函便將他母親病故,服中未曾議婚的話,説了兩句,隨又道:“珍妹！我的投降這裏,你猜①得出我意思麽?”珍姑道:“却不曉得。”王子函道:“我那裏要跟他們幹什麽事業?衹因放心你不下,特地到這虎穴龍潭來尋訪,吃了好些驚恐,納了許多愁悶,不道也有今番會見日子。”珍姑道:“難得你這般垂愛,妹子也未許人,十分挂念着你。奈我爹娘執性,不好説話,意思要等帝師問起親事,便好訴出衷腸,遣人河南接你,却不道今日早上見你到來。我已快活了一日,你却此刻纔快活哩!”

王子函到這時節,心花瓣瓣放開,見四下無人,便抱住珍姑求歡。珍姑推開道:“我在這裏,雖是日日學習那出兵打仗,做鬚眉男子事業,脱盡了女人家遮遮掩掩體態,這終身大事,可是苟且得的麽?”王子函見他説出正經話,也便縮住了手。珍姑道:“曹州救兵已曾發去,倘敗得官軍,你的功勞不小,授你一個官職,就好到帝師這裏求親,也不必到我爹爹處去了。”説罷便要出門,王子函挽住道:“珍妹！我有一句極緊要的話,還未對你説。”珍姑立住道:“哥有什麽要緊話?”王子函道:“我説出來,却要你用心聽哩!我想:我和你都曾讀過古今書史,那見有用紙兵豆馬成了大事的?即如曹州兵馬,被官軍用猪狗血破了法就敗下來。况且,永樂皇帝雖衹篡位,也是天意,劉伯温軍師預先就曉得,可是挽回得來的麽?分明自取滅族大禍！珍妹！你是絶頂聰明人,怎麽也見不到這種道理?你還望救得曹州,授我官職,我却不想這好處哩!”珍姑見説,呆了半晌,猶如夢醒,道:“不是哥提頭,妹子竟迷而不悟,爲今之計,如何是好?”王子函道:“據我意思,乘這更深夜静無人曉得,和你逃往他方,可不脱了那場灾禍麽?”珍姑道:“不是這樣

①“猜”,原本誤作“情”。

的！我有父母在此，斷無不救的理。"便叫王子函且在那裏等，自己却出帝師府去見父親。

曹全士夫妻已睡了。見女兒來，曹全士道："你回來了麽？怎地還不去睡？"珍姑道："孩兒有句緊要話，特來與爹爹、母親説。"曹全士夫妻坐起來道："什麽説話？"珍姑坐在床邊，心中暗想：若説是王子函的話，萬無聽理。便扯一謊道："孩兒方纔在帝師府中，偶然倦起來打一磕睡，見關聖帝君對孩兒説：你們這妖法是斷不成事的，永樂帝也是真命天子，你們不要想錯了念頭，可速改邪歸正，免遭殺戮。孩兒被這幾句話驚醒，想起來果然不差，特來告知爹爹、母親，作速逃奔。"曹全士道："珍兒！這是你不相信帝師，胡思亂想，因而有起這夢來。帝師是陽間的神道，關帝生前也還及他不來，怎麽不能成事？你不必多疑，快些去睡罷！"珍姑又指出妖法不濟事的許多故事來勸父親，曹全士不聽，道："書上是虚的，怎及現在的爲實。"珍姑道："那曹州這支兵被官軍破了法，殺得大敗，可不是實的麽？"曹全士道："這是法術不精的原故，倘然帝師在那裏，斷不到得敗的。你這些話，我都不要聽，快去睡罷！"珍姑見父親不從，便又去勸母親，田氏也祇是不聽。原來他夫妻一樣執性，自己主意定了，但凭人家説上天，説下地，再不帶轉馬頭的。珍姑也明知説來無益，祇因做女兒不忍不去救他。當夜再三苦勸，見兩個老的不悟，又帶着哭去哀求，那眼泪滴在床上，被褥都濕得水裏馱起來一般，曹全士夫妻全不回心轉意。看看天色漸明，珍姑没奈何，大哭了一場，走出門去。曹全士祇道他原去帝師府中辦事，也不唤他回來。

珍姑到了帝師府前，却便去空房子内，招王子函一同逃走。珍姑在袖内摸出兩隻紙剪的仙鶴來，念幾句咒，呵一口氣，便變成了真的，和王子函各騎一隻，騰空而起。珍姑想道：若是回河南去，怕人認得，知道我家從賊一事，要來尋鬧，不如另往别處的好。便一徑投東去。看看已出了唐賽兒占據的地界，便又念句咒語，兩隻仙鶴都歇了下來。珍姑收了法，仍變做紙的，揣在袖中；又取出兩隻紙剪的驢子，變成真的，大家騎下一匹，投青州府來。

珍姑在路上，衹是愁眉不展，憂他父母；王子函尋出些發鬆的話來，與他開心，方纔略見些笑容。珍姑問道："哥！莫不也曉得些法術麽？"王子函奇起來道："珍妹！你爲何忽發此言？"珍姑道："我想你這瘦弱書生，獨自一個，没些法術怎出得曹州的圍來？"王子函點頭笑道："果是用些法術的！"珍姑道："你用什麽術兒？"王子函道："你且猜猜看看！"珍姑道："難道也是剪個飛禽騎了出城？却緣何方纔見你在鶴背上腰駝背曲，頭也不敢回，衹防跌下來，全不象個慣家。"王子函見他取笑，也笑起來道："你慣家的法是假的，我不是慣家的法倒真哩！"珍姑見他説得離奇惝恍，越發疑心，便①問道："哥！妹子猜不出，説與我聽看，是什麽法兒！"王子函笑道："我是騎着真馬出城，這法却不是真的麽？"珍姑怨道："我好好問你，你却衹是打諢！"王子函道："我并不是打諢，實係騎馬出城，兄也騎得的那馬直騎到帝師府前，繫在那裏，何嘗説謊？"珍姑道："這又奇了！難道你也習得些武藝，殺出來的？"王子函道："我何曾曉什麽武藝！"珍姑道："是了。定然城裏發兵護你出來的。"王子函道："你又來了！既有兵護我出城，緣何衹我一個到蒲臺？難道送我走遠了，那官軍鐵桶般圍着，他們倒再殺入城去？"珍姑道："也不錯。"又想一想道："那馬也衹這般奇，莫非另有甚竅兒用在馬前馬後的？"王子函拍手笑道："這話被你道着些大意了！"珍姑道："哥！實係什麽竅兒，何不傳授了我？免我滿肚皮的狐疑。"王

①"便"，原本作"要"。據别本、舊抄本改。

子函勒①住繮繩，輕輕對珍姑笑道："我何嘗不要就傳授你，衹怕你又象昨夜般做作起來。"珍姑聽説紅了臉，也便不好再問。

兩個説説笑笑到了青州，就城外相一間②房子同住③，衹説原是夫妻，避亂來的，却也没人盤詰。王子函去買了些香燭，當夜，便要拉珍姑交拜成親。珍姑不肯，道："虧你母親的服還未滿，便衹管想這背禮的事！我既跟你到了這裏，難道久後不是你妻子不成？况我爹娘都在難中，那有心情做這事？你若再來逼我，我便騎着仙鶴别處去了。"王子函見他④這般説，不敢再求成親，衹是閉門對坐，做個把燈謎來猜，猜得着算贏，猜不着算輸，贏的并了兩個指頭把輸的手心輕輕責打，這般作樂。看官！人家夫妻，果然遇着一對才子佳人，在閨⑤房裏頭似這樣斯文交易，真正仙境；必要尋到被窩中滋味，也就俗不可耐了。

却説，他兩個出門，身邊都没有什麽盤纏的，在青州住不多幾日，手内空空，米也糴不起，柴也買不來。王子函去鄰舍家告借，衆人見他兩個是别處來的，又不見習什麽行業，誰肯借與他？一連走了幾家，都回答道："没有。"王子函衹得悶昏昏歸家。珍姑却全没有一些憂色，拔下簪珥，叫王子⑥函去質錢來准⑦備柴米，又叫買些酒肉等項，王子函一一都辦了回來。對珍姑憂道："簪珥是典得完的，下去日子我和你却怎生過呢？"珍姑笑而不答。

---

①"勒"，原本誤作"勸"。
②"間"，原本誤作"問"。
③"住"，原本誤作"任"。
④"他"，原本字形殘缺作"也"。
⑤"閨"，原本誤作"閞"。
⑥"子"，原本脱漏，據前文增補。
⑦"准"，原本誤作"佳"。

却說，他近鄰有一家姓洪，是個響馬强盗，衆人也都曉得，衹是捉不出他破綻。珍姑那日把買的魚肉煮熟了，酒也燙熱了，對王子函道："洪家是富翁，你何不走去借他千把兩銀子來用用！"王子函倒笑起來道："你好不達時務，些些柴米還没借處，這般獅子大張口起來！"珍姑微笑道："我自有法兒叫他送我哩！"王子函不信，珍姑便取張紙來，剪一個象判官模樣，放在地上，把個鷄籠罩好，自拿了酒肴和王子函去炕上對坐了吃。珍姑抽本書來行酒令，要隨口説是第幾板、第幾頁、第幾字，説着了"水"字旁、"酉"字旁的，吃一大杯，倘説着了"酒"字，要加倍吃了大杯。先是珍姑説起，恰恰説着個"酒"字。王子函笑道："你莫非預先見了的，却來討酒吃？"便斟過兩大杯來。珍姑拿着杯子禱告道："倘借得動銀子，你也説着吃雙杯的！"王子函却得了個"醉"字。珍姑大喜道："事體成功了！"便也篩兩個杯過去。王[1]子函不服道："我衹是個'酉'旁，如何兩杯起來？你這令官好糊涂！"珍姑道："這個'酉'旁，比别不同，應該活着。我還不過是'酒'，你却'醉'了，怎麽倒不雙杯？"正在争辨，聽得鷄籠内撲的一聲響。珍姑放下酒杯去揭開來看，衹見一口布袋内滿貯着雪白的東西，約來正有千金。王子函方纔樂[2]開了那張嘴，十分快活。兩個從此，漸漸買起婢僕來，把租住的房子竟買了，修理得好好的。

一日，洪家一個老婆子，抱了個大孩子，到他家中頑要，説出來道："我主人前日夜間同主母在房中坐，忽然地[3]上裂個洞，也不知有多少深，鑽起個黑臉漢子來説，是東岳判官，東岳大帝要造合

①"王"，原本字形殘缺作"上"。
②"樂"，原本誤作"落"。
③"地"，原本誤作"也"。

天下强人册子，一個人捨得一千兩銀子，就替他勾消了那罪孽。我主人害怕，便把一千兩銀子交與判官。判官拿了，仍舊鑽下地去，那地也便合攏，不留一些縫兒，你們道是奇不奇？”王子函和珍姑聽了，心中明白，假意答道：“果然詫①異，天下有那般古怪的事！”這且住表。

却説，唐賽兒那日不見珍姑進來，遣人到他家中去唤。曹全士夫妻因有夜間那一番，好生疑慮。一面回復帝師，一面去四下找尋，却那有個影兒。又聞説，曹州差來求救的叫王子函，也不見了，衹有騎來的馬還拴在那裹，心下明白，道：“定是這小畜牲作孽！他兩個一向在奉化村便眉來眼去，今番却約會同走了。”因是件没體面的事，也便隱没起不提了。過了兩日，聞説去救曹州的兵，把官軍殺得大敗，已解了圍，曹全士夫妻越道唐賽兒是無敵的了。又過幾時，朝廷命大將邱福提了六十萬大軍，來平山東妖冠。邱福出個號令，每人帶一隻皮袋，盛着猪狗血，槍上、刀上、箭上都蘸了些兒厮殺。唐賽兒的兵馬那裹抵當？殺一陣，敗一陣。這官軍②直殺到蒲臺，把那城池攻破。唐賽兒的手段，原比衆人高些，行起法來，單走了一個身子。那跟他造反這伙人，盡被殺死，曹全士夫妻也在其數。官兵打破了蒲臺，别的地方替唐賽兒守着的，也都望風反正。

那信息到青州，珍姑曉得，還望他父母逃得性命，便分咐家人看了家，自己同王子函兩個，乘着天晚，各跨紙鶴往蒲臺探望。歇下來滿地都是尸骸，一路尋到他父親住的所在，月明中見曹全士的尸首在門外地上，却不曉得他母親是死、是活。天色也漸漸明

①“詫”，原本誤作“托”。

②“這官軍”，原本第一字殘缺作“又”，第三字作“宜”。據舊抄本改。

了,見田氏吊死在屋内梁上,那得人放下來?珍姑當下哭暈了幾次,便和王子函移兩個死尸做一處,尋些柴來焚化了。揀出那骨殖來,包做兩包,兩個分背在肩上,仍騎紙鶴回青州。心中衹還放不下哥哥永福,不知死活存亡。離了蒲臺,見王子函在鶴背上十分害怕,想起前番取笑他的話,不覺把滿肚子悲傷暫時放開;略笑了笑,便呼他歇下地去,换了驢子。走得到地上,衹見永福也就殺死在那路旁。珍姑又哭了幾聲,和王子函扒攏些泥來,將就與他掩埋了,方纔坐上牲①口再行。

到了青州,珍姑揀塊高燈的土,把父母骨殖安葬停當。那時,王子函母親的服恰好已滿,便求珍姑成親。珍姑道:"先前你有母服不好成親,如今是我有父母之喪,且待服滿行起這禮來,何必那般性急!"王子函氣苦道:"那一歇三年,這一停三年,可不耽擱人老了麽?"珍姑道:"我是兩重大喪,還該六年,你倒不要忒打料得近了!"王子函見説,越發不是頭,吃也不要吃,睡也不要睡,衹是愁眉苦臉的求珍姑。珍姑拗他不過,倒好笑起來,道:"我想和你住在一處就是成就了,却不道又有什麽成親這般性急!"王子函也笑道:"就是那個成親也算不得成親,倒還有個成親哩②!"珍姑見説,紅了臉,便由王子函擇了日交拜成親。王子函那年二十歲,珍姑却纔得十七,美少夫妻,説不盡那些情態。一日,珍姑記起初來時路上的話,問丈夫道:"你在曹州到底有什作用得出重圍?"王子函笑道:"你聰明了一世,怎前番那般説了還不領略?方纔成親第一夜就傳授你,是那紅衣大炮了!"珍姑不覺忍笑不住。王子函又戲道:"官軍着了炮,今日還在那裏神號鬼哭;你着了炮,倒快活好

①"牲",原本作"生"。

②"哩",原本作"理",據舊抄本改。

笑哩!”珍姑見説，拿了扇子打來，王子函連忙走遠些，站住了衹是笑。

他夫妻兩個又在青州買下些田產，日逐督領催工人等耕種。那些鄰舍，見兩個初來時飯米都要告借，不知怎地發了財，却便這般興頭，心中忌刻。適值那時亢旱，青州地面蝗蟲爲害起來，珍姑便剪一對紙鵲兒放入自己田中，變成真的，把那蝗蟲趕吃。鄰舍見了，便去報官，道他家有妖法，定是蒲臺一黨①。官府聞説王子函有些家計，作想起來，立刻出簽拘人。王子函着急和珍姑商量，送些銀子入衙門，纔得把這事捺起。珍姑對丈夫道:“我們這家業，來路太易了，自該有這②飛灾枉禍來耗散些。但這惡狗村裏，也真住不得，我們却向那裏去好?”王子函③道:“我和你原是河南人，不如重歸故土罷!”珍姑道:“衹怕那裏的人曉得我家從賊，越發要來尋事。”王子函道:“有了! 我們自到歸德府去，有我母舅在那裏，有些照應，可不勝這裏和考城縣舊居幾分麽?”當下，便把田產賣去，將銀子帶在身邊，跟了幾個婢僕，投歸德府來。

不一日到了那邊。沈子成一見，心中甚喜，便問:“外甥! 向在那裏? 好叫我放心不下!”王子函衹説原要到懷慶府，路上被賊人捉住，在山東耽擱了這兩年。指着珍姑道:“他也是考城人，陷在賊中做了夫妻，如今却得同來。”當下，沈子成替他尋來房子，就在自己隔壁，兩家内眷也時常往來，十分親熱。珍姑又拿出宿本來，在歸德府開下個琉璃廠。珍姑性最靈巧，指點匠人造出新奇款式的燈兒，纔造了來，就有人買，又且得價。不上幾年，做了大

①“黨”，原本誤作“當”。

②“這”，原本誤作“仗”。

③“王子函”，原本、别本、舊抄本均作“珍姑”，據文意改。

富之家，家僮婢僕雖①有幾百，却人人有業，都不是吃死飯的。珍姑調度井井，每隔五日把底下人做的生活考較一番，勤謹的賞他銀錢酒肉，懶惰的不是受杖，就是罰跪。到了那晚，給他們假，不作夜課，備些佳肴美饌，夫妻對飲個盡醉，叫丫環們在旁唱些曲兒侑酒，好不快樂！

每年清明時節，把家務托了沈子成，夫妻兩個同到考城縣上了王家的墳，又直去青州曹老夫妻墓上拜奠。一年，在青州祭掃畢了，回來向日住的地方，經過那時，晴得久了，乾燥異常，衹見那些妒忌他家的舊鄰舍，正遇着火灾，男啼女哭，亂個不住。珍姑看了笑道："他們心地好些，也不逢這天火，就逢了火，我也該出一臂之力相救，如今且自由他！"王子函道："你有什法來滅得這火麽？"珍姑道："怎麽没有？衹是不值得救那班人面獸心的！"王子函笑道："這是他們自己作弄自己，老天又恰恰今日燒他們，叫你我見了爽快哩！"夫妻兩個一路説説笑笑回到河南。

後來，生下三個兒子，都能守家業，王子②函夫妻俱各壽終。當年從賊巢中逃走一事，也頗有人知道，雖是嫌他捨得拋却父母，却也虧這一走，留得身體來收葬他父母。詩曰：

軍旅摧殘子死兵，還因有女葬爾③身。
尚見④異事原同道，何用時人漫擬論！

①"雖"，原本作"只"。
②"子"，原本作"紫"，應是，但前均作"子"，故仍從而改之。
③"爾"，原本作"而"。
④"見"，原本作"員"，據别本改。

第十一回　聯新句山盟海誓
咏舊詞璧合珠還

（演述《聊齋志異》中《庚娘》故事）

錦衾綉幕締鷗盟，恩愛海般深。但願百年常没事，夫和婦，共樂幾春①。誰料漁陽鼙鼓，害他鳳拆鸞分。一時兵亂共狂奔，已是苦②零丁。更有奸宄萌惡念，弄得人，九死一生。不是老天默佑③，怎能缺月重盈。

亂離時世，弄得人家七顛八倒，這原是一個大劫數，但其間也看人的是非邪正。奸惡之徒，天纔降他灾禍，在那劫内勾決了；若是善良的，不過受些磨折，却還不到被那④害。

明朝崇禎年間，河南開封府儀封縣地方，有一個人姓宋名大中，父⑤親宋倬喈，母親翁氏，衹生下他一個，祖上也是讀書的，傳下家産雖不厚，也還將就過得活。宋大中到了二十歲，宋倬喈與他娶一房媳婦，是同縣史秀才的女兒⑥，小名唤作辛娘。辛娘生得

---

①“幾春”，原本空缺，據别本、舊抄本補。
②“是苦”，原本空缺，據别本、舊抄本補。
③“佑”，原本字形殘缺作“口”。
④“被那”，原本作“裏面”，據舊抄本改。
⑤“父”，原本字形殘缺作“人”。
⑥“兒”，原本作“紀”，據舊抄本改。

如花朵一般,十分嬌美,小夫妻兩個恩愛異常。那宋大中的學問,頗算通透,却年當弱冠,還未能拾取一領青衿,心中氣悶。辛娘勸慰道:"如今世道不好,仕宦的也可怕,若不過要做個把秀才,你正在青年,何必這般性急?"宋大中聽説,稍稍①開懷。那時外面流賊正盛,每到一處,不知殺害多少性命,拆散多少至親骨肉。辛娘在閨中曉得了,偶然對丈夫道:"我和你十分過得好,倘然流賊殺來,把你我分散,你却怎樣?"宋大中正拿了一管筆,在張廢紙上隨意揮灑,便寫下七個字道:

男兒志節惟思義。

辛娘看了這幾個字,他是從小兒史秀才教他讀書,有些文理的,便也取枝筆來,去那紙上寫一句道:

女子功名衹守貞。

宋大中見了,喜道:"這兩句倒是絶對,我和你都要做義夫、節婦哩!"這也不過閑暇時節作耍的話,不道竟成讖語;那聯對句又做了夫婦重圓的照會。

一日,夫妻兩個正講些閑話,聽得街上沸反的道:"流賊來了!"兩個着了急,去唤底下人時,没一個答應,已都逃散。幸得自家一乘四輪車,因這日有事要出遠,預先把四頭牲②口駕好了的,連忙收拾些細軟,扶了父母和妻子上車,出門逃難。衹見那些人,就象打下了窠的蜂兒一般,向着東邊亂走,衹恨少生了兩隻脚。看後面時,遠遠地聽得炮聲不絶,想是和官軍在那裏厮殺。父母子媳四人,走到天晚,思量尋個地方歇息,却聽見後面逃上來的道:"流賊打敗了官軍,又殺來了!"便衹得再連夜奔逃。看看將近

①"稍稍",原本字形殘缺作"利利"。

②"牲",原本作"生",以下同此,不再出校。

徐州地面，方纔略放了心，四人在車上商量道："如今中州地面，都做了賊人出沒去處，有些住不得，不如到徐州搭了船，往南直去尋些活計罷！"

正在車上趕路，見一個二十多歲的後生和一個少年婦人，也坐着乘車子，雜在人叢裏逃。兩乘車子同下了個坡，便一字般并着走。那後生先開口，問宋大中姓名籍貫。宋大中一一回答了，并又告他要往南直意思。衹見那後生滿面笑容，道："這般什妙，正好路上作伴。在下是揚州人，姓李排行十三，同房下來亳州生理，如今遇了流賊，也正要回去。我們到徐州同寫一隻船，那價錢也會[①]省些，又不寂寞，可不是好！"宋大中聽了，大喜，便對他父母道："恰好有這下路去的伴，倒也凑巧。"辛娘却拉[②]着丈夫的衣袖，輕輕的道："我看這人，生一雙賊眼，又衹管來瞧我，不知道他是怎樣心裏，不要和他同船的好！"宋大中想了一想，道："不妨！他自己現帶着少年妻子，未必是歹人，想也怕路上難走，約我們作伴。我們到那地脉生疏去處，也少不得他們哩！"辛娘見説，也便不再去阻丈夫。

看官！這宋大中一家逃出門時，心慌意亂，未曾定下主意，原先東[③]裏去的，因此，投徐州那條路上來。這李十三既在亳州生理，要回揚州自有徑路，緣何也走起徐州來？不知他原是江湖上，做那徐太爺没本錢生意的。家裏倒直在南京，常來徐州近側，探看有些油水的商人，要走水路時，誘去裝了他伙伴的船行事；也怕人家要起疑心，新近帶了老婆同走。這番却不看想什麽財物，衹

[①]"會"，原本字形雜亂。

[②]"拉"，原本字形殘缺作"立"。

[③]"東"，原本字形殘缺作"曰"。

因見了辛娘美貌,便起謀心,詐稱揚[①]州人,隨口説[②]道亳州回去。宋家父子一時自王識得爲曰的綻火[③]。當下,同到徐州,李十三便去埠上看了一隻大些的船,替宋家父子搬運行李;又把車子、牲口去倒賣[④]些錢交他們。勞[⑤]碌得汗流如雨,看他連飯都没工夫吃。下了船,讓中、前兩艙與他們,自己和那婦人縮在後艙[⑥]。宋家父子要讓他們前面來,李十三衹是不肯,宋家父子倒好生過意不去。那李十三老婆是王氏,也略有些姿色,性格又柔順,倒和辛娘極説得來。宋家父子見李十三在船上,與那舵公水手説説笑笑,好象一向熟識的親眷,也衹道他慣走江湖的,那籠絡人頭套子。

不一日,過了黄河,來到清江浦地方,把船停泊在一個僻静去處。天色已晚,那輪明月升起來,四望都是蘆灘,不見一些人家。李十三在船頭上,招他父子出艙玩月。兩個纔出得艙門,李十三乘宋大中不備,先推落水;那裏的水是從黄河[⑦]中灌進來,十分湍急,早已隨波逐浪去了。宋倬喈正要叫喊,一個水手提起篙子把他一點,又早落水。那翁氏在艙裏聽見了些聲息,走出艙來探看,也被李十三推落了水。李十三方纔發起喊來,要用篙[⑧]子過去撈,但[⑨]却并不着緊,眼見得不濟事的了。原來,翁氏出艙時,辛娘在

①“揚”,原本字形雜亂。
②“説”,原本空缺。
③以上八字,原本錯訛不清。
④“賣”,原本字形雜亂。
⑤“勞”,原本空缺。
⑥“艙”,原本字形殘缺作“十”。
⑦“河”,原本字形殘缺。
⑧以上兩字,原本不清,據舊抄本補。
⑨此字原本殘缺不清,據舊抄本補。

後面親眼看見，是李十三推落水，害那三命，單留下他一個，早猜到奸人肺腑，却假認做真個自己溺死，但哭道："我一家都死盡了，却叫我怎地獨活?"李十三勸道："娘子不必再哭，這是大數，哭也無益。我一時間同你公婆丈夫南來，就象親①戚一般，難道看你無依無靠不成？我家裹新遷在南京②，不瞞你説，倒也廣有田園，盡可過。帶③得你同我那裹去，我供養你老，還你足衣、足食便了！"辛娘收泪謝道："若得這般，倒極承美意了！"李十三見他不甚悲傷，肯從自④己南去，心中好不快活，又安慰了幾句⑤；夜已深了，合船俱各安睡。李十三却又撬開前艙門來，走進去勾住了辛娘肩頭求歡。辛娘連忙推開，衹説道："我既要從你過活，這身體怕不凭你作主？但是現在懷孕，你且饒我，自去别處睡罷！"李十三不好便去逼他，衹得由他自睡，自己仍去和王氏同宿。

辛娘這夜那曾合眼，但聽得蘆灘上風聲，船底下水聲，心中悲切，又不敢哭，那夜泪足足下了准萬滴。到半夜，聽見後艙裹夫妻兩個鬧起來，不曉得是什麽緣故，但聞王氏駡道："你這般昧良心的作爲，衹怕官府被你瞞過，天却容你不得，即叫⑥雷公、雷母來打死你了！"又聽見象李十三打王氏，王氏越駡道："你索性打死了我！我情願死，不情願做你那殺人賊的老婆！"又聽見李十三恨恨之聲，象拖了王氏走出艙去。又聽得"骨董"的一聲響⑦，滿船嚷起

①"親"，原本字形殘缺作"不"。
②"京"，原本字形雜亂。
③"帶"，原本誤作"帝"。
④"自"，原本誤作"間"。
⑤"句"，原本誤作"向"。
⑥"叫"，原本字形殘缺。
⑦"響"，原本字形殘缺。

來道:"那個落水了,"又聽見李十三和船上水手人等,假意打撈,鬼混了一回,方[①]纔都歇息了。原來那王氏倒是個好女子,李十三新娶在家便帶他出門,還不曾曉得丈夫是慣做[②]這般貪財好色、放火殺人的行業。這夜,李十三去誇張謀占辛娘的手段與他聽,王氏方曉得嫁了匪人,因此,鬧起來,也被李十三推落了水。

次日開船南去,一路無話,不一日,到了南京。李十三家在城中鈔庫街上,便雇了隻小船,載辛娘進了水西門,來到家中,引去見他母親楊氏。楊氏衹道兒子同媳婦回來,却見另又是一個人,便向李十三:"我那媳婦呢?"李十三道:"在清江浦溺水死了,這是另娶回來的。"楊氏嘆息了幾聲,辛娘也不分辯,李十三便拉他同拜了楊氏幾拜。李十三見辛娘肯認作妻子,骨頭輕得没四兩重[③],倒懊悔在船上時,不再去纏他求合,白白打熬了幾夜寂寞。當下巴不得晚,却怪那輪紅日,象偏偏這天起來不肯下去。日光纔没,便追家裏點燈,又連次催辛娘進房。

辛娘到得房中,李十三便閉上房門來扯他上床,要幹那事。辛娘把手推開,笑道:"虧你二十多歲的男子漢,還不理會做夫妻規矩。鄉下人合巹,也須是幾杯薄漿酒,吃得糊涂了,方好成親。似這般[④]清清醒醒的,象什麽樣[⑤]子?"李十三也笑道:"娘子説得不錯,我倒忘記了!"便開門出去,叫家下人備了酒肴,搬進房來,和辛娘對坐了吃。辛娘捧着酒壺[⑥],殷殷勤勤的勸,李十三心中快

---

①"方",原本誤作"力"。

②"做",原本字形殘缺。

③"重",原本誤作"裏"。

④"般",原本字形雜亂不清。

⑤"樣",原本字形殘缺雜亂似"東"。

⑥"壺",原本字形殘缺作"亞"。

活,開懷暢飲。漸漸醉了,推辭道:"我吃不得了!"辛娘那裏肯聽[①],又拿一隻大碗,斟得滿滿的,含着笑去勸他。李十三不好堅拒,衹得又接來,做幾口吃完,吃得酩酊大醉,眼都合將下來。脱了衣裳,先去倒在床上,催促辛娘也睡。辛娘故意挨延,收拾了杯壺器皿,吹滅了火,衹説要净手,出房去到厨下;拿了那把厨刀,回進房來,走到床邊。黑暗裏,伸左手去摸那李十三頭頸,李十三還牽住了那條臂膊。道聲:"好嫩滑!"早被辛娘照着項上,用力切下一刀;却切不死,李十三痛極了,直坐起來。喊道:"做什麼?"辛娘又用力一刀砍去,李十三倒在床上,聲息俱無。辛娘又瞎七、瞎八亂砍了幾刀,去摸他時,頭已不在頸上。

那楊氏的房,就在門壁,睡夢中聽得叫喊,驚了醒來,却不喊了,象在那裏砍什麼東西。放心不下,披了衣服走過來。見那房門還開着,却没有火,問道:"你們爲什麼房門都不閉了睡,方纔喊什麼?"嘴裏説,兩隻脚便走入去。辛娘聽見楊氏來,心中道:正是這老畜牲,平日不曉得管兒子,放出去欺人,我也殺他一家! 便回身把刀劈面砍來,却砍低了些,砍着胸。那楊氏嚷道:"怎便打起我來?"楊氏暗中不見,還衹道誰打他。那刀砍得勢重,把肋骨都砍斷了幾根,楊氏喊得那一句,就便跌倒暈去。辛娘又去地上摸着他頭,連砍幾刀,也砍下來。那李十三有個兄弟李十四,睡在前面,聽見楊氏叫喊[②],便趕進來;他家有幾個丫頭、小使,也都走起。李十四見裏面没火,又回了出去。辛娘怕人多了敵不過,原是打料死的,便把刀來自己頸上亂割。那刀連殺兩個人,捲了口,割不

①"肯聽",原本字形殘缺。
②"喊",原本作"咸"。

入去；又見衆人將次要來，心下[①]着忙，便奔出去，開了前門走。恰遇着李十四取了火進來，還不知道是什麽緣故，也回身追出去。那些丫頭、小使，倒丢了裹面，都趕出來看。

前門，正臨着秦淮湖，辛娘到湖邊，涌身一跳，早下水去。李十四忙呼衆鄉鄰相幫救起，却已死了。李十四見死尸[②]身上都是血迹，又不見他母親、哥哥出來，便和衆人同入内去。來到李十三房中，見他母親殺死在地，哥哥也殺在床上，驚得呆了。衆人見桌[③]上一個紙封兒，去拆開來看，有識字的念道：

> 妾中州史氏，小字辛娘，生十八而歸同邑宋大中。薄命不辰，遭逢世變。奉翁、姑而東走，由徐、邳以南遷，固將捨彼亂邦，投兹樂土。詎意奸人伺隙，毒手横施[④]。非因財以起念，實見色而生心。既擠我夫送巨澤，復填二老乎洪波。一門俱已没盡[⑤]，賤妾獨何生爲？顧念大仇尚[⑥]在，泉壤難甘，用忍須臾之死，以快報復之懷[⑦]。仁人君子，幸鑒妾心。

原來這一紙，是辛娘在[⑧]船裏時便寫下的。當下衆人都贊嘆道："天下難得有這樣烈性女子，直頭是謝小娥再世了！"再到辛娘身上去搜檢，見裏面衣褲都用針綫密密縫着，又知道是未被奸賊點污，向大家贊個不住。李十四見殺了他母親、哥哥，也要把辛娘

①"下"，原本誤作"不"。
②"尸"，原本作"死"。
③"桌"，原本字形雜亂。
④"施"，原本空缺。
⑤"盡"，原本字形殘缺。
⑥"尚"，原本字形雜亂。
⑦"懷"，原本字形雜亂。
⑧"在"，原本誤作"枉"。

尸首殘害;却是衆人不依,就連夜扛抬去寄在尼庵裏。天明了,合城的人都來觀看,見辛娘面色猶如活的一般。大家嘆異,跪下去禮拜,施捨錢財與他殯葬[①]的,一個早上就有上百銀子。做頭的,替他辦些金珠首飾,插戴了下棺,抬去葬在鍾山脚下;好事的,又做些歪詩來替他的貞烈,這且不提。

却説,宋大中那日被李十三推下了水,隨着滚滚的波流淌去,却撞着了一株枯樹,是上水頭衝下來的,便用手搿住,昂起頭來,嘔出了些吃下的水,順水勢打去。天明,到了淮安,有一隻小船看見,忙撑過去救了起來。原來這小船是本地[②]一個財主,唤做陳仲文,老年得了個兒子,特在這急水門[③]裏,設下救生船做好事,保輔小孩長大的。宋大中問得明白,便到陳仲文處去拜謝。陳[④]仲文見是異鄉人避亂下來,却又遇着匪人謀害,推他落水,十分憐憫。叫人把衣服與他换,又暖[⑤]酒來壓驚,宋大中不勝感謝。陳仲[⑥]文的老來子,已有八歲[⑦],家中請位教書先生新近死了,這缺還未曾有人頂[⑧],當下,見宋大中言談温雅,是個舊家子弟,便要留在家做[⑨]西席。一來,憐他飄泊無依,二來,要緊與兒子讀書,也是一事兩合當。宋大中却推辭道:"晚生蒙老丈救了性命,又要收留課

①"葬",原本誤作"莽"。
②"本地",原本前字作"木",後字空缺。
③"門",原本作"用"。
④"陳",原本字形殘缺作"東"。
⑤"暖",原本誤作"援"。
⑥"仲",原本誤作"伸"。
⑦"歲",原本作"床"。
⑧"頂",原本字形似"禮"。
⑨"家做",原本字形殘缺。

讀,極承盛情！但晚生雖得再生,未曉父母、妻子信息,放心不下,還要去沿途打聽,倒衹好虛老丈的美意了!"陳仲文見説,也不好强他。

正閑話間,衹見外面報道:"撈得兩個老人,一男一女,都是死的。"宋大中也疑心是他父母,忙走出去看,不道果然,哭倒在地。陳仲文[①]叫人扶他起來,勸慰了一番。陳仲文既行這善事,那棺木也現成有在家中的,便揀兩副木料好的,替宋大中收殮父母。宋大中正在心中悲傷,又聽見報道:"撈救得個少年婦人,却未曾死,説宋某人是他丈夫。"宋大中又吃一驚,正要走出去,那婦人已到面前,是小船上人送進的。看時,却不是辛娘,倒是李十三的老婆。宋大中正[②]要問他,那王氏一頭哭,一頭先告訴丈夫的没天理,怎地把他也推落水[③]。宋大中聽了,又苦又惱。苦是苦自己父母死得慘傷,惱是惱那没天理的,不能立刻拿來碎剮做萬段。王氏又哭道:"方纔救生船上説起,知道早上救得郎君在這裏。我因想那没天理的謀占娘[④]子,我便情願自己獻與郎君爲妻,出[⑤]口惡氣,因此,就説郎君是我丈夫,要求郎君收留!"宋大中鎖着眉頭,道:"我心亂如麻,那裏還有心和人家兑换老婆?"王氏見他不允,越發哀哀的哭個不住。陳仲文在旁聽了備細,拍手歡喜道:"報應

①"文",原本誤作"丈"。
②"中正",原本作"共王"。
③"水",原本誤作"火"。
④"娘",原本空缺。
⑤"出",原本空缺。

得好①！”便勸宋大中②説：“他謀了你妻子，也送妻子來賠償，這是天③意，何不就收納了？”宋大中道：“晚生父母雙亡，初喪時節，怎麽娶起妻來？況晚生不共天日的大仇還未曾報，晚生身子，不打料活在世上的，留他在身邊，又替不得晚生力，可不倒是一累麽？”陳仲文還未回言，王氏却就接口道：“依郎君説起來，當真你家辛娘在這裏，也道是初喪時節又要報仇，打發他到别處去麽？”宋大中一時倒回答不出，陳仲文便贊道：“這小娘子説話好不伶俐，既是宋大哥居喪不便娶妻，老夫替你且收養在這裏罷！”宋大中方纔應允，和王氏都謝了一聲。當下，陳仲文把宋家老夫妻殮了，又擇個日子替宋大中安葬父母。那王氏，在靈前披麻戴孝，哭得喉破眼枯，就叫辛娘來，倒也不過是這般。

安葬已畢，宋大中買口尖刀藏在身邊，又帶了些乾糧，要到揚州去尋李十三報仇。王氏阻擋道：“去不得！一向還未曾告郎君曉得，那没天理的和我都是南京人，他説住揚州是假的。他對我誇口誇道：江湖上那些謀財害命歹人，七八是他黨羽，郎君你單身前去，那裏敵得過？他的耳目多，不要大仇不曾④報得，倒把自家性命送了！我勸郎君且在這裏耽擱，等他惡貫滿盈，自受天誅地滅可不是好？”宋大中摇着頭道：“那裏等他自死起來，也叫什麽報仇呢？”口裏是這般説，却也因江湖上都是奸黨的話，怕事體⑤不成，枉送性命，倒絶了報仇的根，心中好生猶豫，吃也不要吃，睡也

①“好”，原本字形殘缺。
②“中”，原本誤作“己”。
③“天”，原本誤作“無”。
④“不曾”，原本空缺。
⑤“體”，原本誤作“休”。

不要睡，日夜皺着眉頭嘆氣。陳仲文也寬解道："不必性急，慢慢地生出個萬全計策來，去報那仇便了！"宋大中衹是委決[①]不下。

看書的看得到這裏，必竟道宋大中和陳仲文怎没[②]一些見識？既[③]然曉得李十三的確住居，衹消衙門裏一紙[④]狀詞，便差捕役去捉來正了法，何必衹管自己去報仇，又要生出什麽萬全計策來？可不都是隔壁的，倒還要批評我做書的，把宋大中、陳仲文説成兩個呆子。却不曉得，明末時[⑤]節，何嘗打得官司的？遞一紙狀，官吏先要到手濃些，方出簽去拿人。不要説拿不着，就拿着了，捕役到手那邊些銀子，衹説逃走了，不捉到官。就是捉到官，官府又盡是愛錢的，到手了些，便極真、極重的罪也[⑥]會開豁，倒叫那邊做了准備，連私下也難報仇，可不是求工反拙了麽[⑦]？因此，陳、宋兩人再不想到那着棋子。

當下，宋大中十分愁悶，王氏也出不出主見，真個是宋大中説的，替他力不來。過了幾日，却聽得外邊沸沸揚揚傳來，説一個南京人害了人家一門，謀得個婦人到家，却被那婦[⑧]人灌醉來殺了，又連歹人的母親殺死，自己便投湖殞命，衆人敬他節烈，與他收殮，殯葬得十分體面。又有人傳來，那婦人的姓名籍貫都有，却正

---

①"决"，原本字形殘缺作"夬"。
②"没"，原本字形殘缺作"又"。
③"既"，原本字形殘缺作"無"。
④"紙"，原本字形殘缺作"氏"。
⑤"時"，原本作"曉"。
⑥"也"，原本作"己"。
⑦"麽"，原本空缺。
⑧"婦"，原本字形雜亂。"灌"，原本字形殘缺。

是辛娘。又有人傳誦那放在桌上①的幾行書，越發得疑是辛娘。宋大中聽了，喜得大仇已報，雪了那無窮的恨，却又想了辛娘的死，心中悲傷，便對王氏道："和你同在這裏多時，幸是未曾成親。今我妻子替我報了大仇，又守節投湖；這般貞烈，我何忍負他，却再娶妻！"説罷，泪珠象雨一般滚下來。王氏道："雖是這般，郎君衹要心裏不忘記史氏娘子便了，何必説到再娶就是負他起來？"宋大中道："我若再娶，實在心裏打不忘②，明日，我就要削了頭髮去做和尚。你正還青年，可另從人去罷！"王氏見説，泣下道："郎君已收留了我，如何却又抛弃起來？"宋大中道："我還未和你成親，就是負你，也比不得負我辛娘；况我又不是抛撇了你，另去娶妻，是自己怨命要去出家，你便依着③我，也有什麽趣味？"王氏見宋大中衹是要抛他，想着自己命薄，不覺苦苦切切哭起來。陳仲文聽見，走過來問知原由，便對宋大中道："宋大哥！我想史氏夫人節烈死了，原難怪你不忍再娶。但是古人説的：不孝有三，無後爲大。老夫雖不是讀書人，却也曉得這兩句，難道宋大哥倒不想到，怎麽説得出家做和尚起來？"宋大中衹是拭那眼泪，不肯應承。王氏在旁接口道："既是郎君不肯負史④氏娘子再娶時，我情願與郎君做婢妾，奉事終身，衹不好再去認他人做丈夫！"陳仲文聽説，不等宋大中回言，便襯上去道："小娘子這句話，克已到十二分，宋大哥不得不依了！"又勸王氏道："小娘子不必心焦，總在老夫身上，决不令宋大哥把你離異便了！"當下各自走散。

---

①"桌上"，原本字形殘缺作"貞"。

②"忘"，原本字形殘缺作"亡"。

③"依着"，原本字形殘缺作"衣看"。

④"史"，原本誤作"宋"。

又過兩日，有員原任副將，姓元，是銅山人，與陳仲文家有些世誼，少年落魄時，也曾蒙陳仲文周濟，因此十分見好；當下丁憂起復，補了河南一個缺，來陳仲文家辭行。陳仲文請他吃酒。那副將是個大酌千鍾不醉的，陳仲文却酒量本平常，又有些年紀，那裏陪得過？因宋大中也是個海量，便央他陪客。元副將見宋大中恰好河南人，問他中州風土人情，一一回答得明白，已自歡喜；吃起酒來，却又是棋逢敵手，對壘得來，越發愛他。俗語説的："酒逢知己千杯少。"那曾見兩個知己碰着了，定吃得許多酒？却不曉得，這知己衹是對酒量。你也不肯讓，我也不肯歇，一萬杯也吃了，千杯怎不道少？從來會吃酒人，遇見量好的，另有一種親熱，就是這意思。元副將和宋大中飲得投機，便問陳仲文："這位係宅上何人？"陳仲文備述他避亂南遷，又遭奸人謀害，流落①此間緣故。當日酒散，元副將扯陳仲文去説道："小弟此去河南，正少一個幕友，既是宋生在此間没甚職掌，不曉得他可能同我去麽？"陳仲文正怕宋大中果然要做和尚，却辜負了王氏一片真誠，要想個法兒來絆住他身子，聽了元副將的説話，道："等我去問他看。"便招宋大中去，把元副將意思説了。又道："我想令尊、令堂死得慘傷，衹留②下宋大哥你一人，必須争得一口氣纔好。如今同元副將去，倘和副將投機，他肯提拔時，倒可博個異路功名，誥封父母，不曉得宋大哥你意下如何？"宋大中連日來想了辛娘，衹思量出家做和尚，全他義夫的志，那功名二字已看得冰也似的了，却因陳仲文把替父母争氣的大帽子當頭一罩，有些推托不得。便道："蒙老丈這般關愛，晚生就同元公去便了！"陳仲文大喜，去知會了元副將。

---

①"落"，原本字形殘缺。

②"留"，原本誤作"死"。

當夜，留副將在家下榻，次日就請宋大中一同就道。宋大中謝了陳仲文諸般盛情，又道："晚生今日一別，不知何時再會，有一句話要對老丈説。晚生仔細想來，終不忍再近[1]女色，王家女子在此也非了局，仍望老丈與他另覓良姻爲是。"陳仲文和宋大中盤恒幾時，知道他有些執性的，便隨口答道："你既立志要做義夫，我也衹得勸他改嫁了。"又説道："宋大哥！你衹不要做了和尚回來見我，老夫却要駡你不孝的！"宋大中不覺也笑起來。陳仲文送了元、宋二人出門，回進去試王氏道："宋郎臨行又囑我勸你改嫁，你意下如何？"王氏垂下泪來道："妾向日錯嫁歹人，一言不合即推落水，因此便與恩斷義絶。昨蒙老丈作合，許身宋郎，雖然他又要離婚，是他不負前妻的義氣，并不是怪妾什麽來，妾却越發敬重他，衹守着他前日應承娶我的那句話。倘宋郎不肯再娶，妾也斷不再嫁的！"陳仲文聽了，點頭道："説得是有志氣，在老夫身上定[2]要弄他來娶你，不辜負你的意思便了！"

不表王氏，衹是陳仲文收養在家。且説，宋大中隨了元副將到任，光陰倏忽[3]不覺有兩足年。宋大中先前在家，服食起居有辛娘照料，十分適意，自從遭了那一變，還有誰看管他？況現今在河南，又比不得淮安，連年流賊吵鬧，弄得地方上十分蕭索，一些東西也辦不出，清苦異常。却還喜得陳仲文那裏，時常遣人寄物事來，都是知心着意的東西，雖不十分值錢，也虧他體貼得周到。宋大中心中感激，寫信去謝，却再没得回字來。一日，又報流賊殺來，元副將和宋大中商量。設幾枝伏兵把賊人殺得大敗。賊人氣

[1]"近"，原本誤作"送"。
[2]"上定"，原本字形雜亂。
[3]"忽"，原本字形殘缺。

憤，又起了大隊人馬特來報仇。探子得信，即便報來。宋大中預料賊兵到來扎營地方，勸元副將埋下地雷，打他中軍，元副將聽了。流賊果然屯兵在那裏，被官軍燒着①總藥綫，地底下飛起火炮，把賊人打死無數。元副將又乘②亂裏統兵掩殺，把賊人殺得片甲③無存。元副將大獲全勝，朝廷曉得，就升他做總兵。元總兵又舉薦宋大中功勞，有旨特授游擊，竟做了三品武官。宋大中見那些流賊，今日殺了一萬，明日倒又多了二萬，氣④勢不好。更兼立得功時，大家都要忌刻，甚是没趣；便告個病，不做了那官，回到淮安來。

陳仲文接着，敘了些契闊之情。宋大中便謝他連次寄那些東西，陳仲文衹是笑。宋大中又去上了父母的墳，仍回到陳仲文家。那時，他父母的服已滿了，陳仲文便與他商量和王氏成親。宋大中吃驚道："他還没有嫁人麽？"陳仲文道："宋大哥！你好不識人！他雖係再蘸婦人，却不是不烈性的。自從你去後，我幾次勸他另嫁，他衹是不依，准准的與令尊、令堂穿了三年孝服。就是往常寄你物件，也都是他的，老夫却那裏這般用心？你須去謝見哩！"宋大中聽説，也有些憐惜意思，却又想了辛娘，不忍再婚。陳仲文見他那光景，便又道："宋大哥不必遲疑，你想結髮的貞節，這小娘子在你面上也算得貞節。你要不負結髮，便負了他；你若不負他，却倒不就算負結髮，成成親罷！"宋大中尚在躊躇，陳仲⑤文又道："你

①"着"，原本字形殘缺作"看"。
②"乘"，原本誤作"東"。
③"甲"，原本誤作"里"。
④"氣"，原本誤作"色"。
⑤"仲"，原本誤作"付"。

要做義夫，先前就不應該許我收留他，如今他十分用情於你，你却抛撇他，這就不義了。那裏有義夫祇義得一頭的?”宋大中被説不過，祇得勉强應承。陳仲文便收拾間房，揀個日與他兩人配合。宋大中到房中，祇是涕泣不上床，王氏倒也不怪。他另與他側首開了個睡場，日間小心伏侍着他。宋大中也十分憐憫，對王氏自恨道:“我怎麽不能把身子分做兩個? 一個守着辛娘，一個周全你。”王氏含笑不開口。

成親五、六日，宋大中便叫了船，同王氏南京去祭拜辛娘墳墓。列位! 你道宋大中先前在淮安，聞了妻子死節的信，原何不就去哭奠一番? 祇因那時在陳仲文家，腰無半文，承陳仲文留他在家，又代他殯葬父母，怎好再要盤費往南京? 况且辛娘已死，不比得父母之仇，討飯也要去走遭的，因此，竟未曾去。這番授了個武職，雖未尋得大塊銀子，却也略有些兒，便要了起這心願來。當下放①了船，不多幾天已抵南京，泊船在②城外，宋大中自騎了馬，叫乘轎子抬了王氏，同到錢庫街來訪問辛娘墓在那裏。那些人答稱:“在鍾山脚下。祇被人家發掘，尸首都不知去向。”宋大中聽説，泪如雨下。那些人曉得是宋大中，便有幾個領他到鍾山下去看。宋大中和王氏到那邊，果然祇剩所空壙，一具空棺木在側邊，日曬夜露得也坍了。宋大中到這時，即③放聲大④哭，登時暈倒;王氏連忙和跟隨的扶住，叫唤了醒來。宋大中祇得叫將祭品放在空壙前，哭奠了一番，又叫人把坍棺木也收拾在壙裏了，方纔轉身

①“下放”，原本作“放下”，據文意改。

②“船在”，原本字形雜亂。

③“即”，原本字形殘缺。

④“大”，原本作“一”。

回到船中，取路要歸淮安，一路衹是鬱鬱不樂。

那船行到揚子江頭，正要收江北港口，回頭望南岸時，見那金山矗立在大江面上，十分秀異。宋大中不覺贊嘆道："好景致！"王氏正要與他排悶，便道："我們難得到這裏，何不金山去游玩一回？"有兩個忙什的丫環是鎮江人，便和一聲道："山上果然好景致哩！"宋大中便①分咐船家："金山去！"船家打轉舵來，正遇着順風，不多時，金山已在面前。宋大中正立出在船頭上看，忽見一隻小船在自己船前掠過，船艙内坐下兩個婦人，一個年少的，竟然是辛娘，心中奇怪！那年少的見了宋大中，連忙在窗裏探出頭來認。這種神情越象，却還不好便去叫；他那小船飛般快，早去有一丈來遠。宋大中匆忙裏，忽然想着和他在家做那一聯對句，便似唱"大江東去"的一般，高聲吟道：

　　男兒志節惟思義。

衹聽那婦人也高聲應道：

　　女子功名衹守貞。

當下，宋大中又驚②又喜，恨不得就從水面上跳了過去。忙叫："船家，轉舵！"恰③好那小船也回轉來，兩船相近，仔細一看，何嘗有錯！丫頭扶辛娘過船，宋大中和他抱頭大哭。辛娘道："郎君一向何處？衹道已死，不料又得相逢！"宋大中便把小船搭救，寄居淮安，久聞死節，特到南京掃墓回來的話，略述幾句。就問辛娘："緣何却得再生？"

原來，辛娘那夜死了，魂却不散，猶如睡着一般。忽一日，象

①"便"，原本誤作"使"。

②"驚"，原本空缺。

③"恰"，原本誤作"拾"。

有人在半空中呼他姓名道:“你不該死,有人放你還陽了!”辛娘一似夢醒,把手四面去摸,方曉得死了在棺材裏。有幾個惡少,見他係衆人厚酎[①],釵環等項頗值些錢,那夜賭輸了,没處生發,便乘天黑挖[②]掘開了壙,撬起棺蓋,正要括取金銀,却見辛娘手脚動起來,衆人大驚。辛娘預先聽見衆人猜他棺内東西,有的道:“不知可值二百兩銀子?”有的道:“不知可够我們一月賭?”知道是劫墳的,怕他們要害自己,便先開口道:“幸得你們到來,使我再見天日。我的首飾都送你們買果子吃,有什麽女庵,可賣我去做尼姑,還可得些銀子。我倒越發感激你們!”衆人都跪下道:“娘子是貞烈神人,小人們衹因窮了,幹這没天理的事,但求娘子不漏泄就够了,怎還敢賣[③]去做起尼姑來?”辛娘道:“這是我自己情願,何妨呢?”有一個道:“小人前在鎮江城内做些小經紀,曉得那邊有個章夫人,丈夫死了,没有兒女,極是好善,若將娘子送去,定肯收留,可不勝似做尼姑麽?”辛娘聞説大喜,自己拔下簪珥,盡數付與衆人;衆人倒都不敢受,辛娘定要他們受,方纔拜受了。一個就去尋頂轎子,抬送辛娘到鎮江。那章夫人有六十來歲,丈夫曾任知府,死後并無子女,見了辛娘十分欣喜。辛娘衹説同丈夫被兵南遷,丈夫失足落水淹死了,自己没有去處,求夫人收留做使女。章夫人問知是好出身,那裏依他?竟認做了女兒。那日,母女兩個正游了金山回去,却不料夫婦重圓起來。

辛娘對宋大中細細述了一番,當下王氏行婢妾禮拜見辛娘。辛娘見了王氏,驚問:“緣何在此?”宋大中方纔把在陳家的事,及

①“酎”,原本字形殘缺作“寸”。
②“挖”,原本字形殘缺雜亂似“也”。
③“賣”,原本誤作“買”。

同元副將到河南,提拔做官,回來成親的話,細細重叙一遍。辛娘對王氏道:“感蒙代葬公婆,我還該謝你,怎麽行起這禮來?”當下兩人叙齒,辛娘長王氏一歲,認作姊妹,并拜了四拜。宋大中又過船去拜見那章夫人,章夫人心中甚喜,邀宋大中和王氏都到他家盤桓。章夫人聞宋大中在淮安還衹是寄居,便將自己西首一所房子送與他們,又備下好些衣珠首飾送過去,做辛娘奩贈。宋大中到那西首屋裏,第一夜,先在辛娘房中,與他叙了些舊。辛娘纔曉得,丈夫和王氏雖號成親,還衹是干夫妻,便連夜要送他那邊去,却是宋大中不聽。第二夜,辛娘先把自己房門閉了,宋大中衹得來到王氏房中,笑着對王氏道:“我和你成親多時,没一些夫妻情分,你可怨我麽?”王氏也笑道:“郎君便今夜再不過來,妾也不敢怨!”宋大中道:“却也難得你們兩個都是這般賢惠!”便將昨夜辛娘要送自己過來,并今夜先閉了房門,對王氏説,王氏十分感激。次日天明,宋大中到辛娘房中,辛娘笑問道:“昨夜可有些雨露到那裏麽?”宋大中也笑道:“怎敢不體貼美意!”辛娘又笑道:“若非江中相遇時,不曉得你們干夫妻干到幾時哩!”宋大中也笑。從此,他一夜一處,往來兩邊房裏。

過了幾日,辛娘要去拜公婆墳墓,宋大中和王氏也正怕①陳仲文不見回去,在那裏心焦,便别了章夫人,同下船往淮安。開了船②,王氏忽地笑起來,辛娘問道:“妹子! 你有甚好笑?”王氏道:“妹子好笑前日,因郎君贊金山景致,特地剪江過來,不料得見姊姊,大家歡喜,這山,可不真個是撮合山麽?”宋大中和辛娘見説也笑。宋大中道:“全仗有他作合。却爲了游山到來,仍舊不曾去

①“怕”,原本誤作“伯”。

②“船”,原本作“江”。

游,山神難道不怪我薄情麽?"便[①]吩咐船上,要去游山。游了金山,回到船中,不一日,已抵淮安。宋大中領了雙妻去見陳仲文。陳仲文聞知夫妻重圓的奇事,不住嘆異。又聽得説章夫人認作女婿,贈他們房子,怕宋大中此後難得到淮安來相敘,便也把一所房子贈與宋大中。宋大中感他美意,不好却,忙去[②]令王氏認陳仲文爲父。陳仲文大喜道:"老夫久有此心,衹是不好自己説得。"原來,陳仲文的兒子還衹十一歲,思量認個女兒在身邊,庶幾老景不寂寞。見王氏做人和順,原十分着意,又聞章夫人怎地認親,怎地送妝奩,他性[③]情原有些好勝的,就是宋大中和王氏没那意思,他也要自己買這爺來做了。當下宋大中、王氏用女兒、女婿禮拜見陳仲文和他妻子胡氏,陳仲文也便備下一副絶[④]盛的妝奩,送到那所房子裏去。

辛娘拜過了翁姑墳墓,耽擱幾日,要回鎮江事奉章夫人。陳仲文見辛娘出格的窈窕[⑤],怕路上往來,又要生出事故,勸宋大中留辛娘常住鎮[⑥]江,令王氏永居淮上。宋大中依言。從此他有兩個住居,自己來去其間,一年裏頭要走好幾回。一日從淮安到鎮江,在揚州城外泊船,見隔壁那隻船,竟就是前年在徐州坐[⑦]的,舵公水手不曾更换一個,便悄地去報了官,遣人來也一個没走脱,都

①"便",原本誤作"要"。
②"忙去",原本作"怪婆"。
③"他性",原本作"體生"。
④"絶",原本字形有誤,偏旁作"蟲"。
⑤"窈窕",原本字形殘缺。
⑥"鎮",原本字形殘缺似"衣"。
⑦"坐",原本誤作"生"。

拿去問[1]成死罪。看官！先前説不好打官司，如今却又怎麽講？衹因宋大中現在也是個職官，官吏就都不好怠慢，况又是他自己撞見了奸黨，衹要做公的去捉，再没本事做什麽手脚了。宋大中到鎮江，把這事説與辛娘聽，大家稱快。

後來，宋大中死在鎮江，和辛娘同葬；王氏葬在宋老夫妻墓側。辛娘生兩個兒子，王氏生四個兒子，竟做了南京兩支。有好事的，成詩一首道：

狹路逢奸幾喪妻，誰知反占别人姬；
冤仇雖復終遺恨，從此高堂無見期。

①"問"，原本誤作"門"。

第十二回　埋白石神人施小技　得黄金豪士振家聲

（演述《聊齋志異》中《宫夢弼》故事）

三千食客履盈庭，爲金銀，陪小心。財源易竭，必竟有時貧。昔日衆人都不見，辜負了解囊情。莫道馮驩不再生，感神人，下白雲，燒丹、煉石，來助孟嘗君。功成却早將身遁，堪羞殺，舊賓朋。

這闋“江城子”詞，是駡做篾片的。見大老官興頭時，個個來親近他，到得他被衆人拖累窮了，要想衆人幫扶些，再也不成，便鬼都没得上門。那種情況，極是可恨，但也不要把衆人都看輕了。孟嘗君食客三千，那裏人人曉得報效？却有馮驩這樣人物在裏頭。如今這回書内，又有高似馮①驩十倍的，分明是神仙下降，并非來替篾片争氣，也正要塞那慣下逐客令的嘴。

明朝嘉靖年間，北直保定府有個大富翁，姓方號正華，坐擁百萬家財②。娶妻柳氏，生下一個兒子，叫方口禾。那方正華賦性豪邁，極輕財好客，在他家裏吃飯的，打常有幾百。朋友有什麽急用，向他借一千兩，就是一千兩，向他借五百金，就是五百金，也不

①“馮”，原本誤作“憑”。

②“財”，原本作“才”，據舊抄本改，以下同此，不再出校。

曾要借票、保人。約他幾時歸還，到那其間没有，他也不去討取。那般門客，都是想些油水吃的，便没一個不向他開口，連那柴米油鹽、綢絹布匹一應日用瑣細物件，都作想到，方正華祇要有在家裹，就叫拿去。祇有一個遠客，是陕西人，叫張管師，從陕西來，一住就是幾年，祇吃方正華口飯，再不告借什麽東西。那張管師相貌生得清挺，談鋒又極雄奇，方正華也在衆人裹面格外相待，與他結爲弟兄，食則同桌，寢則同榻，十分優厚。那時，方口禾尚幼，呼他做叔叔。張管師喜歡同方口禾頑耍，這方口禾也最愛張叔叔作伴，每日學堂裹回來，就跟着張叔叔去玩。張管師和他掘開貼地磚來，搬運石子去埋在底下，仍把磚兒鋪好，説是藏銀子，哈哈的笑。五、六進房子，盡被他兩個埋了石子。衆人都笑張管師，老大年紀還是這般孩子氣；方口禾却特特喜他，比别個小伙伴，更加親熱。

過了十來年，方正華家計漸漸消乏。這班朋友向他挪[1]移有些應手不來，要一千祇得五百了。那班朋友也便散去了好些，却還坐定有十多人在家。方正華賣田、賣地，款待他們，歡呼暢飲，達旦[2]連宵，依舊是向時光景。方口禾也漸漸長大，亦喜揮霍，學父親另結一班小友。方正華道是象自己，再不禁遏。又過幾時，方正華越發窮了，把身底下房子，典與人家，去住在側旁一所小些的屋内，倒也還算寬敞。那些散不盡的朋友，仍來騙酒、騙飯，没多兩天，把屋價又早用完。方正華生起病來，醫藥不效，竟就作古。可憐死下來，送終之費一時無措，虧得張管師在自己囊中拿出銀子來，替他們料理。又道他豪華了一世，死時偃蹇須吃人笑

①“挪”，原本作“那”，據别本改。

②“旦”，原本誤作“且”。

話，便代他們開喪，生平曾有過一面的，盡皆送訃，十分厚款那些吊客。又尋一塊葬地，擇日出了殯，在墳上栽下好些樹木，辦得象模象樣。柳氏和方口禾感激異常，家中事體不論大小，都禀命張叔叔，凭他處分。祇見張管師每日從外面回來，袖子裏袖着些磚頭瓦片，到那没人住的空房子裏，去抛在墻脚下，不曉得是什麽意思。問他時，祇是嘻嘻的笑，不來回答。也不好再盤詰他，祇由他便了。

方口禾一日對張叔叔憂窮，張管師作色道："你還不省得銅錢、銀子來路艱難，祇道如泥土般，要就有的。不要説是此刻没有銀子在手頭，就是有萬萬貲財入你手，也易得盡的。做了個男子漢，自要自挣自立，憂窮來有什麽用？"方口禾也便不敢再説。那時，方正華這些朋友，和方口禾的小友都已散盡；祇有張管師還在他家，一日也辭别了，要回去。柳氏和方口禾留他不住，方口禾泣下道："既是張叔叔定要回去，到了家中略耽擱幾日，可就回到這裏來叙叙。"張管師應承了，騎上一匹驢子，飄然自去。張管師去後，方口禾和母親在家一日窮一日，衣珠首飾典當完了，又把那粗重家伙拿出去賣來吃，不消幾時，又都吃完。幾個底下人，見主人這般窘急，早已雀兒般飛散。母子兩個，無可生發，思量再把現在住的房子出賣，却又没人家要，日日望張叔叔來，替他們經理一番。不道張管師竟學了唐詩上一句道：

黄鶴一去不復返。

列位！從來挣家事的，與那挣家事的相反。譬如一暑一寒，熱便熱到赤身露體了，打扇也還嫌熱；冷便冷到穿了重裘，向火也尚道冷。天時就是這般不齊，怪不得，人的作爲也迥然不同。論起會挣家業來，就是方正華死後，他是大富之家，那裏一窮就窮得别個窮人般乾净？倘及早整頓一番，也自將就支持得住。怎奈他母子,用是用慣的,打算是打算不慣的,便如石秤錘下水——一直沉到底了。

却説,方正華在日,曾與兒子定下頭親事,是河南懷慶府一個財主王元尚的女兒,唤作睦姑。後來,那邊聞方家窮了,王元尚和妻金氏十分懊悔,方正華死了,送訃聞去,也不來吊,柳氏和兒子還衹道是他家因路程遥遠的緣①故。看看服也除了,却終不見來。當下,母子兩個窮得衣食不周,柳氏衹得和兒子商量,叫他到懷慶府去,衹做定大婚之期,就叙述些現在情形,希冀那邊照拂。方口禾領了母命,帶些乾糧在身邊,牲②口也雇不起,衹是步行前去。

不一日,到了懷慶,問至王家,便央管門的人去通報。從來富貴人家門上,第一刁惡,他聽方口禾通的姓名住居,也明知是主人女婿,因見他:身上衣衫舊得晦氣,脚③上一雙鞋子,從保定直步至懷慶,底都走薄了,幾個脚指頭即日要奪圍而出。又且受了些風霜辛苦,弄得猴頭鳥頸,十分丢不上眼,有些不屑替他通報;却還因不曉得家主意思,不好怠慢,即便進去禀知王元尚。王元尚忽然聽得説女婿到來,心中駭異,呆了一呆便問:"有多少人帶來?"管門的説:"是獨自一個。"王元尚便問:"怎生打扮?"管門的把那藍縷光景述與主人聽了,衹見王元尚眉頭都皺。分付管門的:"你且去問他,爲了什麽事故到來?"那班奴才,最會窺探主人意思,打發的走出來,也没什麽稱呼,説道:"員外問你:爲着什麽到來?"方口禾倒還好聲好氣的道:"管家! 你領了我去見了員外,當了面就好説了。"管門的板着臉道:"員外分付先來問你,你却如何倒這般

①"緣",原本誤作"绿"。

②"牲",原本作"生",據别本、舊抄本改。

③"脚",原本作"色"。

講?"口裏説,手裏自去桌上茶壺内斟出杯茶來。方口禾祇道是請他,正要伸手去接,却見他取來自吃。方口禾見這般怠慢,好生不樂,欲待説是來訂婚期,自覺有些不象樣,欲待不説,却又没得見丈人。徘徊了一會,没奈何祇得告道:"管家!我的來意原不是在這裏説的,但員外既先來問我,煩你代我入去稟白,大段①祇是來定吉期。"管門的也不答應,竟自走了進去,傳這話與主人聽。

王元尚那時,在裏面和金氏閑話,睦姑也坐在旁,這夫妻兩個聽了都不開口。停了半晌,王元尚看看金氏,對管門的道:"你再去對他説,叫他備一千銀子來做准日禮,纔好定得吉期,若是没有時,不必來認這門親了!"管門的得了這幾句,越發膽大,慢慢地走出來,也不去與方口禾打話,自向門首一條凳上,倒朝着外面坐了,看街坊上三、四個小兒奪帽子頑耍。方口禾忍不住問道:"管家!你去員外跟前怎盡説了?"管門的慢慢側轉頭來道:"員外叫你拿一千銀子來准日。没有時,不必認這門親了!"説罷,仍回頭去看那小兒頑耍。方口禾此時心中氣忿,不好就發出水,祇得又告管門的道:"管家!對你説,我家先前也曾富過來,祇是現在窮了,拿不出。煩你再上復員外,不要作難,且放我進去見一見也好。"管門的聽説,惱起來道:"你這人忒不爽利!有銀子自來准日,没銀子兩家撒開,有這般多纏!"方口禾見他無狀已極,待要發作,早又見裏邊打發管家婆出來,叮囑管門的道:"裏頭分付你,那姓方的量來没銀子,快趕出去,不要放在這裏,裝人家幌子!"管門的就把方口禾向門外一推,道:"走你的清秋路,休來害我受氣!"險些兒,方口禾推跌了一交。

方口禾大怒,立住脚思量要駡,忽轉一念道:我祇一人在此,

①原本字形不清,據别本補。

倘被他家趕出些人來，越發要受辱了！便縮住了口。却又想着自己本指望這裏款留，衹帶得來的盤費，如今却怎地回去？不覺，起不起風下了雨，出不出氣變了苦，哀哀的哭將起來。那管門的，把門關了，不來睬。倒是對門一個顧媽媽，年紀六十多歲，丈夫亡過，兒子街去做些小買賣未回來，一個人在家，聽見他哭得凄慘，走過來勸；扯他去自己家中坐了，問是什麽緣由？方口禾把遠來探親，王家這般相待，如今回去不得，細細告訴他聽。顧媽媽十分憐憫，曉得他没有吃飯，便去打幾張薄餅來與他充饑。又拿幾件布衣服去左近一個典鋪裏，典得一千個錢來，把與方口禾道："不多幾[①]文，將就幫郎君做些盤費。這王元尚是極凶惡的，你便和他到官，也怕没得便宜，且回去再處罷！"

方口禾謝了顧媽媽，即便轉身。回到家中，把上項事告訴母親。柳氏聽了，泪流不止，又對方口禾道："我想你父親在日，那些朋友都曾借我家銀兩，如今，也有幾家還得起的，你可去討取些來度日。"方口禾泣道："母親怎還看不破，他們一向相與我家，衹是爲着錢財。倘然孩兒今日峨冠博帶，乘着高車駟馬前去，就要借千把銀子，也未必回頭出來；如今窮得這個樣兒，那個還來憶念舊日恩情？况父親借出去的銀子，都没有凭據，那裏討得動？"柳氏道："雖然如此，難道竟關了門受餓不成？你還是去討看，倘或有幾個良心好的，不忍看我娘兒兩個餓死，也未可知？"方口禾衹得出了門，向父親的朋友家去，衹説告借。走了二十多天，遠[②]的、近的都已走遍，那裏要得動半個老官板？十分氣忿，却又想道：這班是我父親朋友，自和我隔一層，那我自己相與的，或者不是這般看

①"幾"，原本作"一"，據舊抄本改。

②"遠"，原本誤作"還"。

冷眼！便又走向那小友人家告急。誰知説了錢，就無緣，也都愁出一窠水來，没得賫發。正是：

上山擒虎易，開口告人難！

方口禾回到家中告知母親，心中苦切，娘兒兩個痛哭一場。從此，息了這念頭，衹在家有一頓、没一頓的苦度，不提。

且説，王元尚夫妻不放方口禾入門，回絶了出去，睦姑心中却曉得道父母不是。王元尚要另與他出帖，睦姑泣下道："方郎不是生下來就窮的，這也是孩兒的命。爹爹、母親既把孩兒許了他，孩兒便①生也是方家人，死也是方家鬼，斷不另嫁别人的！"王元尚不快道："你還不曉得窮的苦，吃也没得吃，穿也没得穿。你是受用慣的，那裏他家去過得伏？還要想他！"金氏也接口道："他家那裏還有什麽丫頭使女？粗粗細細都要自己去，你如何來得？我和父親是不捨得你，退了那頭親，你怎還執迷不悟？"睦姑道："爲人在世，若是貪了吃着，愛了安逸，不顧那道理，也還成什麽人？爹爹、母親説愛孩兒，却倒害孩兒哩！"説罷，嗚嗚咽咽的哭起來。王元尚夫妻又百般勸誘，睦姑衹是不聽。夫妻兩個動了氣，日日把女兒來罵，睦姑聽凭爹娘罵，却全然不動；王元尚夫妻倒也無可奈何。

過不多時，一夜，王元尚夫妻在睡夢裏聽得響動，驚醒來見是一伙强盗，明火執仗打入房來。夫妻兩個抖做一團，被一個强盗在床裏拖出去，問："銀子那裏？"王元尚剛道個"没"字，一盗將手中亮子在他嘴上一指道："怎麽没有？"早把滿嘴鬍鬚放野火般燒得衹剩些短根。夫妻兩個着了急，指點出藏銀子地方，那伙强人又在他家各處搜索，搶掠一空而去。王元尚等到天明報了官，差

①"便"，原本字形殘缺作"更"。

快役去捉，却那裏有處捉？王元尚家從此也窮了。

光陰如箭，倏忽兩年，越發窮得不堪。有個廣東客人，在懷慶生理，聞得睦姑標致，肯出五十金買去做小，央媒人來說，看官！那人情是最可怕的！王元尚纔窮得，便有人發這樣輕薄念頭；就是做媒人的，也膽敢説出來，竟不防到打巴①掌。更可笑，那王元尚，真個人貧志短，也就許諾，收了價銀，不顧女兒肯否，約日便要送去。睦姑曉得了，連夜尋些窑煤，把粉臉塗得似鬼怪一般，乘着月色，出門逃走。心中要投保定去，却不認②得路，平日間聽得説在東邊，便瞎七、瞎八望東走去。走到天明，可憐腿都腫了，肚裏餓起來，却没銅錢買吃，衹得到村落裏去化口吃了；問那保定的路，又走。從此，日裏討飯，夜間怕被污辱，爬③到茂盛些的樹上去，象鳥雀般歇宿，把個嬌嫩身軀，弄得遍體皮肉，都在樹上擦破了。

在路三月，方纔到了保定，問至方家，直闖進去。柳④氏母子看見，衹道是乞丐，又塗得臉來怕人，柳氏便嚷道："你這乞婆，眼又不瞎，怎麼直撞入來？"睦姑哭道："妾非化子。妾父就是王元尚，因爹娘要把妾改嫁，從懷慶逃來的！"母子兩個吃了一驚，柳氏便挽住睦姑手，泣下道："兒！你緣何弄得這般樣子？"睦姑一頭哭，一頭話説路上辛苦光景，柳氏母子陪他也哭。柳氏就去取水來與他洗臉，又梳了頭，衹見面開秋月，鬢壓烏雲，竟是一位絶色佳人。母子兩個看了大喜。柳氏便叫兒子去央人選個日，將就與

①"巴"，原本誤作"把"。
②"認"，原本字形殘缺作"忍"。
③"爬"，原本作"扒"。
④"柳"，原本用俗簡刻作"杞"，以下同此，不再出校。

他們完了姻。家中十分窮苦，一日衹吃得一頓，柳氏對睦姑下泪道："我娘兒兩個是應該受這苦的，衹是負了好媳婦，却叫我過意不去！"睦[①]姑含笑安慰道："婆婆！不要這般説，媳婦在乞丐裏頭嘗過那些苦，況今日看起來，同樣一個窮，也就有天堂地獄般分别。"柳氏聽説，不覺挂着兩行眼泪笑起來。

過了幾日，柳氏因養下的一隻鷄，晚來不肯上宿，自己去捉他。那鷄見人走過去，亂撲的逃，竟逃到那没人住幾間空閑房子裏去。那院[②]子裏的草，齊着肩頭般高[③]，柳氏從那亂蓬鬆裏，分開條路趕去。那鷄伏在墻脚下，柳氏走過去拿他，絆着塊磚兒，險些跌了一交。心中轉道：這不是張叔叔抛下的？没人少力，怎的畚了出去方好？便拾起那塊來，要丢他院子裏去，却覺捏在手裏有些異樣。打一看時，竟象五兩來重錠銀子，老眼昏花，又是天色將黑下來，認不清楚。鷄也不捉了，急拿到那邊屋裏去與兒子、媳婦看，果是銀子，各各嗟異。方口禾便取了個火，和母親、妻子再到那空閑房子裏去，却見張管師袖回來那些磚頭瓦片，都是銀子，攤在壁脚下。大家驚喜，連夜搬運到那邊房子内，撿點一番，約有萬餘金。方口禾對母親道："孩兒想：張叔叔定然是個仙人，怕我們前日還是富翁心性，錢財到手，容易得完，把來變作磚瓦，如今纔現出真形來。衹可惜，不能够再見他一面！"柳氏也道："仙人現過些形迹，被人家覺着了，衹怕難得再來！"母子兩個嗟嘆了一回。

方口禾又想起五、六歲時，和張叔叔在舊時住的大房子裏埋下那些石子，不要都是銀子？那房子到手五千銀子典出，便備了

---

①"睦"，原本誤作"晚"。

②"院"，原本字形殘缺作"完"。

③"高"，原本空缺，據别本、舊抄本補。

原價即行取贖。那家因搬入這屋裏來，人口連年不太平，也巴不得方家贖了去。方口禾同母親、妻子一到舊房子内，便去看那埋下的東西，見幾塊碎磚底下，仍然是一顆顆石子，那裏有些銀屑兒？心中懊悔，自己埋怨道："我原太貪心了！有了一萬多銀子，不到得餓死就罷了，又發起這大想頭，倒先將半把贖了没花息的貨，豈不可惜！"當日天晚，即便丢手。過了一夜，心還不死，再去掘那不碎的貼地磚來看，却見一錠錠都是雪白銀子！掘遍了那埋石子的幾進房，約有幾百萬兩，比方正華全盛時倒又富了幾倍。柳氏和小夫妻兩個快活得來，樂①開了嘴合不攏，睡夢裏也幾遍笑醒來。當下，便去回贖賣出的田産，又買好些男僮、女婢，收拾得房子也十分齊整，竟端原是大富翁的規模了。

那向時方正華的朋友，和方口禾自己結交的小友，都不曉得他家緣何富得這般快。還祇道：一向是詐窮來試人家，倒懊惱前番與他們借貸，一文不破得，被他看輕了。又想道：他和父親一般慷慨，器量大的人，祇怕未必來記恨。便漸漸的都上門來，要温舊好。方口禾却預先分付管門的，祇説自己不在家，一概回絶了去。方口禾發起個憤來道："我若再不自掙自立出些前程來，可不負了我張叔叔麽？"便刻苦讀起書來。他質地原是聰明的，不上一年，早已大通，宗師到來，先入了泮；明年正逢大比，又中了舉人；榜後也不回家，直用功到會試，竟成進士；殿試後，點入翰林，衣錦還鄉，好不榮耀。

那班朋友，前番登門不見，説不在家，明知其故，自覺無顔，也便息了念頭，如今見他富而又貴，越發要來親熱他，都備了些禮物來與他賀喜。方口禾不好又拒絶他們，祇得一一都出來會。衆人

①"樂"，原本誤作"落"。

見他仍舊和顔悦色的接陪，都道前番説不在家是真的，并非懷恨他們，便越發扳[①]臀放屁，做出許多殷勤，從早上到來，直至日中還不肯去，要想他的飯吃。方口禾却竟不分付出來，衆人都象張姑娘送親般，忍着餓回去。方口禾隨即將送來禮物，叫人分頭去璧還，一些也不受。到了明日，下帖請他們吃酒，自己不出來，衹説身子不快，却叫衆人自飲。那班人好不識氣，到下一日又上門來，要去房中問病。方口禾十分厭憎，分付家人回答道："昨日原没甚病，衹因怕煩不出來，現今在裏面吃飯，吃完了就出來，請各位寬坐。"衆人等到天晚，却仍不見面，纔省得是怪他們，今後不受騙的了，一場掃興而回，從此也不好再上門。方口禾對母親笑道："孩兒衹道父親和孩兒呆，一向不識得這班是小人，不想這班人越發呆，直等得待慢得够了，方纔不再來纏。"

當下，方口禾備了一千兩銀子，跟着十來個家人，親自到懷慶府去酬謝資助他的顧媽媽。不一日到了那裏，那顧媽媽住的衹一間低小草房。方口禾穿着華衣闊服走入去，顧媽媽一時如何認得出？衹道遭了什麽横禍，官府來家，嚇得戰戰兢兢要跪下去磕[②]頭。方口禾連忙挽住道："媽媽不認得我麽？我今番特來謝漂母，怎麽你倒行起這禮來？"顧媽媽方纔省得是方口禾，見他這般體面了，倒也喜得一句話也説不出。方口禾便拉他去同坐在那土坑上，謝他前日的慷慨，告訴他如今怎樣富了；便叫家人拿過銀子來與他，顧媽媽真個千恩萬謝。當下街坊上人，見一位官長走到這老婆子破屋裏去，門外列着許多僕從，人喊馬嘶，不知道是什麽事情，都圍攏來看。那時，王元尚夫妻因亡失了女兒，廣東客人來

①"扳"，原本字形殘缺。

②"磕"，原本誤作"嗑"。

追,身價已經用去大半,受逼不過,賣去身底下房子纔得還清,窮得[1]來,縮在兩間臨街小屋内。見對門那般熱鬧,也走過去觀看。聞説是舊時女婿,前年到此,虧這媽媽慷慨周濟,如今富貴了來謝,羞得頭也抬不起,連忙回去,閉上了門。顧媽媽去街上打了酒,又買來些肴饌來,款待方口禾,方口禾就拉他同桌子吃。顧媽媽説起王家現在怎樣窮苦,那女兒倒是賢慧的,不肯依爹娘改嫁,可惜,不曉得逃避到那裏去了。方口禾點着頭不開口。顧媽媽又問方口禾:"如今可曾娶麽?"方口禾答他道:"已經娶過了。"吃完了酒,方口禾拉他同到保定去看家中新奶奶,顧媽媽答稱路遠,家中走不出。方口禾必竟要他去,顧媽媽衹得央人街上尋兒子回來,囑付了幾句説話,便同方口禾動身。

方口禾分付叫乘轎子,抬了媽媽,自己和家人騎着馬,一同往保定來。不日,到了家中,先引他去見母親,説:"這就是孩兒恩人,懷慶府的顧媽媽。"柳氏見了,好生歡喜。方口禾就叫丫頭們去請奶奶出來。没多時,衆丫環簇擁了奶奶出來,珠圍翠繞,猶如仙子一般。顧媽媽與睦姑照了面,大家都吃一驚。睦姑曉得他和丈夫同來,便問他爹娘近況。媽媽一一叙述,睦姑不住的滚下泪來。睦姑也把自己保定來的事説了一遍[2]。顧媽媽對方口禾道:"老爺何不早説?待老身王家去通個信,也叫放心。"方口禾衹是笑。當下,顧媽媽住了幾日,款待得十分厚,又替他徹裏徹外制了新衣服,打發家人送他回去。

顧媽媽到了家,脚頭也不曾立定,便到王家去報新聞。先見了王元尚道:"恭喜你家令愛姑娘,有下落了!"王元尚忙問:"在那

---

①"得",原本誤作"德"。

②"遍",原本作"泪",據舊抄本改。

裏?"顧媽媽便將保定去的話説一遍。金氏在房裏,也趕出來聽,都吃了一驚。顧媽媽又述他女兒怎樣記挂,道:"你兩口這般窮苦,何不投奔到那邊去?"王元尚皺着眉頭不響,埋怨起金氏來道:"先前我不放女婿進門,也是看你意思,都是你害了我,如今怎地去上門?"金氏不服道:"這都是你的主見,我衹是不曾阻擋得你,如何歸罪起我來?"夫妻兩個,你道我不是,我道你不好,争論個不住。顧媽媽勸了幾句不聽,自回家去。

又過了幾時,夫妻兩個受不過饑寒,王元尚没奈何,衹得懷了些乾糧,也象方口禾當日,兩隻脚做了車馬,投保定來。將近門首,衹見豎①着幾枝旗杆②,風憲衙門般規模,門前停着轎馬、硬牌、旗傘,擺有箭把路遠,執事人執齊斬斬的伺候着,却是保府太爺在裏頭拜望。王元尚不敢就撞過去,在街上徘徊了一會,看見裏面送客出來,那府太爺上了轎,開道去了,方纔慢慢的走近去。却又見那管門的二爺,挺起胸脯,立出在門房口,那張不二價面孔,見了怕人。王元尚不敢去和他打話,衹遠遠地立着探望。等了一回,見管門的不在門首了,却走出個六十來歲的老媽媽來。王元尚走過去,叫聲:"媽媽!"低聲下氣道了姓名,説從懷慶來,要媽媽悄悄地通知裏頭奶奶。媽媽答應了進去,停了一回又出來,四下裏打一望,看見没人,做個手勢,招王元尚進去。王元尚跟了老媽媽走到兩間僻静房子内,媽媽道:"奶奶曉得員外來,十分快活。叫老身來問員外幾時到的,肚裏想是③受饑了,安人在家可好麽?奶奶原要請員外裏頭去相見,却怕老爺得知,叫老身領到這

①"豎",原本誤作"笠"。
②"杆",原本誤作"辛"。
③"是",原本作"了"。

裹，奶奶得些空兒便自出來的。”王元尚道：“煩你去對奶奶説，我是早上到來的，安人在家也還算健，衹是近來越發窮了，没得用度。我放心不下①奶奶，特地來看看。有小東西拿些出來，也好將就充饑了。”老媽媽進去了，又停一回，拿出一壺酒、一碗肉、一盤鶏來，請王元尚吃。又去拿出條被來，安頓王元尚睡。把五兩銀子放在桌上道：“天色晚了，老爺在房裹吃酒，奶奶走不脱身，不能够來會員外，這幾兩銀子送員外做盤費。奶奶叮囑老身，對員外説：明日須得絶早回去，不要合老爺曉得方好。”

王元尚吃完了酒，又拿飯來也吃了。老媽媽收拾了杯盤進去，王元尚也藏好了五兩頭，開鋪自睡。

看官！你道睦姑怎就没一些工夫見他父親，幾百萬富的財主婆却衹拿得出五兩銀子？原來方口禾自從打發顧媽媽去後，曉得王元尚夫妻早晚定然悄悄地來，怕睦姑私下賫發他銀子，是極不甘心的。這幾時把睦姑管得寸步不離，錢財也没得他經手，因此不能出來相會，衹拿得五兩銀子與父親。

次日清早，王元尚起來便要回去，走到外面，見墻門下着鎖還未曾開，衹得立在那裹等。忽聽見裹面好些脚步響，打頭幾人，家人喝道：“老爺出來了，你這人快站開。”急得王元尚連忙躲避，却早被方口禾瞧見，問是什麽人，家人都回答不出。方口禾怒道：“必定是個丐，關門也未開，怎地進來的？快些拿下，送到衙門裹去。”衆家人一齊答應，虎狼般趕過來，把他背剪了，縛在柱上。王元尚又羞又怕，出聲不得，幸虧昨日那老媽媽也走出來見了，連忙

①原本缺十七、十八頁，約八百八十字。别本此處無“下”字，接“柴米……”。舊抄本增一“下”字，徑作“我放心不下，柴米早已空空如也”。此處原底本缺頁，現據美國哈佛大學藏刊本抄補。

過去,跪在方口禾面前,低着聲不知説了幾句什麽,方口禾把嘴一努,衆人便來放了綁。老媽媽送他出門道:“奶奶還有話説,因此着老身出來。昨夜不曾叮囑得管門的,倒害員外吃了這一驚。奶奶説:‘若是想念時,可令老安人假扮了賣花的,和顧媽媽一同來。’”王元尚答應了,自回懷慶。歸到家中,把那受的驚恐述與金氏聽,金氏道:“據你這般説,我女兒今生不能再會的了。”不覺紛紛的墜下泪來。王元尚聽他説得傷心,也泣下道:“你倒還去會得,我便要老死去見他的了。”金氏道:“却是爲何呢?”王元尚便又把臨出門老媽媽出來的話説與他知道,金氏大喜,立刻去尋顧媽媽,要和他保定去。

却説,顧媽媽有了那一千銀子,另尋下所整齊房子,與兒子定了一頭親,正要料理他完姻,那裏有工夫出遠。

况且慷慨的人,七八有些氣骨,衹費得一千銅錢、幾張薄餅,却换了一千白銀;又迎他保定去,厚款了好幾天,做與他簇綻的一身新衣,也報他得够了。衹管到那邊去,可不被方家道他貪而無厭麽? 顧媽媽心裏是這般,也不過要再遲幾時纔好去,當不起那金氏日日到他家來,哭哭笑笑的纏。顧媽媽没奈何,衹得就同他去。金氏那裏有路費,丈夫拿回五兩頭,路上用了些,到家買買柴米,早已空空如也,倒是顧媽媽,拿出己財請了他去。顧媽媽路上怨道:“我家中有好些事務,你却追我去討人家惹厭! 你女兒又不是今生今世不得見的了,這般性急! 若是被廣東客人買了回去時,也趕到廣東去看看不成?”金氏陪笑道:“媽媽! 怪你不得,原是我拖你去的不好,我衹牢記你的好處就是了!”兩個來到保定,顧媽媽引路投方家來。

那時正是隆冬天氣，金氏身上穿着領絹綢①夾套子，被北風吹得來寒抖抖，背了個竹籠，扮做賣花婆子跟顧媽媽入去，一連走進十幾重門，纔到睦姑房中。見睦姑穿着狐狸皮襖，袖了手坐，面前燒一爐獸炭，滿屋都是暖烘烘地，輕嗽一聲，大丫環、小丫環奔將進來，立滿側旁伺候。母女兩個相見了，衆人面前不好説得什麼，衹大家含着眼泪，住下五、六日，睦姑憐他在家咬菜根，衹拄揀好的東西與他吃。金氏見無人在面前，便拄着眼泪，自己埋怨自己的不是。睦姑道："我母女是天性，就有什麼不是，那有不忘記的？衹是女婿懷恨，再勸他不來。"睦姑也時常打發開衆人，和他母親講些家常話。衹要聽到外房靴聲響，金氏便連忙走躲。那方口禾聽見説顧媽媽引一個賣花婆子來，原有些疑心，又聽丫環們伙裏，猜詳説是：爲什麼奶奶見了那賣花的，大家眼眶子裏含兩包泪？方口禾心中明知其人是金氏，衹做不曉得。

一日，輕輕兒走到房裏去，金氏正與女兒并肩坐了説話，躲閃不及，被方口禾見了，罵道："那裏來這野蠻，全没半點規矩！奶奶是什麼人，你是什麼人，却和奶奶同坐起來？這樣變不透的，待我叫人來剥去那張面皮便好！"金氏嚇得立起在旁瑟瑟發抖。顧媽媽也在房内，忙開言勸道："老爺息怒！這是老身作伴同來的李嫂，看老身薄面，饒恕了罷！"方口禾道："原來如此。我不曉得，倒覺媽媽面上不好看了！"方口禾便坐下對顧媽媽道："媽媽來了好幾日，我忙了些，竟未曾和媽媽扳談。王家兩個老畜牲近來怎樣，在那裏？"顧媽媽笑起來道："老爺怎這般説？他夫妻兩口倒都是還老健，衹是窮不過。老爺如今大富大貴了，應得照顧丈人、丈母些纔是！"方口禾道："媽媽你是旁人，那曉得我的恨處？我那年若

①"絹綢"，原本字形不清。

不是媽媽，一定流落他方，還要餓死。可恨那兩個老畜牲，一味欺貧，全没半毫情分！你不要説什麽照顧，我便剥他的皮還嫌遲哩！"説到刻毒處，把脚在地上亂頓，口内千畜牲、萬畜牲的駡。睦姑聽不過，怨起來道："就是他兩個不是，也是我的父母。我遠遠到來，可憐身上皮肉没一處不破損，自己尋思也不曾虧負方家，怎麽對[①]了做兒女的駡父母？好叫人難當！"方口禾方纔住駡，氣忿忿走出房門去了。看金氏時，羞耻得來呆神相似，便辭别女兒要回去，睦姑因没有錢財經手，衹搜索舊時存下的些散碎銀子，約有四十多兩，都把與母親；對丈夫説了，差人送兩個回懷慶去。

日月如梭，不覺又是半年。睦姑在家不曉得父母信息，十分挂念，勸丈夫去接取岳父、岳母來。方口禾衹是摇頭不肯。睦姑又怨道："你這人也太過當了！先前，我爹爹到來，可憐怕[②]你曉得，我竟不曾出見，誰知倒被你見[③]了，叫人縛在外面柱上受那場羞辱。在後，我母親扮作賣花的前來看我，你酒後説出來道：明曉得是我母親，故意當着面駡那一場。可不是我母親又受你羞辱盡了。你怎麽還平不得這口氣？叫我做女兒的好不心中難[④]過！"説罷，哀哀的哭起來。方口禾不得已，便差幾個家人到懷慶去迎接丈人、丈母。過了幾時，接得王元尚夫妻到來，見了女婿都抱着羞慚，低了頭不起。方口禾先謝道："舊歲遠蒙光降，因不曉得，竟十分得罪了！"夫妻兩個也衹是含糊答應了一聲，没什麽别的話講。方口禾因睦姑説，不過替他夫妻做幾套衣服；日常供給兩個飲食，

①"對"，原本字形不清。
②"怕"，原本作"舊"。
③"見"，原本空缺，據别本補。
④"難"，原本誤作"誰"。

也是睦姑分付出來,叫衆人辦得丰盛些。留在家中住了一個多月,王元尚夫妻終覺不安,告辭了要回去。方口禾和睦姑留不住,衹得贈些銀兩,差人送他歸家。

後來,睦姑日日勸丈夫不要説那舊怨,方口禾也漸漸氣平了,時常遣人拿銀子去與岳父母。方口禾雖點翰林,他在家受享好了,竟不去做官,却也何嘗不是官。這多虧那神仙來做門客,不但使他貧而復富,又兼激他富而致貴,可不勝似馮驩幾倍麽?詩曰:

揮霍誠然意氣豪,獨嗟財盡盡相抛;
若①能默運淮南術,從此春來發舊苗。

①"若",原本誤作"署"。

删定二奇合傳

芝香館居士　編

第三十四回　曾孝廉解開兄弟劫

勸孝弟

（演述《聊齋志異》中《曾友于》故事）

兄弟同居便忍安，莫因毫末起爭端；
眼前生子又兄弟，留與兒孫作樣看。
同氣連枝各自榮，些須財産莫傷情；
一回相見一回老，能得幾時爲弟兄。

這兩首古詩，是勸人處弟兄要仁讓的話。兄弟都是父母骨血，豈有父母不愛之理！若是果然尊重父母，便要時刻留心，凡父母所愛之人，必須加倍愛敬，就是父母所愛的物件，也要時常體貼父母，不敢任意輕賤；就是曾子不食羊棗之意。況兄弟是父母身上一塊肉，若是我不肯友愛，凡事必與他爭較，這就是不孝、不悌的人了。所以古人説：不悌即爲不孝。孝子必是悌弟，二者相連是刀割不斷的。世間人，都曉得講孝悌，却是兄弟面前他偏要彼此爭競，不能和睦，這是爲何？衹爲少遇明師，不將這道理講透，衹囫圇説個友愛二字，却不知骨肉之間，論情就不論理。古人説：論理則傷情，傷情即非理。世間兄弟不和，衹爲中了兩個字的毛病，名曰：責望。弟望兄友，便責兄；兄望弟恭，便責弟。你責望我，我責望你，却不知友恭是自己盡道，不可一毫責望於人；自己盡道，便離不下仁、讓二字，不讓不能成仁，不仁定然不讓。若是遇了明師、益友講解得透切，衹管返躬自責，惟恐自己不能盡道，上干天怒，那還有責備別人的時候，那還有不仁、不讓的道理？看官們細心想想，孝友是這樣講麽！

昔日，河南夏邑縣有一位官人，姓陳名世恩，是一個兩榜進士。排行居二，長兄名世杰，也是孝廉，三弟名世忠，年幼無知，不學正業，每日三、五成群，邀進賭場，鬥牌擲骰，必到深夜方回。孝廉屢誡不從，甚是惱怒，言語之間就加些斥責，世忠全然不聽，有時還要抵觸幾句。那世恩道："三弟少年無知，習成匪僻，大哥嚴詞警戒不但無益，且傷手足之愛。古人云：父子之間不責善。又況在兄弟？依弟愚見，且任他眼前快意，我們衹緩緩用真誠感動他便了。"世杰道："二弟之言甚善。"從此，便不去督責他一句，世忠也道是兩位哥哥寬待，心中便有幾分感念處了。

那世恩，每日白晝睡覺，夜晚衹在門間守候，自己帶上鑰匙，一聞兄弟回來，便親自開了鎖鑰站在旁邊。問道："三弟如此深夜回來，怕身體冷凍麽、饑餓麽？若冷凍時，兄便拿得衣服在此，快穿在身上；若饑餓時，兄還蒸有面食在竹籠內，快去吃了好睡。"又有時，自己提着燈籠去在賭場側近，候得兄弟出來，便一同談笑而回。如此過有十來夜，世忠心上不安，頓生悔悟，放聲大哭，誓願從今以後，敬聽兩位哥哥教訓，寸步不肯出門。後來讀書游庠，也成了敦品秀才，一時與兩兄齊名。這就是善化兄弟的榜樣了。

還有，那趙彦霄兄弟二人，其兄名曰：彦雲，也是日在賭場、夜宿妓館，揮金如土，毫不在意。看看家業傾喪了一半，彦霄百計勸解，衹是不聽。彦霄不得已，就請族人來家，將田産家業，平平分析，各居各爨。過了五年，彦雲將家産蕩敗，寸土不存。外間債帳，又日日上門催逼，東藏西躲，不敢回家。看看殘冬將盡，又饑又冷，甚是凄楚。

到了三十夜間，彦霄邀請兄、嫂到家，彦雲十分慚愧，時時墮泪。彦霄道："哥哥！今日果然悔麽？上年分析家産，原恐被哥哥蕩盡，合家饑寒，死灰無復燃之期。今日幸留一半，是彦霄竭力死守，爲兩家兒女養命的根基。從今以後，請哥、嫂到彦霄家來同甘同苦，不必出外。就是哥哥外欠帳目，彦霄一力代還，不煩哥哥憂慮。"彦雲聽得，越發感愧，以後，就合爲一宅，痛改前非，永絶浪游。次年，彦霄與長子同中鄉榜，聯捷進士。一門和順，子孫蕃衍不絶。

這兩個感化兄弟回心的，還衹感化得一人，尚覺事體順易；而今再説一個一門乖舛，最是忤逆的，也被一人化轉，更爲難得。正是：

醴泉芝草問根源，孝弟門庭累代傳；

誰説公卿無種子，須知家世有高賢。

話説，昆陽縣曾翁，祖父做過知府，父親也做過教官，是本縣一個世家。曾翁爲人本樸好善，嫁妻王氏，生一子名成。時值荒年，賊寇四出劫搶。那一日，曾翁出外天晚未回，賊寇陡然來到村内，將曾成母子擄去。次早，曾翁回家，欲待將銀取贖，尋訪了百餘日，全無影響。曾翁傷痛一回，衹得又另娶陳氏爲妻，次年又娶一妾張氏。陳氏生子三人，名：孝、名：忠、名：信；張氏亦生子三人，名：悌、名：仁、名：義。内中衹有曾悌，表字友于，聰明沈潜，讀書知禮。十六歲上，就入了學，鄉黨親友，無不愛他、敬他，就是歷任縣宰，聞聽友于品學，莫一個不尊重他的。其年，曾翁病故，尚未棺殮，忽然眼眶中流泪不止，内外人等莫測其故。友于大驚道："此事大不吉祥，將來家中必有奇禍，我等弟兄須要小心謹慎，各人盡道，以免先人怨恫降禍。"不少衆人不信，反笑其言迂闊。不久，陳氏亦卒。正是：

不信風波平地起，那堪腐話聽迂儒。

自此，曾孝與忠、信兩弟結爲一黨，常對他們説道："你二哥曾悌與仁、義二人，本是姨娘所生，怎比得我們是正室所出。以後，一切家事你們同我商量就是，不要去尊敬他；等他們占上風，反來把持我們家務。"忠、信二人點頭道："正是這個道理！姨娘生的怎比我們正根、正苗。"自此以後，便不肯敬服友于，輕賤他們如同廝僕一般。就是有客到來，款留酒飯，衹是孝等三人相陪，友于、仁、義偶從堂前路過，孝與忠、信俱各驕傲不理，仁、義兩幼弟甚是不忿，向友于道："都是一般兄弟，他們這樣鄙薄我等，二哥！你如何也容得過？"友于道："他們不知禮義，故爾如此。你二人須聽我教訓，各盡各道，久久他們自然明白。不必徒在幾句言語與他争鬥口舌，反令外人耻笑；且又得罪兄弟，愈加生忿，反是不妙。"仁、義二人心中不以爲是，因年紀幼小，也不敢上前尋衅。正是：

小人褊淺如卮漏，君子寬宏似海涵。

那年，曾孝有一女兒嫁與同縣周姓，半年病死。曾孝之妻李氏，痛女身亡，强説是他婆婆刻薄死的，教丈夫率起弟兄前往滋鬧，友于不肯同去。曾孝約些同族的無賴子弟，前往周村，捉周媽拷打一番；又將他家具器皿，概行毁壞，倉内穀米，抛撒殆盡。

周翁父子呈報到官，縣官大怒，出了拘簽，鎖拿曾孝等一干人犯，問了口供，收在下禁，要治以重罪。友于不忍，親赴縣堂求官寬限，自願向周家理息。縣官原尊重友于，從其所請，曾孝等因此未受刑辱。友于便到周家負荆請罪。周翁平日也是愛敬友于，友于到門一言而解，遞了和息詞狀。縣官將孝等釋放回家，那曾孝并不感激友于，終是恨友于不與他們同行，正合着幾句話來：

受恩不感，念怨不休；

强人從己，方遂心頭。

且説，友于之母張夫人去世，友于哀痛成禮，孝與忠、信三人視如外人，也不臨喪，也不穿孝；宴會飲酒，嬉笑一如平日。仁、義心中不平，欲往争論，友于道："是他們無禮，别人衹責備他，我等何必計較？"到了百日後送葬，曾孝又把持墓門道①："婢妾之喪，爲何與父親合厝？"友于衹得將靈柩殯在隧道中，不與争論。

不久，曾孝的妻子病故，友于邀仁、義兩弟前往奔喪，仁、義道："母親去世，大哥們是百日期服，尚且不來成服。大嫂死了，我們不過九個月大功，爲何定要哀臨？"友于道："賢弟等自去盡禮，自有外人議論他，何必與他一樣？"仁、義冷笑一聲，各自散去。友于隧自往柩前，哀哭盡禮。

次日，隔墻聞聽仁、義二人吹彈歡笑，也象曾孝前日一般。曾孝大怒，率領諸弟前往争毆，友于也是持杖和從，曾仁見得諸兄來勢不好，乘勢先逃。曾義正在爬墻，友于將他扯下，曾孝趕至，拳打足踢，忠、信等亂棒横加。友于急忙將身攔阻道："幼弟無禮，不過杖責儆戒，使他改悔，罪不至死，何得凶凶亂打？我不怙弟之惡，亦不能助兄之暴。爲兄怒不解，弟願以身代。"曾孝此時咆烋大怒，就打友于，忠、信也幫助上來拳杖交下，喊聲震動，鄰里俱到，見得友于受傷，急忙大家解勸，扶友于回去。友于隨到兄處請罪，曾孝怒氣衝衝，即時逐出，友于纔回家調理。

曾義受傷更重，曾仁呈告在縣，縣官票拘，曾孝并忠、信諸人隨命友于質審。此時，友于面目損傷尚未全愈，不能到堂，衹作稟狀一紙，哀求息訟，縣官聽了友于，批准息案。

曾義漸漸痊愈，自此以後，結爲冤仇，動輒相打、相駡。仁、義

①"道"，原本無，據文意補。

二人年幼身弱,常被欺凌,到友于處訴苦。友于再三苦勸,教他閉門讀書,須要忍讓諸兄,不必相爭。仁、義不聽,友于無計可施,祇得將門鎖閉,携了妻子去家五十餘里,借寓别村,不相聞問。正是:

戈矛不幸操同室,賢俊無方挽鬩墻。

那友于在家,雖不助仁、義兩弟,曾孝等還稍有些懼怕。友于既去之後,孝等肆無忌憚,言語更横,仁、義二弟稍不當意,便日夜登門叫罵,連庶母也辱罵在内。

仁、義欲乘空刺殺曾孝,白日帶刀而行。忽一日,一男一女到門,自言:是曾成夫婦上年被賊擄去,聽其指使乘空逃回的。曾孝與忠、信商量道:"我們分爨已久,各占一股,若是留他住下,連田業他也要占一股;不如辭了他,就説無處可以居住罷!"那仁、義兩人聞知,就將曾成夫婦接去款待,往告友于。友于甚喜,共出田宅,留曾成夫婦住居。曾孝羞慚變怒,反説友于賣乖取好,登門辱罵。曾成大怒道:"我今回來,諸弟等無一人相留,幸三弟念手足之情,置屋居住。你等反來責罵,是明明將我逐出了,是何道理?"原來,曾成在賊盗中習成勇猛,説罷就抓石塊打去,曾孝撲地,仁、義又執杖與忠、信相鬥,將二人撻背無數。

曾成不等他告狀,先告在縣,縣官又命人請教友于,友于不得已赴官。官請問再三,友于埋頭不對,兩泪交流。官又苦苦逼問,友于道:"但求公審。"那官點頭會意,將家業判爲七股。曾孝等兄弟六人,各將田産摘出歸於曾成,從此,仁、義兩人與曾成更爲和好;談論之間説出葬母隧道一事,兩人泪下。曾成怒道:"如此無禮,禽獸不如。我偏要啓壙另爲改葬。"仁、義心喜,疾忙通知友于,友于反來勸阻道:"既已安葬,不必改了。"曾成亦不聽,選定日期,用刀砍入樹内,對諸弟道:"不穿孝服者,我即照此樹行事。"衆人不敢不應，便將靈柩與曾翁合墓安葬，曾孝也不敢逞强阻擋。那曾成性甚剛烈，稍有不平，就批打諸弟，曾孝更遭挫辱。惟有愛重友于，縱然是極忿怒時，友于一到，片言而解；猶如霜雪見了太陽一般。

那曾孝從來不曾受制於人，自曾成回來，受氣不過，常至友于家來訴説，言語之間不免咒駡。友于婉言相勸，他又不聽，每日嘈雜不堪，友于衹得遷往三泊賃屋居住，離家更遠，音信不通，家中諸弟無不懼怯。曾成漸漸不敢争鬧，正是：

常欺佛祖低眉，衹怕金剛怒目。

且説，曾孝生有五個兒子：長名：繼業，三名：繼德，正妻所出；次名：繼功，四名：繼績，娶妾所出；又收婢生子名：繼祖。各各長成，見得父親所爲，習染既深，效法而行。也是嫡庶各爲一黨，逐日争長論短，吵鬧不休，曾孝不能禁止。

繼祖年幼，又無同母弟兄，常受諸兄欺侮，因妻家與三泊相近，一日，從岳父家回來，紆轉路途到友于處，看視叔父，入門相見，見得二位兄長、一個幼弟同堂讀書，循循禮讓，怡怡和順，從不争競一句，心中甚是羡慕。住了數日，竟不提起回家，友于道："你來三日了，今日便須回去。"繼祖哀求道："侄兒不願回去，望叔父再容住幾日。"友于道："你一個侄兒，我豈惜這一碗飯、半碗羹與你吃。因你父母不知你在此處，不免懸望，故此命你回去。"繼祖不敢違拗，回家又過了數月，夫妻要往岳家慶壽，臨行辭父母道："兒此番不回來了，要在三泊居住。"因將前日在叔父處欣慕的話，説了一遍。曾孝蹙着雙眉道："此事恐行不得，爾叔父上年在家。我與他屢次結怨，彼此有仇，恐爾不能久居。"繼祖道："父親慮之太過。二叔真聖賢也，兒往，决無猜嫌。父即不允，兒今日説過，終久是要逃去的。"曾孝默然許久，良心發現，自己想起前日的不是，友于到有許多好處，衹得任其所爲。

繼祖到了三泊，友于掃舍一間，安置他住下，使從長子繼善誦讀。繼祖甚是聰慧，又且純心與兩兄、一弟朝夕用功，勤苦發憤，友于甚是喜歡。一堂兄弟，又是相親相讓，越發和氣，寸步不離，自此學業日進。正是：

言教不如身教，同堂勝似同胞。

到了三年大比，友于率領一子一侄前去入闈。三場得意，同路歸來，瞥見曾忠來至三泊，徬徨門外，見了友于兩眼流泪，雙膝跪在路旁，涕泣不起。友于驚問道："兄弟因何到此，怎是這樣傷感？"曾忠道："小弟有罪兄長，舊惡甚多，追悔不及，望兄寬恕。"友于道："兄弟相見，怎這樣説？"疾忙將他扶起，挽手進門坐下，一面詳問緣由。

原來，曾孝那四個兒子，習成悍戾，一日弟兄鬥嘴，繼業就辱駡庶母，繼功不忿，持刀刺殺了繼業，官將繼功收禁，重刑囚械，數日斃命。繼業之妻馮氏，每日帶駡、帶哭，繼功之妻大怒道："你家男子死，誰家男子又活？"持刀而往，刺殺了馮氏，自投井中而死。

馮氏之父，名叫大立，痛女兒慘死，率領數十人來捉曾孝妻子，脱去衣服痛打，上下凌辱，無所不至。家人報與曾成，曾成大怒道："我家死人如麻，馮姓何得如此欺負？"虎吼而出，兄弟輩執杖相從，馮姓子侄跑逃。曾成手捉大立，將他兩耳割下。繼績手拿鐵杖，又打傷馮氏兩股，倒在路旁，曾成用肘夾起，跑到馮氏村内，方纔丢下。隨命繼績告官，馮家也具狀投縣。縣票飛下，曾氏弟兄收禁管押，惟有曾忠一人，獨逃至此，遂將上項事説了一遍。

友于大驚道："此事如何了結？一家大小不依道理，乖僻横行，我早知有今日，故爾纔遷避到此！如今當真惹了大禍，怎樣收場？從前我還在公堂上走走，今我離家已久，與縣官没有交情；縱然匍匐前去，祇好自取羞辱，無益於事。奈何，奈何？”又埋頭想了一會，道：“但願馮家父子不至傷命，我叔侄三人僥幸有中舉的，此禍或可稍解。”遂留忠住下，日則同席吃飯，夜則同屋共寢，向日嫌怨，毫不在意。曾忠原恐兄長記懷，不料如此相待，又羞又感，連住十餘日。又見他叔侄猶如父子弟兄，勝過同胞，恍然大悟，道：“今日纔曉得我輩全不象人，兄弟叔侄纔是這樣相處的。”説罷，淒然泪下。友于聞言，喜道：“兄弟果然知悔，便是一般樣了，何必傷感？”自此，便將五倫道理，每日與他講解數遍，曾忠甚是帖服。

過了幾日，忽報友于父子同科中試，繼祖也中副榜，闔家大喜。友于不赴鹿鳴宴，先回家來祭祖。因爲此時科甲甚重，馮翁知道，不敢追控，友于又托親友資助醫藥之費，大訟乃息。

曾孝等衆人醒悟，纔深服友于，全家涕泣請友于復回。友于先與諸兄弟焚香舉誓：各人改過自新。衆皆應允，然後遷移而歸。繼祖從了友于，不願復回其家。曾孝向友于流泪道：“我生平性情乖謬，損德不少，如何望子孫顯達？賢弟寬宏度量，善教子侄，不如從其志願，寄與賢弟爲子。待有進步，然後賜還，蓋我之愆，我好見先人於地下。賢弟勿辭！”説罷，大哭。友于遵命，將繼祖領回。

後三年，繼祖果然中了正榜，友于然後送回家去；繼祖夫妻痛哭，不忍分離。回去剛住了幾日，繼祖兒子年纔三歲，又逃至友于家來，不肯回去。曾孝嘆道：“吾弟盛德，并乳臭小兒亦能感化，真聖賢也！”遂分繼祖家，使與叔父爲鄰，墻上開一小門，晨昏定省，夫妻每日兩次在叔父處請安。

自此，一門之事，皆取決友于，雍雍肅肅，後來科甲相繼，友于一脉更甚。有詩爲證，詩云：

中孚原可格豚魚，兄弟原非物類愚；
苦志誠心須久久，一門感化步亨衢。

第三十六回　毛尚書小妹换大姊

戒嫌貧

（演述《聊齋志異》中《姊妹易嫁》故事）

枝在墻東花在西，自叢落地任風吹；
枝無花時還在發，花若離枝難上枝。

這四句乃昔人所作“弃婦詞”。言婦人之隨夫，如花之附於枝，枝若無花，逢春再發；花若離枝，不可復合。勸世上婦人事夫盡道，同甘同苦，從一而終，休得慕富嫌貧，兩意三心，自殆後悔。

且説，漢朝一個名臣，當初未遇時節，其妻有眼不識泰山，弃之而去，到後來，悔之無及。那名臣姓朱名買臣，表字翁子，會稽郡人氏。家貧未遇，夫妻二人住於陋巷蓬門，每日買臣向山中砍柴，挑至市中賣錢度日。性好讀書，手不釋卷，肩上雖挑柴擔，手裏兀自擎着書本，朗誦咀嚼，且歌且行。市人聽慣了，但聞讀書之聲，便知買臣挑柴擔來了。可憐他是個儒生，都與他買，更兼買臣不争價錢，凭人公值，所以他的柴，比别人容易出脱。一般也有輕薄少年及兒童之輩，見他又挑柴、又讀書，三、五成群把他嘲笑戲侮，買臣全不爲意。

一日，其妻出門汲水，見群兒隨着買臣柴擔，拍手共笑，深以爲耻。買臣賣柴回來，其妻勸道：“你要讀書，便休賣柴；要賣柴，便休讀書。許大年紀，不痴不顛，却做出恁般行徑！被兒童笑話，豈不羞死！”買臣答道：“我賣柴，以救貧賤，讀書，以取富貴，各不相妨，儘他笑話便了！”其妻笑道：“你若取得富貴時，不去賣柴了。自古及今，那見賣柴的人做了官？却説這没把柄的話。”買臣道：“富貴貧賤，各爲其時。有人算我八字，到五十歲上必然發迹。常言：海水不可斗量。你休料我！”其妻道：“那算命先生見你痴顛模樣，故意耍笑你，你休聽信。到五十歲時，連挑柴也挑不動，餓死是有分的，還想做官？除非是閻羅王殿上少個判官，等你去做。”買臣道：“姜太公八十歲尚在渭水釣魚，遇了文王以後，車載之拜爲尚父。本朝公孫宏丞相，五十九歲上，還在東海牧豕，整整六十歲方纔際遇，今上拜將封侯。我到五十歲上發迹，比甘羅雖遲，比那兩個還早，你須耐心等去。”其妻道：“你休得攀今吊古，祇是你這個嘴臉，有甚出息？晦氣做了你老婆。你被兒童耻笑，連累我也没臉皮。你不聽我言，不抛却書本，我决不跟你終身，各人自尋道路，休得兩相耽誤。”買臣道：“我今年四十三歲了，再七年便是五十，前長後短，你就等耐也不多時，直恁薄情捨我去！後來須要懊悔。”其妻道：“世上少甚的挑柴擔的漢子，懊悔甚麽來？我若再候你七年，連我這骨頭，不知餓死於他地了。你到放我出門做個方便，活了我這條性命。”買臣見其妻决意要去，留他不住，嘆口氣道：“罷了！祇願你嫁的丈夫强似朱買臣的好。”其妻道：“好歹强似一分兒！”説完罷，拜了兩拜，欣然出門而去，略不回顧。買臣愀然，感慨不已，題詩四句，書於壁上云：

　　嫁犬逐犬，嫁鷄逐鷄；
　　妻自弃我，我不弃妻。

買臣到得五十歲時，值漢武帝下詔求賢，買臣到西京上書，得詔公舉，同邑人嚴昕薦買臣之才。天子知買臣是會稽人，必知水土、民情、利弊，即拜爲會稽太守，馳驛赴任。

會稽長吏聞新太守將到，大發人去修治道路，買臣妻之後夫，亦在役中，其妻蓬頭跣足，隨伴送飯；見太守前呼後擁而來，從旁窺之，乃故夫朱買臣也。買臣在車中一眼瞧見，還認得是故妻，遂使人招之，載於車後，到府第中。故妻羞慚無顔，叩頭謝罪。買臣教請他後夫相見，不多時，後夫唤到，拜伏於地，不敢仰視。買臣大笑，對其妻道："似此人，未見得强似朱買臣也。"其妻再三叩謝，自悔有眼無珠，願降爲婢妾，伏事終身。買臣命取水一桶，潑於階下，向妻説道："若潑水可復收，則汝亦可復合。念你少年結髮之情，將後園隙地與汝夫婦耕種自食。"其妻隨後夫走出府第，路人都指着説道："此即新太守舊夫人也！"於是羞極，無顔到後園，遂投河而死。有詩爲證，詩云：

漂母尚知憐餓士，親妻忍得弃貧儒；
早知覆水難收取，悔不當初任讀書。

又有一詩説：欺貧重富，世情皆然。不止一買臣之妻也。詩云：

盡看成敗説高低，誰識蛟龍在污泥。
莫怪婦人無法眼，普天幾個負羈妻。

話説，山東掖縣有一貧人，姓毛名德輶，年方九歲，父母俱没，家貧無有生計，自投鄰人張姓牧牛。到十五歲時，漸知好善，自念年中無錢，難以濟人，因立願掩埋枯骨。每日早晚放牛，携鋤而行，見有破壞墳冢，必挖土掩埋；雖在忙時，總要把這願心了畢，方纔擱鋤前往。三十歲上，也就娶妻，生子取名：毛敏。德輶好善之心愈切，每日傭工犁田，所積工資一文不存，都將來濟貧救困。

一日，正在田中做活，忽然雷聲轟震，大雨傾盆。德輶無處避雨，想起近處有一墳壙，墳已遷去，空壙猶存。德輶潛身入内躲藏，衹望雨歇了便走出來，誰知天已昏黑，大雨不止，水流奔穴，滔滔灌注，德輶遂溺死壙中。正是：

不解天公無報應，偏教淋雨葬生魂。

前因後果凭猶想，欲把元機問鬼神。

次日，妻子尋到，哭了一回，向張翁討地安葬。張翁問其致死之故，心中大駭。原來：此壙是張翁父親先年葬下的，因冢傍過路的人傳説，冢中常有叱咤之聲，道："此乃貴人之宅，汝是何人，敢來相混？"張翁初猶不信，後來屢夢其父罵道："山神打我，我在此住不得了。此間是毛公佳城，汝不速遷，將爲汝禍。"從此，家中不利，親戚相勸，方纔把墳遷去，故爾留下此壙。當下，張翁驚駭一會，便開口説道："不必另自求地，就在此間安葬便了。"隨又買棺木一具相送，擇吉殯葬。毛母携兒子往謝，張翁一見甚喜，就留在家下陪伴自己兒子讀書。

毛敏過目成誦，文藝日進。張翁向日原有奇夢在心，今見學生工夫大進，自忖道：毛德輶生平積善，雖貧不懈，兒子如此聰明，將來必有發迹之期。我當年夢境想是不差了，我何不把自己女兒嫁他，將來同享些富貴，這門面也沾得些光彩，豈不是好？與媽媽商議停當，去請媒説合，將長女玉英庚帖遞去。

毛媽媽初時不肯，道："他家太富，我家太貧，貧富相懸，結親不便。"媒人再三往返，張翁决意要行，還説道："朱夫子云：嫁女擇佳婿。上覆親母，我不嫌弃便了。"毛媽媽方纔應承下去，傳庚過聘，小小禮儀，也是竭盡窮力纔得完備。正是：

王謝門高偏是偶，朱張雖封不爲婚。

可奈世情看冷暖，人面逐高低。一個富家翁，對了一個窮女婿，也是他心情意願，與人何干？偏有那些没道理的人，愛富嫌貧，視爲奇事。唧唧噥噥道是：這門親事兩邊不稱，高的又高了，低的又低了。有的道："將來張翁衹怕要追悔。"又有的道："張翁自己看上女婿，有何追悔?”他又道:“女婿不過會讀書便了，難道牧牛奴的兒子，還望入學中舉不成?”又有見過張家玉英的，説道:“可惜一個粉白嬌嫩的女兒，送與那窮鬼做親，將來怎麼過得下去?”説的説、笑的笑、指的指，説來説去，漸漸説在那玉英耳朵裏來。

那玉英，生性原有些愛好，又平日父母嬌養慣的，常有些氣性。就是姊妹間説兩句閑話，也是一字不相讓的，况她終身之事，豈有不在心裏？看見衆人如此情形，又聽了許多言語，便思量道:我家親戚不少，若來往時，都是穿綢着緞、使婢呼奴，何等體面?偏是我的門户如此窮薄，將來過得門去時，叫我怎樣做人？又想道:毛家小子，縱然讀書聰明，也不過入個學、補個廪，怎能够大發起來？不過窮秀才罷了！我爹爹做事顛倒的，我媽也該明白。怎不阻擋他一句？直恁這樣忍得心，將自己女兒隨處抛弃，就了過一筆帳算了！他們衆人倒是旁觀者清，便看得明白，故此説起話來，指手顛足的有那些光景。惟有我爹、媽直恁不懂，就象糊糊涂涂裝聾裝啞一般的。千思萬想，總是想不過去。初時，還忿恨在心，久久就露出外面來。若有人偶然説起了毛家，便掩着兩耳走過一邊，氣忿不息。有婉勸他的，他便答道:“我寧可終身不嫁，斷不肯嫁此牧牛兒。”

看官！你道這玉英爲何説得如此絶？大凡世間人有不如意事，總要在正路上想去，就不錯了;若誤聽人言，想到偏路上去，越走越偏，越偏越遠，就不能回頭了。玉英衹爲嫌貧愛富，一念之差，又聽那些莫見識的話，所以想到盡頭處，就有願死不願嫁的想場。正是:

差以毫厘，謬以千里。

張翁夫婦見玉英如此説話，也自憂慮在心，便常把道理開導開導他。玉英不聽猶可，聽時，愈加煩惱，涕泪不止；再多説幾句，便要撞起頭來。張翁夫婦終是溺愛，不敢多言。

過了兩年，已是親迎吉期，毛家備辦禮物，大吹大擂，新朗親來奠雁行禮。禮畢，請入筵席，彩轎打入前廳，專候新娘出閣。那時，張媽幾次催他妝束，玉英不應，但以袖掩面，向屋隅而哭。急得媽媽走進走出，勸了一回，氣了一回，忙忙碌碌足不停止。又請戚中言語的伶俐的内眷，前來勸説幾番，玉英衹是不理，哭聲更高。張翁外陪新客，幾次進來催妝，玉英仍然不睬。霎時新郎告辭，鼓吹大作，賓客喧鬧，張翁急得暴跳如雷，汗下如雨。玉英此時，衆人拉勸的多了，頭上青絲蓬蓬亂飛，眼臉又紅又腫，衣服首飾抵死的不肯穿帶。張翁夫婦越發急了，自想：臉面何存？不覺失聲大慟。玉英毫不回頭，倔强如故。正是：

火星爆出尋常事，争奈艄公不上船。

却説，張翁有次女名叫玉貞，其時亦在旁邊，見得爹媽情急欲死，心中甚是不忿，即向稠人廣衆中，大聲説道："姊姊執意不去，是要逼取爹媽性命了。爲女兒的人，不想父母恩重，却任自己性子害了爹媽，這就算是以子弑父了。還是道理麽?"玉英便大怒道："賤婢！你也學人家嘈雜，你會説，你何不就嫁那牧牛兒去?"玉貞道："爹爹原不曾將我嫁去，若是要嫁我時，我不怕十八層地獄，我也要體念爹媽，即時拼去。難道還要姊姊來勸我不成?"玉英無言可對，衹管啼哭。

其時，姊妹正在門口，却提醒了張翁，便忖道：玉貞説話又正大、又爽朗，甚有慷慨之氣，此女或者可以替嫁，暫解此圍未可見得。遂與媽媽商量。媽媽正在無可奈何，忽聞此言，如黑暗中見光明一綫，一口應承道："此事有甚使不得?"便向玉貞説道："我的兒！你有志氣，救父母一命，你便代姊姊嫁去。留得我兩老性命，我自然分外看照你,不愁家道窮迫的! 你千萬莫學姊姊,須救我老父母一救。"玉貞憤然道:"爹媽教兒前去,就是乞丐、教化也不敢辭,況且毛家郎君,未必就果然餓死。"張翁道:"我的兒! 你說得是,事體急了,快去妝束上轎。我爲父母的感激你不盡了!"玉貞慨然着起彩衣,繫了彩裙,蒙了紅巾,辭祖上轎而去。張翁夫婦猶如背上去了百餘斤重的東西一般,依然勸酬賓客,至晚而散。

玉英自此以爲得意,哭聲驟止,笑顏漸開,與那些一般莫見識的人,同去開心去了。到晚,張翁夫婦商議:玉英這樣性情還了得麽? 快快尋一富豪之家安頓他去,免得毛家知道,又生別話罷了。

張翁自此,遍托親友,祇揀家道殷實的去高攀,他兩月内,就說一個姓邱的,良田千畝,房屋華麗。張翁就央媒去說親,不日成就,果然六禮丰厚,服飾整齊;玉英接過門去,甚是得意。三日回門,十日省親,金釵翠鈿,鮮衣華服,炫耀又炫耀,衆人交口誇個不住。誰知邱家兒子不務正道,被人引誘,終日花街柳巷浪蕩閑游,遇無良之輩,套入子弟賭場,設局哄騙。不數年,家貲蕩盡,父母氣鬱雙亡,漸漸窮迫起來。

此時,毛敏已經入學,鄉試又中解元。玉英聞說妹子做了孝廉的夫人,好不羞愧,祇悔當初不該逆了父母之命,但圖目前富貴,做出這樣事來。那知毛郎却又這般大的福分! 顛顛倒倒,將一場大好的結果,讓了妹子。還落得別人恥笑,豈不是"拋了人參吃苦參"的話頭。半夜思量,懊悔不及,不覺涔涔泪下。

有時姊妹同時歸寧,到了母家,無顏相見,玉英必避了妹子另走一①條路徑。玉貞不忍,時常饋送些銀錢衣服;玉英收了,也不

①"一"下,原本缺一頁,約二百五十餘字。此處所缺,現據清光緒戊寅(1878)年渝城二勝會刊本抄補。

面去相謝，祇對來人説個“擾”字便了。正是：

饒君掬盡西江水，難洗今朝滿面羞。

且説，毛敏自從玉貞過門不久，便進了學，夫婦相愛，甚是和樂。但是玉貞幼年頭上瘡癤甚重，及醫治好了，髮長起來多是赤的，且又甚短。祇有這件，毛生不甚其意。後來，親戚鄰右曉得玉貞代姊出嫁之事傳説過來，毛生聞之，不免細細追問；玉貞一五一十對丈夫説個明白，毛生聽罷，毛骨悚然，十分敬重玉貞大賢大孝，夫婦愈加歡愛。

是年，科舉應試路過靈官廟王舍人店中，舍人見了毛生不勝之喜，殷勤款待，酒饌丰美；臨行給與飯錢，一文不受。毛生再三不肯，道：“豈有此理！厚擾太過，那有不收飯錢之事。”舍人祇得將毛生扯過一邊，悄悄説道：“相公不知，昨晚小人偶得一夢，夢見靈官對小人説：明晨有毛解元到此，你好好恭敬，將來你有難時，他能救你。故此小人稍申一點敬意，相公是必發解的。”毛生聞聽，歡喜不盡。別了舍人，一路尋思：我文章不怕不中，祇愁命運不濟。今店主得了此夢，是我好運來了。又想道：祇是一件，我那玉貞妻子頭髮又紅又短，我發解後，多是富貴人家往來，他怎樣見得人？又轉一念想道：這個何妨？若我做官的時節，將他留在家下，我又另娶一房才貌兼全的豈不妥當？主意已定，便去連進三場。院門大張虎榜，毛生看去，竟没有他的名字，十分懊悔，無顔再見店主，另尋別道回家。

過了三年又去赴試，王舍人又是喜笑承迎，恭恭敬敬的具些美酒盛肴款待。毛生赧顔説道：“舍人！你的話全不准，我前科那會中式來，今日如何又是這般盛禮？”舍人道：“不是小人的話不准，相公是自誤的還不知道麽？”毛生大驚道：“你説我因何自誤？”舍人道：“自從相公去後，我又夢見靈官説道：毛某身未富貴，便想弃妻再娶。文昌忿怒，罰停一科，候其改悔。相公果有此心麽?"毛生聽罷愕然，痴立伸舌不已。正是：

莫道隱微無報應，靈臺一念上神知。

王舍人道："相公速悔此念，今科必定高中。"毛生再三稱謝，由是易妻之念登時斬絶。三場出罷，毛敏果然高列第一名解元，次年，又中第十六名進士，點授翰林院編修。數年之内，官階大顯，補授君坊庶子。

玉英此時家業傾敗，丈夫已經病死；房屋家具零星賣盡，已是日不舉火。聞得毛郎又做了翰林，越發羞慚，刻骨自恨，忿然出家爲尼。却又庵中清苦，贍養無多，柴米蔬菜亦常不能接濟。

後二、三年，毛公做到尚書，告老歸田；鄉黨以爲榮耀，家族姻眷，接到五里之遥。是時，張翁夫婦俱已早故，兩個兒賴他妹夫之力，雙雙游庠食餼，俱在前途迎迓。里中人等，扶老携幼，男女雜沓，擁擠喧嘩，都要來看宰相夫婦。惟有玉英無顔相見，衹好兀坐庵中，閉門涕泣。過了幾日，因自家窮迫難過，莫奈何，叫女徒弟前去盼望夫人，料想總有數十金致送。

女徒弟行至相府通名而進，夫人即時唤人問師父起居。女徒弟答言："師父安好，命小徒傳言：僧家淡泊無物可送，特請夫人萬福。"夫人道："我纔回來，諸事忙迫，待有閑時，再到庵中來拜謁爾師。此間有羅絹十匹，你可帶去，爲爾師袈裟之用。"小徒謝去，隨携羅絹回庵，見了師父一一回明。這裏尼師，原衹望有銀子，見了羅絹甚是不喜，道："夫人若與我銀子，還可買柴易米，這些羅絹我無用處。"遂令徒弟依然送回，衹説：不敢遵領。相公夫人心中大疑，道："此物怎樣不受?"隨命奴僕打開一看，原來夫人先藏了一百銀子在内，恐人知覺，故未説破。玉英是氣性大的人，一見就惱，登時送還，不知銀子在内。女徒弟見得絹中的銀子，跌足大悔，坐立不安，還衹望相公賜下。誰知相公呵呵大笑，笑罷説道："你回去上覆師父，一百銀子你師父的，尚然没福消受，如何受得我老尚書起要想原璧送去？恐你師父無有福澤，不能承受，你衹帶五十兩前去便了！"女徒弟將銀子帶回，備説原故；尼師氣呆了。半晌自嘆道："我生平諸事任性，因一時錯誤，避好就歹，顛倒禍福，令我悔不轉來，遂致如此結果。"嘆氣數口，一病不起，死於庵中。

那毛宰相夫妻，同登上壽，子孫顯達。店主人偶因人命事，丢在監内，毛公親至衙門，力爲解釋，王舍人感激不盡。這就是：不賢不孝的女兒，自家誤了終身。有詩爲證，詩云：

堪笑人心太不良，婚姻大事惱爹娘。
不賢不孝身名敗，留得旁觀説短長。

又有詩説，玉貞孝順父母，後來享受大福，天道不爽。詩曰：

父母堂前兩尊佛，承歡順志無忽略。
閨門差做忤逆兒，火坑跳去偏成福。

附　录

一、《醒夢駢言》序

閑情老人

每怪人對客談夢，刺刺不休，夫豈必夢乃云夢？昨日所爲，今已變滅，今日所爲，明又變滅，在在皆夢；而若偶得諸施衾設枕之會，不亦誣乎？人苟安常處順，爲夢平平無奇，正不妨任其自寐自覺。獨有居心未净，處事多乖，以然孽障目纏，麾之不去，是得惡夢也。病魘者顛倒錯亂，不自知其爲夢，而同榻之人見其喉喘氣結，能不振床拍席以呼之耶？菊畦子蓋迫欲爲若人驅睡魔也，因集逸事若干卷，題曰《醒夢駢言》以救之，是是書命名之意也。吁！是書也，深言之，作如是解；淺言之，殆亦欲善睡者愛讀而忘寢乎！閑情老人漫題。

二、删定《二奇合傳》叙

芝香館居士

二奇者，《拍案驚奇》《今古奇觀》也。合而輯之，故曰二奇也。然二書本一書也。其始，即空觀主人采唐代叢書及漢宋以來故事，衍成二百種，名以《拍案驚奇》；其後，抱瓮老人删存僅四十種，始以《今古奇觀》目之者也。主人爲誰？老人又爲誰？其姓名則皆不傳也。夫以道備於五倫，庸德庸行，無奇者也。忠臣孝子、義夫節婦，率於性而勵於行，歷艱難辛苦而百折不回，不自以爲奇也。奇之者，衆人也。鬼神妙萬物而爲言，其有關於人心風俗者，或泄其奇以歆動鼓舞之，事奇而理不奇也。是書之所以奇者，謂於人倫日用間，寓勸懲之義，或自阽危頓挫時，彰靈異之迹，即可飛眉而舞色，亦足怵目而剴心，不奇而奇也，奇而不奇也，斯天下之至奇也。第是書既主醒世，而寫生之筆，有涉誨淫者則所宜擯者也；或委折以成其志，而先不免於失身者，皆可弗録也。世無不可爲善之人，有讀書而反敗行者，匪惟不善讀書，亦書有以誤之也。吾黨之賞奇貴奇而不失其正也。愚不敏，承先師之志者也。先師釐正是書而未果，愚特踵而成之者也。下士聞道大笑之。聳以稗官家言，而忠孝節義之心，不覺油然生，所謂不言道而道在是也。書經再訂，則舊題可不襲也，不襲而其所謂奇者，終不可易焉。故命曰：《二奇合傳》也。芝香館居士題叙。

三、《聊齋志異》原作

蒲松齡

陳雲栖

真毓生,楚夷陵人,孝廉之子。能文,美丰姿,弱冠知名。兒時,相者曰:"後當娶女道士爲妻。"父母共以爲笑。而爲之論婚,低昂苦不能就。生母臧夫人,祖居黄岡,生以故詣外祖母。聞時人語曰:"黄州'四雲',少者無倫。"蓋郡有吕祖庵,庵中女道士皆美,故云。庵去臧氏村僅十餘里,生因竊往。扣其關,果有女道士三、四人,謙喜承迎,儀度皆潔。中一最少者,曠世真無其儔,心好而目注之。女以手支頤,但他顧。諸道士覓盞烹茶。生乘間問姓字,答云:"雲栖,姓陳。"生戲曰:"奇矣!小生適姓潘。"陳赬顔發頰,低頭不語,起而去。少間,瀹茗,進佳果。各道姓字:一,白雲深,年三十許;一,盛雲眠,二十已來;一,梁雲棟,約二十有四、五,却爲弟。而雲栖不至。生殊悵惘;因問之。白曰:"此婢懼生人。"生乃起别,白力挽之,不留而出。白曰:"而欲見雲栖,明日可復來。"生歸,思戀綦切。次日,又詣之。諸道士俱在,獨少雲栖,未便遽問。諸道士治具留餐,生力辭,不聽。白拆餅授箸,勸進良殷。既問:"雲栖何在?"答云:"自至。"久之,日勢已晚,生欲歸。

白捉腕留之,曰:“姑止此,我捉婢子來奉見。”生乃止。俄,挑燈具酒,雲眠亦去。酒數行,生辭已醉。白曰:“飲三觥,則雲栖出矣。”生果飲如數。梁亦以此挾勸之,生又盡之,覆盞告辭。白顧梁曰:“吾等面薄,不能勸飲。汝往曳陳婢來,便道潘郎待妙常已久。”梁去,少時而返,具言:“雲栖不至。”生欲去,而夜已深,乃佯醉仰卧。兩人代裸之,迭就淫焉。終夜不堪其擾。天既明,不睡而别。數日不敢復往,而心念雲栖不忘也,但不時於近側探偵之。一日,既暮,白出門,與少年去。生喜,不甚畏梁,急往款關。雲眠出應門。問之,則梁亦他適。因問雲栖。盛導去,又入一院,呼曰:“雲栖!客至矣。”但見室門闔然而合。盛笑曰:“閉扉矣。”生立窗外,似將有言,盛乃去。雲栖隔窗曰:“人皆以妾爲餌,釣君也。頻來,身命殆矣。妾不能終守清規,亦不敢遂乖廉耻,欲得如潘郎者事之耳。”生乃以白頭相約。雲栖曰:“妾師撫養,即亦非易。果相見愛,當以二十金贖妾身。妾候君三年。如望爲桑中之約,所不能也。”生諾之。方欲自陳,而盛復至,從與俱出,遂别歸。中心怊悵,思欲委曲夤緣,再一親其嬌範,適有家人報父病,遂星夜而還。無何,孝廉卒。夫人庭訓最嚴,心事不敢使知,但刻減金資,日積之。有議婚者,輒以服闋爲辭。母不聽。生婉告曰:“曩在黄岡,外祖母欲以婚陳氏,誠心所願。今遭大故,音耗遂梗,久不如黄省問;旦夕一往,如不果諧,從母所命。”夫人許之。乃携所積而去。至黄,詣庵中,則院宇荒凉,大異疇昔。漸入之,惟一老尼炊竈下,因就問。尼曰:“前年老道士死,‘四雲’星散矣。”問:“何之?”曰:“雲深、雲棟,從惡少去;向聞雲栖寓居郡北;雲眠消息不知也。”生聞之,悲嘆。命駕即詣郡北,遇觀輒詢,并少踪迹。悵恨而歸,僞告母曰:“舅言:陳翁如岳州,待其歸,當遣伻來。”逾半年,夫人歸寧,以事問母,母殊茫然。夫人怒子誑,媪疑甥與舅謀,而未以問也。幸舅出，莫從稽其妄。夫人以香願登蓮峰，齋宿山下。既卧，逆旅主人扣扉，送一女道士寄宿同舍，自言："陳雲栖。"聞夫人家夷陵，移坐就榻，告訴坎坷，詞旨悲惻。末言："有表兄潘生，與夫人同籍，煩囑子侄輩一傳口語，但道其寄栖鶴觀師叔王道成所，朝夕厄苦，度日如歲。令早一臨存，恐過此以往，未之或知也。"夫人審名字，即又不知，但云："既在學宫，秀才輩想無不聞也。"未明早别，殷殷再囑。夫人既歸，向生言及，生長跪曰："實告母：所謂潘生，即兒也。"夫人既知其故，怒曰："不肖兒！宣淫寺觀，以道士爲婦，何顔見親賓乎！"生垂頭，不敢出辭。會生以赴試入郡，竊命舟訪王道成。至，則雲栖半月前出游不返。既歸，悒悒而病。適臧媪卒，夫人往奔喪，殯後迷途，至京氏家，問之，則族妹也。相便邀入，見有少女在堂，年可十八、九，姿容曼妙，目所未睹。夫人每思得一佳婦，俾子不懟，心動，因詰生平。妹云："此王氏女也，京氏甥也。怙恃俱失，暫寄此耳。"問："婿家誰？"曰："無之。"把手與語，意致嬌婉，母大悦，爲之過宿，私以己意告妹。妹曰："良佳！但其人高自位置；不然，胡蹉跎至今也。容商之。"夫人招與同榻，談笑甚歡，自願母夫人。夫人悦，請同歸荆州，女益喜。次日，同舟而還。既至，則生病未起。母慰其沉疴，使婢陰告曰："夫人爲公子載麗人至矣。"生未信，伏窗窺之，較雲栖尤艷絶也。因念："三年之約已過，出游不返，則玉容必已有主。得此佳麗，心懷頗慰。於是，囅然動色，病亦尋瘳。母乃招兩人相拜見。生出，夫人謂女："亦知我同歸之意乎？"女微笑曰："妾已知之。但妾所以同歸之初志，母不知也。妾少字夷陵潘氏，音耗闊絶，必已另有良匹。果爾，則爲母也歸；不爾，則終爲母也女，報母有日也。"夫人曰："既有成約，即亦不强。但前在五祖山時，有女冠問潘氏，今又潘氏，固知夷陵世族無此姓也。"女驚曰："卧蓮峰下者母耶？詢潘者，即我是也。”母始恍然悟，笑曰：“若然，則潘生固在此矣。”女問：“何在？”夫人命婢導去問生。生驚曰：“卿雲栖耶？”女問：“何知？”生言其情，始知以潘郎爲戲。女知爲生，羞與終談，急返告母。母問其：“何復姓王？”答云：“妾本姓王，道師見愛，遂以爲女，從其姓耳。”夫人亦喜，涓吉爲之成禮。先是，女與雲眠俱依王道成；道成居隘，雲眠遂去之漢口。女嬌痴不能作苦，又羞出操道士業，道成頗不善之。會京氏如黄岡，女遇之流涕，因與俱去，俾改女子裝，將論婚士族，故諱其曾隸道士籍。而問名者，女輒不願，舅及姑妗皆不知其意向，心厭嫌之。是日，從夫人歸，得所托，如釋重負焉。合巹後，各述所遭，喜極而泣。女孝謹，夫人雅憐愛之；而彈琴好弈，不知理家人生業，夫人頗以爲憂。積月餘，母遣兩人如京氏，留數日而歸。泛舟江流，欻一舟過，中一女冠，近之，則雲眠也。雲眠獨與女善。女喜，招與同舟，相對酸辛。問：“將何之？”盛云：“久切懸念，遠至栖鶴觀，則聞依京舅矣。故將詣黄岡，一奉探耳。竟不知意中人已得相聚。今視之如仙，剩此漂泊人，不知何時已矣！”因而欷歔。女設一謀：令易道裝，僞作姊，携伴夫人，徐擇佳偶。盛從之。既歸，女先白夫人，盛乃入。舉止大家；談笑間，練達世故。母既寡，苦寂，得盛良歡，惟恐其去。盛早起代母劬勞，不自作客。母益喜，陰思納女姊，以掩女冠之名，而未敢言也。一日，忘某事未作，急問之，則盛代備已久。因謂女曰：“畫中人不能作家，亦復何爲！新婦若大姊者，吾不憂也。”不知女存心久，但恐母嗔，聞母言，笑對曰：“母既愛之，新婦欲效英、皇，何如？”母不言，亦囅然笑。女退，告生曰：“老母首肯矣！”乃另潔一室，告盛曰：“昔在觀中共枕時，姊言：‘但得一能知親愛之人，我兩人當共事之。’猶憶之否？”盛不覺雙眦熒熒，曰：“妾所謂親愛者，非他：如日日經營，曾無一人知其甘苦；數日來，略有微勞，即煩老母恤念，則中心冷暖頓殊矣。若不下逐客令，俾得長伴老母，予願斯足，亦不望前言之踐也。”女告母。母令姊妹焚香，各矢無悔詞，乃使生與行夫婦禮。將寢，告生曰：“妾乃二十三歲老處女也。”生猶未信。既而落紅殷褥，始奇之。盛曰：“妾所以樂得良人者，非不能甘岑寂也；誠以閨閣之身，靦然酬應如勾欄，所不堪耳。借此一度，挂名君籍，當爲君奉事老母，作内紀綱。若房闈之樂，請别與人探討之。”三日後，襆被從母，遣之不去。女早詣母所，占其床寢，不得已，乃從生去。由是三兩日輒一更代，習爲常。夫人故善弈，自寡居，不暇爲之。自得盛，經理井井，晝日無事，輒與女弈。挑燈瀹茗，聽兩婦彈琴，夜分始散。每與人曰：“兒父在時，亦未能有此樂也！”盛司出納，每記籍報母。母疑曰：“兒輩常言幼孤，作字彈棋，誰教之？”女笑以實告。母亦笑曰：“我初不欲爲兒娶一道士，今竟得兩矣。”忽憶童時所卜，始信定數不可逃也。生再試不第。夫人曰：“吾家雖不丰，薄田三百畝，幸得雲眠紀理，日益温飽。兒但在膝下，率兩婦與老身共樂，不願汝求富貴也。”生從之。後雲眠生男女各一，雲栖女一男三。母八十餘歲而終。孫皆入泮；長孫，雲眠所出，已中鄉選矣。

張　誠

豫人張氏者，其先齊人。明末齊大亂，妻爲北兵掠去。張常客豫，遂家焉。娶於豫，生子訥。無何，妻卒，又娶繼室，生子誠。繼室牛氏悍，每嫉訥，奴畜之，啖以惡草具。使樵，日責柴一肩，無則撻楚詬詛，不可堪。隱畜甘脆餌誠，使從塾師讀。誠漸長，性孝友，不忍兄劬，陰勸母。母弗聽。一日，訥入山樵，未終，值大風雨，避身岩下，雨止而日已暮。腹中大餒，遂負薪歸。母驗之少，怒不與食，饑火燒心，入室僵卧。誠自塾中來，見兄嗒然，問："病乎？"曰："餓耳！"問其故，以情告。誠愀然便去。移時，懷餅來餌兄。兄問其所自來，曰："余竊面倩鄰婦爲之，但食勿言也。"訥食之。囑弟曰："後勿復然，事泄累弟。且日一啖，饑當不死。"誠曰："兄故弱，烏能多樵！"次日，食後，竊赴山，至兄樵處。兄見之，驚問："將何作？"答曰："將助樵采。"問："誰之遣？"曰："我自來耳。"兄曰："無論弟不能樵，縱或能之，且猶不可。"於是速之歸。誠不聽，以手足斷柴助兄。且云："明日當以斧來。"兄近止之。見其指已破，履已穿，悲曰："汝不速歸，我即以斧自剄死！"誠乃歸。兄送之半途，方復回。樵既歸，詣塾，囑其師曰："吾弟年幼，宜閉之。山中虎狼多。"師曰："午前不知何往，業夏楚之。"歸謂誠曰："不聽吾言，遭笞責矣。"誠笑曰："無之。"明日，懷斧又去。兄駭曰："我固謂子勿來，何復爾？"誠不應，刈薪且急，汗交頤不少休。約足一束，不辭而返。師又責之，乃實告之。師嘆其賢，遂不之禁。兄屢止之，終不聽。一日，與數人樵山中，欻有虎至；衆懼而伏，虎竟銜誠去。虎負人行緩，爲訥追及。訥力斧之，中胯。虎痛狂奔，莫可尋逐，痛哭而返。衆慰解之，哭益悲。曰："吾弟，非猶夫人之弟，况爲我死，我何生焉！"遂以斧自刎其項。衆急救之，入肉者已寸許，血溢如涌，眩瞀殞絶。衆駭，裂之衣而約之，群扶而歸。母哭罵曰："汝殺吾兒，欲劃頸以塞責耶？"訥呻云："母勿煩惱。弟死，我定不生！"置榻上，創痛不能眠。惟晝夜依壁坐哭。父恐其亦死，時就榻少哺之，牛輒詬責。訥遂不食，三日而斃。村中有巫走無常者，訥途遇之，緬訴曩苦。因詢弟所，巫言不聞。遂反身導訥去。至一都會，見一皂衫人，自城中出。巫要遮代問之。皂衫人於佩囊中檢牒審顧，男婦百餘，并無犯而張者。巫疑在他牒，皂衫人曰："此路屬我，何得差逮！"訥不信，强巫入内城。城中新鬼、故鬼往來憧憧，亦有故識，就問，迄無知者。忽共嘩言：“菩薩至！”仰見雲中，有偉人，毫光徹上下，頓覺世界通明。巫賀曰：“大郎有福哉！菩薩幾十年一入冥司，拔諸苦惱，今適值之。”便捽訥跪。衆鬼囚紛紛籍籍，合掌齊誦慈悲救苦之聲，哄騰震地。菩薩以楊柳枝遍灑甘露，其細如塵。俄而霧收光斂，遂失所在。訥覺頸上沾露，斧處不復作痛。巫仍導與俱歸。望見里門，始别而去。訥死二日，豁然竟蘇，悉述所遇，謂誠不死。母以爲撰造之誣，反詬罵之。訥負屈無以自伸，而摸創痕良瘥。自力起，拜父曰：“行將穿雲入海往尋弟，如不可見，終此身勿望返也。願父猶以兒爲死。”翁引空處與泣，無敢留之，訥乃去。每於衝衢訪弟耗，途中資斧斷絶，丐而行。逾年，達金陵，懸鶉百結，傴僂道上。偶見十餘騎過，走避道側。内一人如官長，年四十已來，健卒怒馬，騰踔前後。一少年乘小駟，屢視訥。訥以其貴公子，未敢仰視。少年停鞭少駐，忽下馬，呼曰：“非吾兄耶？”訥舉首審視，誠也。握手大痛，失聲。誠亦哭曰：“兄何漂落以至於此？”訥言其情，誠益悲。騎者并下問故，以白官長。官命脱騎載訥，連轡歸諸其家，始詳詰之。初，虎銜誠去，不知何時置路側，卧途中經宿。適張别駕自都中來，過之，見其貌文，憐而撫之，漸蘇。言其里居，則相去已遠。因載與俱歸。又藥敷傷處，數日始痊。别駕無長君，子之。蓋適從游矚也。誠具爲兄告。言次，别駕入，訥拜謝不已。誠入内，捧帛衣出，進兄，乃置酒燕叙。别駕問：“貴族在豫，幾何丁壯？”訥曰：“無有。父少齊人，流寓於豫。”别駕曰：“僕亦齊人。貴里何屬？”答曰：“曾聞父言，屬東昌轄。”驚曰：“我同鄉也！何故遷豫？”訥曰：“明季清兵入境，掠前母去。父遭兵燹，蕩無家室。先賈於西道，往來頗稔，故止焉。”又驚問：“君家尊何名？”訥告之。别駕瞠而視，俯首若疑，疾趨入内。無何，太夫人出。共羅拜，已，問訥曰：

"汝是張炳之之孫耶?"曰:"然!"太夫人大哭,謂別駕曰:"此汝弟也。"訥兄弟莫能解。太夫人曰:"我適汝父三年,流離北去,身屬黑固山半年,生汝兄。又半年,固山死,汝兄補秩旗下遷此官。今解任矣。每刻刻念鄉井,遂出籍,復故譜。屢遣人至齊,殊無所覓耗,何知汝父西徙哉!"乃謂別駕曰:"汝以弟爲子,折福死矣!"別駕曰:"曩問誠,誠未嘗言齊人,想幼稚不憶耳!"乃以齒序:別駕四十有一,爲長;誠十六,最少;訥二十二,則伯而仲矣。別駕得兩弟,甚歡,與同卧處,盡悉離散端由,將作歸計。太夫人恐不見容,別駕曰:"能容則共之,否則析之。天下豈有無父之國?"於是鬻宅辦裝,刻日西發。既抵里,訥及誠先馳報父。父自訥去,妻亦尋卒;塊然一老鰥,形影自吊。忽見訥入,暴喜,恍恍以驚;又睹誠,喜極,不復作言,潸潸以涕。又告以別駕母子至,翁輟泣愕然,不能喜,亦不能悲,蚩蚩以立。未幾,別駕入,拜已;太夫人把翁相向哭。既見婢媪廝卒,内外盈塞,坐立不知所爲。誠不見母,問之,方知已死,號嘶氣絶,食頃始蘇。別駕出資,建樓閣;延師教兩弟;馬騰於槽,人喧於室,居然大家矣。

異史氏曰:"余聽此事至終,涕凡數墮,十餘歲童子,斧薪助兄,慨然曰:'王覽固再見乎!'於是一墮。至虎銜誠去,不禁狂呼曰:'天道憒憒如此!'於是一墮。及兄弟猝遇,則喜而亦墮;轉增一兄,又益一悲,則爲別駕墮。一門團圞,驚出不意,喜出不意,無從之涕,則爲翁墮也。不知後世,亦有善涕如某者乎?"

阿　寶

粤西孫子楚,名士也。生有枝指。性迂訥,人誑之,輒信爲真。或值座有歌妓,則必遥望却走。或知其然,誘之來,使妓狎逼之，則赧顔徹頸，汗珠珠下滴，因共爲笑。遂貌其呆狀，相郵傳作醜語，而名之“孫痴”。邑大賈某翁，與王侯埒富，姻戚皆貴胄。有女阿寶，絶色也。日擇良匹，大家兒争委禽妝，皆不當翁意。生時失儷，有戲之者，勸其通媒。生殊不自揣，果從其教。翁素耳其名，而貧之。媒媪將出，適遇寶，問之，以告。女戲曰：“渠去其枝指，余當歸之。”媪告生，生曰：“不難。”媒去，生以斧自斷其指，大痛徹心，血益傾注，濱死。過數日，始能起，往見媒而示之。媪驚，奔告女。女亦奇之，戲請再去其痴。生聞而嘩辨，自謂不痴；然無由見而自剖。轉念阿寶未必美如天人，何遂高自位置如此？由是曩念頓冷。會值清明，俗於是日婦女出游，輕薄少年，亦結隊隨行，恣其月旦。有同社數人，强邀生去。或嘲之曰：“莫欲一觀可人否？”生亦知其戲己，然以受女揶揄故，亦思一見其人，忻然隨衆物色之。遥見有女子憩樹下，惡少年環如墻堵。衆曰：“此必阿寶也。”趨之，果寶也。審諦之，娟麗無雙。少頃，人益稠。女起，遽去。衆情顛倒，品頭題足，紛紛若狂。生獨默然。及衆他適，回視，生猶痴立故所，呼之不應。群曳之曰：“魂隨阿寶去耶？”亦不答。衆以其素訥，故不爲怪，或推之，或挽之，以歸。至家，直上床卧，終日不起，冥如醉，唤之不醒。家人疑其失魂，招於曠野，莫能效。强拍問之，則朦朧應云：“我在阿寶家。”及細詰之，又默不語。家人惶惑莫解。初，生見女去，意不忍捨，覺身已從之行，漸傍其衿帶間，人無呵者。遂從女歸，坐卧依之，夜輒與狎，甚相得；然覺腹中奇餒，思欲一返家門，而迷不知路。女每夢與人交，問其名，曰：“我孫子楚也。”心異之，而不可以告人。生卧三日，氣休休若將澌滅。家人大恐，托人婉告翁，欲一招魂其家。翁笑曰：“平昔不相往還，何由遺魂吾家？”家人固哀之，翁始允。巫執故服、草薦以往。女詰得其故，駭極，不聽他往，直導入室，任招呼而去。巫歸至門,生榻上已呻。既醒,女室之香奩什具,何色何名,歷言不爽。女聞之,益駭,陰感其情之深。生既離床寢,坐立凝思,忽忽若忘。每伺察阿寶,希幸一再遘之。浴佛節,聞將降香水月寺,遂早旦往候道左,目眩睛勞。日涉午,女始至,自車中窺見生,以摻手搴簾,凝睇不轉。生益動,尾從之。女忽命青衣來詰姓字。生殷勤自展,魂益摇。車去,始歸。歸復病,冥然絶食,夢中輒呼寶名。每自恨魂不復靈。家舊養一鸚鵡,忽斃,小兒持弄於床。生自念:倘得身爲鸚鵡,振翼可達女室。心方注想,身已翩然鸚鵡,遽飛而去,直達寶所。女喜而撲之,鎖其肘,飼以麻子。大呼曰:"姐姐勿鎖! 我孫子楚也!"女大駭,解其縛,亦不去。女祝曰:"深情已篆中心。今已人禽異類,姻好何可復圓?"鳥云:"得近芳澤,於願已足。"他人飼之,不食;女自飼之,則食。女坐,則集其膝;卧,則依其床。如是三日,女甚憐之。陰使人瞷生,生則僵卧,氣絶已三日,但心頭未冰耳。女又祝曰:"君能復爲人,當誓死相從。"鳥云:"誑我!"女乃自矢。鳥側目若有所思。少間,女束雙彎,解履床下,鸚鵡驟下,銜履飛去。女急呼之,飛已遠矣。女使嫗往探,則生已寤。家人見鸚鵡銜綉履來,墮地死,方共異之。生既蘇,即索履,衆莫知故。適嫗至,入視生,問履所在。生曰:"是阿寶信誓物。借口相覆:小生不忘金諾也。"嫗反命。女益奇之,故使婢泄其情於母。母審之確,乃曰:"此子才名亦不惡,但有相如之貧。擇數年得婿若此,恐將爲顯者笑。"女以履故,矢不他。翁媪從之。馳報生,生喜,疾頓瘳。翁議贅諸家,女曰:"婿不可久處岳家。况郎又貧,久益爲人賤。兒既諾之,處蓬茅而甘藜藿,不怨也。"生乃親迎成禮,相逢如隔世歡。自是家得奩妝,小阜,頗增物産。而生痴於書,不知理家人生業;女善居積,亦不以他事累生。居三年,家益富。生忽病消渴。卒。女哭之痛,泪眼不晴,至絶眠食。勸之不納,乘夜自經。婢覺之,急救而醒,終亦不食。三日,集親黨,將以殮生。聞棺中呻以息,啓之,已復活。自言:“見冥王,以生平樸誠,命作部曹。忽有人曰:‘孫部曹之妻將至’。王稽鬼録,言:‘此未應便死。’又白:‘不食三日矣。’王顧謂:‘感汝妻節義,姑賜再生。’因使馭卒控馬送途還。”由此體漸平。值歲大比,入闈之前,諸少年玩弄之,共擬隱僻之題七,引生僻處與語,言:“此某家關節,敬秘相授。”生信之,晝夜揣摩,制成七藝。衆隱笑之。時典試者慮熟題有蹈襲弊,力反常經,題紙下,七藝皆符。生以是掄魁。明年,舉進士,授詞林。上聞異,召問之。生具啓奏。上大嘉悦。後召見阿寶,賞賚有加焉。

異史氏曰:“性痴則其志凝,故書痴者文必工,藝痴者技必良;世之落拓而無成者,皆自謂不痴者也。且如粉花蕩産,盧雉傾家,顧痴人事哉! 以是知慧黠而過,乃是真痴,彼孫子何痴乎!”

大 男

奚成列,成都士人也。有一妻一妾。妾何氏,小字昭容。妻早没,繼娶申氏,性妒,虐遇何,且并及奚;終日嘵聒,恒不聊生。奚怒,亡去。去後,何生一子大男。奚去不返,申擯何不與同炊,計日授粟。大男漸長,用不給,何紡績佐食。大男見塾中諸兒吟誦,亦欲讀。母以其太稚,姑送詣讀。大男慧,所讀倍諸兒。師奇之,願不索束脩。何乃使從師,薄相酬。積二、三年,經書全通。一日歸,謂母曰:“塾中五、六人,皆從父乞錢買餅,我何獨無?”母曰:“待汝長,告汝知。”大男曰:“今方七、八歲,何時長也?”母曰:“汝往塾,路經關帝廟,當拜之,祐汝速長。”大男信之,每過必入拜。母知之,問曰:“汝所祝何詞?”笑云:“但祝明年便使我十六、七歲。"母笑之。然大男學與軀長并速:至十歲,便如十三、四歲者;其所爲文竟成章。一日,謂母曰:"昔謂我壯大,當告父處,今可矣。"母曰:"尚未,尚未。"又年餘,居然成人,研詰益頻,母乃緬述之。大男悲不自勝,欲往尋父。母曰:"兒太幼,汝父存亡未知,何遽可尋?"大男無言而去,至午不歸。往塾問師,則辰餐未復。母大驚,出資傭役,到處冥搜,杳無踪迹。大男出門,循途奔去,茫然不知何往。適遇一人將如夔州,言姓錢,大男丐食相從。錢病其緩,爲賃代步,資斧耗竭。至夔,同食,錢陰投毒食中,大男瞑不覺。錢載至大刹,托爲己子,偶病絶資,賣諸僧。僧見其丰姿秀異,争購之。錢得金竟去。僧飲之,略醒。長老知而詣視,奇其相,研詰,始得顛末。甚憐之,贈資使去。有瀘州蔣秀才,下第歸,途中問得故,嘉其孝,携與同行。至瀘,主其家。月餘,遍加咨訪。或言閩商有奚姓者,乃辭蔣,欲之閩,蔣贈以衣履,里黨皆斂資助之。途遇二布客,欲往福清,邀與同侣。行數程,客窺囊金,引至空所,縶其手足,解奪而去。適有永福陳翁過其地,脱其縛,載歸其家。翁豪富,諸路商賈,多出其門,翁囑南北客代訪奚耗。留大男伴諸兒讀。大男遂住翁家,不復游。然去家愈遠,音梗矣。何昭容孤居三、四年,申氏減其費,抑勒令嫁。何志不摇。申强賣於重慶賈,賈劫取而去。至夜,以刀自劙。賈不敢逼,俟創瘥,又轉鬻於鹽亭賈。至鹽亭,自刺心頭,洞見臟腑。賈大懼,敷以藥,創平,求爲尼。賈曰:"我有商侣,身無淫具,每欲得一人主縫紉。此與作尼無異,亦可少償吾值。"何諾,賈輿送去。入門,主人趨出,則奚生也。蓋奚已弃儒爲商,賈以其無婦,故贈之也。相見悲駭,各述苦况,始知有兒尋父未歸。奚乃囑諸旅客,偵察大男。而昭容遂以妾爲妻矣。然自歷難苦,疴痛多疾,不能操作,勸奚納妾。奚鑒前禍,不從所請。何曰:"妾如争床第者,數年來固已從人生子,尚得與君有今日耶? 且人加我者,隱痛在心,豈及諸身而自蹈之?”奚乃囑客侶,爲買三十餘老妾。逾半年,客果爲買妾歸。入門,則妻申氏。各相駭異。先是,申獨居年餘,兄苞勸令再適。申從之,惟田産爲子侄所阻,不得售。鬻諸所有,積數百金,携歸兄家,有保寧賈,聞其富有奩資,以多金啖苞,賺娶之。而賈老廢不能人。申怨兄,不安於室,懸梁投井,不堪其擾。賈怒,搜括其資,將賣作妾。聞者皆嫌其老。賈將適夔,乃載與俱去。遇奚同肆,適中其意,遂貨之而去。既見奚,慚懼不出一語。奚問同肆商,略知梗概,因曰:“使遇健男,則在保寧,無再見之期,此亦數也。然今日我買妾,非娶妻,可先拜昭容,修嫡庶禮。”申耻之。奚曰:“昔日汝作嫡,何如哉!”何勸止之,奚不可,操杖臨逼。申不得已,拜之。然終不屑承奉,但操作别室。何悉優容之,亦不忍課其勤惰。奚每與昭容談宴,輒使役使其側;何更代以婢,不聽前。會陳公嗣宗宰鹽亭,奚與里人有小争,里人以逼妻作妾揭訟奚。公不准理,叱逐之。奚喜,方與何竊頌公德。一漏既盡,僮呼叩扉,入報曰:“邑令公至。”奚駭極,急覓衣履,則公已至寢門,益駭;不知所爲。何審之,急出曰:“是吾兒也!”遂哭。公乃伏地悲咽。蓋大男從陳公姓,業爲官矣。初,公至自都,迂道過故里,始知兩母皆醮,伏膺哀痛。族人知大男已貴,反其田廬。公留僕營造,冀父復還。既而授任鹽亭,又欲弃官尋父,陳翁苦勸止之。會有卜者,使筮焉。卜者曰:“小者居大,少者爲長;求雄得雌,求一得兩:爲官吉。”公乃之任。爲不得親,居官不茹葷酒。是日,得里人狀,睹奚姓名,疑之。陰遣内使細訪,果父。乘夜微行而出。見母,益信卜者之神。臨去,囑勿播,出金二百,啓父辦裝歸里。父抵家,門户一新,廣畜僕馬,居然大家矣。申見大男貴盛,益自斂。兄苞不憤,訟官,爲妹争嫡。官廉得其情,怒曰:“貪資勸嫁,已更二夫,尚何顔争昔年嫡庶耶?"重答苞。由此名分益定,而申妹何,何姊之。衣服飲食,悉不自私。申初懼其復仇,今益愧悔。奚亦忘其舊惡,俾内外皆呼以太母,但誥命不及耳。

異史氏曰:"顛倒衆生,不可思議,何造物之巧也! 奚生不能自立於妻妾之間,一碌碌庸人耳。苟非孝子賢母,烏能有此奇合,坐享富貴以終身哉!"

曾友于

曾翁,昆陽故家也。翁初死未殮,兩眶中泪出如瀋,有子六,莫解所以。次子悌,字友于,邑名士,以爲不祥,戒諸兄弟各自惕,勿貽痛於先人;而兄弟半迂笑之。先是,翁嫡配生長子成,至七、八歲,母子爲强寇擄去。娶繼室,生三子,曰:孝,曰:忠,曰:信。妾生三子,曰:悌,曰:仁,曰:義。孝以悌等出身賤,鄙不齒,因連結忠、信爲黨。即與客飲,悌等過堂下,亦傲不爲禮。仁、義皆忿,與友于謀,欲相仇。友于百詞寬譬,不從所謀;而仁、義最少,因兄言亦遂止。孝有女,適邑周氏,病死。糾悌等往撻其姑,悌不從。孝憤然,令忠、信合族中無賴子,往捉周妻,搒掠無算,抛粟毁器,盎盂無存。周告官,官怒,拘孝等囚繫之,將行申黜。友于懼,見宰自投。友于品行,素爲宰重,諸兄弟以是得無苦。友于乃詣周所負荆,周亦器重友于,訟遂止。孝歸,終不德友于。無何,友于母張夫人卒,孝等不爲服,宴飲如故。仁、義益忿。友于曰:"此彼之無禮,於我何損焉。"及葬,把持墓門,不使合厝。友于乃瘞母隧道中。未幾,孝妻亡,友于招仁、義同往奔喪。二人曰:"'期'且不論,'功'於何有?"再勸之,哄然散去。友于乃自往,臨哭盡哀。隔墻聞仁、義鼓且吹,孝怒,糾諸弟往毆之。友于操杖先從,入其家,仁覺先逃。義方逾垣，友于自後擊僕之。孝等拳杖交加，毆不止。友于横身障阻之。孝怒，讓友于，友于曰："責之者，以其無禮也，然罪固不至死。我不怙弟惡，亦不助兄暴。如怒不解，身代之。"孝遂反杖撻友于，忠、信亦相助毆兄，聲震里黨，群集勸解，乃散去。友于即扶杖詣兄請罪。孝逐去之，不令居喪次。而義創甚，不復食飲。仁代具詞訟官，訴其不爲庶母行服。官簽拘孝、忠、信，而令友于陳狀。友于以面目損傷，不能詣署，但作詞稟白，哀求寢息，宰遂消案。義亦尋愈。由是仇怨益深。仁、義皆幼弱，輒被敲楚。怒友于曰："人皆有兄弟，我獨無！"友于曰："此兩語，我宜言之，兩弟何云！"因苦勸之，卒不聽。友于遂扃户，携妻子借寓他所，離家五十餘里，冀不相聞。友于在家雖不助弟，而孝等尚稍有顧忌；既去，諸兄一不當，輒叫駡其門，辱侵母諱。仁、義度不能抗，惟杜門思乘間刺殺之，行則懷刀。一日，寇所掠長兄成，忽携婦亡歸。諸兄弟以家久析，聚謀三日，竟無處可以置之。仁、義竊喜，招去共養之。往告友于，友于喜，歸共出田宅居成。諸兄怒其市惠，登門窘辱。而成久在寇中，習於威猛，大怒曰："我歸，更無人肯置一屋，幸三弟念手足，又罪責之。是欲逐我耶？"以石投孝，孝僕。仁、義各以杖出，捉忠、信，撻無數。成乃訟宰，宰又使人請教友于。友于詣宰，俯首不言，但有流涕。宰問之，曰："惟求公斷。"宰乃判孝等各出田産歸成，使七分相准。自此仁、義與成倍加愛敬。談及葬母事，因并泣下。成恚曰："如此不仁，真禽獸也！"遂欲啓壙，更爲改葬。仁奔告友于。友于急歸諫止。成不聽，刻期發墓，作齋於塋。以刀削樹，謂諸弟曰："所不衰麻相從者，有如此樹！"衆唯唯。於是一門皆哭臨，安厝盡禮。自此兄弟相安。而成性剛烈，輒批撻諸弟，於孝尤甚。惟重友于，雖盛怒，友于至，一言即解。孝有所行，成輒不平之，故孝無一日不至友于所，潛對友于詬詛。友于婉諫，卒不納。友于不堪其擾，又遷居三泊，去家益遠，音迹遂疏。又二年，諸弟皆畏成，久亦相習。而孝年四十六，生五子：長，繼業，三，繼德，嫡出；次，繼功，四，繼績，庶出；又婢生繼祖。皆成立。效父舊行，各爲黨，日相競，孝亦不能呵止。惟祖無兄弟，年又最幼，諸兄皆得而詬厲之。岳家近三泊，會詣岳，迂道詣叔。入門，見叔家兩兄一弟，弦誦怡怡，樂之，久居不言歸。叔促之，哀求寄居。叔曰："汝父母皆不知，我豈惜甌飯瓢飲乎？"乃歸。過數月，夫妻往壽岳母。告父曰："兒此行不歸矣！"父詰之，因吐微隱。父慮與叔有夙隙，計難久居。祖曰："父慮過矣。二叔，聖賢也！"遂去，携妻之三泊。友于除舍居之，以齒兒行，使執卷從長子繼善。祖最慧，寄籍三泊年餘，入雲南郡庠。與善閉户研讀，祖又諷誦最苦。友于甚愛之。自祖居三泊，家中兄弟益不相能。一日，微反脣，業詬辱庶母。功怒，刺殺業。官收功，重械之，數日死獄中。業妻馮氏，猶日以駡代哭。功妻劉聞之，怒曰："汝家男子死，誰家男子活耶？"操刀入，擊殺馮，自投井死。馮父大立，悼女死慘，率諸子弟，藏兵衣底，往捉孝妾，裸撻道上以辱之。成怒曰："我家死人如麻，馮氏何得復爾！"吼奔而出。諸曾從之，諸馮盡靡。成首捉大立，割其兩耳。其子護救，繼、績以鐵杖横擊，折其兩股。諸馮各被夷傷，哄然盡散。惟馮子猶卧道周。成夾之以肘，置諸馮村而還。遂呼績詣官自首。馮狀亦至。於是諸曾被收。惟忠亡去，至三泊，徘徊門外。適友于率一子一侄鄉試歸，見忠，驚曰："弟何來？"忠未語先泪，長跪道左。友于握手拽入，詰得其情，大驚曰："似此奈何！然一門乖戾，逆知奇禍久矣；不然，我何以竄迹至此。但我離家久，與大令無聲氣之通，今即匐伏而往，徒取辱耳。但得馮父子傷重不死，吾三人中幸有捷者，則此禍或可少解。"乃留之，晝與同餐，夜與共寢。忠頗感愧。居十餘日,見其叔侄如父子,兄弟如同胞,淒然下泪曰:“今始知從前非人也!”友于喜其悔悟,相對酸惻。俄報友于父子同科,祖亦副榜。大喜。不赴鹿鳴,先歸展墓。明季科甲最重,諸馮皆爲斂息。友于乃托親友賂以金粟,資其醫藥,訟乃息。舉家泣感友于,求其復歸。友于乃與兄弟焚香約誓,俾各滌慮自新,遂移家還。祖從叔不願歸其家,孝乃謂友于曰:“我不德,不應有亢宗之子;弟又善教,俾姑爲汝子。有寸進時,可賜還也。”友于從之。又三年,祖果舉於鄉。使移家,夫妻皆痛哭而去。不數日,祖有子方三歲,亡歸友于家,藏伯繼善室,不肯返;捉去輒逃。孝乃令祖異居,與友于鄰。祖開户通叔家,兩間定省如一焉。時成漸老,家事皆取決於友于。從此門庭雍穆,稱孝友焉。

異史氏曰:“天下惟禽獸止知母而不知父,奈何詩書之家,往往蹈之也!夫門内之行,其漸漬子孫者,直入骨髓。古云:其父盜,子必行劫,其流弊然也。孝雖不仁,其報亦慘;而卒能自知乏德,托子於弟,宜其有操心慮患之子也。若論果報,猶迂也。”

姊妹易嫁

掖縣相國毛公,家素微。其父常爲人牧牛。時邑世族張姓,有新阡在東山之陽。或經其側,聞墓中叱咤聲曰:“若等速避去,勿久混貴人宅!”張聞,亦未深信。既又頻得夢警曰:“汝家墓地,本是毛公佳城,何得久假此?”由是家數不利。客勸徙葬吉,張乃徙焉。一日,相國父牧,出張家故墓,猝遇雨,匿身廢壙中。已而雨益甚,潦水奔穴,崩洶灌注,遂溺以死。相國時尚孩童。母自詣張,丐咫尺地,掩兒父。張問其姓氏,大異之。往視溺死所,儼當置棺處,更駭。乃使就故壙窆焉。且令携若兒來。葬已,母偕兒詣張謝。張一見,輒喜,即留其家,教之讀,以齒子弟行。又請以長女妻兒,母謝不敢。張妻卒許之。然其女甚薄毛家,怨慚之意,時形言色。且曰:"我死不從牧牛兒!"及親迎,新郎入宴,彩輿在門,女方掩袂向隅而哭。催之妝,不妝;勸亦不解。比新郎告行,鼓樂大作,女猶眼零雨而首飛蓬也。父入勸女,不聽;怒逼之,哭益厲。父無奈。家人報新郎欲行,父出曰:"衣妝未竟,煩郎少待。"又奔入視女。往復數番,女終無回意。其父周張欲死,皇急無計。其次女在側,因非其姊,苦逼勸之。姊怒曰:"小妮子!亦學人喋聒!爾何不從他去?"妹曰:"阿爺原不曾以妹子屬毛郎;若以妹子屬毛郎,何煩姊姊勸駕耶?"父聽其言慷爽,因與伊母竊議,以次易長。母即向次女曰:"迕逆婢不遵父母命,今欲以兒代姊,兒肯行否?"女慨然曰:"父母之命,即乞丐不敢辭;何以見毛家郎便終身餓莩死乎?"父母大喜,即以姊妝妝女,登車徑去。入門,夫婦雅敦好逑。第女素病赤鬝,毛郎稍介意。及知易嫁之説,益以知己德女。無何,毛郎補博士弟子,往應鄉試。經王舍人莊,店主先一夕夢神曰:"旦夕有毛解元來,後且脱汝於厄,可善待之。"以故晨起,專伺察東來客。及得公,甚喜。供具甚丰,且不索值。公問故,特以夢兆告。公頗自負;私計女髮鬑鬑,慮爲顯者笑,富貴後當易之。及試,竟落第,偃蹇喪志,赧見主人,不敢復由王舍,迂道歸家。逾三年,再赴試,店主人延候如前。公曰:"爾言不驗,殊慚祇奉。"主人曰:"秀才以陰欲易妻,故被冥司黜落,豈吾夢不足踐耶?"公愕然,問故,主人曰:"别後復夢神告,故知之。"公聞而惕然悔懼,木立若偶。主人又曰:"秀才宜自愛,終當作解首。"入試,果舉賢書第一。夫人髮亦尋長,雲鬟委緑,倍增嫵媚。其姊適里中富兒,意氣自高。夫蕩惰,家漸陵替,貧無烟火。聞妹爲孝廉婦,彌增愧怍。姊妹輒避路而行。未幾,良人又卒,家落。毛公又擢進士。女聞,刻骨自恨,遂忿然廢身爲尼。及公以宰相歸,强遣女行者詣府謁問,冀有所貽。比至,夫人饋以綺縠羅絹若干匹,以金納其中。行者携歸見師,師失所望,恚曰:“與我金錢,尚可作薪米費;此物我何所須?”遽令送回。公與夫人疑之。啓視,則金具在,方悟見却之意。笑曰:“汝師百金尚不能任,焉有福澤從我老尚書也。”遂以五十金付尼去,且囑曰:“將去作爾師用度。但恐福薄人難承受耳!”行者歸,告其師。師啞然自嘆,私念生平所爲,率自顛倒,美惡避就,繄豈由人耶? 後王舍店主人以人命逮繫囹圄,公乃爲力解釋罪。

異史氏曰:“張家故墓,毛氏佳城,斯已奇矣。余聞時人有‘大姨夫作小姨夫,前解元爲後解元’之戲,此豈慧黠者所能較計耶?嗚呼! 彼蒼者天,久不可問,何至毛公,其應如響耶?”

珊　瑚

安生大成,重慶人。父孝廉,早卒。弟二成,幼。生娶陳氏,小字珊瑚,性嫻淑。而生母沈,悍不仁,遇之虐,珊瑚無怨色。每早旦,靚妝往朝。值生疾,母謂其誨淫,詬責之。珊瑚退,毁妝以進。母益怒,投顙自撾。生素孝,鞭婦,母少解。自此益憎婦。婦雖奉事維謹,終不與一語。生知母怒,亦寄宿他所,示與婦絶。久之,母終不快,觸物類而罵之,意總在珊瑚。生曰:“娶妻以奉姑嫜,今若此,何以妻爲!”遂出珊瑚,使老媪送歸母家。方出里門,珊瑚泣曰:“爲女子不能作婦,歸何以見雙親? 不如死!”袖中出剪刀刺喉。急救之,血溢沾襟。扶歸生族嬸家。嬸王氏,寡居無偶,遂止焉。媪歸,生囑隱其情,而心竊恐母知。過數日,探知珊瑚創漸平,登王氏門,使勿留珊瑚。王召生入,不入,但盛氣逐珊瑚。

王乃率珊瑚出見生,問:"珊瑚何罪?"生責其不能事母。珊瑚默默不作一語,惟俯首嗚泣,泪皆赤,素衫盡染。生慘惻不能盡詞而退。又數日,母已聞之,怒詣王,惡言誚讓。王傲不相下,反述其惡,且曰:"婦已出,尚屬安家何人? 我自留陳氏女,非留安氏婦也,何煩强與他家事?"母怒甚而窮於詞,又見王意氣詾詾,慚沮大哭而返。珊瑚意不自安,思他適。先是,生有母姨于媪,即沈姊也。年六十餘,子死,止一幼孫及寡媳;又嘗善視珊瑚。遂辭王,往投媪。媪詰得故,極道妹子昏暴,即欲送之還。珊瑚力言其不可,兼囑勿言,乃與于媪居,如姑婦焉。珊瑚有兩兄,聞而憐之,欲移歸另嫁。珊瑚執不肯,惟從于媪紡績以自度。生自出婦,母多方爲生謀婚,而悍聲流播,遠近無與爲偶。積三、四年,二成漸長,遂先爲畢姻。二成妻臧姑,驕悍戾沓,尤倍於母。母或怒以色,則臧姑怒以聲。二成又懦,不敢爲左右袒。於是母威頓減,莫敢攖,反望色笑而承迎之,猶不能得臧姑歡。臧姑役母若婢,生不敢言,惟身代母操作,滌器灑掃之事皆與焉。母子恒於無人處,相對飲泣。無何,母以鬱抑成病,委頓在床,便溺轉側皆須生,生晝夜不得寐,兩目盡赤。呼弟代役,甫入門,臧姑輒唤去。生於是奔告于媪,冀媪臨存。入門,泣且訴。訴未畢,珊瑚自幃中出,生大慚,禁聲欲出。珊瑚以雙手叉扉,生窘極,自肘下衝出而歸,亦不敢以告母。無何,于媪至,母喜止之。從此,媪家無日不有人來,來必以甘旨餉媪。媪寄語寡媳:"此處不餓,後無復爾。"而家中饋遺,卒無少間。媪不肯少嘗食,緘留以待病者。母病亦漸瘥。媪幼孫又以母命將佳餌來問病。沈嘆曰:"賢哉婦乎! 姊何修者?"媪曰:"妹以去婦何如人?"曰:"嘻! 誠不至夫己氏之甚也! 然烏如甥婦賢。"媪曰:"婦在,汝不知勞;汝怒,婦不知怨。惡乎弗如?"沈乃泣下,且告之悔,曰:"珊瑚嫁也未?"答云:"不知,請訪之。"又數日,病愈，媪欲别。沈泣曰：“恐姊去，我仍死耳！”媪乃與生謀，析二成居。二成告臧姑，臧姑不樂，語侵兄，兼及媪。生願以良田悉歸二成，臧姑乃喜。立析産書已，媪始去。明日，以車來迎沈。沈至其家，先求見甥婦，亟道甥婦德。媪曰：“小女子百善，何遂無一疵？余因能容之。子即有婦如吾婦，恐亦不能享也。”沈曰：“冤哉！謂我木石鹿豕耶？具有口鼻，豈有觸香臭而不知者？”媪曰：“被出如珊瑚，不知念子作何語？”曰：“駡之耳！”媪曰：“誠反躬無可駡，亦惡乎而駡之？”曰：“瑕疵人所時有，惟其不能賢，是以知其駡也。”媪曰：“當怨者不怨，則德焉者可知；當去者不去，則撫焉者可知。向之所餽遺而奉事者，固非予婦也，爾婦也。”沈驚曰：“如何？”曰：“珊瑚寄此久矣。向之所供，皆渠夜績之所貽也。”沈聞之，泣數行下，曰：“我何以見我婦矣！”媪乃呼珊瑚。珊瑚含涕而出，伏地下。母慚痛自撻，媪力勸始止，遂爲姑媳如初。十餘日偕歸，家中薄田數畝，不足自給，惟恃生以筆耕，婦以針耨。二成稱饒足，然兄不之求，弟亦不之顧也。臧姑以嫂之出也鄙之；嫂亦惡其悍，置不齒。兄弟各院居。臧姑時有淩虐，一家盡掩其耳。臧姑無所用虐，虐夫及婢。婢一日自經死。婢父訟臧姑，二成代婦質理，大受撲責，仍坐拘臧姑。生上下爲之營脱，卒不免。臧姑械十指，肉盡脱。官貪暴，索望良奢。二成質田貸資，如數納入，姑釋歸。而債家責負日亟，不得已，悉以良田鬻於村中任翁。翁以田半屬大成所讓，要生署券。生往，翁忽自言：“我安孝廉也！任某何人，敢市吾業！”又顧生曰：“冥中感汝夫妻孝，故使我暫歸一面。”生出涕曰：“父有靈，急救吾弟！”曰：“逆子悍婦，不足惜也！歸家速辦金，贖吾血産。”生曰：“母子僅自存活，安得多金？”曰：“紫薇樹下有藏金，可以取用。”欲再問之，翁已不語；少時而醒，茫不自知。生歸告母，亦未深信。臧姑已率人往發窖，坎地四、五尺，止見磚石，并無金，失意而去。生聞其掘藏，戒母及妻勿往視。後知其無所獲，母竊往窺之，見磚石雜土中，遂返。珊瑚繼至，則見土内悉白鏹，呼生往驗之，果然。生以先人所遺，不忍私，召二成均分之。數適得揭取之二，各囊歸。二成與臧姑共驗之，啓囊則瓦礫滿中，大駭。疑二成爲兄所愚，使二成往窺兄，兄方陳金几上，與母相慶。因實告兄，兄亦駭，而心甚憐之，舉金而并賜之。二成乃喜，往酬債訖，甚德兄。臧姑曰："即此益知兄詐。若非自愧於心，誰肯以瓜分者復讓人乎？"二成疑信半之。次日，債主遣僕來，言所償皆僞金，將執以首官。夫妻皆失色。臧姑曰："何如！我固謂兄賢不至於此，是將以殺汝也！"二成懼，往哀債主，主怒不釋。二成乃券田於主，聽其自售，始得原金而歸。細視之，見斷金二錠，僅裹真金一韭葉許，中盡銅耳。臧姑因與二成謀，留其斷者，余仍反諸兄以覘之。且教之言曰："屢承讓德，實所不忍。薄留二錠，以見推施之義。所存物産，尚與兄等。余無庸多田也，業已弃之，贖否在兄。"生不知其意，固讓之。二成辭甚决，生乃受。稱之少五兩，命珊瑚質奩妝以滿其數，携付債主。主疑似舊金，以剪刀夾驗之，紋色俱足，無少差謬，遂收金，與生易券。二成還金後，意其必有參差，既聞舊業已贖，大奇之。臧姑疑發掘時，兄先隱其真金，忿詣兄所，責數詬厲。生乃悟反金之故。珊瑚逆而笑曰："産固在耳，何怒爲？"使生出券付之。二成一夜夢父責之曰："汝不孝、不弟，冥限已迫，寸土皆非汝有，占賴將以奚爲？"醒告臧姑，欲以田歸兄。臧姑嗤其愚。是時二成有兩男，長七歲，次三歲。未幾，長男病痘死。臧姑始懼，使二成退券於兄。生不受。無何，次男又死。臧姑益懼，自以券置嫂所。春將盡，田蕪穢不耕，生不得已，種治之。臧姑自此改行，定省如孝子，敬嫂亦至。半年母病卒。臧姑哭之慟，勺水不入口。向人曰："姑早死，使我不得事，是天不許我自贖也!"育十胎皆不存,遂以兄子爲子。夫妻皆壽終。生養二子,皆舉進士。人以爲孝友之報云。

異史氏曰:"不遭跋扈之惡,不知靖獻之忠,家與國有同情哉。逆婦化而母死,蓋一堂孝順,無德以戡之也。臧姑自克,謂天不許其自贖,非悟道者何能有此言乎?然應迫死,而以壽終,天固已恕之矣。生於憂患,有以矣夫!"

仇大娘

仇仲,晋人也。值大亂,爲寇俘去。二子福、禄俱幼;繼室邵氏,撫雙孤,遺業能温飽。而歲屢祲,豪强者復凌藉之,遂至食息不保。仲叔尚廉利其嫁,屢勸駕,邵氏矢志不摇。廉陰券於大姓,欲强奪之;關説已成,并無人知。里人魏名夙狡獪,與仲家積不相能,事事思中傷之。因邵寡,僞造浮言以相敗辱。大姓聞之,惡其不德而止。久之,廉之陰謀與外之飛語,邵漸聞之,冤結胸懷,朝夕隕涕,四體漸以不仁,委身床榻。福甫十六歲,因縫紉無人,遂急爲畢姻。婦,姜秀才屺瞻之女,頗賢能,百事賴以經紀。由此用漸裕,仍使禄從師讀。魏忌嫉之,而陽與善,頻招福飲,福倚爲心腹交。魏乘間告曰:"尊堂病廢,不能理家人生産;弟坐食,一無所操作,賢夫婦何爲作牛馬哉!且弟買婦,將大耗金錢。爲君計,不如早析,則貧在弟而富在君也。"福歸,謀諸婦,婦咄之。奈魏日以微言相漸漬,福惑焉,直以己意告母。母怒,詬罵之。福益恚,輒視金粟爲他人物而委弃之。魏乘機誘賭,倉粟漸空,婦知而未敢言。及糧絶,母駭問,始以實告。母怒,遂析之。幸姜女賢,旦夕爲母執炊,奉事一如平日。福既析,無顧忌,大肆淫賭。數月間,田屋悉償賭債,而母與妻皆不知。福資既罄,無所爲計,因券妻貸資,苦無受者。邑人趙閻羅,原係漏網大盜,武斷一鄉,竟不畏福言之食,慨然假資。福持去,數日復空。意踟躕,將背券盟。趙横目相加。福懼,賺妻付之。魏聞竊喜,急奔告姜,實將傾敗仇也。姜怒,訟興。福懼甚,亡去。姜女至趙家,方知爲婿所賣,大哭,但欲覓死。趙初慰諭之,不聽;既而威逼之,愈駡;大怒,鞭撻之,終不肯服。因拔笄自刺其喉,急救,已透食管,血溢出。趙急以帛束其項,猶冀從容而挫折焉。明日,拘票已至,趙行行不置意。官驗女傷,命重笞之,隸相顧不敢用刑。官久知其横暴,至此益信,大怒,唤家人出,立斃之。姜遂舁女歸。自姜之訟也,邵氏始知福不肖狀,一號幾絶,冥然大漸。禄時年十五,煢煢無主。先是,仲有前室女大娘,嫁於遠郡,性剛猛,每歸寧,饋贈不滿其志,輒迕父母,往往以憤去,仲以是怒惡之,數載已不往置問,邵氏垂危,魏欲使招之來而啓其争。適有貿販者,與大娘同里,便托寄信大娘,且歆以家之可圖。數日,大娘果與少子至。入門,見幼弟侍母病,景象凄慘,不覺惻然。因問弟福,禄實告之。大娘聞之,忿氣塞吭,曰:"家無成人,遂任人蹂躪至此! 吾家田産,諸賊何得賺去!"因入厨下,爇火炊糜,先供母,而後呼弟及子啖之。啖已,忿出,詣邑投狀,訟諸博徒。衆懼,斂金賂大娘。大娘受其金,而乃訟之。官拘甲、乙等,各加杖責,田産殊置不問。大娘率子赴郡訟之。郡守最惡賭博。大娘力陳孤苦,及諸惡局騙之狀,情詞慷慨。守爲之動,判令知縣追田給主;仍懲仇福,以儆不肖。到縣,邑令奉命敲逼,於是故産盡反。大娘已寡,乃遣少子歸,且囑從兄務業,勿得復來。大娘從此止母家,養母教弟,内外井然。母大慰,病漸瘥,家務悉委大娘。里中豪强,少見陵暴,輒握刀登門,侃侃争論,罔不屈服。居年餘,田産日增。時市藥餌珍肴,饋遺姜女。見禄漸長成,囑媒謀姻。魏告人曰:"仇家産業,悉屬大娘,恐將來不可復返矣。"人咸信之,故無肯與論婚者。有范公子子文,家中名園,爲晋第一。園中名花夾路,直通内室。或不知而誤入之,公子怒,執爲盜,杖幾死。會清明,禄自塾中歸,魏引與遨游,遂至范園。魏故與園丁相熟,放令入,周歷亭榭。俄至一處,溪水汹涌,有畫橋朱欄,通一漆門,遥望門内,繁花如錦,蓋即公子内齋也。魏紿禄曰:"君請先入,我適欲私焉。"禄信之,尋橋入户,至一院落,聞女子笑聲。方停步間,一婢出,窺見之,旋踵即返。禄始駭奔。無何,公子出,叱家人綰索逐之。禄大窘,自投溪中。公子反怒爲笑,命僕引出。見其容裳都雅,便令易其衣履,曳入一亭,詰其姓氏。藹顔温語,意甚親昵。俄趨入内;旋出,笑握禄手,過橋,漸達曩所。禄不解其意,逡巡不敢入。公子强曳之入,見花籬内隱隱有美人窺伺。既坐,則群婢行酒。禄辭曰:"童子無知,誤踐閨闥,得蒙赦宥,已出非望。但求釋令早歸,受恩匪淺。"公子不聽。俄頃,肴炙紛紜。禄又起,辭以醉飽。公子捺坐,笑曰:"僕有一樂拍名,若能對之,即放君行。"禄請教。公子曰:"拍名'渾不似'。"禄默思良久,對曰:"銀成'没奈何'。"公子大喜曰:"真石崇也!"禄殊不解。蓋公子有女名蕙娘,美而知書,日擇良偶。夜夢一人告之曰:"石崇,汝婿也。"問:"何在?"曰:"明日落水矣。"早告父母,共以爲異。禄適符夢兆,故邀入内舍,使夫人女婢共覘之也。公子聞對而喜,乃曰:"拍名乃小女所擬,屢思而無其偶,今得屬對,亦有天緣。僕欲以息女奉箕帚,寒舍不乏第宅,更無煩親迎耳。"禄惶然遜謝,且以母病不能入贅爲辭。公子姑令歸謀,遂遣園人負濕衣,送之以馬。既歸告母,母驚爲不祥。於是始知魏氏險;然因凶得吉,亦置不仇,但戒子遠絶而已。逾數日,公子又使人致意母,母終不敢應。大娘應之,即倩雙媒納采焉。未幾,禄贅入公子家。年餘游泮,才名籍甚。妻弟長成,敬少弛,禄怒,携婦而歸。

母已杖而能行。頻歲賴大娘經紀,第宅完好。新婦既歸,僕從如雲,宛然大家矣。魏既見絶,嫉妒益深,恨無瑕之可蹈,乃引旗下逃人誣禄寄資。國初立法最嚴,禄依令徙口外。范公子上下賄托,僅以蕙娘免行;田産盡没入官。幸大娘執析産書,鋭身告理,新增良沃若干頃,悉挂福名,母女始得安居。禄自分不返,遂寫離書付岳家,伶仃自去。行數日,至都北,飯於旅肆。有丐子怔營户外,貌絶類兄,親往訊詰,果兄。禄因自述,兄弟悲慘。禄解復衣,分數金,囑令歸。福泣受而别。禄至關外,寄將軍帳下爲奴。因禄文弱,俾主文籍,與諸僕同栖止。僕輩研問家世,禄悉告之。内一人驚曰:"是吾兒也!"蓋仇仲初爲寇家牧馬,後寇投誠,賣仲旗下,時從主屯關外。向禄緬述,始知真爲父子,抱頭大哭,一室俱爲酸辛。已而憤曰:"何物逃東,遂詐吾兒!"因泣告將軍。將軍即命禄攝書記,函致親王,付仲詣都。仲伺車駕出,先投冤狀。親王爲之婉轉,遂得昭雪,命地方官贖業歸仇。仲返,父子各喜。禄細問家口,爲贖身計。乃知仲入旗下,兩易配而無所出,時方鰥居。禄遂治任歸。初,福别弟歸,匍匐投大娘。大娘奉母坐堂上,操杖問之:"汝願受撲責,便可姑留;不然,汝田産既盡,亦無汝啖飯之所,請仍去。"福涕泣伏地,願受笞。大娘投杖曰:"賣婦之人,亦不足懲。但宿案未消,再犯首官可耳。"即使人往告姜。姜女罵曰:"我是仇家何人,來相告耶!"大娘頻述告福而揶揄之,福慚愧不敢出氣。居半年,大娘雖給奉周備,而役同厮養。福操作無怨詞,托以金錢輒不苟。大娘察其無他,乃白母,求姜女復歸。母意其不可復挽。大娘曰:"不然,渠如肯事二主,楚毒豈肯自罹?要不能不有此忿耳。"率弟躬往負荆。岳父母誚讓良切。大娘叱使長跪,然後請見姜女。請之再四,堅避不出;大娘搜捉以出。女乃指福唾罵,福慚汗無地自容。姜母始曳令起。大娘請問歸期,女曰:

“向受姊惠綦多,今承尊命,豈復敢有異言?但恐不能保其不再賣也!且恩義已絶,更何顔與黑心無賴子共生活哉?請别營一室,妾往奉事老母,較勝披削足矣。”大娘代白其悔,爲翌日之約而别。次日,以乘輿取歸,母逆於門而跪拜之。女伏地大哭。大娘勸止,置酒爲歡,命福坐案側,乃執爵而言曰:“我苦争者,非自利也。今弟悔過,貞婦復還,請以簿籍交納,我以一身來,仍以一身去耳!”夫婦皆興席改容,羅拜哀泣,大娘乃止。居無何,昭雪命下,不數日,田宅悉還故主。魏大駭,不知其故,自恨無術可以復施。適西鄰有回禄之變,魏托救焚而往,暗以編菅爇禄第,風又暴作,延燒幾盡,止餘福居兩三屋,舉家依聚其中。未幾,禄至,相見悲喜。初,范公子得離書,持商蕙娘。蕙娘痛哭,碎而投諸地。父從其志,不復强。禄歸,聞其未嫁,喜如岳所。公子知其灾,欲留之,禄不可,遂辭而退。大娘幸有藏金,出葺敗堵。福負鍤營筑,掘見窖鏹,夜與弟共發之,石池盈丈,滿中皆不動尊也。由是鳩工大作,樓舍群起,壯麗擬於世胄。禄感將軍義,備千金往贖父。福請行,因遣健僕輔之以去。禄乃迎蕙娘歸。未幾,父兄同歸,一門歡騰。大娘自居母家,禁子省視,恐人議其私也。父既歸,堅辭欲去。兄弟不忍。父乃析産而三之:子得二,女得一也。大娘固辭。兄弟皆泣曰:“吾等非姊,烏有今日!”大娘乃安之。遣人招子,移家共居焉。或問大娘:“異母兄弟,何遂關切如此?”大娘曰:“知有母而不知有父者,惟禽獸如此耳,豈以人而效之?”福、禄聞之皆流涕,使工人治其第,皆與己等。魏自計十餘年,禍之而益福之,深自愧悔。又仰其富,思交歡之,因以賀仲階進,備物而往。福欲却之,仲不忍拂,受鷄酒焉。鷄以布縷縛足,逸入竈,竈火燃布,往栖積薪。僮婢不察,俄而薪焚灾舍,一家惶駭。幸手指衆多,一時撲滅,而厨中已百物俱空矣。兄弟皆謂其物不祥。後值父壽,魏復饋牽羊。却之不得，繫羊庭樹。夜有僮被僕毆，忿趨樹下，解羊索自經死。兄弟嘆曰：“其福之不如其禍之也！”自是魏雖殷勤，竟不敢受其寸縷，寧厚酬之而已。後魏老，貧而作丐，仇每周以布粟而德報之。

異史氏曰：“噫嘻！造物之殊不由人也！益仇之而益福之，彼機詐者無謂甚矣。顧受其愛敬，而反以得禍，不更奇哉？此可知盗泉之水，一掬亦污也。”

連　城

喬生，晋寧人。少負才名；年二十餘，猶偃蹇。爲人有肝膽，與顧生善，顧卒，時恤其妻子。邑宰以文相契重。宰終於任，家口淹滯不能歸，生破産扶柩，往返二千餘里。以故士林益重之，而家由此益替。史孝廉有女，字連城，工刺綉，知書，父嬌愛之。出所刺“倦綉圖”，徵少年題咏，意在擇婿。生獻詩云：“慵鬟高髻緑婆娑，早向蘭窗綉碧荷；刺到鴛鴦魂欲斷，暗停針綫蹙雙蛾。”又贊挑綉之工云：“綉綫挑來似寫生，幅中花鳥自天成，當年織錦非長技，幸把回文感聖明。”女得詩喜，對父稱贊。父貧之，女逢人輒稱道；又遣媪矯父命，贈金以助燈火。生嘆曰：“連城，我知己也！”傾懷結想，如饑思啖。無何，女許字於鹺賈之子王化成，生始絶望，然夢魂中猶佩戴之。未幾，女病瘵，沉痼不起。有西域頭陀，自謂能療，但須男子膺肉一錢，搗合藥屑。史使人詣王家告婿。婿笑曰：“痴老翁，欲我剜心頭肉也！”使返。史乃言於人曰：“有能割肉者妻之。”生聞而往，自出白刃，刲膺授僧。血濡袍褲，僧敷藥始止。合藥三丸。三日服盡，疾若失。史將踐其言，先告王。王怒，欲訟官。史乃設筵招生，以千金列几上，曰：“重負大德，請以相報。”因具白背盟之由。生怫然曰:“僕所以不愛膺肉者,聊以報知己耳。豈貸肉哉!”拂袖而歸。女聞之,意良不忍,托媪慰諭之。且云:“以彼才華,當不久落。天下何患無佳人?我夢不祥,三年必死,不必與人争此泉下物也。”生告媪曰:“‘士爲知己者死’,不以色也。誠恐連城未必真知我,但得真知我,不諧何害?”媪代女郎矢誠自剖。生曰:“果爾,相逢時,當爲我一笑,死無憾!”媪既去。逾數日,生偶出,遇女自叔氏歸,睨之。女秋波轉顧,啓齒嫣然。生大喜曰:“連城真知我者!”會王氏來議吉期,女前癥又作,數月尋死。生往臨吊,一痛而絶。史舁送其家。生自知已死,亦無所戚。出村去,猶冀一見連城。遥望南北一道,行人連緒如蟻,因亦混身雜迹其中。俄頃,入一廨署,值顧生,驚問:“君何得來?”即把手將送令歸。生太息,言:“心事殊未了。”顧曰:“僕在此典牘,頗得委任。倘可效力,不惜也。”生問連城。顧即導生旋轉多所,見連城與一白衣女郎,泪睫慘黛,藉坐廊隅。見生至,驟起似喜,略問所來。生曰:“卿死,僕何敢生!”連城泣曰:“如此負義人,尚不吐弃之,身殉何爲?然已不能許君今生,願矢來世耳。”生告顧曰:“有事君自去,僕樂死不願生矣。但煩稽連城托生何里,行與俱去耳。”顧諾而去。白衣女郎問生何人,連城爲緬述之。女郎聞之,若不勝悲。連城告生曰:“此妾同姓,小字賓娘,長沙史太守女。一路同來,遂相憐愛。”生視之,意態憐人。方欲研問,而顧已返,向生賀曰:“我爲君平章已確,即教小娘子從君返魂,好否?”兩人各喜。方將拜别,賓娘大哭曰:“姊去,我安歸?乞垂憐救,妾爲姊捧帨耳。”連城凄然,無所爲計,轉謀生。生又哀顧。顧難之,峻辭以爲不可。生固强之,乃曰:“試妄爲之。”去食頃而返,摇手曰:“何如?誠萬分不能爲力矣!”賓娘聞之,宛轉嬌啼,惟依連城肘下,恐其即去。慘怛無術,相對默默,而睹其愁顔戚容,使人肺腑酸柔。顧生憤然曰:“請携賓娘去,脱有愆尤,小生拚身受之!”賓娘乃喜,從生出。生憂其道遠無侣。賓娘曰:“妾從君去,不願歸也。”生曰:“卿大痴矣。不歸,何以得活也?他日至湖南,勿復走避,爲幸多矣。”適有兩媪攝牒赴長沙,生屬賓娘,泣别而去。途中,連城行蹇緩,里餘輒一息,凡十餘息,始見里門。連城曰:“重生後,懼有反復。請索妾骸骨來,妾以君家生,當無悔也。”生然之,偕歸生家。女惕惕若不能步,生佇待之。女曰:“妾至此,四肢摇摇,似無所主。志恐不遂,尚宜審謀;不然,生後何能自由?”相將入側廂中。默定少時,連城笑曰:“君憎妾耶?”生驚問其故,赧然曰:“恐事不諧,重負君矣。請先以鬼報也。”生喜,極盡歡戀。因徘徊不敢遽生,寄廂中者三日。連城曰:“諺有之:‘醜婦終須見姑嫜。’戚戚於此,終非久計。”乃捉生入。纔至靈寢,豁然頓蘇。家人驚異,進以湯水。生乃使人要史來,請得連城之尸,自言能活之。史喜,從其言。方舁入室,視之已醒。告父曰:“兒已委身喬郎矣,更無歸理。如有變動,但仍一死!”史歸,遣婢往役給奉。王聞,具詞申理。官受賂,判歸王。生憤懣欲死,亦無奈之。連城至王家,忿不飲食,惟乞速死。室無人,則帶懸梁上。越日,益憊,殆將奄逝。王懼,送歸史,史復舁歸生。王知之,亦無如何,遂安焉。連城起,每念賓娘,欲遣信探之,以道遠而艱於往。一日,家人進曰:“門有車馬。”夫婦出視,則賓娘已至庭中矣。相見悲喜。太守親詣送女,生延入。太守曰:“小女子賴君復生,誓不他適,今從其志。”生叩謝如禮。孝廉亦至,叙宗好焉。生名年,字大年。

小　二

滕邑趙旺,夫妻奉佛,不茹葷血,鄉中有“善人”之目。家稱小有。一女小二，絶慧美，趙珍愛之。年六歲，使與兄長春，并從師讀，凡五年而熟五經焉，同窗丁生，字紫陌，長於女三歲，文采風流，頗相傾愛。私以意告母，求婚趙氏。趙期以女字大家，故弗許。未幾，趙惑於白蓮教；徐鴻儒既反，一家俱陷爲賊。小二知書善解，凡紙兵豆馬之術，一見輒精。小女子師事徐者六人，惟二稱最，因得盡傳其術。趙以女故，大得委任。時丁年十八，游滕泮矣，而不肯論婚，意不忘小二也。潛亡去，投徐麾下。女見之喜，優禮逾於常格。女以徐高足，主軍務；晝夜出入，父母不得閑。丁每宵見，嘗斥絶諸役，輒至三漏。丁私告曰："小生此來，卿知區區之意否？"女云："不知。"丁曰："我非妄意攀龍，所以故，實爲卿耳。左道無濟，止取滅亡。卿慧人，不念此乎？能從我亡，則寸心誠不負矣。"女憮然爲間，豁然夢覺，曰："背親而行，不義，請告。"二人入陳利害，趙不悟，曰："我師神人，豈有舛錯？"女知不可諫，乃易髫而髻。出二紙鳶，與丁各跨其一，鳶肅肅展翼，似鶼鶼之鳥，比翼而飛。質明，抵萊蕪界。女以指捻鳶項，忽即斂墮。遂收鳶。更以雙衛，馳至山陰裏，托爲避亂者，僦屋而居。二人草草出，嗇於裝，薪儲不給。丁甚憂之。假粟比舍，莫肯貸以升斗。女無愁容，但質簪珥。閉門静對，猜燈謎，憶亡書，以是角低昂；負者，駢二指擊腕臂焉。西鄰翁姓，緑林之雄也。一日，獵歸。女曰："富以其鄰，我何憂？暫假千金，其與我乎！"丁以爲難。女曰："我將使彼樂輸也。"乃剪紙作判官狀，置地下，覆以鷄籠。然後握丁登榻，煮藏酒，檢周禮爲觴政；任言是某册第幾葉，第幾人，即共翻閲。其人得食旁、水旁、酉旁者飲；得酒部者倍之。既而女適得"酒人"，丁以巨觥引滿促釂。女乃祝曰："若借得金來，君當得飲部。"丁翻卷，得"鱉人"。女大笑曰："事已諧矣！"滴瀌授爵。丁不服，女曰："君是水族，宜作鱉飲。"方喧競所，聞籠中戛戛，女起曰：

“至矣。”啓籠驗視，則布囊中有巨金累累充溢。丁不勝愕喜，後翁家媪抱兒來戲，竊言：“主人初歸，篝燈夜坐。地忽暴裂，深不可底。一判官自内出，言：‘我地府司隸也。太山帝君會諸冥曹，造暴客惡録，須銀燈千架，架計重十兩；施百架，則消滅罪愆。’主人駭懼，焚香叩禱，奉以千金。判官荏苒而入，地亦遂合。”夫妻聽其言，故嘖嘖詫異之。而從此漸購牛馬，蓄厮婢，自營宅第，里無賴子窺其富，糾諸不逞，逾垣劫丁。丁夫婦始自夢中醒，則編菅爇照，寇集滿屋。二人執丁，又一人探手女懷。女袒而起，戟指而呵曰：“止，止！”盗十三人，皆吐舌呆立，痴若木偶。女始着褲下榻，呼集家人，一一反接其臂，逼令供吐明悉。乃責之曰：“遠方人埋頭澗谷，冀得相扶持，何不仁至此！緩急人所時有，窘急者不妨明告，我豈積殖自封者哉？豺狼之行，本合盡誅，但吾所不忍，姑釋去，再犯不宥！”諸盗叩謝而去。居無何，鴻儒就擒，趙夫婦妻子俱被夷誅。生賫金往贖長春之幼子以歸。兒時三歲，養爲己出，使從丁姓，名之承祧。於是里中人漸知爲白蓮教戚裔。適蝗害稼，女以紙鳶數百翼放田中，蝗遠避，不入其隴，以是得無恙。里人共嫉之，群首於官，以爲鴻儒餘黨。官瞰其富，肉視之，收丁。丁以重賂啖令，始得免。女曰：“貨殖之來也苟，固宜有散亡。然蛇蝎之鄉，不可久居。”因賤售其業而去之，止於益都之西鄙。女爲人靈巧，善居積，經紀過於男子。嘗開琉璃廠，每進工人而指點之，一切棋燈，其奇式幻采，諸肆莫能及，以故直昂得速售。居數年，財益稱雄。而女督課婢僕嚴，食指數百無冗口。暇輒與丁烹茗着棋，或觀書史爲樂。錢穀出入，以及婢僕業，凡五日一課，女自持籌，丁爲之點籍唱名數焉。勤者賞賚有差，惰者鞭撻罰膝立。是日，給假不夜作，夫妻設酒肴，呼婢輩度俚曲爲笑。女明察如神，人無敢欺。而賞輒浮於其勞，故事易辦。村中二百餘家，凡貧者俱量給資本，鄉以此無游惰。值大旱，女令村人設壇於野，乘輿野出，禹步作法，甘霖傾注，五里内悉獲沾足；人益神之。女出未嘗障面，村人皆見之。或少年群居，私議其美，及覿面逢之，俱肅肅無敢仰視者。每秋日，村中童子不能耕作者，授以錢，使采荼薊，幾二十年，積滿樓屋，人竊非笑之。會山左大饑，人相食，女乃出菜，雜粟贍饑者，近村賴以全活，無逃亡焉。

異史氏曰："二所爲，殆天授，非人力也。然非一言之悟，騈死已久。由是觀之，世抱非常之才，而誤入匪僻以死者，當亦不少。焉知同學六人中，遂無其人乎？使人恨不爲丁生耳。"

庚娘

金大用，中州舊家子也。聘尤太守女，字庚娘，麗而賢；逑好甚敦。以流寇之亂，家人離逖。金携家南竄，途遇少年，亦偕妻以逃者，自言廣陵王十八，願爲前驅。金喜，行止與俱。至河上，女隱告金曰："勿與少年同舟。彼屢顧我，目動而色變，中叵測也。"金諾之。王殷勤覓巨舟，代金運裝，劬勞臻至。金不忍却。又念其携有少婦，應亦無他。婦與庚娘同居，意度亦頗温婉。王坐舡頭上，與櫓人傾語，似甚熟識戚好。未幾，日落，水程迢遞，漫漫不辨南北。金四顧幽險，頗涉疑怪。頃之，皎月初升，見彌望皆蘆葦。既泊，王邀金父子出户一豁，乃乘間擠金入水。金有老父，見之欲號。舟人以篙筑之，亦溺。生母聞聲出窺，又筑溺之。王始喊救。母出時，庚娘在後，已微窺之。既聞一家盡溺，即亦不驚，但哭曰："翁姑俱没，我安適歸？"王入勸："娘子勿憂，請從我至金陵。家中田廬，頗足贍給，保無虞也。"女收涕曰："得如此，願亦足矣。"王大悦，給奉良殷。既暮，曳女求歡，女托體姅，王乃就婦宿。

初更既盡，夫婦喧競，不知何由。但聞婦曰："若所爲，雷霆恐碎汝顱矣！"王乃撻婦。婦呼云："便死休！誠不願爲殺人賊婦！"王吼怒，捽婦出。便聞骨董一聲，遂嘩言婦溺矣。未幾，抵金陵，導庚娘至家，登堂見媼。媼訝非故婦。王言："婦墮水死，新娶此耳。"歸房，又欲犯。庚娘笑曰："三十許男子，尚未經人道耶？市兒初合巹，亦須一杯薄漿酒，汝家沃饒，當即不難。清醒相對，是何體段？"王喜，具酒對酌。庚娘執爵，對酬殷懇。王漸醉，辭不飲。庚娘引巨碗，强媚勸之。王不忍拒，又飲之。於是酣醉，裸脱促寢。庚娘撤器滅燭，托言溲溺，出房，以刀入，暗中以手索王項，王猶捉臂作昵聲。庚娘力切之，不死，號而起；又揮之，始殪。媼仿佛有聞，趨問之，女亦殺之。王弟十九覺焉。庚娘知不免，急自刎，刀鈍鈌不可入，啓户而奔。十九逐之，已投池中矣。呼告居人，救之已死，色麗如生。共驗王尸，見窗上一函，開視，則女備述其冤狀。群以爲烈，謀斂資作殯。天明，集視者數千人，見其容，皆朝拜之。終日間，得百金，於是葬諸南郊。好事者，爲之珠冠袍服，瘞藏丰滿焉。初，金生之溺也，浮片板上，得不死。將曉，至淮上，爲小舟所救。舟蓋富民尹翁，專設以拯溺者。金既蘇，詣翁申謝。翁優厚之，留教其子。金以不知親耗，將往探訪，故不决。俄白："撈得死叟及媼。"金疑是父母，奔驗果然。翁代營棺木。生方哀慟，又白："拯一溺婦，自言金生其夫。"生揮涕驚出，女子已至，殊非庚娘，乃十八婦也。向金大哭，請勿相弃。金曰："我方寸已亂，何暇謀人？"婦益悲。尹審其故，喜爲天報，勸金納婦。金以居喪爲辭，且將復仇，懼細弱作累。婦曰："如君言，脱庚娘猶在，將以報仇居喪去之耶？"翁以其言善，請暫代收養，金乃許之。卜葬翁媼，婦縗絰哭泣，如喪翁姑。既葬，金懷刃托鉢，將赴廣陵。婦止之曰："妾唐氏，祖居金陵，與豺子同鄉。前言廣陵者，詐也。且江湖水寇，半伊同黨,仇不能復,祇取禍耳。"金徘徊不知所謀。忽傳女子誅仇事,洋溢河渠,姓名甚悉。金聞之一快,然益悲。辭婦曰:"幸不污辱。家有烈婦如此,何忍負心再娶?"婦以業有成説,不肯中離,願自居於媵妾。會有副將軍袁公,與尹有舊,適將西發,過尹,見生,大相知愛,請爲記室。無何,流寇犯順,袁有大勛;金以參機務,叙勞,授游擊以歸。夫婦始成合巹之禮。居數日,携婦詣金陵,將以展庚娘之墓。暫過鎮江,欲登金山,漾舟中流,欻一艇過,中有一嫗及少婦,怪少婦頗類庚娘。舟疾過,婦自窗中窺金,神情益肖。驚疑不敢追問,急呼曰:"看群鴨兒飛上天耶!"少婦聞之,亦呼云:"饞猧兒欲吃猫子腥耶!"蓋當年閨中之隱謔也。金大驚,反棹近之,真庚娘。青衣扶過舟,相抱哀哭,傷感行旅。唐氏以嫡禮見庚娘。庚娘驚問,金始備述其由。庚娘執手曰:"同舟一話,心常不忘,不圖吴越一家矣。蒙代葬翁姑,所當首謝,何以此禮相向?"乃以齒序,唐少庚娘一歲,妹之。先是,庚娘既葬,自不知歷幾春秋。忽一人呼曰:"庚娘!汝夫不死,尚當重圓。"遂如夢醒。捫之,四面皆壁,始悟身死已葬。祇覺悶悶,亦無所苦。有惡少窺其葬具丰美,發冢破棺,方將搜括,見庚娘猶活,相共駭懼。庚娘恐其害己,哀之曰:"幸汝輩來,使我得睹天日。頭上簪珥,悉將去。願鬻我爲尼,更可少得直。我亦不泄也。"盗稽首曰:"娘子貞烈,神人共欽。小人輩不過貧乏無計,作此不仁。但無漏言,幸矣,何敢鬻作尼?"庚娘曰:"此我自樂之。"又一盗曰:"鎮江耿夫人,寡而無子,若見娘子,必大喜。"庚娘謝之。自拔珠飾,悉付盗。盗不敢受,固與之,乃共拜受。遂載去,至耿夫人家,托言舡風所迷。耿夫人,巨家,寡媪自度。見庚娘大喜,以爲己出,適母子自金山歸也,庚娘緬述其故。金乃登舟拜母,母款之若婿。邀至家,留數日始歸。後往來不絶焉。

異史氏曰:“大變當前,淫者生之,貞者死焉。生者裂人眦,死者雪人涕耳。至如談笑不驚,手刃仇讎,千古烈丈夫中,豈多匹儔哉! 誰謂女子,遂不可比蹤彦雲也?”

宫夢弼

柳芳華,保定人。財雄一鄉,慷慨好客,座上常百人。急人之急,千金不靳。賓友假貸常不還。惟一客宫夢弼,陝人,生平無所乞請,每至,輒經歲。詞旨清灑,柳與寢處時最多。柳子名和,時總角,叔之。宫亦喜與和戲。每和自塾歸,輒與發貼地磚,埋石子,僞作埋金爲笑。屋五架,掘藏幾遍。衆笑其行稚,而和獨悦愛之,尤較諸客昵。後十餘年,家漸虚,不能供多客之求,於是客漸稀;然十數人徹宵談宴,猶是常也。年既暮,日益落,尚割畝得直,以備鷄黍。和亦揮霍,學父結小友,柳不之禁。無何,柳病卒,至無以治凶具。宫乃自出囊金,爲柳經紀。和益德之。事無大小,悉委宫叔。宫時自外入,必袖瓦礫,至室則抛擲暗陬,更不解其何意。和每對宫憂貧,宫曰:“子不知作苦之難。無論無金,即授汝千金,可立盡也。男子患不自立,何患貧?”一日,辭欲歸。和泣囑速返,宫諾之,遂去。和貧不自給,典質漸空。日望宫至,以爲經理,而宫滅迹匿影,去如黄鶴矣。先是,柳生時,爲和論親於無極黄氏,素封也。後聞柳貧,陰有悔心。柳卒,訃告之,即亦不吊,猶以道遠曲原之。和服除,母遣自詣岳所,定婚期,冀黄憐顧。比至,黄聞其衣履穿敝,斥門者不納。寄語云:“歸謀百金,可復來;不然,請自此絶。”和聞言痛哭。對門劉媪,憐而進之食,贈錢三百,慰令歸。母亦哀憤無策。因念舊客負欠者十常八九,俾擇富貴者求助焉。和曰:“昔之交我者,爲我財耳。使兒駟馬高車,假千金，亦即匪難。如此景象，誰猶念曩思，憶故好耶？且父與人金資，曾無契保，責負亦難凭也。”母固强之，和從教。凡二十餘日，不能致一文，惟優人李四，舊受恩恤，聞其事，義贈一金。母子痛哭，自此絶望矣，黄女年已及笄，聞父絶和，竊不直之。黄欲女别適，女泣曰：“柳郎非生而貧者也，使富倍他日，豈仇我者所能奪乎？今貧而弃之，不仁！”黄不悦，曲諭百端，女終不摇。翁媪并怒，旦夕唾駡之，女亦安焉。無何，夜遭寇劫，黄夫婦炮烙幾死，家中席捲一空。荏苒三載，家益零替。有西賈聞女美，願以五十金致聘。黄利而許之，將强奪其志。女察知其謀，毁裝塗面，乘夜遁去，丐食於途。閲兩月，始達保定，訪和居址，直造其家。母以爲乞人婦，故咄之。女嗚咽自陳，母把手泣曰：“兒何形骸至此耶？”女又慘然而告以故，母子俱哭；便爲盥沐，顔色光澤，眉目焕映。母子俱喜。然家三口，日僅一啖。母泣曰：“吾母子固應爾，所憐者，負吾賢婦！”女笑慰之曰：“新婦在乞人中，稔其况味，今日視之，覺有天堂地獄之别。”母爲解頤。女一日入閑舍中，見斷草叢叢，無隙地；漸入内室，塵埃積中，暗陬有物堆積，蹴之迕足，拾視皆朱提。驚走告和，和同往驗視，則宫往日所抛瓦礫，盡爲白金。因念兒時，常與瘞石室中，得毋皆金？而故地已典於東家。急贖歸，斷磚殘缺，所藏石子儼然露焉，頗覺失望；及發他磚，則燦燦皆白鏹也。頃刻間，數巨萬矣。由是贖田户，市奴僕，門庭華好過昔日。因自奮曰：“若不自立，負我宫叔！”刻志下帷，三年中鄉選。乃躬賫白金，往酬劉媪。鮮衣射目，僕十餘輩，皆騎怒馬如龍。媪僅一屋，和便坐榻上。人嘩馬騰，充溢里巷。黄翁自女失亡，西賈逼退聘財，業已耗去殆半，售居宅，始得償。以故困窘如和曩日。聞舊婿烜耀，閉户自傷而已。媪沽酒備饌款和，因述女賢，且惜女遁，問和：“娶否？”和曰：“娶矣。”食已，强媪往視新婦，載與俱歸。

至家，女華妝出，群婢簇擁若仙；相見大駭，遂叙往舊，殷問父母起居。居數日，款洽優厚，製好衣，上下一新，始送令返。媪詣黄，許報女秏，兼致存問。夫婦大驚。媪勸往投女，黄有難色。既而凍餒難堪，不得已如保定。既到門，見閈閎峻麗，閽人怒目張，終日不得通。一婦人出，黄温色卑詞，告以姓氏，求暗達女知。少間，婦出，導入耳舍，曰："娘子極欲一覲，然恐郎君知，尚候隙也。翁幾時來此？得毋饑否？"黄因訴所苦；婦人以酒一盛、饌二簋，出置黄前。又贈五金，曰："郎君宴房中，娘子恐不得來。明旦，宜早去，勿爲郎聞。"黄諾之。早起趣裝，則管鑰未啓，止於門中，坐襆囊以待。忽嘩主人出，黄將斂避，和已睹之，怪問誰何，家人悉無以應。和怒曰："是必奸宄！可執赴有司。"衆應聲出，短綆綳縶樹間。黄慚懼不知置詞。未幾，昨夕婦出，跪曰："是某舅氏，以前夕來晚，故未告主人。"和命釋縛。婦送出門，曰："忘囑門者，遂致參差。娘子言：相思時，可使老夫人僞爲賣花者，同劉媪來。"黄諾，歸述於嫗。嫗念女若渴，以告劉媪，媪果與俱至和家。凡啓十餘關，始達女所。女着帔頂髻，珠翠綺紈，散香氣撲人，嚶嚀一聲，大小婢媪，奔入滿側，移金椅床，置雙夾膝。慧婢瀹茗，各以隱語道寒暄，相視泪熒。至晚，除室安二媪，裀褥温耎，并昔年富時所未經。居三、五日，女意殷渥。媪輒引空處，泣白前非。女曰："我子母有何過不忘？但郎忿不解，防他聞也。"每和至，便走匿。一日，方促膝，和遽入，見之，怒詬曰："何物村嫗，敢引身與娘子接坐！宜撮鬢毛令盡！"劉媪急進曰："此老身瓜葛，王嫂賣花者，幸勿罪責。"和乃上手謝過。即坐曰："姥來數日，我大忙，未得展叙。黄家老畜産尚在否？"笑云："都佳，但是貧不可過。官人大富貴，何不一念翁婿情也？"和擊桌曰："曩年非姥憐賜一甌粥，更何得旋鄉土？今欲得而寢處之，何念焉！"言致忿際，輒頓足起罵。女恚曰：

"彼即不仁,是我父母。我迢迢遠來,手皴瘃,足趾皆穿,亦自謂無負郎君。何乃對子罵父,使人難堪?"和始斂怒,起身去。黄嫗愧喪無色,辭欲歸。女以二十金私付之。既歸,曠絶音問,女深以爲念。和乃遣人招之。夫妻至,慚怍無以自容。和謝曰:"舊歲辱臨,又不明告,遂是開罪良多。"黄但唯唯。和爲更易衣履,留月餘,黄心終不自安,數告歸。和遺白金百兩,曰:"西賈五十金,我今倍之。"黄汗顔受之。和以輿馬送還,暮歲稱小丰焉。

異史氏曰:"雍門泣後,朱履杳然,令人憤氣杜門,不欲復交一客。然良朋葬骨,化石成金,不可謂非慷慨好客之報也。閨中人坐享高奉,儼然如嬪嬙,非貞異如黄卿,孰克當此而無愧者乎?造物之不妄降福澤也,如是!"